四川师范大学大西南文学研究中心
四川民间文化艺术保护与传承协同创新中心 主办

# 大西南文學論壇

## 第 五 辑

流沙河题

刘 敏 谭光辉·主编

巴蜀书社

图书在版编目（CIP）数据

大西南文学论坛. 第五辑／刘敏，谭光辉主编. ——
成都：巴蜀书社，2023.7
ISBN 978-7-5531-2050-8

Ⅰ. ①大… Ⅱ. ①刘… ②谭… Ⅲ. ①地方文学史–
西南地区–文集 Ⅳ. ①I209.97–53

中国国家版本馆 CIP 数据核字（2023）第 139637 号

DAXI'NAN WENXUE LUNTAN（DI-WU JI）

# 大西南文学论坛（第五辑）

刘　敏　谭光辉　主编

| | |
|---|---|
| 责任编辑 | 易欣韡 |
| 封面设计 | 成都编悦文化传播有限公司 |
| 出　版 | 巴蜀书社 |
| | 四川省成都市锦江区三色路 238 号新华之星 A 座 36 楼 |
| | 邮编：610023　　总编室电话：（028）86361843 |
| 网　址 | www.bsbook.com |
| 发　行 | 巴蜀书社 |
| | 发行科电话：（028）86361856 |
| 经　销 | 新华书店 |
| 照　排 | 成都编悦文化传播有限公司 |
| 印　刷 | 四川五洲彩印有限责任公司 |
| | 电话：（028）85011398 |
| 版　次 | 2023 年 7 月第 1 版 |
| 印　次 | 2023 年 7 月第 1 次印刷 |
| 成品尺寸 | 170mm×240mm |
| 印　张 | 21.5 |
| 字　数 | 400 千字 |
| 书　号 | ISBN 978-7-5531-2050-8 |
| 定　价 | 98.00 元 |

# 学术委员会

# 目　录

## 大西南区域文化与文学

## 扬雄研究

# 文学个案研究

# 狮山文艺群落·何大草研究

# 大西南学术流派

大西南区域文化与文学

# 抗战时变、地方势起与四川书写的自贡视角

—— 以王余杞的故乡小说为中心

□康斌①

自古游子思故乡，乡愁书写是其重要的文学表征，"乡愁"也成为中国文学抒情传统的组成部分之一。注目现代文学中的故乡书写，王德威曾评说其叙事内容和书写动机："或缅怀故里风物的纯朴固陋，或感叹现代文明的功利世俗，或追忆童年往事的灿烂多姿，或凸显村俚人事的奇情异趣。绵亘于其下的，则是时移物往的感伤、有家难归或惧归的尴尬，甚或一种盛年不再的隐忧——所谓的'乡愁'，亦于焉而起。"② 然而需要追问的是：所谓"乡愁"，真的是人们针对某一特定地理空间所生发的自主诠释、自主记忆和自主情感？王氏的乡愁论述，紧扣作者个人心境，却悬置了特定时空中的社会活动、人事动荡和思潮嬗变对个人抒情所能起到的引导或干扰作用。正如哈布瓦赫所说："人们通常是在社会之中才获得了他们的记忆的。也正是在社会中，他们才能进行回忆、识别和对记忆加以定位。"③ 从社会现实动因来分析乡愁书写，是近

① 本文为西南民族大学中央高校基本科研业务费专项项目（2022ZHY04）阶段性成果。康斌，西南民族大学中国语言文学学院副教授，主要研究方向为十七年文学评价史、现代四川文学。

② 王德威：《原乡神话的追逐者》，《想象中国的方法：历史·小说·叙事》，百花文艺出版社，2016年，第223页。

③ 〔法〕莫里斯·哈布瓦赫：《论集体记忆》，毕然、郭金华译，上海人民出版社，2002年，第88页。

些年文学历史化和社会化的途径之一，有较强的学理基础和现实需求。

若将乡愁的背景置换为 20 世纪中国波澜壮阔的历史情境，那么 30 至 40 年代的抗战环境、国家政经中心转移、川渝地区发展突变以及文学人口大迁徙，又为这种乡景乡人乡风乡情的再书写提供了何种新的参照借镜、追摹动力或想象源泉呢？在习见的成都视角、重庆视角之外，是否还有更为边缘的地方视角，来呈现这种抗战情境与四川书写的特殊关系？一度被视为"北平文艺界的偶像"①、"盐都新文学首屈一指的现代作家"②、"表现自流井地域文化特色最自觉、最成功、最有代表性的作家"③，却长期为现代文学研究领域忽视的左翼作家王余杞，或许能成为一个有效个案帮助我们思考上述问题。揆诸其作，有意气方遒时偶尔唤起的散文抒情《故乡的残影》；也有基于返乡考察经验而向世界说明盐都生产生活真相的小说叙事《自流井》；还有作为报社记者奔走场镇村所，绍介本地名流，月旦市风乡俗的新闻随笔《我的故乡》。他的自贡记忆和盐都故事，不仅构成抗战情境下四川书写的重要部分，同时也与主流的四川书写形成了显在偏离。

本文旨在进入具体的历史时空，考察真确的作家处境，揣摩独特的文本肌理，呈现王余杞小说中"乡愁"或"故乡感"从无至有、由淡转浓的文学进程，并进而探问那一路上同名为"故乡"的情思，如何因抗战时变、川渝势起、井盐持重而走向历史的纵深。

## 一、《故乡的残影》《幺舅》：异乡视域中的模糊乡影

1930 年夏，王余杞从北京交通大学毕业，9 月即赴天津北宁铁路局工作，开启了长达七年的天津生活。这一年 11 月，曾多次发表王余杞

---

① 王余杞：《朋友与敌人自序》，《王余杞文集（下卷）》，花山文艺出版社，2016 年，第 174 页。
② 毛一波：《王余杞与自流井》，《文史杂志》，1990 年第 6 期。
③ 王发庆：《王余杞评传》，花木兰出版社，2021 年，第 150 页。

作品，堪称其文学摇篮的天津《国闻周报》，发表其怀乡之作——《故乡的残影》。王余杞说这是"童心来复"的故乡之思，可在我们看来这与其说是怀旧，不如说是在强调怀旧之不可能。恰如开篇所述：

> 我离开故乡已经将近十年了。在这十年中，因为人事的匆忙，因为时光的侵蚀，深深嵌在我内心的故乡的憧影，渐渐稀薄，渐渐模糊，几乎没留下些印象了。然后唯其因为印象的稀薄与模糊，对于故乡，更常怀着眷恋的意念。①

有心追怀故乡旧影，最终却发现有心无力。这首先与童年的生理、心理特性有关，他们"对事物的观察与体验，具有以兴趣为原则的直觉感知特点，他们捕捉到的往往是与自己的兴趣爱好相关的事物，这就决定了他们的记忆经验是一些断片的印象"②，因而老大回想，所忆无非是几件支离破碎的童年琐事。而更重要的原因，可能是王余杞已经去乡多年，有许多现实因素正在加速童年记忆和故乡经验的消散和隐没。

其一，至亲辞世，稀释了与故乡的情感羁绊。故乡经验的精华是童年记忆，而童年记忆中最快乐处乃是与家人的亲密时光。作此文时恰逢祖母新亡，而曾祖母、祖父、母亲和作为童年最佳玩伴的舅父早已先后辞世。斯人与斯乡彼此关联，在个人记忆中往往有共进退之势。

其二，败落的家境不堪回首。因兵匪横行，自贡井盐推销受阻，王氏家族设在宜昌、沙市的营业机关已相继倒闭。王余杞未曾出川时，家境便已显窘迫，此后每况愈下，家族企业竟全部抵押给了外地债团。1926 年，当他离乡 5 年后第一次返乡时，他对家族衰败毫不惋惜，"对着家，我只有冷笑"，并咒骂其速朽，"必然的，时代赶着你崩溃"③。

---

① 王余杞：《故乡的残影——献于先母之灵》，《国闻周报》，1930 年第 7 卷第 44 期。

② 刘雨：《现代作家的故乡记忆与文学的精神还乡》，《东北师大学报》（哲学社会科学版），2006 年第 5 期。

③ 王余杞：《家——"漫游散记"之一》，《王余杞文集（下卷）》，花山文艺出版社，2016 年，第 188 页。

此种心态也体现在同年写作的带有同时期"乡土文学"批判特质的短篇小说《活埋》中。小说通过"默君"与"维明"二人因姑侄相恋被某处村民活埋的故事，控诉"在这种偏僻的地方，旧礼教的势力还没有推翻，国家的法律更谈不上"①。

其三，他乡成故乡，乡情投注于新的对象——被王余杞称为"第二故乡"的北平：

> 我之有生，以在北平的时间和在本市的时间比，前者还要多三年；……因此，我对于北平比对于本市还要熟悉，还要认识深入。……主要的地方，重要的大街小巷，一合上眼，一切情景便都历历明晰地浮上脑膜。此外，那里所有的饮食起居，风俗习惯，我都清楚了然——这就不特提出来和本市相较了。所以北平是我的第二故乡，我爱北平不下于爱我的故乡自贡市。②

大体而言，王余杞虽然属于"后五四"一代，但也拥有钱理群所概括的五四知识分子的某些特征："这一代知识分子'离乡'而'去'，奔向现代都市时，他们实际上是实现了某种精神上的蜕变，即'在价值上告别了故乡，以及与之相联的一整套童年生活经验'，而成了真正意义上的现代知识分子。"③ 于王余杞而言，北京不仅完成了他从少年向成年乃至中年的身心跨越，也为其提供了进入现代生活世界所需的现代常识、专业技能和社会地位，还为其突兀零散的创作冲动提供了发表和结集的诸多便利。简言之，在抗战全面爆发以前，大城北京几乎满足了他所有重要的人生需求，如其所说："北平给了我以知识，北平叫

---

① 王余杞：《活埋》，《王余杞文集（上卷）》，花山文艺出版社，2016 年，第 644 页。

② 王余杞：《我的故乡·第二故乡》，《王余杞文集（下卷）》，花山文艺出版社，2016 年，第 26 页。

③ 钱理群：《走进当代鲁迅》，北京大学出版社，1999 年，第 10 页。

我认识了人生，北平活跃了我的生命，北平丰富了我的享受，我爱北平，我怀念北平！"①

1920 年代，流寓京沪的读书人曾这样自问自答："何处是故乡，精神所安托，灵魂所归藏。"② 身处北京、天津的王余杞大概也作过类似的追问，并自认为已经觅得了安托、归藏之所吧。于是我们在其 1930 年前的创作中，仅发现 1928 年 2 月发表于《国闻周报》的《幺舅》一篇直接涉及了自贡人事。文中他对幺舅吸食大烟壮年早逝的批评，与未能成全其北京之旅的遗憾，始终纠葛冲抵。这再次表明故乡的确已经只剩童年残影，游子记不起来也不想记，恨不起来也不想恨了。

## 二、《轮船上》《自流井》：异乡暂退故乡方滋

故乡淡漠，异乡崛起！从此处着眼，似能理解毛一波在《王余杞与自流井》中对王余杞脱域书写所作之判断："余杞的文学生涯，都在北方。"③ 如其所言，王余杞的文学创作起点在北方，早在 1926 年就读北京交通大学期间，他便与朱大枬、陈道彦等文友共办杂志《荒岛》；他的写作对象主要是北方，如《浮沉》中北方大兵的故事，《急湍》中"九一八"事变后北方青年行止，《海河汨汨流》中的天津市民生活观察；他的发表阵地主要也在北方，如《国闻周报》《北平日报》《华北日报》《北京晨报》《大公报》《庸报》《交通杂志》等；连他最重要的文学活动，如创办《徒然》周刊，改造《华北日报》副刊，创办《庸报》副刊《嘘》和左翼文学刊物《当代文学》等，也都发生在北国大地。

然而虽也是在天津写成的短篇《轮船上》和长篇《自流井》，却预

---

① 王余杞：《我的故乡·还于旧都》，《王余杞文集（下卷）》，花山文艺出版社，2016 年，第 103 页。
② 一苇：《归故乡》，《民国日报·觉悟》，1924 年 10 月 23 日。
③ 毛一波：《王余杞与自流井》，《文史杂志》，1990 年第 6 期。

示了王余杞写作的一个巨大转变：异乡暂退，故乡方滋。《轮船上》描写的是 20 世纪 30 年代初川北地主乡绅及普通乡民躲避战乱于轮船上的混乱之象。而《自流井》的主旨则被时人视为"描写在自流井的一个封建式的家庭，如何为现社会所不容，而终走到崩溃的道路"①。两部作品所着力凸显的故乡性，我们当然可以从多个方面入手考查，但故乡言语的使用、故乡情境的展示和故乡人物的塑造，三者不可轻易错过。

首先是使用"川言"。王余杞最初使用的是文学青年熟悉的感伤语言（尽管郁达夫把这种表达视为"力的文学"）。这一风格在《浮沉》中的书生革命者王孝明身上得到延续，但是"讽刺性"在批评臃肿的政府机构与虚伪的投机革命人士时已经大大加强了；此后《急湍》继续收敛了自我表现的趣味，通过大段政治军事形势分析，向世人宣告了日本侵华真相；《海河汩汩流》则在"第三故乡"②——天津的地方语言和市民生活中找到新的叙述激情。但是纵观这一创作语言的流变过程，四川方言基本缺席，或者说尚未获得展示空间。

因此当《轮船上》出现如此泼辣酸爽的方言对骂时，那些习惯王余杞带有感伤浪漫主义特征文风的读者，当会倍感惊讶。

> "你祖宗的，挤你妈的！"
>
> "你敢骂老子？这河面上是你杂种包了的吗，老子来不得！"
>
> "妈的，老子要先上去了！"
>
> "灰孙子，老子会让你！"③

这种方言土语的使用，在《自流井》中更为普遍和自觉。据研究者统计，小说至少使用了"妙窍""扮灯""相因""行市""背时""诀人""认黄""舐肥""闹派""撒搁""灭嗝""丘二""棒客""吼叭

---

① 《编辑后记》，《中心评论》，1936 年 1 月创刊号。
② 陈裕容：《王余杞创作访谈》，《现代中国文化与文学》，2006 年第 1 期。
③ 《轮船上》，《国闻周报》，1935 年第 12 卷第 18 期。

儿"吃香香""扯市口"等地方性词汇。①

我们当然明白，方言土语的使用并不能保证文学创作的价值品级，但研究作家对语言资源的选择性使用，实在有助于我们理解作家创作观念的某些根本性变化。少小离家，能做到乡音未改，殊为不易；可要在作品中做到乡音全无，则多半有意为之。在标准国语发音基础的北京话、北方话中浸淫 10 余年，乡音隐藏，京（津）腔凸现，这是地域文化耳濡目染的自然浸润，也是强势文化场域中的主动选择——作为新文学传统继承者的王余杞，似乎理所当然地接受了北京话以及北方话之于地方语言的中心地位。正基于此，当方言在《轮船上》与《自流井》中分量倍增，我们自可将其视为王余杞对个人写作的一次自觉反省。而在 1936 年写就的《自流井》序中，他也明确承认了写作语言受到了"故乡的影响"："因为我生长在自流井那地方，习惯了半文不白的语调的缘故。这种语调，便也在这部小说中保持着。"②

其二是展示"川境"。小说叙述人、事，为求人物丰满和事情合理，故不能不着力塑造人事变动的地方和空间。《轮船上》的一船之载究竟逼仄，又是"逃难"这样的特殊时机，自难以具现川地民众日常之生活。《自流井》则不然，其对自贡盐区的观察细致、描写完整，搜寻作者个人或他人同类创作，实难有出其右者。

无论从地域代表性场所的一般性展示，还是从文学创作的环境书写传统来看，《自流井》的特异之处，首先体现在对自流井盐业生产各个流程的细节描绘和数字统计上。小说原本已借盐井学徒工周白文之口详细介绍了井灶生产的诸般事宜。然而尤嫌不足，作者进而在小说连载结束后补作一序，从产盐区域、产盐种类、盐井种类、灶户种类、采卤方法、制盐方法、运销岸别、运输方法、盐商组织、工人种类、工人生活等方面，对井盐生产流程逐一交代。

① 王发庆：《王余杞评传》，花木兰出版社，2021 年，第 146 页。
② 王余杞：《自流井》序，《中心评论》，1936 年第 32 期。

不过，虽不如上述统计数据细致，却更为动人的空间呈现，还是那些打上了作者少年时代印记的人事场景。如乡间风物描绘：王氏私立学堂内的学习嬉闹、家族祠堂祭祀时的三跪九叩、阴历每月十五的家族月会、市街的灯会、沙湾河坝的玩乐以及下河街的小吃等。又如盐业危机铺陈：军阀张旅长和县知事老圈儿密室巧立名目，大肆勒索盐商；王三畏堂内，经营者与股东钩心斗角，迪三爷与如四公站队互攻。再如底层苦难展示：井房、灶房中"每个角落挤满了疲困、饥饿与脏污的人群，他们不晓得有白天，也不晓得有晚上"①，而他们的悲惨人生集中呈现为盐工黄二顺的家破人亡。

其三是塑造"川人"。现实题材的小说少不了人物的塑造，既要呈现各类型各阶层人物的集体群像，更需展示重要人物的单独特写。

《轮船上》聚集了一群躲避战乱的乡民，而镜头主要落在一户乡绅人家。作者先以较多笔墨饶有兴味地描绘了大家族中的陈老太爷的形象：恪守着"耕读传家"的信条，"叫远近的人群钦佩"，战乱逼仄的境况下仍然心想着供奉菩萨。并借"大孙少爷"之口为乡贤陈老太爷的无辜受难辩护："爷爷有什么坏处呢？一生到老，勤俭持家，对人谦恭，处事和平。"但小说接着便借"二孙少爷"之口表达了自身的革命立场："一边是只会欺负老百姓，揉水溦，静等着别人去送死；一边却是有计划，有主意，拼命干。你想想吧，该谁吃败仗呢？"并且也借陈老太爷的长工赖长兴之思，表达了战乱中底层民众的觉醒："他既没有家就不怕烧；他既没有银钱，就不怕抢；他既没有别的活路，就不怕杀——天地间也没这样不讲理的事！"② 小说借此不仅强调了共产党的革命正义性，也直接洞穿了避难轮船上权势群体的反动本质——"旧社会的维持者，帮忙的人，在优裕生活中成为一个旧社会的护符或者假面具"。小说关注大时代下的个体命运，有意并置双重视角和观念冲突，既

---

① 王余杞：《自流井》，《王余杞文集（上卷）》，花山文艺出版社，2016年，第367页。

② 《轮船上》，《国闻周报》，1935年第12卷第18期。

呈现了王余杞文学的丰富性，也拓展了作家的左翼批判和伦理关怀的深度。

对川人的大规模书写发生在《自流井》中。该小说体量和人物均为《轮船上》数十倍，其笔涉王三畏堂内部各族公、爷、哥辈人物及下属仆从，涵括盐场内各种学徒工人以及外部势力——商团、军阀、县官、捐客。然塑造最丰富者乃一对父子：迪三爷和幼宜。幼宜是作者少年的缩影，也是小说重要的叙述视角，其细腻的视觉观察和心理感受颇为成功。不过，成年幼宜向亲友所作的"家族事业必败""全民族联合在一起"的空洞呼吁，终究显示了议论文体之于小说创作的水土不服。倒是在迪三老爷身上，我们看到了王余杞面对父辈时的复杂心态。小说虽讽刺其半新不旧："留学在十前，那时的经历，一直以为还是新知，对着当地人，俨然英雄豪杰；而拿起夔门外寄来的报纸，又难免自伤不合时宜！"[1] 这自然是为其失败的地方教育革新与家族盐业斗争做铺垫，也顺便为小说主角幼宜未来的成长留下叙事空间。但是相较于那些"只信仰钱"的家族成员，迪三爷显然被塑造成了一位具有现代知识，热心家族事业，无粉花、卢雉、烟土等恶习，敢于为家族公益挑战经营管理者和债团代表的先觉者、拯救者。

## 三、超越"魔窟"与"天堂"：为故乡正名

然而，我们要问：作为故乡的四川和自贡，本是一个失焦的模糊背影，何以竟能转身走向镜头中间呢？1933 年的返乡之旅是其直接原因。

《在天津的七年》中，王余杞曾对此次返乡原因和大体经历作过说明：

> 日本占据山海关……把天津搅得乌烟瘴气，令人窒息。我实在待不下去了。辛亏铁路局享有几张免票，就借机会去了上海。上海百业萧条，看不到什么希望，于是乘船西上四

---

① 王余杞：《自流井》，《中心评论》，1936 年第 3 期。

川。……在家乡，境况日非。农民终年劳动，不得温饱；商业资本抬头，封建家庭没落；工人罢工。我收集了一些资料，转回天津。①

即是说，王余杞因天津混乱赴上海谋生路，但因上海战事萧条，遂无奈回川。但细究起来，这只是解释了王余杞为何去四川，却并未回答为何要写四川。本文认为：在抗战时期，四川一省在全国、自贡一域在四川的重要性的大幅提升，推动了作者对四川和自贡的重新关注。

因蜀道崎岖，不能与外省作有效及时之沟通，巴蜀之地难以成为外省舆论关注之焦点，即使或有报道，也多以负面认知为主。自晚清开始，四川就常被外省人视为"国之异乡"，恰如 1930 年，旅沪川籍青年学生王宜昌在一篇文章中所说："有一个'异乡'在现在底中国秘密地存在着。这个'异乡'，就是僻处西南底四川。"② 此外，又因蜀地军阀当道、经济落后、战事频仍而中央政府莫能管辖，又获得一"魔窟"称号③。1931 年，山东省政府建设厅主办的杂志《建设月刊》，在《各省建设要闻》一栏中，无视省际交谊，多次以"四川魔窟"为大标题，介绍川内道路建设情况，如《四川魔窟中之有意义建设》《四川魔窟中之新建设》等。1932 年 12 月天津《大公报》更是直接将记者在四川所见，编排在《魔窟奇观》的题目之下，并辅以"币制紊乱价格不一，马路发达有名无实，烟馆充斥彩票流行"之副标题，表达外省人"川事奇已，不知尤有奇之又奇"之惊叹④。至 1934 年，北方报纸仍然以"邪魔地"为四川之真实写照，并直言"提起四川，普通代表这样一种印

---

① 王余杞：《在天津的七年》，《王余杞文集（下卷）》，花山文艺出版社，2016 年，第 569 页。

② 王宜昌：《关于国立成都大学》，《成都大学旅沪同学会会刊》，1930 年第 1 期。

③ 如山东《建设月刊》便如此解释"魔窟"由来："四川干戈扰攘，人民喘息未定，群魔斗争方酣，外省人士，咸以夔门以内为魔窟。"见《四川魔窟中之新建设》，《建设月刊》，1931 年第 1 卷第 1 期。

④ 《魔窟奇观，四川之现状》，《大公报》（天津），1932 年 12 月 19 日。

象，大烟与内战"①。

王余杞对外省人使用"魔窟"指称故乡的耿耿于怀，在《自流井》序言中亦表露无遗：

> 才几年呢，那时候四川一省好像早已不在中国人记忆中，似乎长久地把它忘却了。外面的报纸，很少刊载着关于四川的新闻，有之，在标题上必然动辄加上个厌恶轻蔑之极名词："魔窟"。一如富贵中人对于不幸者一样，眼光所及，立刻会皱起眉头，鄙屑之外，绝不肯奢侈地给予过一点半点同情。于是魔窟就让它永远成其为魔窟而已。②

虽然《自流井》在 1940 年代出版时，王余杞将"厌恶轻蔑之极"调降为"令人不大愉快"、将"魔窟"替换成"勘察加"，但我们仍不难体会王余杞对外省之于四川的刻板印象的愤怒。而且，这种愤怒在某种意义上，又为特殊的抗战形势所激发、放大了。诚如王东杰所言："30 年代中期以后旅外川人越来越难以容忍外省人对四川的歧视，这一心态转变与四川作为'民族国家最后的防线'的政治地位越来越凸显不无关联。"③ 随着中日关系恶化，1933 年以后，国民政府逐渐意识到了四川之于国家建设的重要性，四川之地位遂有从"僻处西陲"到"民族复兴根据地"的超常升陟。这激发着包括作者在内的四川民众捍卫故土名誉的本地情怀。

而随着抗战期间四川一省政治经济地位的提高，自贡一市的社会名声也显著增加。自同治末至光绪初年，自贡盐场产量近 20 万，已占全川产量一半以上，成为 19 世纪中国最大的井盐生产基地，被誉为"富

---

① 举庭：《魔窟四川》，《北平周报》，1934 年第 86 期（1934 年 9 月 16 日）。
② 王余杞：《自流井》序，《中心评论》，1936 年第 32 期。
③ 王东杰：《国中的"异乡"：二十世纪二三十年代旅外川人认知中的全国与四川》，《历史研究》，2002 年第 3 期。

庶甲蜀中"的川省重镇。① 抗战期间，沿海盐场深受战争威胁或直接溃于敌手，自贡更肩负起防止国民淡食、保证国家财政的重担。如王余杞所说：

> 这个名不见经传的小地方竟也叫人当作"新大陆"般地发现出来了。……自流井因此才能名满天下。游四川的人，成都、重庆之外，第三处必到的地方也便是自流井。当地情形，报纸都争相记载，长篇通讯之外，有时还刊登一两条专电——最近登载的"电请中央设立直辖行政院的自（流井）贡（贡井）市府"便也是其中一条。②

但王余杞并不在意四川和自贡在国内知名度的提高。在他看来，虽然"魔窟"的名号渐消，"天堂"的赞美扑面而来，但外省人对四川"有险可守、富庶、太平"的新认知并不符合故乡实情，反而掩藏了另一种成见。如其所举之例：外乡人普遍认为自贡人富有，以至家族中有兄弟去考官费学校时受人奚落——"你们会没钱读书？啥事来跟我们穷人挤呢"；又如外省人认为盐商必定个个都要娶"淡红衫子淡红裙"的小老婆，而不知当地盐商久经运销资本盘剥经营艰难。③ 而更令王余杞警惕的是，一些人对四川自贡的赞美，不过是因为此地资源丰富、人口众多，又兼抗战大后方，最适合投资谋利——"一朝开发，表面上收了振兴实业的美名，暗地里又可以得到腰缠万贯的实利"④。一言以蔽之，昔日四川处国家地理政治边缘，所谓"国之异乡"乃至"魔窟"，固不是历史的真实；而今日四川持重，所接受的无限赞美亦不是真实。

---

① 自贡市地方志编纂委员会：《自贡市志》，方志出版社，1997 年版，第 89 页。
② 王余杞：《自流井》序，《中心评论》，1936 年第 32 期。
③ 王余杞：《漫谈·自流井》，《太白》，1935 年第 2 卷第 9 期。
④ 王余杞：《自流井》序，《中心评论》，1936 年第 32 期。

职是之故，作为"生长在自流井"的本地人，王余杞自认为有责任也有资格，为全国民众绍介一个更真实的四川形象、自流井形象。

这首先体现为《漫谈自流井》和《自流井》关于盐业生产现场的繁复、详尽乃至不乏突兀的说明。这种对自贡盐场全景而细致的描绘，使《自流井》在一些研究者眼中好似一部不可多得的井盐史料①。或许在王余杞看来，他必须突破小说写作的一般模式，尽量全面而深入地呈现自贡盐场的场景和工作方式，方能为真实的家族内部纷争、真实的军政勾结、真实的底层生活以及真实的工人抗争，提供现实合理性和叙事原动力，方能为真实的自流井、自贡、四川形象提供最基本的文学说明与历史证明。

除了外在的场景描述，王余杞还为我们追寻到了更为内在的故乡真相：自流井盐业早已且正在衰败之中。他在《自流井》序言中说："川盐成本重，运费又高昂，根本不能与人竞争，尽管节制生产，销路依然疲滞。"② 此后又借小说人物李老幺之口说："在乡下，大财主变成小财主，小财主变成光棍一条；在井上，上万的家财，说倒就倒，马上掏不出一文钱。听说又在打仗，打仗就拉夫，庄稼做不成，盐又没有销场啦！"③

然而我们仍存一个重要疑问：抗战期间四川和自贡经济政治地位迅速提升，自流井盐业生产方式实现现代化改进，难道不能让王余杞的故乡书写更多一点希望的亮色吗？我们当然可以理解为这是一名左翼知识分子正在倾诉对社会黑暗面的愤怒，或者作者正在努力还原晚清到民国

---

① 其实，民国时期各类盐业杂志如《盐务会刊》《盐务月刊》对全国各地盐业发展状况介绍比小说《自流井》更翔实。如《现代读物》上的连载文章《自贡盐业之出路》《国讯旬刊》上的连载报道《自贡市一瞥》等，几乎对王余杞介绍的各个生产运销流程都有更细致且更富现代科技内涵的说明。参见蟠屋仲子：《自贡盐业之出路》，《现代读物》，1936 年第 3 卷 6—8 期；《自贡市一瞥》，《国讯旬刊》，1939年第 215 期。

② 王余杞：《自流井》序，《中心评论》，1936 年第 32 期。

③ 王余杞：《自流井》，《王余杞文集（上卷）》，花山文艺出版社，2016年，第 364 页。

初年自流井盐业的艰难历史。但本文认为还有一个原因绝不应被忽视，即四川自贡盐业在全面抗战前的持续困境和现实衰败，或许才是刺激《自流井》如此书写（或曰悲悼）故乡的内在动因！

我们一般以为抗战期间，四川特别是自贡在全国经济政治地位大幅提升。此说大体准确，但如果对"抗战时期"这一时间段再做细分，就能发现：至少在1937年全面抗战之前，自贡产盐在全国盐业中的比重并未有想象之高，而自贡盐业所直面的困境不是供不应求，而依然是供过于求。王余杞作《自流井》时，中日战争尚未全面爆发，沿海主要产盐地尚在我手，亦未因战争大面积影响生产，自贡井盐虽见重于四川和全国，但其重要性在海盐产地尽失之前，也不应被过分强调。有资料表明：即使到了1936、1937两年，富荣盐业的产量均不超过300万担，而面对此产量，运销商还常有产多、岸滞之怨声；川盐产业此时的主要目标还是节制生产，以期供求相应①。时人虽也担心战争影响海盐生产而提议重视内地井盐生产，但主要关注点也仍在改革川盐的落后与衰败。如《重庆商务日报》记者概述自贡盐业现状时特别指出："近年以来，一方以苛捐杂税之繁重，他方又丧失楚岸之大部销场，故无论井灶行商，皆陷入经济不景气状态下。"② 署名蟠屋仲子的《自贡盐业之出路》一文，也强调其时井盐较海盐的竞争劣势："海盐之货色、成本、销路、运输均占优势，井盐就此欲与之抗争，势不能也。"③

简言之，自贡盐业的现实比历史更直接地影响了王余杞的小说创作姿态，且此一"现实"必须进行内部分期和细致考察。尽管四川作为民族复兴根据地和自贡作为井盐主要生产地的战略重要性，的确激发了王余杞等川人的本土意识和地方荣誉感，但1937年全面抗战爆发之前，海盐主导的盐业态势尚未改变，自流井盐业依然处在持续的发展困

---

① 政协自贡市委员会：《因盐设市纪录》，四川人民出版社，2009年，第262页。

② 《四川自贡盐业之现状》，《重庆商务日报》，1934年2月26日。

③ 蟠屋仲子：《自贡盐业之出路》，《现代读物》，1936年第3卷6期。

境中。因此 1935 年前后写作的《自流井》无法自外于自流井这一迫近而迫切的现实，它虽然大规模地、全景式地描述了地方盐业众生相，但更多地还是注目故乡盐业的艰难现实处境，也无法（或无意）预见它在几年后的光辉未来。

## 余论：故乡书写和地方记忆中的"时变"性因素

进入 21 世纪，"中国现代文学"研究有日益转变为"现代中国文学"研究之势。概念变化无非词序，折射的却是学术研究潮流从"时间"向"空间"转型的内在剧变。如今，线性历史观指导下的时段/性质严格对应的本质叙述已经不再是自明之论，更多的学人正在借助知识社会学进入到民族和国家最富细节的社会历史、文化和制度情境，挖掘出政治、经济、法律、教育等等历史议题对文学的作用和影响①。但是现代文学研究的完整性、丰富性、复杂性，并非只能通过"空间"视角/方法才得以体现；事实上，如果我们对"时间"结构、层次的内在嬗变足够重视，"空间"细节便具备了更为自觉的时间衍变维度，我们对故乡书写和地方记忆等文学现象的解读也将更能走向纵深。

即以王余杞为例，他对故乡书写一度淡漠，盐业大家族败落的耻辱经验、重要家庭成员辞世的受挫感受、京津地区工作生活的超高满意度、爱国青年的全国性关怀等因素构成了复杂的原因链群。然而抗战时变中，地方势起下，这位川籍游子的故乡书写一路从淡转浓。20 世纪 30 年代，四川作为民族复兴根据地，激发了王余杞等川人的省籍荣誉感；自贡作为战略井盐生产地，也激发了王余杞的地方自尊心。但 1937 年全面抗战爆发之前，海盐主导的盐业格局未改，自贡盐业依旧发展艰难，以正名为主旨的"真实故乡"书写，遂以再现困境和"分享艰难"为己任。

---

① 康斌：《评李怡〈作为方法的民国〉》，《中国现代文学研究丛刊》，2017 年第 6 期。

王余杞欲为四川、自贡正名，以破除外省人的刻板印象、虚假印象为首任。然而自流井的衰败现状和作家个人坚持的真实原则相碰撞，却在另一个维度上验证了故乡的落后特质。我们无法确知王余杞在创作之时便已清晰此一内在矛盾，但是在全面抗战后的这一全新历史时段中，自贡盐业发展和战略地位飞升，却实实在在地提醒着作家赶紧为晦暗的自流井书写所暗藏的系统漏洞打上补丁。于是在1943年岁暮、《自流井》即将出版之际，王余杞补写了一篇校后记。后记主旨有二：其一，针对"不爱故乡"的读者指责，他强调《自流井》具备正面的写作初衷，并恳请读者谅解："我自然是热爱着自流井，每因为爱之深，望之切，责备求全，在所难免，却自问无一而非出于善意。但愿乡人，谅我愚衷！"其二，承认《自流井》对自贡在抗战期间的重要地位认识不够，对于"抗战而后的自流井，突飞猛进，气象万千"的新景象不曾写到①。

事实上，站在1943年的时间节点上，自贡盐业的黄金时代，王余杞早已深度参与过；而此前未及明白表述的"爱之深，望之切"，也在新的写作中得到了强烈表达。只是此等写作并非小说，甚至非一般意义上之"纯文学"，它们始载于1938年8月的《新运日报》，有一个共同的名称：《我的故乡》。相较于《自流井》欲对故乡下手批判而于心不忍，《我的故乡》则直接呈现了一个左翼知识分子身处地方情境、利用地方权斗来实践左翼批判立场的是非得失。限于篇幅，此不赘述。

---

① 王余杞：《自流井》，《王余杞文集（上卷）》，花山文艺出版社，2016年，第452页。

# 从《尚义街六号》看于坚口语诗的诗学意义及其发展趋向

□布小继　布晖①

　　《尚义街六号》自问世以来，就被各种不同的选本和高等学校教材收录。凭借该诗，于坚逐渐引领了新时期中国口语诗的潮流，成为"第三代诗""新生代诗人"和"民间诗歌"等潮流的主要代表。在目前可见到的众多论著中，对《尚义街六号》的分析主要是从审美、风格和功用等方面进行的。这势必会导致对该诗理解的窄化。有学者认为，口语诗有广义和狭义之分。"从人类发出的第一个单词那一天开始，口语就出现了，广义的口语诗也将随之诞生。""一部人类早期的史诗，就是一部最为壮丽的口语诗。"② 无论中西，口语诗的出现都早于文字，它是人类对世界审美的最佳表达方式之一。那么，作为新时期变革中的文学转型和审美方式变迁的重要代表作品，《尚义街六号》是如何成为于坚诗歌的转向之作的？本文将在论述于坚口语诗作的诗学意义基础上，讨论其所引领的口语诗的发展问题。

---

　　① 布小继，红河学院人文学院教授，研究方向为中国现当代文学与现代文化、云南地方文学与文化。布晖，云南大学文学院 2020 级中国少数民族语言文学专业硕士研究生，研究方向为中国少数民族作家作品及云南作家。
　　② 向以鲜：《口语诗的缘起与变迁》，《诗刊》，2020 年第 5 期。

## 一、《尚义街六号》与于坚口语诗的诗学意义

《尚义街六号》作为于坚的成名作，它借助对一个特殊空间"尚义街六号"内各人的行为举止、音容笑貌、谈吐声情来再现一个时间段内众人的原初生活状态。作为对时代流行的诗歌写作方式的不满和反叛——"这个杂种警察样地盯牢我们/面对那双红丝丝的眼睛/我们只好说得朦胧/像一首时髦的诗"①，进而宣告了一个新诗"智慧的年代"的来临。

从时代语境的意义上说，《尚义街六号》具有对时代命题的回应与消解的鲜明特征。于坚有大量阅读"地下诗歌"的经历，正如其本人所提及的，"我想起 1975 年的某日，这个国家像古代一样，没有发表诗歌的刊物……正是此时，我读到许多地下诗歌的手抄本，包括远在北京的诗人食指的《相信未来》，它们显然是在一种古代的原始形式中被传播的"②。"地下诗歌显然不是那种'原封不动'的诗歌的历史，而是一种'记忆'中的诗歌现象。"③ "地下诗歌"作为特殊的历史阶段出现的文学现象，它既是对"文革"时期文学凋零状况自觉的反叛与反拨，也是对西方诗歌的又一次学习与认知。这一在知识青年中流行的地下诗歌创作和"手抄本"，在相当程度上重新唤醒了一代人对新诗的记忆——走出口号、斗争和革命的阴影——诗歌大众化走向极端的产物。

新时期之后，一方面是迫切地与世界接轨的需要（即国际化、现代化），另一方面是需要在读者与批评家之间重新获得认可，诗歌界出现了抗议与争执、反抗与破坏、建设与重构、拥抱与逃离等等趋向。北岛意图建立的"正直的世界，正义和人性的世界"④，江河的"与现实世

---

① 于坚：《于坚的诗》，人民文学出版社，2000 年，第 251 页。
② 于坚：《还乡的可能性》，商务印书馆，2013 年，第 35—36 页。
③ 洪子诚主编：《百年中国新诗史略》，北京大学出版社，2010 年，第 225 页。
④ 洪子诚主编：《百年中国新诗史略》，北京大学出版社，2010 年，第 263 页。

界发生抗衡，又遥相呼应"的世界①，都是对诗意坍塌、理想世界崩溃而无力感加剧后的自我拯救，但这种"自我拯救"无法跳脱开现实的重重阻隔而存在。同时作为对"被抛入"和现实无力感的回应，"朦胧诗"出现。无论是北岛斩钉截铁式的大胆质疑，舒婷深沉质朴式的细腻表白，还是顾城孩童式的灵光乍现与喃喃自语，抑或梁小斌面对现实的哀怨低回，都是基于对诗歌能够发挥出类似于"五四"新诗巨大力量的期许，有意无意地使用了宏大叙事技法的。这样，诗歌总体上的高昂格调与诗人个体的情感体验、情绪宣泄之间并不构成根本性的矛盾，反而助推了时代昂扬的情绪，这也促使诗歌走入一种循环发展的格局，承担了与传统极为类似的"载道""言志"的使命。

于坚在早于《尚义街六号》的诗歌如 1980 年的《献给外祖母的挽歌》中，就有意无意地表现出了使用口语叙述情节的特色，一些诗句表述依然有着传统的铺陈、重章复唱的痕迹，如"飘动""她只是""总是"等领起的句式，也有回应时代问题的"没有文化不参加革命"② 等诗句。对相对完整的叙事的追求和对压抑情感的处置得宜，使得该诗具有了比较分明的节奏和容易被识别的"软性话语"。笔者之所以如此命名，在于它具有了一种可以直通人心、引起共情的力量。诗人对"我"这一叙事抒情主体的处置，看似波澜不惊，实则波涛汹涌——"我们将来的亡灵/会有自己的故乡"③。把自己投入到其中，到具体的诗歌语境之中，努力与读者共情，这是于坚诗歌总能够被读者追捧、赢得读者喜爱的重要原因之一。

《尚义街六号》有意集合了一些看起来不太和谐于时代的大学生，通过叙述他们日常生活中的片段来激发人们对这个时代的感知与怀念，忧郁与悲伤。更为重要的价值在于该诗正式宣告了于坚对漫溢着生活趣味、能够消解或集中人与时代紧张关系的各种努力和书写兴趣。它

①　洪子诚主编：《百年中国新诗史略》，北京大学出版社，2010 年，第 264 页。
②　于坚：《0 档案》，《于坚集 卷 2》，云南人民出版社，2004 年，第 6 页。
③　于坚：《0 档案》，《于坚集 卷 2》，云南人民出版社，2004 年，第 8 页。

既可以向上直指苍生社稷，也可以向下指向俗世凡尘。这在《飞碟》一诗中有着清晰的表现。该诗借助怒江——"过去的王和将来的王"① 的"最初"与过去遭遇的"高山森林石头风暴太阳荒原和鹰"，又用"你看见"句式的不断复现展演正在进行的事物活动，世俗尘世、普通民众与"我"等小民一起重新经历成长，由此开启了一段往昔难以说清或者无法言喻的历史进程。"怒江日夜流淌"，怒江不再是传统地理学意义或教科书中坚硬而无法撼动的大江，而是一条与特殊年代一起进化和成长的有灵性的河流，是难以被扑灭的历史记忆拯救了、也唤醒了的公众。诗歌中的"你"也就不再是高不可及的存在物，而是可亲可敬的、懂得众生疾苦的"上帝"。由此，狂欢化的叙述在裹挟了若干语言无法清楚还原的日常生活"碎片"之同时，也正视了它可能会遭遇到的"艰难险阻"。这种狂欢化之中已然隐藏着语言作为存在之舌或诗歌是上帝之思的理念中即将遇到的种种困难。

长诗《0档案》是诗人创作上的一个里程碑。于坚借助纸质的档案卷宗这种形式，别开生面地记录了"他"，即父亲平凡无奇而又充满意味的一生，被档案锁住而无法逃脱的一生。寥寥的几页卷宗，是父亲一生走过的漫长而短暂的路，在他者目光的注视下，以"零度"笔法进行注释和改造，一定程度上还原了时代的坚硬、粗糙、锋利和柔软、幸运、眷顾。但该诗并不局限于人物的成长史，它更为重要的探索体现为于坚对语词哲学的兴趣。新诗语词之间的隔阻与暗盒如何被打开，获得其本真的意义或原初的理解。当他把一些不及物的词语重新加工并连缀成行时，汉语语词恢复了它的"荣光"。于是，语词之间冷冰冰的"老死不相往来"的态势被化解，而且这一态势随着大量的非诗性语词被赋予诗性和诗意而得以不断扩展。诗人以进击的姿态扩大了现代汉语诗歌的疆域，拓展了诗歌能够抵达的地盘，坚决而彻底地摒弃了"比"——比喻，在革除了现代诗歌中常见弊病的同时，当然又带来了新的问

---

① 于坚：《0档案》，《于坚集 卷2》，云南人民出版社，2004年，第11页。

题——诗歌的功能仅止于叙事吗？它的审美/美感在哪里？语词化狂欢的叙事必然会使诗歌的边界变得模糊、暧昧，含混不清，无意或有意地取代散文、小说，那几者间的功能又如何区分？

这在《尚义街六号》的时代，当口语诗作为新时期的诗歌理想呱呱坠地并刚刚看到曙光之时，诗人们恐怕无论如何也无法预知到以上问题将会成为一个困扰口语诗人们的问题。《尚义街六号》在它问世之时，是作为反抗朦胧诗"宏大叙事""革命话语"和主流诗歌的"他者"面目而出现的。可一旦口语诗作为"第三代诗人"诗歌的重要一脉被文坛接纳时，作为主流的它祛除了"朦胧诗""宏大"的"魅"而保留了叙事的功能，并在这一道路上不断加速奔跑，其动力显然是来自语词化叙事的狂欢快感，但又构成了新的"魅"。比如以沉痛感和深沉感著称的《哀滇池》一诗，就把激越的感情与跨越几十年的时间叙事交融杂合一处，围绕着历史与现在、未来，在滇池旷远的空间上展开。杂合交融叙事更加明显的《飞行》一诗，则显然借助了"飞行"这个具有穿越性和穿透力的动作，力图在东方西方之间、天上地下两界、崇高与琐碎、过去和未来之间创造一种可以联通的方式。这种诗歌企图差一点就做到了，诗人如果不是过于相信或陶醉于语词及与语词同步的强大思想力量的话。从这个角度来说，《飞行》确实隐藏了自我颠覆的可能，它由语词狂欢进一步走向语词迷宫。该诗显然已经不满足于《尚义街六号》"从日常生活中发现可能的诗意"的简单命题，而是力图构建更为开阔辽远，甚至是纵横捭阖的硕大空间。诗人终于以此诗宣告他走出了原先被视之为起步之基和"根脉"所在的云南红土高原，宣示了一个勃勃的雄心，由祖国边疆一隅的云南昆明的尚义街六号走向世界。但正如"诗言志至高无上的地位已经遮蔽窒息着诗歌……在创造者那里，诗歌的诞生一直靠的是灵光，而不是理论、知识"① 一样，诗歌不是高高在上的说教手段，而诗人也不应该是作为说教者而存在。故此，就要回归

① 于坚：《我述说你所见：于坚集 1982—2012》，作家出版社，2013 年，第364 页。

到最初也是最重要的问题——何为诗？诗何为？

在《诗言体》一文中，于坚努力否定"诗言志"，认为"志"的无邪是由"时代、道德、知识"规定的，在"无遮蔽了有"① 的基础上，提出了"诗言体"的概念，即"诗歌的崇高使命，就是要反抗尺规，包括诗歌的尺规。诗歌的世俗使命，才是维护美、高雅等等美学史总结出来的'尺规'。反抗尺规就是回到大地，回到道法自然。创造体"②。这里的回到等同于返回，返回诗歌开始出发的地方。在于坚看来，诗歌在绵延不绝的发展过程中，被附加上了太多太多不够纯粹而且自身也无力拒绝的东西，这就是与"无邪"的道德理念、伦理教化密切相关的"道"，成为被制度、传统、习俗、文明、意识形态等规训和牢笼的产物。随着时代的发展，诗歌还被反复地寄予了无数代人的热望、野心、理想、变革等非诗的东西，使其不堪重负，扭曲、变形，早已脱离了初衷，成为诗歌本身最憎恨的那一面。故此，"何为诗"就是于坚在该文中最为关注并着力解决的问题。他的诗论对新诗本真精神的追求与创作实践之间有一种同构而间离的关系，这从《读康熙信中写到的黄河》一诗可以看出。

该诗把"我"与黄河的关系比之为"我"与"父亲"的关系，以河流在古代史书与现代影视之间的反复出现为切入口，突出了其"空无一物 河床咧着干掉的嘴皮/像是某个小国家的/大沙漠上的瘦孩子"③ 的悲催模样。进而切换到《康熙王朝》的电视剧中康熙信里提到的河清水洌、鱼虾肥美的景象。两相对比，"现代化"之忧思被凸显出来，而电视剧受众的世俗追求却依然如故。这首诗最为重要的特征显然在于它不断地强化了诗人对现代化的忧虑，这也是于坚从《哀滇池》起就有的

---

① 于坚：《我述说你所见：于坚集 1982—2012》，作家出版社，2013 年，第 365 页。

② 于坚：《我述说你所见：于坚集 1982—2012》，作家出版社，2013 年，第 380—381 页。

③ 于坚：《我述说你所见：于坚集 1982—2012》，作家出版社，2013 年，第 49 页。

"文明之忧"的延续。就像他喜欢借助手中的老式海鸥牌相机记录有意味的场景：老式物件、老式建筑、老式做派、老式风格一样。这里，"老式"意味着历史感，意味着逝去的将不可复得、难以再现。同时，"老式"还是一种深刻的文明态度，现代文明的快速发展与全速前进已经影响到了人类生存的道德伦理底线，甚至危及了基本的社会法则，对人心的拷问远胜于对环境恶化的拷问，或者说，比起环境来，恶化更甚的是人心！于坚从看似不经意的镜头中成功捕捉到了时代变革的重大主题，把它上升为一个值得反复捶打的、具有几重内涵的文化命题：环境恶化、文明退化、人心不古。在对存在合理性的质疑、对文明和进步的反思中，包含着于坚对现实世界和可能世界、现实发展和理想愿景之间巨大落差的思考。诗歌应该是自然而然地从大地上生发的结果而非别的什么，诗歌也应该在对各种非诗、扭曲和异化的诗之反抗中确立起自己的真理本原。

《读康熙信中写到的黄河》一诗，一方面实践了诗人对物自体的体认，即在还原中、在对事物真相的揭示中获得了超乎以往的语词本真，能指与所指具有了同一性；另一方面，还原本身也意味着对历史想象场域中存在着的另外的可能性的遮蔽，还原很多时候是一厢情愿的，因为诗人通常只能看到他愿意看到的，而看不到他不愿意看到的，书写也是如此。现代诗人借助书写成就了诗人的名号，却无法还原到世界应该有的多面性或立体性，也不能完全解决诗歌自身的因袭重负问题。要毫无牵碍地进入诗歌内部获得表达的自由，其实并不可能。于坚在努力书写出"是之为是""是其所是"或者"不是"，解决的依然是万物自身现实存在的可能性问题。以此来看，黄河之水"在"与"不在"、何时不在、为何不在是诗歌重点关注的几个问题。尤其是最后一个，诗人从存在之思上升到了不在之问。也就是说，诗人是无法真正地回到他所寄望的时代的，他也是被时代裹挟而无法逃离的那一个！在诗文和图像的创作中不断地回到过去，与现实和时代产生了深刻的疏离，这几乎是诗人们的必然命运和遭际。

在 2002 年至 2012 年这十年所创作的诗歌中，于坚一直保持着对世事的警惕，以批判的姿态不断调整书写的立场，在发现与解构的基础上、在对话中力求获得对大自然诗意的还原与再还原。对事物的瞬间感受和印象式判断不再是诗人写作的唯一动机，而是不断深入表象背后，寻找更为复杂、更为丰富的内涵。譬如 2005 年的几首诗，《看海》《美好的一天》《过海关》等，继续着对日常生活状态的叙述之同时，也有着对世界物象意义的探寻——"大海作为一个教条总是自己粉碎又复原"①，"在这个碌碌芸芸的小区／谁　是她的但丁"②。《过海关》紧密围绕一个心理活动展开，在过去与现在的回环中重新思考中国人的卑微之由。

博尔赫斯转述安德鲁·弗莱彻的名言并评述说，"'如果让我写下一个民族的全部叙事歌谣，那么谁制订法律我都不在乎'，这一见解暗示大众的或者传统的诗歌能影响人们的感情，左右人们的行为"③。我们不妨进一步理解为，于坚以《尚义街六号》为代表的、在新时期引领了书写日常生活中平常事实（事象）的传统，在口语诗后续的发展过程中成了一个能够左右和影响相当范围受众的事件，并且诗人还在不断地创造着这一传统。这也为后来的青年诗人提供了学习和效法的重要样本。

## 二、口语诗的发展趋向

"如果说，80 年代诗歌中'口语'只是作为反叛、消解的手段而得到倡导（并获得风格意义）的话，那么到了 90 年代，'口语'逐渐被赋予了本体性意义而趋于模式化。在勾画了从'第三代'诗歌到 90 年代

---

① 于坚：《我述说你所见：于坚集 1982—2012》，作家出版社，2013 年，第 31页。

② 于坚：《我述说你所见：于坚集 1982—2012》，作家出版社，2013 年，第 34页。

③ 〔阿根廷〕博尔赫斯：《博尔赫斯谈艺录》，王永年等译，浙江文艺出版社，2005 年，第 19 页。

诗歌一脉相承之线索的诗人如于坚、韩东那里，贯穿两个年代诗歌的至高形态——'民间写作'的核心要素正是'口语'。"① 在于坚看来，它（口语）软化了由于过于强调意识形态和形而上思维而变得坚硬好斗和越来越不适于表现日常人生的现时性、当下性、庸常、柔软、具体、琐屑的现代汉语，恢复了汉语与事物和常识的关系。口语写作丰富了汉语的质感，使它重新具有幽默、轻松、人间化和能指事物的成分②。很显然，这是于坚口语诗写作的重要动力之一。口语写作以恢复现代汉语的日常性为标志，不断探寻其写作的边界。日常生活的琐碎、杂乱、平庸、纷纭复杂、苟且、底层和原生态、质感等等就以其可能的面貌被呈现出来了，它的真相、湿漉漉、无所畏惧在相当程度上得到了表达。同样，以《尚义街六号》为标志，诗人对日常生活世界的领悟达到了一个新的高度和水准。这也是日常生活被"神圣化"的重要标志，如前所述，它所带来的狂欢和愉悦并不足以支持诗人对诗歌本体的追寻，于是我们看到了诗人朝两个方向的努力：朝语词方向掘进，拒绝隐喻，还原词语本身的若干可能，去蔽、澄明；朝诗歌的诗性方面掘进，回到大地上。叙事成为诗人书写日常生活景观和状态的主要法宝。

从叙事出发，口语诗歌指向了不同的领域，具有了不同的面向。与于坚属于同一诗歌脉络的雷平阳，在早年的《亲人》《杀狗的过程》《存文学讲的故事》《往事一》《屠麻记》等口语诗中，用冷峻、陡峭和"藏温情于舌中"的方式，叙述了一个个悲欢交加又不无温度的故事。与同时期的于坚相比较，雷平阳的叙述深度在于他坚守了对事相的还原和再现的基本规则，进行着节制和合乎事理的表现。这种"不露杀机"的叙述方式，为其后的转向作了铺垫。

如《春风咒》，诗人用一个个故事诠释了云南边民地区的一个个传

---

① 张桃洲：《杂语共生与未竟的转型：90 年代诗歌——1990 年代卷导言》，谢冕等：《百年中国新诗史略〈中国新诗总系〉导言集》，北京大学出版社，2010年，第 323 页。

② 于坚：《拒绝隐喻》，《于坚集 卷5》，云南人民出版社，2004 年，第 148页。

说，写出了他对云南地方风物的熟悉与热爱，表现了世间万事的枯寂与幻灭、冥想与风流、多情与无情、人性与神性、自由与安宁等。事实上，雷平阳的口语诗作为其诗歌的一个重要组成部分，它承担的是诗人对于民间、地方和生活的新发现。又如《祭父帖》，在对父亲苦难、悲催而又卑微、渺小的一生的叙述中，诗人的感情无法静止在"零度"，随着关联的人物和事件的依次出场，叙述中的节制不能不被发端于内心深处的亲情突围而出。事件在耽于细节、玩味细节中展开，使这些诗篇有了琐碎哲学、细节玩味的意味。与小说的边界一再被打破而又有了"诗小说"的意味同样值得追问的是，它的诗味、诗意和诗性在哪里？在诗人显得"任性"的叙述中，诗歌是否被消解在平庸、平淡和平实之中，在诗意传达上的赘语、赘句，对故事的沉溺而致的想象空间的被挤压等等，都成了这些口语诗在叙事上呈现出的情感泛滥或叙事失控的明证。对烟火气、地气和底气的过分执着到达了一个极致，似乎忽略了诗歌还要对那些高蹈的精神力量有所贡献的问题。

在《渡口》一诗中，诗人以"我"与澜沧江上的船夫、摆渡人徐牛的交往/交集，以类似于短篇小说的方式，写出这一个常年行走在边境上的小人物日常生活的方方面面。徐牛迎来送往、见惯人间生死，过着平淡无奇、得过且过却又醉生梦死的生活，也难得有出头之日，他有着自己特有的幸福方式——裸着黑黝黝的身体/在船头上晒太阳①。在《去白衣寨》一诗中，雷平阳借助回忆的岔道，"我们折转身，无望地走进了一片冷飕飕的坟地"②，在历史与现实、过去与未来、内与外、情与理、正与邪、刚与柔、道听途说与主流价值、大与小、爱与恨之间不断挣扎，发展，延续，以真相与幻象、虚像与实相缠夹交错的方式叙写了一次无畏、无惧的坦诚之旅。与江河山岭相爱，与日月星辰相伴，在前

① 雷平阳：《我住在大海上：雷平阳的诗 1996—2016》，新星出版社，2016年，第 211 页。

② 雷平阳：《我住在大海上：雷平阳的诗 1996—2016》，新星出版社，2016年，第 222 页。

现代的时光里行走，这也契合了前述几首诗歌的题旨。他们在现代或后现代的语境中极力叙述着与该语境无关的故事，试图回到一个自有自主之空间中，重新做自己的"王"。

在诗集《云南记》的再版序中，雷平阳认为，"我被视为'地域性写作'的诗人，我一直在做的，未来也要做的乃是呈现'地域'之内未被呈现的一切诗歌元素"①。这一说法，可以在相当程度上解释诗人的"南行记""西行记"对底层的关注，也是对自我的另一重发现——在不断地"流浪"和辗转中，和各色人等"同流合污"、称兄道弟，以对地域的新发现、对民间日常尤其是边疆/边境日常的新发现为圭臬，以进入底层生活核心的姿态和方式来重新定义与诠释民间，诠释边疆和云南。在还原生活复杂性的同时，又向底层生活保持着开放姿态，在故事叙述中重新赋予其意义，"我自认是一个群山后面的行吟诗人，远离红尘也被红尘所弃。多年来，我一直围绕着'云南'进行写作，而且早期的诗歌抒情的成分压倒了叙事，文字里有一个孤独而又快乐的山水郎。后来，心里的世事多过了烟云，虽然还以云南为场域，但我的诗歌里出现了硝烟一样的叙事、刀戟一样的悲鸣，以及寺庙里的自焚"②。所以，雷平阳口语诗中的云南不再是平面而微言大义的云南，而是一种进入云南的方式，可以打通阻隔的边界而不会令受众感到陌生。

作为更年轻一代的诗人，王单单显然很清楚前辈诗人在口语诗创作上的若干特点和不足。譬如在《工厂里的国家》一诗中，他巧妙地借用"缩小"的方式，由称谓到省略再到工厂再到国家，使诗歌具有了质感，可以领略出不一样的风采与趣味，这恰好与雷平阳的《亲人》一诗类似。在书写父亲的几首诗歌如《病父记》《父亲的外套》《祭父稿》《遗像制作》《一封信》《堆父亲》《数人》《死亡之树》中，他情思的深沉和细密随处可见，在绵密的细节刻画中彰显了对生命与亲情的理

---

① 雷平阳：《云南记》，中国青年出版社，2018 年，第 2 页。

② 雷平阳：《我向自己投案自首》，中国社科网 2021 年 9 月 12 日，http：//www.cssn.cn/wx/wx_ zjft/201604/t20160428_ 2988731. shtml

解，对地域方言和方音的迷恋，对一些有意味的细节敲打琢磨，对高蹈的语词有意识地摒弃。他执着地在日常生活的痛苦处发现诗意和可能的裂隙，借助巧妙的词语装置，以出乎意料的"金句"结尾来获得关注和影响力，当然这与一些长诗中蓄势激发的情感喷薄相较各有长处。诗歌通常还有巧妙的构思与铺垫，作为可以拓展的诗意空间。《祭父稿》中，以倒叙的方式，追述了父亲卑微的一生和作为儿子眼睁睁看父亲染病不治的仓皇："各位亲朋好友，不要追问我的出身/我已再三强调：旷野之中/那根卑贱的骨头/是我的父亲。"① 它与雷平阳《祭父帖》的结尾——"诸位，以后见面，请别喊我编辑或诗人，我只是孝子/一个只能去菩萨面前，继续哭泣的，他的二儿子"② 有类似的效果。只是，前者直抒胸臆地道出了底层一员的苦楚，后者以撕心裂肺的恸哭来传达挽回父亲生命的企图。可以说，王单单的诗歌更在意的是以精致的细节之力量作为抒情/叙事主体打动受众的资本，诗歌中暗藏着的机锋和话语的"杀伤力"呈现为一种言不由衷的表达。雷平阳则不在意这种精致可以带来的讨巧，往往以一种相对笨拙的话语来获得撬动受众心弦的力量。在于坚那里，其话语景观是在语词的仓库里构建出新的模型，呈现为本来的样子。也就是说，从于坚到雷平阳、王单单，口语诗叙事一脉的通道在语词的空间中不断拓宽与加固，以生活味、泥土气置换书生气、经院气和学究气，以叙事的柔软来置换抒情的空洞，使得口语诗不断地回归生活与常识之同时，又在各种诗歌实验中跟跟跄跄地前进。毕竟，中外文学传统中口语诗的创作与口语的历史一样古老，经历了时间的检验。

---

① 王单单：《山冈诗稿》，中国青年出版社，2018 年，第 100 页。

② 雷平阳：《我住在大海上：雷平阳的诗 1996—2016》，新星出版社，2016 年，第 154 页。

## 余论

王毅在评价伊沙的口语诗《张常氏，你的保姆》时转引英美新批评派的观点说，"一个优秀的作品必须具有复杂性或者说对矛盾对立的包容性"①。伊沙的不少口语诗作是同时具有简单与复杂之特性且具有张力。在口语诗的诗学脉络中，还可以发现诸多具有勃勃生机的面向。云南以于坚、雷平阳和王单单为代表的几代诗人，不断把其推向了一个个高峰，使其具有了不同寻常的意义。这也是口语诗的发展值得期待的地方吧！

---

① 王毅：《一个既简单又复杂的文本——细读伊沙〈张常氏，你的保姆〉》，赵毅衡，《重访新批评》，百花文艺出版社，2009年，第193页。

# 庄严、深刻、准确：罗伟章小说创作关键词

□余红艳①

　　罗伟章二十多年来先后出版多部长篇小说与中短篇小说集。关于写作理想，他说自己没什么具体的理想，只要能写到自己的份儿上，一个人是有限的，每个人都有自己的局限。一个人能摸到 3 米高，那就是他的局限。如果一个人能摸到 5 米高，但他只摸到 2 米，那是他没有完成自己。其实写作就是完成自己的份儿。②

　　罗伟章把托尔斯泰看作精神教父："人一辈子，要在书海中至少找到一本书，找到一个自己的精神父亲。对我来说，托尔斯泰的《复活》《安娜·卡列尼娜》等，我都读了若干遍，并且随时放在枕边。当我应付完一场无聊的酒席，我会觉得自己的降了很多，回到家就读托尔斯泰，复原自己。"③他着迷于托尔斯泰小说的内容和结构，认为托尔斯泰的创作提高了小说难度，为小说树立了一座高峰："《安娜·卡列尼娜》和《战争与和平》的结构无法让人知晓，有段时间我专门研究过他的结构，觉得只能用教堂的恢宏壮丽来形容，任何一个榫头都天衣无缝。但

---

① 余红艳，成都大学文明互鉴与一带一路研究中心专职研究人员。
② 余红艳、罗伟章：《罗伟章访谈录》，《阿来研究（第 4 辑）》，四川大学出版社，2016 年，第 19 页。
③ 余红艳、罗伟章：《罗伟章访谈录》，《阿来研究（第 4 辑）》，四川大学出版社，2016 年，第 18 页。

是你学不了。"① 罗伟章转而追摹托尔斯泰的悲悯情怀、对生活的洞察以及宽广深邃的视角，学习托尔斯泰朴素、精准、如河流般流淌的表达。他说自己的写作目标是"写出一部具有托尔斯泰精神——不敢说有那样的水准——的小说"。在罗伟章眼里，托尔斯泰那具悲悯博大情怀、于日常书写中表现生活和时代本质的小说才是有意义的小说，否则便是无意义。为了写出类似作品，罗伟章从作家情怀、作品深刻度、表达精准度等方面去打造作品、提升水平。

## 一、庄严悲悯与博大诚恳

罗伟章在写给儿子的信中说，艺术拒绝冷漠，要有灵魂的热度，有情感和态度。文学从情感始，情感是文学的本质。情感越强大，力量越强；无大苦闷，就无大精神，无大境界，无大快乐。罗伟章引用托尔斯泰的话说，一个对世界没有明确价值判断的作家，特别是那些认为这种判断根本不需要的人，就不可能创作出艺术作品。②

罗伟章认同那种愿意牺牲自己，把人世间最美好的情感和最博大的善意传递给别人的作家，认为他们才能潜到生活深处，触摸文学的本质，如托尔斯泰。托尔斯泰以坚定的信仰做基石，宣扬朴实真理和世界精神，透过云端帮助人们建设心灵，不为谴责和破坏，而为建设。如鲁迅，具独立于世的骨和强烈的责任感、使命感。在罗伟章看来，二人都不为个人名利，只为思考人生，都活得盛大庄严、阔大丰饶、尊贵——庄严赋予他们尊贵。罗伟章看重这份尊贵，认为庄严是各类文学艺术作品底色，"有些作品，通篇插科打诨，但让我们读出了真正的、富有力量的生活，读出了生活中（的）笑与泪；有些作品，满脸正经，却四处

---

① 余红艳、罗伟章：《罗伟章访谈录》，《阿来研究（第 4 辑）》，四川大学出版社，2016 年，第 18 页。

② 罗伟章：《真实、真诚与迷恋》，《文艺理论与批评》，2007 年第 4 期。

漏风，四处露出卑琐和狭隘"①。罗伟章秉持悲悯善意情怀，于写作中展示自己的价值观和批判意识，写介入型、社会关怀的小说。其笔下无论多么幽暗苦难，都始终有一束光在照耀；这光便是人类的道德良知、悲悯、信仰和坚持。

> 文学不是用来玩的，文学必须有所担当，从事文学的人，应该具有使命感。我相信，人类的内在需求从整体上说是向上的，是追求善良和崇高的，是同情弱者痛恨强权的，在具体而微的生活中难以发现这样的东西，就希望从文学作品中去发现并找到心灵的慰藉。②

罗伟章强调写作者应抛弃自我之心，以宽博之心看待万物，在明了后慈悲，对万事万物无论巨细都予以尊重，将心比心、感同身受、荣辱与共，将万物悲欢表达出来。只要做到了这样，即便虚构情节或细节，都会真实得逼人。"一个写作者对他笔下的人物不是充满了情感，就不可能找到艺术的形式，也就无法谈到艺术真实。"③一旦充满感情，便能引起读者共鸣，就能打动人，而"是否能引起共鸣，不仅是检验一部作品美学价值高低的可靠尺度（那是文学最为深远的魅力所在），还是检验一部作品'真实'与否的可靠尺度"④。真诚悲悯、感动人，是作家写作的追求之一，"文学是多元的，这话相当正确，但'真情实感''有血有肉'这些在创作中传统而又本质的词，永远不会过时；无论文学怎样发展，同情、悲悯、人文情怀、牺牲精神和苦难意识，都是一个写作者应该具有的高贵品质"⑤。

或许与成长经历、童年环境有关，罗伟章的写作从一开始便满含悲

---

① 彭莉：《"万松浦文学奖"获得者罗伟章：写作就是潜水，碎片化信息有损精神》，《红星新闻》，2022 年 3 月 20 日。

② 罗伟章：《真实、真诚与迷恋》，《文艺理论与批评》，2007 年第 4 期。

③ 罗伟章：《真实、真诚与迷恋》，《文艺理论与批评》，2007 年第 4 期。

④ 罗伟章：《真实、真诚与迷恋》，《文艺理论与批评》，2007 年第 4 期。

⑤ 罗伟章：《真实、真诚与迷恋》，《文艺理论与批评》，2007 年第 4 期。

伤苍凉底色。从 2004 年《我的同学陈少左》到 2022 年《隐秘史》，罗伟章对人类生存困苦的关注从未弱化。他关注人类在传统与当下、乡村与城市、身份与环境的压迫下的困境，真诚地感知与书写底层民众的苦难。《我们的成长》《饥饿百年》《我们的路》《大嫂谣》《狗的一九三二》《奸细》《磨尖掐尖》《不必惊讶》莫不如是。不管是教育高压下沦陷的徐朝晖，还是背井离乡去打工的大嫂，或是出卖尖子生获得高额回报的徐瑞星，罗伟章笔下都"体现了一种面向故乡大地、面向大地上的现实苦难、面向大地上艰辛地活着的人们——拿福克纳的话说是那些'在苦熬'着的人们——的精神立场，作品真实生动地描绘了底层民众的面貌以及来自生活最深处的悲戚与痛楚"①。

在罗伟章这里，写作是一个双修的过程：通过对现实的观察和书写，不断培育作家的普遍情怀与悲悯之心，树立作家的道德和良知；再以之倾听底层心声，书写人类苦难。以此，作家和读者的情感都得到荡涤。2022 年罗伟章出版《隐秘史》，对人心幽暗进行了深刻揭示，但揭示不是目的，与作品中人进行诚恳、坚实、平等的对话，感知与表达他们的软弱、苦恼、恐惧乃至罪孽，共同修复精神的平庸、匮乏与残缺，这才是目的。

有评论家称："罗伟章的艺术手法叙事朴实，没有传奇性的情节和高深的艺术技巧，人物场景画面都很本色自然，但总能在不经意间抓住你的灵魂，给人情感和心灵的震撼。"②

确实，罗伟章实践的是能疗救人、助人自救和救人的文学。有担当、有悲悯、能助人，是其写作的灵魂。但同时罗伟章也意识到情感的表达需克制，能感动人但不能煽情：煽情是艺术的敌人。

---

① 罗勇：《触摸那伟大的力量——罗伟章小说创作简论》，《绵阳师范学院学报》，2007 年第 1 期。

② 雷达、李建军等：《那些年轻的新生的力量——四川省青年作家罗伟章、冯小涓、骆平研讨会纪要》，《当代文坛》，2006 年第 2 期。

## 二、深潜生活并触碰时代本质

罗伟章主张在写作中保持写作者态度、表达写作者情感，并对时代人心与日常现实进行关注："（每）一部震撼心灵、被普遍认同的作品，都有着广阔的社会内涵和人性深度。"[1] 他认为小说不仅要以情动人，以情化人，还应该有宽度、密度、深度，有精神的难度和追问。在被数据化填满、被速度喧嚣充满的时代，写作者更应该创作出真诚度高、涉及面广、情感密度大、思想深邃的作品，以此对抗时代对人的异化和碎片化。

情感、宽度、密度、深度，共同造就小说的深刻。罗伟章说："不认为小说是让人娱乐的。特别是当下，供人娱乐的东西那么多，小说用不着凑那个热闹，即使想凑也凑不上。如果小说带着供人消遣的心思上路，那就是死路。我觉得，没有哪一个时代，像我们今天这么需要深刻的小说，我觉得那才是小说在当今社会生存下去的理由。"[2]

托尔斯泰体现的是有宽度的深刻，其作品不尖刻，有温度，如普照万物的阳光，如大河，丰沛稳定，不夸张，不变形，不令人紧张，在日常化正常化的书写中，展示人心的宏大复杂，显示小说能达到的宽阔度、深广度。《安娜·卡列尼娜》如生活一般平实，又像汪洋大海一般，表面平静，内里涌动不止，越往下潜越深，越冷，越黑暗。罗伟章认同这样的写法，认为这样的写作充分展示了作家对生活的全景把握与深刻洞察。他引用卡夫卡的话说：发现比虚构更难。一切最高级的写作者写的都是日常，从日常中发现，在正常中体现出的深刻才是真正的深刻——只有非正常无法走向深刻，非正常最终也要走向正常。

现实主义写作天生具有难度，时空的切近感和审美特性相悖；与正

---

[1] 罗伟章：《发现你自己——写给儿子的信》，《西部》，2015 年第 1 期。

[2] 余红艳、罗伟章：《罗伟章访谈录》，《阿来研究（第 4 辑）》，四川大学出版社，2016 年，第 20 页。

常人生贴得太近，以致任何人都可以对其评头品足——现实主义作家因此要面对比别的虚构文学更多更严厉的指责。罗伟章决心正面强攻，和托尔斯泰一样，以忠实严谨的书写呈现宽阔的日常人生，展示生活中的纵深和诗情，以宽广睿智获取人心。其写作接近日常，展示时代全景，在细密的表象铺陈中发现真相。从乡村底层到城市文明，从教育问题到扶贫攻坚，从文化变迁到人心变异，从地方文化到少数民族文化，罗伟章都有涉猎。60万字的长篇小说《谁在敲门》充分显示了其对当代社会生活的全面深入细致把握。

在充分铺展开正常化日常化的书写后，罗伟章注意表现人心的复杂，开掘人的心灵，书写人心人性的深暗。复杂和深暗产生密度和力量。他崇尚的，或者说其小说观，是正面强攻的具有密度和强度的文学，《罪与罚》《愤怒的葡萄》之类作品让他深感震撼。他喜爱有力度、冲突尖锐剧烈的文学，认为《月亮与六便士》《战争与和平》《悲惨世界》《静静的顿河》等都是有力之美的文学，给人摧枯拉朽之感，但最终能助人建立新的精神世界。

> 一部好小说，在深处一定是黑暗的，作家也是。托尔斯泰那么讲究信仰，讲究构建艺术的和谐，但在深处也是黑暗的。鲁迅就更是。……这里的黑暗不是阴暗的意思，是指往世界的里面钻，往下去，往幽暗乃至幽冥处走，往别人看不见的地方走。很难见到一个好小说是往上走，往太阳的方向走——这很难产生巨著。如果一个作家能够一直往下走，写出和太阳高度一样的深度，那就太伟大了，也太难了。这需要作家有"自作明灯"的能力。所以这里的黑暗不是一个政治术语，也不仅指我们通常所说的苦难和人性深处，还指从根本上对生命的一种无奈感、无力感；这时候，连英勇也是一种无力，也是"黑暗"，然后自作明灯照彻那种黑暗。陀思妥耶夫斯基等作家就是这样。西班牙的希梅内斯，写了本《小银和我》，写一头叫

小银的驴子和我一天到晚的温馨生活，他表达的意象，恰如雅姆的诗歌意象：如果我死了，我要上天堂，上帝请允许我把小银也带上。他就像梭罗，能从野兽的蹄印里识别自己的祖先，他和大自然的关系，深到血脉。而这正是我说的"黑暗"，是我们需要侦察、探寻和思考的深渊。卡夫卡也是，他的《变形记》，一开始就把读者和他自己逼到墙角，不留任何退路。逼到墙角后再一步步探寻退路，没有退路就把墙壁凿开。这是对"黑暗"的书写。对黑暗的书写也是对黑暗的抵抗。①

"黑暗"直指人心人性、生命深处。罗伟章一直在深暗处游走，潜到生活底部，写人在生活中的迷失和自救。② 其作品中的人物总是深陷无奈哀怨，无法逃脱，极力忍耐：《我们的成长》中许家父女苦苦坚持破碎的生活，《奸细》中高三班主任面对钱与良心发生了巨大变化，《大嫂谣》中大嫂一家和我们一家的生活状貌，《河风》中铁匠对卖烧腊女子的暗恋，《声音史》中杨浪和夏青空守千河口，《谁在敲门》中在各种人际关系中危险平衡的大姐夫，《隐秘史》中幻想自己杀了仇人的桂平昌……罗伟章以严厉的目光审视这些人及其灵魂、其心灵残缺，对其心灵隐秘处、转折处、灰暗地带都予以了清晰呈现。他说，生活中的裂缝，普通人难以言说、找不到原因的情感，是他写作的动力。其作品因此能带给读者强烈冲击，使人在其中照见自我，获得启迪。

罗伟章还非常重视提升小说的思想高度，也就是小说的深度。他说古今中外人性大体不变，文学如果只满足于对时代社会生活、人心人性的坚实书写，那便没有什么可读性。尤其像他这样大量书写底层的作品，更容易陷入低水平重复。他说当今写作者要么不写时代，要么把当

---

① 余红艳、罗伟章：《罗伟章访谈录》，《阿来研究（第4辑）》，四川大学出版社，2016年，第18–19页。

② 罗伟章、姜广平：《"我是一个懵懂的写作者"》，《西湖》，2013年第8期。

前时代当成全部，把某个时代主题当成全部，丧失了对时代的审视能力，作品不能回应时代精神和时代本质，不具有时代气息。他认为写作者应以历史眼光、整体视野，将时代当成历史长河里一个环节，在充分尊重个体生命经验的基础上，穿透过去、现在甚至未来，对时代进行审视，挖掘与时代同步甚至穿透时代的思想、命题、话语、节奏，寻找或再现时代本质，寻求真实性、真理性和可能性，给时代一个普遍影像，给人们展示一个普遍存在的精神困境。

在对农村题材的反复书写中，罗伟章将目光聚集在了当下农业文明的走向、未来中国的社会构成、未来中国人的出路问题上。当代中国人正经历着与土地的分离，未来乡土中国将走向何方？土地将如何处理？国人将以何为生、为家？罗伟章都试图思考、回答。长篇小说《谁在敲门》对农业文明转型期个体的生活、命运和精神境界进行了深描，对农业文明面临的土崩瓦解现状、乡人四散且精神空虚的现状进行了还原。小说中的"我"，一个贯穿了乡村城市文明文化的诗人，具备前现代、现代、后现代思想认知，但在当下的生活中看不到出路，只有苦恼、焦虑、厌烦、记录、逃离。小说对未来中国及其人群都表达了深沉的忧虑。

在工业文明、商业文明、信息文明乃至数智文明席卷中国的当下，罗伟章深信小说可为。他说小说是可以用来表现波澜壮阔的时代的："现在的时代应该是出好作品的时代，波澜壮阔。关键是看你有没有洞察和把握的能力。我们现在很多是碎片式写作，只看到河流中的一朵浪花。如何洞穿一个时代，像《愤怒的葡萄》那样，也像挪威作家哈谟生的《土地的成果》那样，抓住时代的本质，并用作品对时代有所概括，就是一个问题。这是很多作家，包括我，都想去追求的。"[①] 他认为，眼下"考验作家功力的根本不是故事了，而是认识故事的角度和深度，是作家对故事的阐述到了哪个位置。文学可以照此生长下去，没有

---

① 余红艳、罗伟章：《罗伟章访谈录》，《阿来研究（第4辑）》，四川大学出版社，2016年，第22-23页。

任何东西可以替代"①。

在当今文学界，现实主义小说因其载道功能对文学性的减弱、因其批判力度的减弱而不再成为主流，社会主义现实主义、新写实主义小说包括底层叙事一度成为落后土气的代名词，但罗伟章仍坚持现实主义写作。他说："现实主义没有过时。任何一种主义和流派都不会过时，主要看你经营到哪个程度。"②"文以载道的观念在某种程度上的确钳制了文学的发展，但我们应该做的，是将'道'进行拓展和革新，而不是将这种观念彻底抛弃。"③ 罗伟章对当下某些作家为了追求永恒而抛弃现实的做法很不屑，说永恒存在于人的身体中、精神深处、社会大背景中，"作为一个写作者，我们怎么能够把自己看到的景象、闻到的气味——那最真实可贵的东西——抛开呢？为了永恒而无视波澜壮阔的现实图景，是作家的愚蠢，也是作家的耻辱"④。

## 三、精准的虚构产生丰富和力量

罗伟章说：小说是有道德的，而小说的最高道德，就是如何把小说写好。罗伟章以往不太重视技巧，认为技巧的使用应建基于内容，对文本的探索，根本目的还是为了内容——为了把内容表达得更到位。正因此，探索也好，创新也好，都是有内在要求的，绝不是越探索越好，越创新越好。"如果一个作品太精致，太光滑，在语言上过分考究，内里却很苍白，没有意义，那就不行。"⑤

早期罗伟章只是老老实实按照他所感知的生活面貌去写，反对把作

---

① 参见余红艳对罗伟章的访谈，2015 年 5 月 21 日，个别文字略有改动。

② 余红艳、罗伟章：《罗伟章访谈录》，《阿来研究（第 4 辑）》，四川大学出版社，2016 年，第 19 页。

③ 罗伟章：《真实、真诚与迷恋》，《文艺理论与批评》，2007 年第 4 期。

④ 罗伟章：《创作谈·文学札记》，《红豆》，2012 年第 3 期。

⑤ 余红艳、罗伟章：《罗伟章访谈录》，《阿来研究（第 4 辑）》，四川大学出版社，2016 年，第 23 页。

品写得太精致绚烂，认为这样会损害作品的力量："力量感就是巨大的写作冲动，如山洪一样，虽然不美却可以冲毁巨石席卷一切。否则就如一条从山顶慢慢往下流的清澈小溪，虽然可以给人美感，却听不到他巨大的吼声了，见不到那种摧毁一切的力量感以及让大河膨胀的丰沛感了。""小说需要毛茸茸的感觉，好作品一定是毛茸茸的，有很多生活气息在里面。小说如果太光滑，像玻璃一样，不是一个好小说。如果读起来很快很平稳，那小说就坏了。好作品也不可能是完美的，但一定某个地方有光彩。如果一个作品每个地方都很完美，但没有一点光彩，这就失败了。"①

近年来罗伟章越来越重视作品的形式，这一方面是他笔下的内容或写作对象愈益现代复杂，一方面也是他认识到了技巧对于主旨完成的作用："学习技巧的目的，不是为技巧本身，而是让它帮助完成作品的意旨。技巧为主题服务，没有主题，再多技巧也没用。只有主题，没有现代性技巧也不行。"②他强调叙事的现代化，希望写作能跟上时代。《寂静史》《谁在敲门》《隐秘史》都有心理小说、侦探小说的影子。《隐秘史》更采用了虚实结合、元小说、套中套写法，末尾以两个附录点亮整个故事，被评论家称为乡土叙事的现代性突破。

不管技巧多么重要，罗伟章始终认为作家最可靠的导师是生活。作家对生活的关切、侦察、理解和思考，决定笔下是否高远辽阔。不愿在生活上下笨功夫，单凭想象的写作是没有支撑的无根的廉价的想象。作家应尽可能经历生活，观察生活，修炼对生活的洞见，下笨功夫去揭示日常生活的深意。沈从文写《边城》，是长期努力诚实观察生活的结果。况且，越熟悉的生活越成竹在胸，越敢于取舍，越容易出境界；反之则只是拼命填空，捉襟见肘，局促。因而，观察生活不仅要获得生活的流程和知识，还要感受生活，把对象（生活）跟自己的命运联系起来，达到命运相连的程度，那样才能使生活成为笔下的无尽源头。

---

① 参见余红艳对罗伟章的访谈，2015年5月21日，个别文字略有改动。
② 罗伟章：《发现你自己——写给儿子的信》，《西部》，2015年第1期。

　　罗伟章小说里的大部分地理空间是一致的，他认为小说家要在头脑里建立一个越真实越好的地理空间，空间里的每种气味、每块阴影都要非常熟悉。同时，罗伟章又热爱虚构，认为小说的魅力正在于虚构。虚构是对未知和应然性的探索，具无限可能。虚构虽没现实经历，超越现实，却符合共同经验人心，具内在逻辑。只要内在逻辑成立，便能逼近深刻的真实；虚构是为了更深的现实、更深的真实。虚构还可以为写作者建立一种精神秩序，在这个秩序王国里，一切都充满"信"的力量、"真实"的力量。罗伟章小说《声音史》是基于现实与逻辑的经验想象，《寂静史》是植根于生活的理念虚构，《隐秘史》则很难分清是人物的内心世界还是生活本身。罗伟章说当他把人物写得越来越像某个人时会不安，反之，则会惊叹。《隐秘史》里的桂平昌，幻想自己杀了仇人后，抱着"仇人"的白骨历数村里人事变动，阿来读到这里时认为这个小说成了，说罗伟章的叙事水准到这里实现了超越，既超越了他以往的叙事水准，也对当下叙事水准实现了超越。阎连科也说，到这里《隐秘史》进入了灵魂与精神境界，超越了所谓的事实的真实、可能性的真实、可验性的真实，进入了"无法验证的真实"。

　　罗伟章秉持现实主义小说观，认为小说一定要有故事和人物，有了之后，怎么写都无所谓。他写作不列提纲，哪怕写到中间作废也不改变习惯。他只依据心中的文学标准，直面人物，在自己的能力范围内尽可能表现、表述。这种创作虽然冒险但也有惊喜，《谁在敲门》《隐秘史》都是不设限写作的收获。

　　读罗伟章的作品很难让人产生一泻千里、酣畅淋漓的阅读感，因其写作刻意求慢。他希望他写出的每一句话都真诚、简练、准确、生动，认为准确是语言的最高境界。读其作品首先能感到平缓叙述中藏着一把钝刀，一刀刀精准无比地切进皮肤、心灵和感官，让人产生真切的痛感。此其准确之一。其二，其追求对事物深暗复杂处的清晰描摹："此物和彼物之间，此时和彼时之间，往往是一个灰色地带，普通的作家，就混沌过去了，在大作家眼里，却有着鲜明的层次。看得出层次还不算本事，表达出来才算。当层次感次第展现，丰富性也就在那里了。所谓艺术的丰富性，很大程度上就是对灰色地带的凝视、发现和书写。"① 托尔斯泰和鲁迅，其语言便是准确的，剔除了粗糙和混沌，直达现象本质，直呈透明。"当下很多作家追求文字的模糊性、多义性，但最难的是文字的准确。当文字准确后，可能性就更大了。实际就是这样。"罗伟章认为准确能产生丰富和力量。他不推崇中国式留白，认为中国式留白容易助长平庸和浑浑噩噩，消解浓烈，消解艺术的冲击力。

在罗伟章看来，作家应往语言的准确丰富上努力，在需要用力的地方用得上力——这既要求作家有扎实细密的观察和耐心细致的写作工夫，还要求作家有足够的语言储备，能熟练使用多种有表现力的语言，譬如方言。罗伟章小心谨慎地选用着语言。阿来评价《隐秘史》在修辞和遣词造句上展现出了卡尔维诺在《新千年文学备忘录》中所提及的"轻逸""迅捷""确切"三方面特质②。笔者看来，罗伟章的小说，在 2008 年以前还偏沉重，以重写重；2008 年之后，虽仍写苦难，且小说的宽度、密度、深度比以往更有增强，但其语言质地和声音已渐趋舒朗开阔，呈现出举重若轻态势，这表明其语言的选用已到了随心所欲、储备丰厚的地步。

---

① 小饭、罗伟章：《罗伟章：作家行使着对时间的权利》，转自罗伟章的微信公众号，2022 年 6 月 1 日。

② 阿宴、千树：《一部普通人的精神史诗，写尽人的怯懦和渴望》，腾讯网，2022 年 7 月 11 日。

# 左锡嘉的蜀地文学活动及其影响

□邓稳 白函子 王弈淞①

　　左锡嘉，字韵卿，一字小云，又字婉芬，夫殁后改号冰如，出身于常州阳湖左氏文学家族，自幼能诗善画，于 22 岁归华阳曾咏为妻。同治元年（1862），曾咏病亡，左锡嘉遵其遗言，扶柩归蜀，从此定居蜀地 17 年。从女性文学的角度来看，左锡嘉在蜀地的文学活动影响深远却鲜有研究。首先，左锡嘉创作颇丰，晚年在山西将所著《冷吟仙馆诗稿》八卷、《冷吟仙馆诗余》一卷、《冷吟仙馆文存》一卷皆付梓刊刻，其中与蜀地关系紧密的作品有《冷吟仙馆诗稿》中的《卷葹吟》一卷、《冷吟集》前两卷；其次，左锡嘉通过教女、结社、交友等方式，将太湖、京城文化圈的女性文学观引入巴蜀地区，并创建以女诗人为创作群体的浣花诗社，从而促进了成都乃至整个西南地区女性文学的发展。

## 一、左锡嘉的蜀地文学创作

　　关于左锡嘉的研究，目前都建立在其常州阳湖左氏家族的出身之上。左锡嘉作为阳湖名门闺秀，的确深受其家庭文学环境与教育的影

　　① 邓稳，四川师范大学文学院副研究员，研究方向为中国赋学、中国诗学。白函子，四川师范大学文学院汉语言文学专业 2020 级本科生。王弈淞，四川师范大学文学院汉语言文学专业 2020 级本科生。

响，但当她归适曾氏以后，又多了一重华阳曾氏之妇的身份，而入蜀、居蜀经历则是促成左锡嘉文学创作高峰产生的重要原因。

（一）左锡嘉的蜀地渊源

左锡嘉原籍为常州阳湖，22 岁时在北京归曾咏为继室。曾咏一族在"国朝康熙间，始居华阳，遂为县人"①，至曾咏，曾氏在华阳定居已历数代。左锡嘉在嫁与曾咏之后，自然也多了一重华阳曾氏之媳的蜀人身份。

左锡嘉与蜀地的渊源，也与自身的选择有关。同治元年（1862）闰八月二十五日，左锡嘉惊闻丈夫卧病，九月十一日，左锡嘉在赴皖途中得知曾咏死讯。曾咏遗嘱仅云"父母在堂，愿卿归侍。返枢非敢望，可殡吉郡，俟儿辈成立，再扶枢归葬"，左锡嘉却认为"君骨不归，嘉无挈儿女独归理"②，最终决意以遗孀身份先行扶枢入蜀并承担侍奉舅姑的职责。次年八月，左锡嘉遂携三子五女从吉安扶曾咏榇归蜀，"涉九江，过洞庭，入瞿塘"③，途中屡遇盗贼，所乘孤舟又在叉鱼滩为乱石所破，她哭号沥酒以祷，才得以幸免。同治三年（1864）一月九日，左锡嘉抵达成都，十日扶枢至成都北郊龙潭寺附近的曾家。

在蜀地，左锡嘉事舅姑如事父母，为守节特改号为冰如，终身不曾再醮。二亲逝后，伯叔分爨，左锡嘉依旧留居成都，抚育儿女。直至光绪七年（1881），左锡嘉次子曾光煦选山西定襄知县，迎母入晋就养，左锡嘉才离开生活了 17 年的蜀地。光绪二十年（1894）十一月二十五日左锡嘉卒于乡宁官署，享年 65 岁。诸子扶枢回蜀，卜地于仁寿县尖茶溪之蒋家沟，并于光绪二十二年（1896）十月三日迁曾咏之灵与左锡嘉合葬。从其人生轨迹来看，左锡嘉仅在故乡阳湖生活 13 年，在京城的闺阁与婚姻生活共计 17 年，在蜀地守节侍亲、养育子女共计 17

① 左锡嘉：《皇清追赠太仆寺卿衔江西吉安府知府曾君墓志铭》，《冷吟仙馆文存》，清光绪十七年刻本，第 4 页 a。
② 左锡嘉：《皇清追赠太仆寺卿衔江西吉安府知府曾君墓志铭》，《冷吟仙馆文存》，清光绪十七年刻本，第 7 页 a。
③ 《卷葹吟序》，《冷吟仙馆诗稿》卷四，清光绪十七年刻本，第 1 页 a。

年，在山西依儿养老共计 15 年。根据出嫁从夫的传统以及左锡嘉死后亦与丈夫合葬于蜀地的最终归属来看，"蜀人"也是左锡嘉的一个重要身份。

曾大兴认为，出生成长之地的本籍文化对文学家的影响"最重要、最基本、最强烈"，本籍文化的影响要"大过客籍文化的影响"[1]。然而，左锡嘉虽然因为良好的家庭教育，"七岁即善吟哦"[2]，但她毕竟在故乡生活的时间过短，《冷吟仙馆诗稿》中也仅载有六首作于阳湖的诗歌。而入蜀是左锡嘉现实人生与诗歌创作的巨大转折点，其富于人生哲理的感悟、更具社会关怀的古诗都发展成熟于蜀地。

（二）左锡嘉的蜀地文学创作

左锡嘉的文学创作主要分为诗歌、词作与文章三部分，但其词作数量较少且无明确时间标志，文集中又仅录其为曾咏所作遗象赞与墓志铭两篇文章，所以本文重点讨论其蜀地诗歌。《冷吟仙馆诗稿》共计八卷，按照左锡嘉人生不同阶段分卷编纂，带有明显的传记色彩。其中与蜀地紧密相关的诗集主要有三卷：《卷葹吟》一卷为其丧夫入蜀时期的诗作；《冷吟集》第一卷吟唱其侍奉舅姑时期在成都城北的乡居生活，第二卷主要为居于浣花溪畔所作诗歌。

《卷葹吟》载录从丈夫重病到扶柩入蜀时期的二十余首诗歌，有三大特点。第一，情感悲壮，长于叙事。身处国难家难洪流中的左锡嘉以柔弱之躯扶柩回蜀，"辛勤支拄，毅然为丈夫之所不能为"[3]，从此走上与深居高墙之内的才女诗人完全不同的人生道路。此期代表作为《黄州舟次即事》《巫峡夜泊险遇盗劫聊记其事》《癸亥冬月题自绘孤舟入蜀图于叉鱼滩舟次》等富有故事与风骨的诗作。第二，蜀地意象大量涌现。

---

① 曾大兴：《文学地理学概论》，商务印书馆，2017 年，第 132 页。
② 《浣香小草序》，《冷吟仙馆诗稿》，清光绪十七年刻本，第 1 页 a。
③ 何璟：《冷吟仙馆诗稿序》，《冷吟仙馆诗稿》，清光绪十七年刻本，第 1 页 b。

左锡嘉的诗作不仅出现"蜀山为我摧，巴水为我折"①、"招魂返故都，谁云蜀道远"② 等具有巴蜀地域色彩的诗句，更有专以巫峡叉鱼滩为背景，运用大量蜀地文学意象写作的入蜀诗，如《巫峡夜泊险遇盗劫聊记其事》："孤舟无伴侣，夜泊巫山下。峡风卷怒涛，星影漏庌庌。严霜削肌骨，猿啼怛人鲊。……"③ 此诗遣词古直有力，以女性视角叙述苦难遭遇，涤尽巾帼纤婉之气。第三，《卷葹吟》中诗歌多为长篇。此外，四言、六言和杂言诗歌数量大大增加。

《冷吟集》卷一载录左锡嘉居蜀前期的乡居生活。"出阅阅之门，入乡僻之境"④，蜀地的田园农事景观由此进入诗歌。首先，诗中有农事生活的深切体验，如"弓鞋踏泥如触铁，含悲忍思向谁说"⑤、"厨无糗糒匜无滫，脱簪易米不盈斗"⑥ 等诗句反映农事的辛劳。其次，反映了当地农民的乡间生活，如《摘豆词》《田家十二月乐词》等"记农人之实事"⑦ 的诗篇。这些诗歌清新自然，颇具民歌风味。再次，勇于批判现实生活中的种种不平等现象，如以《苦旱谣》《苦乐行》为首的诗篇表达了对民生疾苦及贫富差距过大的不满。

《冷吟集》卷二反映居蜀后期的生活。舅姑去世后，左锡嘉为给儿女提供良好的学习环境，效孟母三迁，最终定居成都城西的浣花溪。此时左锡嘉的生活虽不宽裕，但也相对稳定自由，其诗歌主要为课儿诗和

---

① 左锡嘉：《江右舟次作家书泣成》，《冷吟仙馆诗稿》卷四，清光绪十七年刻本，第 1 页 b。

② 左锡嘉：《由豫章移攒叔柩归里》，《冷吟仙馆诗稿》卷四，清光绪十七年刻本，第 3 页 a。

③ 左锡嘉：《巫峡夜泊险遇盗劫聊记其事》，《冷吟仙馆诗稿》卷四，清光绪十七年刻本，第 4 页 a。

④ 《冷吟集序》，《冷吟仙馆诗稿》卷五，清光绪十七年刻本，第 1 页 a。

⑤ 左锡嘉：《田家十二月乐词·七月》，《冷吟仙馆诗稿》卷五，清光绪十七年刻本，第 5 页 b。

⑥ 左锡嘉：《苦旱谣》，《冷吟仙馆诗稿》卷五，清光绪十七年刻本，第 7 页 a。

⑦ 《冷吟集序》，《冷吟仙馆诗稿》卷五，清光绪十七年刻本，第 1 页 a。

风物诗。

纵观左锡嘉入蜀、居蜀时期的诗歌，主要包含反映民众现实生活的叙事诗与侧重发一己之慨的抒情诗、写景诗和题画诗，其中最能代表左锡嘉成就的是长篇叙事古诗。以《淫雨叹》一诗为例：

> 十日一雨如雨珠，一雨十日禾稼无。倏忽为云倏忽雨，雨晴难计空踌躇。火星西流稻梁熟，连年荒歉今始苏。箕毕司令传阴符，昼夜滂沱十日雨。陆地泛滥成江湖，朱门日夕厌歌舞。宾客满座催醍醐，谁闻农家号且呼？昨登新谷芽虺虺，未刈之谷十八九。茫茫一片青毡铺，旧谷久罄瓶无储。儿饥索饭牵衣裾，炊烟数日未起厨。出入老幼时唏嘘，主人乘船坐索租，县官火急追逃逋。吁嗟乎！吁嗟乎！天鉴下民民何辜？吾民最苦耕田夫！①

此诗有杜甫之风，以叙事手法交代了大雨带来的灾难，多次使用对比手法反映底层人民的苦难生活，结尾慨叹民生之苦，具有强烈的艺术张力。正是左锡嘉在蜀中从事农业劳动的亲身体验，使她的诗歌能够真实地反映人民的生活细节，具有较高的社会价值。

写景咏物诗可以《西岩曲》为代表：

> 天风吹堕西岩下，门对寒山屋无瓦。孤松炼骨撑青霜，幽兰萎香被原野。井泉凝波波不起，卷葹拔心心不死。当阶铲尽断肠花，绕堤谁种相思子？梦天雨重星桥断，寡鹄羁鸾夜相唤。零露珠垂泪泪啼，彩霞练破飞飞散。吟魂五夜抱幽素，残雪如花霏冷句。古愁重迭西岩深，冻柝宵沉不知曙。②

---

① 左锡嘉：《西岩曲》，《冷吟仙馆诗稿》卷六，清光绪十七年刻本，第 8 页 b。

② 左锡嘉：《西岩曲》，《冷吟仙馆诗稿》卷五，清光绪十七年刻本，第 4 页 b。

此诗将"西岩""寒山""孤松""宵柝"等古峭的意象与"相思子""露珠""残雪"等纤柔意象融为一体,抒写哀婉而悲壮的孤独飘零之感,显现出雄浑与细腻并存的风格。

左锡嘉自幼善画,以"恽派"花卉闻名。她以自己入蜀经历为题材作《孤舟入蜀图》,其自题诗序自述失偶颠沛及肩负奉养老幼之责的缠绵悲苦,如泣如诉,令人读之潸然泪下。左锡嘉《骢马导舆图》为同乡御史吴春海所绘,其题诗长达一千余字,上追曾咏之遭遇,下述孀居之贫苦,以他人之喜乐衬自己之悲苦,对比反差强烈,表达上则多直抒感叹,其间情感喷涌而出,慷慨成篇,不失为古体佳作。据顾印愚所记,曾有"日本使臣津田静索绘诗"① 一事,足见左锡嘉文学与艺术的影响力。

左锡嘉最具有代表性、成就最高的诗歌作品都创作于入蜀、居蜀时期,蜀地对左锡嘉人生与文学创作的影响很大,希望通过本文能引起学界更广泛的关注。

## 二、左锡嘉之教女与诗艺传承

钱仲联认为左锡嘉于"酒浆黹绣外,能读父书,精绘事而尤工诗词"②,左锡嘉通过对女儿的诗艺教育及与朋友的文学交往,不仅实现了文学创作的突破,还通过浣花诗社闺秀群体推动了成都乃至整个西南地区女性文学活动的兴盛。

左锡嘉生有三子五女,另有曾咏前妻生女一人、继子一人。因曾咏长女在左锡嘉入蜀时已出嫁,左锡嘉实抚育四子五女。左锡嘉不仅重视子女教育,还坚持男女平等又各有侧重的教育原则。

首先,左锡嘉非常重视儿女的教育,她白天侍奉舅姑之余,夜晚仍

① 参见《冷吟仙馆诗稿》卷八,清光绪十七年刻本,第18页 a。
② 钱仲联:《清诗纪事》,江苏古籍出版社,1989年,第15900页。

然坚持"篝灯乘隙课儿书"①，左锡嘉第三子曾光岷在《左太夫人事略》中回忆道：

> 先妣出门课耕，入门课读，凄苦万状……一日食粥，幼弟泣曰："粥无米。"先妣泣曰："汝等当努力，以求有米粥耳，何足泣！"自是盼兄弟等读书尤切。每夜兄弟姊妹九人共课一灯，督责甚严，稍懈，必捶胸涕泣以教，针声、书声与鸡声相杂闻。叔母常起而劝，先妣曰："不此刻成，吾无生计，且无以对泉下也。"②

左锡嘉对儿女寄予了殷切的期盼，虽然家计艰难，但坚持敦促儿女学习，并以身为范。"霜信未凋松竹，三径香余残菊。纸窗灯火荧荧，自课孤儿夜读。"③ 左锡嘉对儿女教育之严格与重视，由此可见一斑。

左锡嘉重视儿女教育还体现在教育环境的选择上。曾氏祖宅在农村，偏僻闭塞，环境恶劣，《乡居》诗云：

> 茅茨泥四壁，梁柱缺结构……量纸铺残篇，牵萝缀屋漏。遗经授孤儿，识字严句读……聒耳村妪诟。导之以礼让，了不识左右。积习闵难化，愁心缱百皱。④

左锡嘉虽然效仿古贤范仲淹划粥断齑，殷勤课儿女，但居所简陋，只能牵萝缀屋。乡间习俗恶劣不化，她不胜忧愁，担心儿女耳濡目

---

① 左锡嘉：《田家十二月乐词·正月》，《冷吟仙馆诗稿》卷五，清光绪十七年刻本，第 4 页 a。
② 曾光岷《左太夫人事略》，光绪辛卯定襄官署刻本《曾太仆左夫人诗稿合刊》附录。
③ 左锡嘉：《浣花溪居杂咏》十四，《冷吟仙馆诗稿》卷六，清光绪十七年刻本，第 15 页 a。
④ 左锡嘉：《冷吟仙馆诗稿》卷五，清光绪十七年刻本，第 11 页 a。

染成为井底之蛙，故而常常希望脱离"日抚诸孤坐井底，孤儿未识天外天"① 的窘迫之况。

此时曾懿 19 岁，曾彦也已 12 岁，正是接受教育的重要时期。为了寻找一个良好的教育环境，左锡嘉在舅姑去世后多次迁居。初，左锡嘉携儿女迁居成都城南，以书画针黹、经营田宅为生，同时为儿女讲授《诗》《书》等经典。随后成都城内的喧嚣让她感到"华辩非所宜"②，于同治十一年（1872）冬携子女移居成都万里桥西路靠近工部草堂的浣花溪畔。虽然新居并不华丽，但浣花溪畔花草扶疏，水木自亲，其"景物聊自怡，林塘恣幽探"③ 的清雅环境，能远离农村之陋鄙与城市之喧嚣，令左锡嘉十分满意。

其次，对儿女一视同仁，均授以文辞诗赋。左锡嘉在夜晚课子时，总会对每一个儿女的文章或诗作品评指正，故而曾氏闺秀们并不像传统女性那样仅精通丹青女红，其诗词也皆得左锡嘉真传。移居浣花溪后，左锡嘉仍以耕种、刺绣、剪通草花和书画来维持家计，对儿女教诲不辍：

> 俯仰悲身世，辛劳鬓已斑。古贤期述志，尔辈莫偷闲。宝剑留遗挂，残篇理旧删。吟魂何处返，心事可相关。④

左锡嘉悲叹身世，以此激励儿女不要懈怠。左锡嘉常以先贤之典故告诫儿女，她教导儿女应效法董仲舒垂帘讲诵的故事，学习颜渊箪瓢屡

---

① 左锡嘉：《题骢马导舆图并序》，《冷吟仙馆诗稿》卷五，清光绪十七年刻本，第 16 页 a。

② 左锡嘉：《新居感作呈陈季婉赵悟莲》，《冷吟仙馆诗稿》卷六，清光绪十七年刻本，第 3 页 a。

③ 左锡嘉：《移居》，《冷吟仙馆诗稿》卷六，清光绪十七年刻本，第 4 页 a。

④ 左锡嘉：《示儿女》其一，《冷吟仙馆诗稿》卷六，清光绪十七年刻本，第 4 页 b、第 5 页 a。

空而"不改其乐"的气节①。左锡嘉在强调文化教育的同时，也很重视儿女操行品德的教育，不仅教诲传统的"五伦大义"，也积极引导儿女形成正确的价值观，恪尽忠孝，将继承曾咏遗志的期望同样寄予女儿。②

其三，亲授女红，兼重书画。左锡嘉在教授女儿们诗赋之余，也亲手教授女红，她们绣品精美，名噪蜀都。绘画、书法等才艺也是左锡嘉对女儿的重要教育内容，以致曾氏一门，才女辈出，诗书绣画靡不精妙。二女曾懿年稍长，已经开始帮助左锡嘉收拾家务、教育弟妹，曾光煦在《古欢室诗集》序中评价曾懿"随侍笔砚，遂通绘事，并以丹青运于女红，所绣山水花卉翎毛，无不酷肖，精细入微，故名满蜀都"③"绘则专于山水，字则专于篆隶。至于诗词各体俱备，全从性灵中流出。古风则宗谢鲍，近体颇类李杜"④。

由于教育成功，左锡嘉所生五女皆富才华⑤，然而三女、四女与六女均早夭，故以曾懿、曾彦成就最高。曾彦亦能诗画，其五言古风名噪一时。她们能取得如此成就，并在受到左锡嘉的影响后营建浣花诗社进行诗歌活动，都离不开她们对左锡嘉诗艺的传承。

曾氏闺秀的诗艺直接继承自左锡嘉，"茕灯乘隙课儿书，刀尺声寒

---

① 左锡嘉《示儿女》其二云："穷通且莫论，学业贵心坚。汲古知无尽，安贫听自然。下帷师董子，陋巷乐颜渊……"，详见《冷吟仙馆诗稿》卷六，清光绪十七年刻本，第5页a。

② 左锡嘉《返北乡遇雨》："……人生显达不足贵，五伦大义为提纲。儿曹日新继父志，门内恩义母相应。莫作愁霖作甘雨，克忠竭孝答彼苍"，《冷吟仙馆诗稿》卷六，清光绪十七年刻本，第8页b。

③ 曾光煦：《古欢室诗集》序，《古欢室诗集》，清光绪三十年刻本，第1页a。

④ 曾光煦：《古欢室诗集》序，《古欢室诗集》，清光绪三十年刻本，第1页b。

⑤ 三女曾玉能画，四女曾雯能诗，六女曾祗亦善诗，参见瞿惠远：《附录二左锡嘉年表》，《左锡嘉及其诗词稿研究——以生平境遇为主》，台湾"国立"政治大学2008年。

泪频抆"①，左锡嘉经常在夜里与女儿们共同写诗，并逐一修改批评。曾氏闺秀的诗艺继承为女性文学群体的诗词创作打下了基础，并直接影响了浣花诗社的联吟酬唱活动。

## 三、左锡嘉与浣花诗社的文学活动

在左锡嘉的带领下，曾懿号召家族女性以及闺中好友共同发起浣花诗社的女性文学活动。她们或相聚联吟，或书信寄赠，在成都掀起了女性诗词创作的热潮。

（一）浣花女性诗社的营建

同治十一年（1872）迁居浣花溪后，左锡嘉迎来嫠居后相对幸福的时光。浣花溪靠近扬雄之墨池，又与杜甫草堂毗邻②，廊榭曲折，芳径隐约，为左锡嘉及其女儿带来大量的创作灵感。③ 她们追摹杜甫，联句作诗，"江上小堂白沙岸，少陵旧宅今壮观。我来结社托比邻，笑揖英灵主诗案"④。在左锡嘉与曾懿的主持下，成都众多女诗人结社联吟，是为浣花诗社。

浣花诗社成员主要有左锡嘉、曾懿、曾彦、曾玉、曾雯、曾鸾祉以及左锡嘉的朋友赵氏姐妹、曾懿的朋友魏小兰等，其中左锡嘉是主盟人。闺秀们将浣花诗社作为叙写思绪、抒发情感的文学交流平台，在作诗和联吟的过程中扩大了自己的社交圈，并于自然与文学中寻找自我认同，流露真情。曾光煦曾回忆当日盛况："浣花溪畔，水木清华，楼榭

---

① 参见左锡嘉：《田家十二月乐词正月》，《冷吟仙馆诗稿》卷五，清光绪十七年刻本，第 4 页 a。

② 左锡嘉《浣花溪居杂咏》其一："背郭缘溪小村，溪流上溯江源。子云墨池相近，工部草堂对门。"《冷吟仙馆诗稿》卷六，清光绪十七年刻本，第 13 页 b。

③ 左锡嘉《访赵悟莲晚归即景》："喜临流水寻源往，为访诗人得句来。"《冷吟仙馆诗稿》卷六，清光绪十七年刻本，第 7 页 a。

④ 左锡嘉：《浣花诗社歌》，《冷吟仙馆诗稿》卷六，清光绪十七年刻本，第 17 页 a。

参差，栏杆曲折；豪情壮采，觞咏流连，结社分题，追还如昨。"①

左锡嘉与赵佩芸、赵悟莲、庄碧如等当时在蜀的才媛交往甚密。左锡嘉与庄氏姊妹的交往，可溯至左氏旧交缪荃孙。左氏与缪氏互为亲戚，左锡嘉称缪荃孙为表弟，缪荃孙妻即庄碧如，而庄碧如与其姊妹庄莹如所在的庄氏家族则与左氏同为常州阳湖的旧望，左氏姊妹均幼秉家学，能诗善画，左锡嘉自言与庄氏的关系为"萍逢知己"②，常常清谈至深夜。而赵佩芸、赵悟莲（名韵卿，字悟莲）亦常州人，为兰陵赵邦英之女，与姊赵云卿共称"兰陵三秀"，与左锡嘉是"闺中契友"③。"莫恨相识迟，岁寒松柏固"④，她们以翰墨结缘，随着交往的深入，成为莫逆之交。缪荃孙的舅母薛夫人常常携赵佩芸、赵悟莲、庄碧如、庄莹如联袂过访左锡嘉，她们饮薄酒、食野蔬、剧清谈、作诗赋，相顾依依，意犹未尽：

> 卜居远城市，芳径连云树。幽人不我弃，挈榼劳相顾。古称翰墨缘，神交信有数。仰赖长者贤，一一感知遇。开轩剧清谈，兰言涤尘虑。何以荐嘉宾，野蔌杂春茹。薄酒未尽欢，篮舆促归路。相送各依依，南山起烟雾。⑤

左锡嘉与诗社成员和闺中契友的联诗活动使其嫠居生活得到调剂，持家与抚孤的压力也得到释放。当然，与赵氏姊妹来往的诗词也有不少对度日艰辛的倾诉，"贫居愁病里，寂寞与谁亲？箴帨传高节，诗

---

① 曾光煦：《古欢室诗集序》，《古欢室诗集》，清光绪三十年刻本，第 1 页 b。

② 左锡嘉《简庄璧如、莹如》其一有"萍聚逢知己，清谈未肯眠"句，《冷吟仙馆诗稿》卷六，清光绪十七年刻本，第 11 页 a。

③ 左锡嘉《和萧太夫人宗婉生〈寄怀〉原韵》"晋阳知己恋，蜀国故人疏"句下自注："川中赵佩芸、悟莲皆闺中契友。"《冷吟仙馆诗稿》卷七，清光绪十七年刻本，第 10 页 a。

④ 参见左锡嘉《答赵悟莲》："故人怜寂寞，殷殷常枉顾。莫恨相识迟，岁寒松柏固"句，《冷吟仙馆诗稿》卷六，清光绪十七年刻本，第 1 页 b。

⑤ 左锡嘉：《缪氏舅母薛太夫人偕赵佩芸悟莲庄璧如莹如过访》，《冷吟仙馆诗稿》卷六，清光绪十七年刻本，第 7 页 a。

书续旧因"① "镇日酬书画，先期计米盐。孤儿恒闭户，病女怯开帘"②。左锡嘉的坚强体现在对儿女的教育与抚养之上，而面对赵佩芸这个知交，她通过诗歌对赵佩芸倾诉蓼居之苦。左锡嘉这一时期的诗歌，主要展现了寡母育儿生活的艰苦与她面对生活的坚强。

（二）浣花诗社的文学创作活动

浣花诗社结社时期，左锡嘉与赵悟莲之间的文学交往非常频繁，仅在其《冷吟仙馆诗稿》中的《冷吟集》卷一中，左锡嘉答复或寄赠赵悟莲的诗歌就达十数首之多，左锡嘉称她们的友谊"契比金兰重"③。左锡嘉常常将生活琐事告诉赵悟莲，她们在精神上相互交流扶持，不时分享细腻的闺情，如左锡嘉"村落无更刻漏迟，素娥留影度花枝。寒生葭管鸥波冷，春到梅梢鹤梦知"④ 以女性细腻的视角将更漏、月影、梅梢等意象融汇成冷清的空闺意境，最终唤起赵悟莲的共情。

曾氏闺秀通过结社联吟，情感上得到许多快乐与慰藉。以曾彦为例，她天生体弱而敏感，浣花溪畔闺中安定的生活和浓厚的创作氛围让她将诗性的感受倾注在了日常用品上，创作了《赋镜》《赋席》《赋被》《赋扇》《赋竹火笼》等诗歌。这类作品往往由物及人，从对物的书写到对人的感情志向的抒发，充分展现了她的敏感与多情。又如曾懿，其《古欢室诗集》第一卷《浣花集》中的作品都是她在浣花溪居住时的闺中之作⑤，从中可以看出她这一时期的精神状态与人际交往等诸多情形。成都青羊宫的花会是一场传统的季节盛会，每年花朝节，四方名花都会

---

① 参见左锡嘉：《次韵答王太夫人赵佩芸潘太夫人赵悟莲见赠·其二》，《冷吟仙馆诗稿》卷五，清光绪十七年刻本，第9页b。

② 参见左锡嘉：《答赵悟莲》其一，《冷吟仙馆诗稿》卷六，清光绪十七年刻本，第1页b。

③ 左锡嘉：《重答赵悟莲寄怀原韵》，《冷吟仙馆诗稿》卷五，清光绪十七年刻本，第11页a。

④ 左锡嘉：《寒夜和赵佩芸、悟莲》其二，《冷吟仙馆诗稿》卷六，清光绪十七年刻本，第22页a。

⑤ 曾光煦《古欢室诗集序》云："凡四卷，首曰《浣花集》，乃浣花草堂闺中所作也。"《古欢室诗集》，清光绪三十年刻本，第2页a。

汇集于此，名士如云，游人如织。① 曾懿也在此时赏春踏青，并将"花市城南香雾秾，游人如织马如龙。家家载得春归去，剩有青羊卧石塘"②的风景摄入笔端。曾懿的诗歌还有大量闺中细腻的情思与生活中难以捕捉的美，如"水阁临流新雨后，斜阳红射读书窗""昨宵薜壁新题句，雨点风圈着意批"③以女性独特的视角观察生活中的细微之处，寥寥几笔便显出清新细腻的审美感受。浣花诗社的文学活动非常活跃，曾懿和弟妹时常常探花寻幽，饮酒赋诗，"昨宵酒醉各题诗，今朝都赋莲花曲"④"梅花如龙粉墙隘，千枝万枝出墙外"⑤。夏天诗社成员们醉酒题诗，酒醒赋曲；冬天寻幽草堂，共联赏梅之作。

左锡嘉与曾氏闺秀在浣花诗社时期有明显的"学杜"倾向，她们在这一时期完成了对杜甫的接受。女性群体对杜诗的大规模接受在杜甫接受史上较为罕见，她们既托杜甫之旧题，又学习杜诗的思想内容与艺术风格。以左锡嘉为例，她不仅托杜诗《春望》《丹青引》之旧题，还大量借用杜诗"野旷""屋漏""稚子""哀猿"等意象，更有大量化自杜甫的诗句。其《寒夜感咏·其二》"地接黄师塔，居惭杜老邻。凭高一瞻仰，寥落怆前尘"⑥ 可以看出对杜甫的崇拜与敬仰。曾彦也有一定数

---

① 曾懿《浣花草堂新营住宅山绕溪回杂花翠竹好鸟缨鸣石濑凉凉重闺静逸偶拟三十韵以写四时喜佳景同叔俊四妹季硕三妹作寄仲仪三妹》其二后注："宅畔里许有青羊宫，二月花市，四方名花皆列于此，香风十里，烂熳成山，游士如云，无不满载而归，可称盛事。"《古欢室诗集》卷一，清光绪三十年刻本，第1页a。

② 曾懿：《浣花草堂新营住宅山绕溪回杂花翠竹好鸟缨鸣石濑凉凉重闺静逸偶拟三十韵以写四时喜佳景同叔俊四妹季硕三妹作寄仲仪三妹》其二，《古欢室诗集》卷1，清光绪三十年刻本，第1页b。

③ 参见曾懿：《浣花草堂新营住宅山绕溪回杂花翠竹好鸟缨鸣石濑凉凉重闺静逸偶拟三十韵以写四时喜佳景同叔俊四妹季硕三妹作寄仲仪三妹》其三、其八，《古欢室诗集》卷一，清光绪三十年刻本，第1页b，第2页a。

④ 曾懿：《莲花曲》，《古欢室诗集》卷一，清光绪三十年刻本，第6页a。

⑤ 曾懿：《草堂寺赏梅同諸弟妹作》，《古欢室诗集》卷一，清光绪三十年刻本，第7页b。

⑥ 左锡嘉：《寒夜感咏》其二，《冷吟仙馆诗稿》卷六，清光绪十七年刻本，第4页b。

量的羁旅、赠别诗都有学杜的痕迹，而曾懿之诗被誉为"浣花之嗣音"，尤能得杜甫神韵。屈蕙纕《古欢室诗集序》认为：

> 诗家至杜工部而称圣，然其诗以入蜀后乃益工，蜀中山水之灵蓬郁以助其气也……自然流露，固有不求共而工者……伯渊夫人蜀之名媛，家在草堂之旁……盖生于工部寄迹之乡，而又得山水之秀灵气，萃于一门，故其为诗能洒落凡近，情深语挚，真浣花之嗣音乎……杜家衣钵独得真传……何神气之绝似耶？①

曾懿七言律诗大多学习杜诗的艺术形式，抒怀清微淡远，写景则细腻真实，故屈蕙纕认为伯渊夫人（曾懿）与杜甫的诗皆能情深语挚，具有衣钵相传的特性。

左锡嘉及其女儿极其巧妙地将女性视角与杜诗沉郁顿挫的艺术风貌相融合，使得她们在浣花诗社时期的作品韵味独特，成为女性学杜的典型之作。

（三）浣花诗社的意义与影响

浣花诗社是晚清成都地区最负盛名的女子诗社。缪荃荪曾高度评价浣花诗社的诗歌联吟活动：

> 昔会稽祁氏商夫人眉生有嗣音、云衣为姊妹，有发英、修嫣、湘君为之女，而《锦囊》《绿窗》等集未焚，《寄云》各草早已流播艺苑。再求之近代武进张翰风先生之女，孟缇有《澹菊轩集》，婉钏有《绿槐书屋集》，若绮有《餐风馆集》，而王氏采萍、采蘩亦各成家，一门之内风雅相高，上拟祁氏，后相辉映。然以视《古欢》，其家庭唱酬之乐则同。而黻佩相庄，兰玉竞爽，古今才媛不可多得之遇以一身兼之，则

---

① 屈蕙纕：《古欢室诗集序》，《古欢室诗集》，清光绪三十年刻本，第7页a。

又独异也。①

缪荃孙将左锡嘉与女儿的结社活动与明末会稽女诗人商景兰等家族才女的文学活动进行类比，充分说明了浣花诗社诗词活动与众不同的价值与影响力。浣花诗社以家庭为单位，联系起一众才女参与诗歌创作，不仅鼓励了女性的文学创作热情，也为闺秀们带来了快乐与放松，曾光煦也曾回忆道：

> 回忆浣花溪畔，水木清华，楼榭参差，阑干曲折，豪情壮彩，觞咏流连，结社分题，追欢如昨。②

可见，浣花诗社成了闺秀们发表、交流才学的平台。她们联吟分题，甚至举办竞赛，在诗艺不断精进的同时，也掀起整个清代成都闺秀诗歌群体创作的最高潮。浣花诗社的结社与诗歌活动给左锡嘉与闺秀们带来了"形之梦寐"③的体验。左锡嘉《冷吟集》卷二中有《浣花诗社歌》一首，曾懿《古欢室诗集》卷一《浣花集》中亦有此题，足以看出浣花溪与浣花诗社对于左锡嘉与其闺秀们的重要意义，也可看出以诗娱情、以诗存人是她们共同的创作追求。

在左锡嘉的带动下，闺秀诗人们在浣花诗社完成了对诗圣杜甫的接受与追摹，结社联吟的活动，不仅给她们简单清贫的生活增添了色彩，也为她们带有浓重悲剧色彩的人生带来少许的愉悦与甜蜜。浣花诗社的诗词唱和也成为清代成都地区影响最大、价值最高的女性文学活动。

---

① 缪荃孙：《古欢室诗集序》，《古欢室诗集》，清光绪三十年刻本，第6页a。
② 曾光煦：《古欢室诗集序》，《古欢室诗集》，清光绪三十年刻本，第1页a。
③ 缪荃孙《古欢室诗集序》有"迄今犹形之梦寐"句，《古欢室诗集》，清光绪三十年刻本，第5页a。

## 四、左锡嘉对蜀地女性文学创作的意义与影响

左锡嘉在蜀地展开了文学创作、传授子女诗艺、营建浣花诗社三个相辅相成的文学活动，最终在浣花女性诗社的联吟共唱中达到高潮，对晚清成都女性文学产生了深远影响。

（一）对女性文学活动的刺激与繁荣

在环太湖文化圈女子进行文学交流的现象较为普遍，左锡嘉将这种较为先进的观念传递给女儿和蜀地的朋友，使其影响进一步延伸至整个巴蜀地区。通过浣花诗社，左锡嘉将庄莹如、庄碧如、赵佩芸、赵悟莲、魏小兰等当时在蜀中的名媛、夫人广泛地组织起来，掀起了声势浩大的女性诗人创作高潮。同治十三年（1873），张之洞擢四川学政，于光绪元年（1875）在成都创办尊经书院，曾彦随夫至尊经书院跟随王闿运学诗。曾彦与书生们讲论诗词，在尊经书院中引起了关于五言古风的创作与讨论之风，影响了部分晚清成都男性文人群体的诗词创作①。曾氏闺秀在蜀中的影响力较为持久，她们随夫宦游离蜀后名气不减，甚至成为当时才女评价的标杆，如曾懿被尊为"清代蜀中闺秀第一"②。光绪中后期，四川著名经学家吴虞之妻曾兰，好诗词、嗜书画，因其与曾彦同姓，而曾彦字季硕，故时人以"曾季硕第二"目之③，可见曾氏姐妹影响之大。

（二）对女性创作空间与话语体系的突破

传统女性自幼限于深闺，其诗往往招致"闺中才力既弱，读书不

① 据王闿运《桐凤集序》，王闿运好五言古风，执教尊经书院，教人写诗必先读五言，五言必读汉诗，汉诗种类亦少，故必学魏晋，曾彦张祥龄均学于王闿运。曾彦守其师训，其古风不作唐以后语，有古人之风，时尊经书院的学生都知其为太守妻之女，她的诗作风致高华、色彩雍容，往往在男人的诗作中都能出彩，在尊经书院引起了不小的影响。《桐凤集》卷一，清光绪十五年苏州书局刊本，第 1 页 a。

② 李朝正、李义清：《巴蜀历代名媛著作考要》，巴蜀书社，1997 年，第 242页。

③ 李朝正、李义清：《巴蜀历代名媛著作考要》，巴蜀书社，1997 年，第 254页。

多。纵有所作，亦不过争妍于蔷薇芍药间耳"① 的批评。骆绮兰《听秋馆闺中同人集·序》也写出了这种无奈："女子之诗，其工也，难于男子。闺秀之名，其传也，也难于才士。何也？身在深闺，见闻绝少，既无朋友讲习，以沦其性灵；又无山川登览，以发其才藻……乞于归后，操井臼，事舅姑，米盐琐屑，又往往无暇为之。"② 但随着晚清社会的全面转型，左锡嘉与曾氏闺秀创作了大量带有"闺词雄音"的诗歌，呈现出传统与创新交杂的特征。在左锡嘉的影响下，曾氏闺秀诗酒联吟，走出深闺，结社游玩，相互学习，甚至拜男性为师。如曾彦随夫进入尊经书院，常常在众多男性的诗作中独占鳌头。③ 扎实的家学基础与书院教育拓宽了曾彦的眼界，时人称其诗有古作者风④，足见其诗风之高妙。

左锡嘉及浣花诗社的女性诗人扩宽了女性的生活与创作空间，丰富了晚清成都地区的文学创作内容，并为晚清女性诗歌的解放与转型道夫先路，给民国女性文学更深入的革新打开了突破口。

（三）对女性意识觉醒与反思的促进

左锡嘉继承于江南文化家族的先进思想影响着她的女儿与朋友，让她们有了更自由的交流与生活方式，她们逐渐意识到女性自身的情感历程和独特的生命体验。封建社会普遍对女性参与文学创作持不认可的态度，甚至认为女子接触文学创作会"挑动邪心"，钱惠尊《五真阁吟稿》修平居士序中所持"'妇人不宜为诗'……亦几家喻而户晓矣"⑤ 的观点就真实地反映了封建社会对女性文学创作的禁锢。

---

① 转引自朱君毅：《清代女性诗歌创作论争的诗教依据及深层动因》，《甘肃社会科学》，2020 年第 1 期。

② 骆绮兰：《听秋馆闺中同人集·序》，清嘉庆二年丁巳刻本，第 2 页 b。

③ 王闿运《桐凤集序》："同学多言其妇曾明慧工诗画，往往为词翰，置诸高材生卷中，辄得高等，询其业所由，即太守妻之女也。"《桐凤集》卷一，清光绪十五年苏州书局刊本，第 1 页 a。

④ 王闿运《桐凤集》序有"览其诗，篇篇学古格律，无复俗华靡，而风骨益洁"句，《桐凤集》卷一，清光绪十五年苏州书局刊本，第 1 页 a。

⑤ 转引自朱君毅：《清代女性诗歌创作论争的诗教依据及深层动因》，《甘肃社会科学》，2020 年第 1 期。

左锡嘉在曾氏祖宅的身份与在浣花诗社时期的身份有较大的差距，她不再是侍奉姑舅的"媳妇"，而是一位贤德多才的母亲，她此时的交往酬和与反思生活的诗作都显示出她对女性身份的不断探索与女性意识的逐渐觉醒。左锡嘉及其女儿在女性意识觉醒的同时仍然伴随着对自身的反思与怀疑，左锡嘉终其一生都十分克制，守节尽孝、获得节妇旌表的她至多在诗词中抒发自己作为女性的情感与思考，却鲜有矛盾或抗争。而曾懿与曾彦一方面大胆在女性诗词的创作上进行创新，积极对女性身份进行思考，另一方面却仍未能摆脱传统女性观对她们的影响。她们的诗词中也偶见作为女性的无奈，曾懿曾写道："藉伴探梅傍寺南，雪晴花放少陵龛。痴心每向花前祝，许我来身愿作男。"① 她想生作男子的许愿，在平淡的语句下暗藏的无奈与怀疑表现了她对女性身份的悲观认识与焦虑心理，对自身的认识充满矛盾与痛苦。这种反思与怀疑在晚清女性文人群体中是普遍的，但时代的限制让女性只能苍白地将这种痛苦与彷徨发泄在诗歌中。而正是这种痛苦为晚清民国女性的觉醒提供了更多的思考空间，推动了她们女性意识的觉醒，逐步构建起一个属于近代女性的诗词话语体系。

女性的社会身份在晚清社会剧变的裹挟下开始了向近代的过渡，她们的女性意识也在过渡中逐渐觉醒。在传统秩序下，女性文人是一个处于"失语"状态的群体，她们的作品鲜有在诗坛激起反响的机会，而左锡嘉及其女儿努力突破"失语"的尴尬，公开交流诗词文学，走向男性主导的文学世界，大胆与男性品诗论词，发出了女性的声音，并逐渐从"失语困境"走向话语的中心。左锡嘉和女儿们通过文学创作展现自己的反思，并逐渐构建起近代女性过渡时期的话语体系。以左锡嘉为中心的女性创作群体在交流感情、相互切磋与启发学习的过程中逐步将思想上升到女性生命意识的层面，她们对自己女性身份的反思也促进了近代成都女性群体的性别认识。

---

① 曾懿：《浣花草堂新营住宅山绕溪回杂花翠竹好鸟缨鸣石濑凉凉重闺静逸偶拟三十韵以写四时喜佳景同叔俊四妹季硕三妹作寄仲仪三妹》其二十八，《古欢室诗集》卷一，清光绪三十年刻本，第4页a。

# 清代李应莘巴蜀诗歌研究

□李领弟①

李应莘（1832.2.5—1877.3.13），字稼门，别字剑生，陕西省延川县孝和里（今马家河乡）李家塬人。李应莘不同于其他外籍入蜀的文人，历史上大多文人入蜀是因为政治局势的变迁和动荡，且他们入蜀时思维方式、价值观念、情感特征已基本成熟，往往从自身的乡籍文化出发，对巴蜀文化进行书写，如杜甫、黄庭坚、陆游等人。李应莘祖籍虽在陕西，但他出生地为四川剑州（今剑阁县），主要成长环境及受教育活动都在巴蜀地区，有长达二十余年的巴蜀生活，受巴蜀文化的浸润和影响极深，实质上与巴蜀籍诗人并无二致。但李应莘却始终将入蜀视为羁旅，用异乡人的眼光游历巴蜀，以行旅诗的方式记录巴蜀之地。李应莘著有《双桐书屋诗剩》是七卷，共存诗 290 首，蜀中诗歌主要集中在《学语集》《黍雪集》中，有诗歌近百首。《双桐书屋诗剩》是以编年的方式辑录而成的，这对我们研究李应莘生平经历、游踪以及诗人在不同时期所表现出的不同心境、诗歌风格的变化等均有所助益。

## 一、李应莘巴蜀诗歌创作背景

### （一）出蜀对其诗情的激发

巴蜀因其独特的地域、历史、文化吸引了无数文人墨客驻足，巴蜀

---

① 李领弟，四川师范大学文学院在读博士生，研究方向为中国古代文学。

也在他们的文学作品和生命轨迹中留下了鲜明独特的印记。千百年来，文人出入蜀逐渐成为一种特殊的文化现象被学界广泛关注。清代四川籍诗人李调元就曾写道："自古诗人例到蜀，好将新句贮行囊。"① 纵观历代入蜀者，大致有以下类型：或入蜀为官，或为官奔走；或入蜀游历；或因避难、贬谪入蜀；或探亲访友；或因父为官入蜀。李应莘是在其父李宗沆于四川剑州（今剑阁县）为知州期间，出生于四川剑州的。他从幼年起就生活于巴蜀，随其父辗转巴蜀之地，有长达二十余年的巴蜀生活，受巴蜀文化的浸润和影响极深。李应莘首次出蜀时年仅十三，并未有诗歌留存。可能是出蜀后，诗人看到与巴蜀截然不同的景致，在接受南北文化震荡、冲击后，获得了诗歌创作的契机，便开始大量作诗。如其首出巴蜀至长安创作的诗歌《雁塔晚眺》：

> 却来今古题名地，正是黄昏欲雨天。
> 笑倚云梯一回首，万家灯火满城烟。②

此诗是诗人游长安慈恩寺所得，五代王定保《唐摭言》卷三："进士题名，自神龙之后，过关宴后，率皆期集于慈恩塔下题名。"③ 唐代凡新科进士及第会登临大雁塔，推举善书者将他们的姓名、籍贯和及第的时间用墨笔题写在墙壁上留念，象征由此步步高升，平步青云。

李应莘出蜀后记录的第一个地方便是"今古题名地"，也表达了其科举中试、金榜题名的愿望。

李应莘侄儿李崇沇于《双桐书屋诗剩·跋》云：（李应莘）"年十三，有'万家灯火满城烟'之句，为先大父霭山公称赏，由是肆志风雅。"④ 父亲的称赏也极大地鼓励了李应莘作诗的热情和动力。因此他在

---

① 李调元：《童山集》诗集卷七，《送朱子颖孝纯之蜀作宰》诗。

② 本文所引李应莘诗歌，皆出自李应莘著，王典章校刻：《双桐书屋诗剩》，民国十五年扬州思过斋刻本。

③ 王定保：《唐摭言》卷三，古典文学出版社，1957年，第28页。

④ 李崇沇《双桐书屋诗剩·跋》，李应莘著，赵尔莘刻：《双桐书屋诗剩》，清光绪十四年扬州刻本，国图藏。

长安作短暂停留之后，入蜀时便开始大量作诗。

李应莘之父李宗沆，字相臣，号霭山，陕西延川县马家河乡李家原村人，历任湖南益阳、善化知县，武冈、剑州知州，湖南长沙府和四川成都府、重庆府知府，继迁广东道，先后任督粮道、兵备道、盐运使。道光五年（1825）钦派湖南统考官，加二品顶戴；同治十二年（1873）朝廷邀赴鹿鸣宴，同治十三年（1874）加头品顶戴，赐光禄大夫。李宗沆在巴蜀之地任官数十年，在位期间广施仁政，颇重文治教化，政绩甚著。通过对李宗沆的行述和李应莘诗歌的考证，可发现李应莘在巴蜀的活动轨迹与其父在巴蜀之地为官的轨迹基本一致。道光十一年（1831），李应莘之父李宗沆选授四川剑州知州，次年农历二月五日，李应莘生于四川剑州。道光十四年（1834）至道光十九年（1839），李宗沆调补合州知州，李应莘也随之至重庆合州，并在合州度过童年，有诗歌为证："忆昔合阳时，朝夕相追陪。君时尚未字，我亦双鬟垂。"（《走笔代柬寄月波三姊》）道光二十四年（1844）李宗沆因病开缺返回长安修养，李应莘时年十三岁，也随其父返回长安。道光二十五年（1845），李宗沆"病痊，援例指分四川。其年九月，委署叙永厅同知，旋补汉州知州"①。李应莘便伴随其居于此地，作诗38首。李应莘寓汉州三载，直至道光二十九年（1849），李宗沆署重庆合州知州，李应莘才从汉州出发至合州，其间作诗15首。"咸丰辛亥（1851），文宗皇帝御极之元年，特谕直省督抚保举贤员，胪陈实迹，听候擢用。府君以合阳六政，得列剡章，旋题升松潘厅同知，委署成都府事。"② 李应莘再次随其父从合州出发至成都，作诗19首。此时李应莘已有二十岁，便辞别父亲从成都出发前往长安，开始他的科举应试之路，出蜀时

---

① 李应燉、李应莘述：《皇清诰授光禄大夫头品顶戴盐运使衔、前广东候补道显考霭山府君行述》，国家图书馆分馆编，《中华历史人物别传集》，线装书局，2003年。

② 李应燉、李应莘述：《皇清诰授光禄大夫头品顶戴盐运使衔、前广东候补道显考霭山府君行述》，国家图书馆分馆编，《中华历史人物别传集》，线装书局，2003年。

作诗 16 首。

《延川县李氏文化》一书也说："李宗沆在四川、重庆任知府，（李应莘）侍奉于父侧，帮办文书之类，故而他发科早而服官迟。"① 其四姊李娓娓《咏月轩吟草》诗集中亦有诗可证，如《寄稼门五弟随侍家君任居蜀》《寄尧农五弟，时随侍家君在蜀》等。李宗沆对李应莘的影响很大，李宗沆在巴蜀时便为他请了十多位业师来教授其学业。同治十三年（1874），李宗沆卒后，李应莘便不再作诗，《双桐书屋诗剩·跋》："迨先大父弃养，遂辍笔不作。"②

（二）李应莘巴蜀诗歌的创作方式

李应莘虽出生于四川剑州，但他始终将巴蜀地区视为客居，用异乡人的眼光游历巴蜀，以行旅诗的方式展开诗歌创作。行旅诗，即记载诗人旅途行程的诗歌，内容多表现诗人羁旅他乡以及行旅途中的所见所感，六臣注《文选》李周翰称"行旅"一类的诗说："旅，舍也，言行客多忧，故作诗自慰。"③ 故旅途劳顿、思乡怀亲、时光易逝、前途未卜等均是行旅诗重要的情感抒写内容。

李应莘客居蜀中二十余年，足迹几乎遍及了巴蜀各个地方，创作了大量行旅诗。巴山蜀水无不浸染着诗人的吟咏之声，凝集着诗人穿梭不息的身影。这些诗歌不仅记录了其行迹与心迹，还表现出行旅途中的人生体验和生命感悟，如泸州市合江县试院时作《十月十九日移宿试院作》，至叙永县作诗《偕张建侯、雨岩兄、子固弟游定水寺作》《江门口号》《江门驿漫兴》，接着乘舟从江安出发至成都作《早发江安》《华阳道中》《苏马头夜泊》等；寓居汉州三载作《由成都之广汉作》《汉州晓发》等；随后从成都出发至合州（今重庆市合川区），其间作《蓉城春思》《早发武侯祠（侍家大人之官合州）》《新津晚渡》《汉嘉舟中与

① 梁福誓主编：《延川县李氏文化》，三秦出版社，2011 年，第 299 页。

② 李崇洸《双桐书屋诗剩·跋》，李应莘著，赵尔莘刻：《双桐书屋诗剩》，清光绪十四年扬州刻本，国图藏。

③ 六臣注：《文选》卷二十六，上海商务印书馆，民国八年四部丛刊景宋刻本。

张瑞之小话，瑞之寓兹郡者十有一年，颇动旧游之感，以诗邀和，赋此赠之》《重庆夜泊》《题钓鱼城》等；再从合川出发至成都，依次作诗《入峡短歌》《观音峡晓发》《江津道中晚泊》《过连十三滩》《晚过南溪》《舟次汉嘉，偕同人游海音寺》《双流题壁》等。

出蜀时，李应莘更是用纪行的方式记录。他从成都出发，经德阳、绵阳，绕过龙泉山、七曲山至梓潼县，再经过武连等地至广元剑阁县。过剑门关，越大小剑山至昭化，渡嘉陵江，经广元朝天区往东北方向至陕西宁强县，再经勉县进入汉中盆地。接着从略阳出发沿东北方向走至凤县后抵至陈仓（今宝鸡市），再沿着陈仓道到达长安。如下图所示，在圆点所标出的地方，李应莘均作有诗歌。

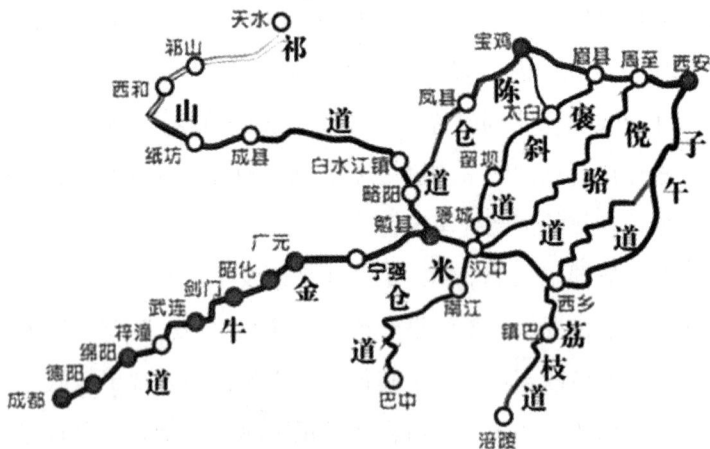

李应莘出蜀路线图

除了行旅之外，还有交游诗，尤其是寓居汉嘉的张瑞之，诗人每至汉嘉必与之相聚，以诗赠答，感情甚笃。由于资料匮乏，笔者尚未找到关于此人的详细资料。但从李应莘的诗歌描述中可知，张瑞之寓居汉嘉十一年，才华斐然，能诗能文。李应莘与张瑞之相关的诗歌有9首，很多诗句都赞美了他的才华和人品，如"六朝花样三唐骨，题遍春风十二楼"（《瑞之以诗赠行依韵奉答》其三），"文章名世嗟余拙，心性规人似汝稀"（《瑞之以诗赠行依韵奉答》其一）。此外，李应莘诗题中还存有张瑞之残诗"悄拨寒灰坐残漏，一杯村酿共谁倾"一句。可见，张瑞之是李应莘在蜀期间进行文学切磋的挚友。

李应莘的巴蜀诗歌还将远离家乡的惆怅、年华易逝、人生无为的失意寄托在一些巴蜀风物上，如"春酒绿浮花舍雨，秋灯江蓠竹楼烟"（《瑞之以诗赠行依韵奉答》），"酒香百瓮泼春绿，惆怅故人殊未来"（《杂咏》），"蜀酒浓无敌"①。不知是蜀酒催生了诗人的诗意，还是诗兴激发了诗人对蜀酒的需求，古往今来，无论是蜀地诗人还是入蜀诗人的歌咏中，几乎均能找到蜀酒的印迹。这些巴蜀酒诗不仅使蜀酒文化逐渐传扬开去，还是我们了解蜀地酒历史的重要文献。又如"云水茫茫宿何处？猿声向晚断人肠"（《华阳道中》），"城郭晚冥冥，哀猿不可听"（《晚过南溪》），猿声自古便是蜀道上一道独特的风景，几乎成为每一位入蜀文人必须入诗的意象。再如"锦笺稠叠诉离意，墨花落纸愁无痕"（《寄心兰姊并次原韵》），"行来鸟道千重易，题遍蛮笺十万难"（《新都题壁》），巴蜀地区造纸技术发达，笺纸艺术更是精彩纷呈，而这些精美的笺纸也承载了文人雅士们的情意和梦想。

（三）本、客籍的归属对其诗歌的影响

李应莘的出生地与成长环境与巴蜀籍诗人并无二致，但他在巴蜀时的诗歌却始终贯穿着羁旅漂泊之苦、思乡盼归之情、身世飘零之悲。如："惆怅故园花月夜，等闲都付别离中。"（《次和心兰四姊见寄原韵》）"不知寄得家书否？空系离人一夜心。"（《和子固弟雨夜闻雁》）"羁愁消不得，怀抱几时开？"（《蓉城春思》）"门掩月黄昏，思家独倚门。"（《闻笛》）"却把茱萸不成醉，故园今日也重阳。"（《九日》）诗人并未将其出生地、成长地视为故乡，而是格外看重自己的祖籍。

清代文人如此重视籍贯也有原因。科举考试是读书人获得官职的主要途径，籍贯与文人参加科举考试的应试地点与做官地点有直接关联。籍贯指其祖居地或原籍所在之地。按照惯例，参加科举考试的考生应当在原籍应试。虽然清代考生也可以在寄籍地参加考试（寄籍即指长期居

---

① 杜甫撰、仇兆鳌注：《杜诗详注》，中华书局，2015年，第1135页。

住外地而取得该地的籍贯），但清人想获得寄籍也是难上加难，首先必须满足居住时间，需在此地长居至二十年；其次个人财产条件需满足，须得在寄居地购置房产，才可以获得寄籍。清代吴荣光《吾学录初编》云："他省人于寄居地方置有坟庐已逾二十年者，准其入籍，是为寄籍。"①

李应莘自十三岁至长安后，"雁塔题名"的愿望便深深埋在心中，在诗歌中时刻表现出对回归长安的期待，希望早日考取功名，一展抱负。如："忆昔园亭坐深绿，如何万里来巴蜀……月明不见长安道，独倚危阑叹幽悄。"（《月夜叹》）"青门何日看回马，锦里从今当故乡。"（《华阳道中》）青门，汉朝国都长安东南城门，因其门是青色，所以百姓俗称为青门，后以"青门"为咏长安的典故。"随风直落天东头，天东便是长安道。"（《放歌》）"寒色一江远，轻装何日归？"（《暮登望江楼》）李应莘把自己的仕途与回归长安紧密地结合起来，较为内敛地反映了对自己仕途的隐忧和渴望早日回归故土的心态。

## 二、李应莘蜀道诗歌的书写特色

### （一）从军理想的萌发

李杜之后，诗人鱼贯入蜀，蜀道书写俨然成为一种文化现象流行不衰。李应莘在继承和借鉴前人的基础上融入自己独特的体验有所发展和创新，其作品具有重要的文学欣赏价值。尤其是出入蜀途中众多的名关险隘，社会文化、地理环境的差异与特色为诗人带来创作视野的又一次开阔，使他的从军理想得以萌发。他在三十三岁时，理想得以实现，过上了梦寐以求的军旅生活，在"陕甘回民事变"中与其父李宗沆一起参与了多忠勇公（八旗军官多隆阿）的军事活动，以军功赏戴花翎。

古往今来，不知道有多少战事，围绕蜀道而起，尤其是"剑门蜀

---

① 吴荣光：《吾学录初编》卷二《政术门·户籍》，《续修四库全书》第815册，上海古籍出版社，2002年，第19页。

道"，历来便是兵家必争之险地，诸葛亮"六出祁山"，姜维镇守剑门，赵云兵发斜谷……自东向西的蜀道，几乎都硝烟四起。金牛道较其他蜀道而言，在交通、军事、文化交流等方面有重要作用，而且还留存有大量古代遗存，途经众多名关险隘，这也是李应莘选择金牛道、陈仓道出蜀的一个重要原因。诗人在金牛蜀道上的重要驿站和关隘上均留有诗作，如《绵州道中》《雨宿武连》《过剑关》《昭化题壁》《利州道中》《天雄关遇雨》《朝天关》《鸡头关》《陈仓道中》等，表达羁旅他乡的感慨、对功名事业的向往以及对历史人物的追思。

巴蜀这一客籍地区的地理文化环境也给予了李应莘更多投笔从戎的豪气。如《放歌》："酒酣耳熟拔剑起，雄心直欲长空倚。欲倾肝胆谁知己，富贵功名等闲尔。文章何由报天子，一剑飘然尚远游。千金卖赋吾滋羞，晴空白云大于掌。"又如《杂咏·其一》："倚天拔剑凌巨鳌，黄沙不敢吹征袍。"再如《朝天关》："朝天岂无意，含笑看吴钩。"此外还有很多表彰英雄人物的诗歌，充满对英雄人物的景仰和惋惜。《题钓鱼城》："南渡河山支半壁，东征旌鼓震奇才。阴平得失关全蜀，欲说天心意转哀。"诗人赞美了南宋抗蒙名将王坚誓死抗战、保卫钓鱼城的英雄事迹；接着又由王坚支撑了南宋半壁河山的历史功绩，联想到当年蜀汉没能防御好阴平古道，使得曹魏大军通过"偷渡阴平"灭了蜀国；诗人慨叹蜀汉统治者没有在阴平放下数千人马和一个像王坚这样的得力守将，言语中饱含着对王坚的敬意和英雄已逝的哀伤。又如《过剑关》："妖氛不敛穷兵气，落日空悲大将心。我为英雄惜成败，马前回首一沾襟。"蜀国名将姜维以三万兵力在剑门关力阻魏将邓艾十三万大军，也没能逃过亡国的命运，不由得让人感慨万千，如果统治者昏庸无能，即使有诸葛亮、赵云、姜维等人，蜀汉还是会灭亡，表达了诗人对英雄的惋惜和对现实的深切忧患。

不仅如此，在蜀中时，李应莘还创作了一些边塞诗，如《塞下曲》《塞上吟》等，表达自己从军边塞、报效国家的愿望。终于在穆宗同治三年甲子（1864），李应莘年三十三岁，在"陕甘回民事变"中与其父李宗沆一起参与多忠勇公（八旗军官多隆阿）军事，实现了其投身军旅生活的愿望，后以军功赏戴花翎。王典章《双桐书屋诗剩·序》云："同治初，回乱，关中岌岌。先外王父霭山公观察东粤，致仕归。愤将帅玩愒，揭诸朝，纾乡里祸难，先外舅实赞画其间。多忠勇公督师入关，遂参其幕府。方其登贤书，捷春明，誉闻飙举，宜展其雄才，为世大用。"① 李崇洸《双桐书屋诗剩·跋》："同治甲子（1864）回乱秦中，先大父致仕家居，愤当事姑息，廷揭之，叔时实左右其间，继参多忠勇公军事，历保知府、需次汴省。"②《延川县李氏文化》："（李应莘）青年时期，曾在陕西周至县从军，于'忠勇营'襄办军务，以军功赏戴花翎。"③

（二）仕隐矛盾的抒写

尽管李应莘将入蜀视为羁旅，但入蜀后，李应莘访故人，游览山水。巴山蜀水的钟灵毓秀给他带来了不同的人生体验，暂时缓解了人生焦虑。诗人的心态逐渐发生改变：有以悠哉闲适的心态游历巴山蜀水，如"偶动寒山蜡屐情，便携良友趁新晴"（《偕张建侯、雨岩兄、子固弟游定水寺作》），"明朝蜡游屐，更拟踏云根"（《苏马头夜泊》）；还表现出寓志山水田园的恬淡心态，如《舟次汉嘉，偕同人游海音寺》"纵然不作嘉州守，肯负凌云酒一杯"。诗人与友人游至汉嘉（今四川乐山市），见汉嘉美景，产生于此安生终老的想法，在诗歌序言中写道："寺建郡城东之凌云山，凌云踞一郡之胜，而兹寺又踞凌云之胜，相传为东坡载酒游处。于时夕阴初霁，清光大来，俯仰江山浩然，有终焉之志。题诗壁上，冀与大佛崖共相磨灭焉。"汉嘉胜景亦因东坡"载酒时作凌云游"为天下人所共知，南宋文人邵博曾在《清音亭记》中给予

---

① 王典章：《双桐书屋诗剩·序》，李应莘撰，王典章校刻：《双桐书屋诗剩》，民国十五年扬州思过斋刻本。

② 李崇洸：《双桐书屋诗剩·跋》，李应莘著，赵尔莘刻：《双桐书屋诗剩》，清光绪十四年扬州刻本，国图藏。

③ 梁福誓主编：《延川县李氏文化》，三秦出版社，2011年，第299页。

"天下山水之观在蜀，蜀之胜曰嘉州，州之胜曰凌云"① 之美誉。又如行舟途中所见巴蜀之地，烟雨迷蒙，水岸韵味十足，表现出对渔郎清闲安适生活的向往。《舟行即事》：

> 细雨斜风里，春帆挂渺茫。草深江影碧，山古石棱苍。
> 雪浪催舟急，烟村抱水长。桃花两三树，清福羡渔郎。

然而作为自小接受科举教育的传统文人，李应莘恪守儒家入世思想，心怀壮志，追求仕途，却无奈辗转于蜀地，随着年华渐逝，希望落空，诸如壮志未酬、哀叹岁月、仕途迷茫的情感也自然流露于笔端。如"饮尽旗亭酒百杯，壮游心事未全灰"（《由成都之广汉作》），"男儿生不成名合当死，不死焉能久如此。人海悠悠十七年，年华荏苒如流水"（《放歌》），"游子光阴消折柳，男儿身世笑浮萍"（《鸡头关》），"浮云身世劳劳悟，逝水年华黯黯经"（《昭化题壁》），"长眉我亦随人画，深浅还愁未入时"（《舟次校张瑞之诗即题卷尾》其一）。

从在蜀游历的诗中我们可以发现，尽管李应莘依然有羁旅困顿、壮志未酬的怅恨情绪，但并未彻底丧失信心，他常常在哀伤苦闷之后，又表现出一种达观与超脱，积极述说志向并自我勉励。"诗书自古可致用，何须掷笔谈封侯。"（《放歌》）"珍重年华须努力，溟鲲水击尚三千。"（《瑞之以诗赠行依韵奉答》其二）李应莘的这种精神也是中国"士"精神的体现，虽然自身沉浸于迷惘痛苦之中，却时时不忘自我勉励，用各种办法自我慰藉，始终不放弃自己的理想抱负，表现了对崇高人生价值的坚定追求。

巴蜀与长安，相隔着大巴山、汉中盆地、秦岭。穿越大巴山的路有四条，祁山道、金牛道、米仓道、荔枝道；穿越秦岭主要有四条蜀道，分别为陈仓道、褒斜道、傥骆道、子午道。李应莘选择金牛道出蜀

---

① 邵博：《清音亭记》，杜应芳《补续全蜀艺文志》五十六卷，卷二十七记，明万历刻本。

还有一个重要的原因，金牛道为蜀道中连接长安与成都的线路中最为便捷的一条，它直接循嘉陵江修筑栈道，并穿越大小剑山天险，不必往东西两向绕道，大大缩短了路途的距离。李应莘想要早一点儿抵达长安，去参加科举，取得功名，施展抱负。出蜀途中更是轻装减负，"银烛光销薄晕生，轻装明日又东行"（《雨宿武连》）。李应莘出蜀之后的三四年间便没有作诗，一心考取科举，于咸丰五年乙卯（1855）八月，乡试中式第五十四名举人，覆试一等第二十名。咸丰六年丙辰（1856）三月，会试中式第八十七名贡士，正大光明殿覆试二等第四十名，殿试二甲第二十九名进士，朝考三等第四十三名，被钦点为内阁中书。

长安与成都的两端，出则朝廷庙堂，入则山水田园。出蜀的积极进取精神与入蜀时寓志山水田园的恬淡安适与隐居自敛，恰巧就是中国文人在精神上的两条进路在蜀道上的呈现。李应莘巴蜀诗歌仕隐矛盾的抒写，也为蜀道文学书写增添了情感力度与生命张力。

## 三、李应莘巴蜀诗歌的价值意义

### （一）关注民生，针砭时弊

李应莘的巴蜀诗歌继承了杜甫的现实主义传统，批评现实丑恶现象，用悲悯之心展现对身处社会最底层人民的极度关照。如《淘沙金》一诗，对百姓的生计忧心：

> 金波潋滟涵晴空，日光倒射春江红。江沙茫茫一片白，猥以鹜利贪天功。沙量万石金量斗，芒忽求之亦何有。百汰千淘活一身，居然小试澄清手。南箕翕舌工箕扬，北斗挹水声浪浪。屈身伛偻不遑顾，江头终日神徜徉。吾闻天地生财不爱宝，捐璧沉珠视如草。民生衣食自有源，致富耕桑岂无道？朝辛暮苦空尔为，弃末归农那非好。比邻饁饷时往来，乐岁妻儿

共温饱。如何竟日烟江滨，欲以微利疗长贫。微利竟何得，长贫终尔身。璧怀罪斯集，宝衔祸所因。愿将历历意中语，告尔蚩蚩江上人。

诗人路过嘉陵江沿岸的沙滩地，见淘沙金者有感而发。诗的上半部分批判淘金者沉迷于淘沙金，不愿下地劳作，只想把天公的功劳据为己有。古代的淘金多不被认为是正宗职业。有民谣曰："穷打鼓，饿当兵，好吃懒做淘沙金。"尤其是清代，因淘金致使河空，营地有碍，政府还专门发布告示禁止淘金。下半部分便对这些人进行劝诫，认为农业是天下的根本，农民只有通过农业种植才能更好地解决温饱问题，颇像"劝农诗"，借以批评那些贪利而不进行农业劳作的淘金者，劝勉人们重视并从事农业劳动。诗人强调农耕对于百姓生计的重要意义，也可见其对百姓生计的忧心。

又如《斗蟋蟀歌》，诗人批评那些达官显贵和纨绔子弟不循正道，以斗蟋蟀进行赌博，一掷千金，挥金如土，却不为劳苦大众行至善之道。

开金笼，蟋蟀雄，长鸣飒飒生英风。瓮城沙堑水晶盒，梅花翅点秋鳞红。败者走伏如鼠，胜者鸣逐如虎。当车不羡螳螂武，主人高歌客起舞。黄金一掷贱如许，胡不向周行恤贫苦？

(二) 保存了丰富的文化史料

李应莘还有部分诗歌使得旅观地的风景名胜得以彰扬声名，让消亡的名胜景观得以再现。如游至四川省泸州市叙永县的定水寺，作诗"夕阳半渡棹初舣，空翠一庭钟不鸣"(《偕张建侯、雨岩兄、子固弟游定水寺作》)，"山环定水寺，人对镜波楼""花雨禅房静，茶烟佛殿幽"(《再题》)。据《叙永县志》记载，定水寺建于明洪武四年(1371)，寺内有成片百年老树，尤其是有棵百年罗汉松，茂密苍翠，浓荫盖地。寺内设一口巨钟，每晴初霜旦，钟声穿林渡水，响彻东西两城，被列为叙永八景之一"定水晓钟"。寺前河水清澈，碧波荡漾，但此寺于民国三十年被撤，改建叙永县立初级中学，即今叙永二中定水校区。由于自然变迁与人为拆建的叠加，像叙永定水寺这样的兼自然与人文于一体的文化景观，现已不复存在，但唯有这些诗歌继承历史长存下来，成为历史的备份。李应莘以诗歌的形式记录这些景观，印证了定水寺等引人入胜的风光和醇厚的历史文化底蕴，使得这些消亡的名胜重现光彩。研究这类诗歌对恢复历史名胜具有极高的开发和利用价值，可为今日之旅游资源开发提供历史背景资料。

李应莘在部分诗歌中还表现出了旅观地独特的自然景观和人文景观。例如《题钓鱼城》一诗：

> 峭壁摩空一径回，白云深处看山来。野花夹露朝烟合，芳草无人战垒开。南渡河山支半壁，东征旌鼓震奇才。阴平得失关全蜀，欲说天心意转哀。

钓鱼城，位于重庆市合川区嘉陵江南岸 5 公里处，是驰名巴蜀的兵家雄关，古代遗迹。李应莘见此遗迹，不禁感慨历史。1259 年发生于此的"钓鱼城保卫战"，不仅是南宋王朝与蒙古大军之间的生死决战，更是改变中国历史和世界历史的一场具有重大意义的战争。南宋抗蒙名将王坚誓死抗战，保卫钓鱼城，使得南宋对蒙古的抗击又坚持了十七年。李应莘素爱推崇英雄人物，以"南渡河山支半壁，东征旌鼓震奇才"一句表彰了王坚的英勇事迹。诗句中"支半壁"一词便是出自钓鱼城风景区残存的石刻文字。在现今合川钓鱼城风景区的西岩半坡上，有一块高5.6 米、长 5.91 米的巨石。巨石上残存着一些可读的文字："汉……跨开达……逆丑元主。王公坚以鱼台一柱支半壁……"[1] 在经过考古专家鉴定之后确认，上述残文中的"逆丑元主"，指的就是曾经率部攻打钓鱼城的蒙古大汗蒙哥。而"王公坚"，则是指在南宋末年，曾经率领钓

---

[1] 此语来自重庆市合川区钓鱼城风景区石刻文字。

鱼城军民守城抗击并击毙蒙古大汗蒙哥的钓鱼城守将王坚。我们从这些残存的石刻文字中就可以明确地体会到王坚"以钓鱼城一柱""支撑了南宋半壁河山"的历史功绩。李应莘于诗歌中记录此文字,对其旅观地历史文献的印证、保存、记录都有十分重要的意义。

李应莘的巴蜀诗歌虽不能与李白、杜甫等人相颉颃,学界关注也甚少,但可以为巴蜀文学研究提供某些独特的视角。例如其在蜀道上表现出的仕隐矛盾的抒写,以及对蜀道过往英雄的景仰、惋惜和军事战争的记录所表现出的驰骋沙场、立志报国的愿望等,深化了蜀道文学的内涵,为蜀道文学书写增添了情感力度与生命张力。因此,像李应莘这样在艺术上很有造诣却被埋没的诗人,值得我们发掘和表扬。

# 清代巴蜀女诗人马士琪及其诗歌考论

□王虎　李波①

巴蜀文化源远流长，翰墨之客不只士人才子，闺阁才妇、淑人娟女也吟诗作赋，在巴蜀文学的长河中，汉之卓文君、唐之薛涛、五代黄崇嘏等翘楚亦是巴蜀文化中耀眼的明星，有不让须眉之势。

清初巴蜀文坛最为闪耀的女诗人当是马士琪，孙桐生称马士琪"蜀中闺秀应推为大宗"②，戴纶喆也曾说"蜀闺秀自西充马韫雪后，无逾女史者"③，足可见马士琪诗歌艺术成就以及文坛地位之高。马士琪从小便跟着父亲学习，"十四岁以诗名"④，后又随父亲宦游南北，家学熏染和宦游经历，加之她自己的独特创造，形成了"鸿洞踔厉，笼盖诸家，绝无闺阁气"⑤的独特诗风。她一生作诗七百余首，但大多数诗歌已经亡佚。在清人朱焕云编纂的一部历代女性诗歌总集《浣花濯锦》中收录其诗作达三百首，为马士琪诗歌研究提供了重要的文献资料。

---

① 本文系 2022 年国家社科基金一般项目"四川清诗总集研究"（22BZW105）的阶段性成果；2021 年四川省高等教育人才培养质量和教学改革一般项目"新文科背景下农林院校汉语言文学专业课程思政教学体系构建与实践"（JG2021—451）阶段性成果。王虎，四川农业大学人文学院讲师，主要研究方向为巴蜀文学与文献。李波，四川农业大学 2019 级本科生。

② 孙桐生：《国朝全蜀诗抄》巴蜀书社，1986 年，第 692 页。

③ 戴纶喆：《四川儒林文选传》，《广益丛报·附编·丛录门》，1909 年第 210 期，第 1 页。

④ 高培毅修，刘藻纂：《（光绪）西充县志》，清光绪二年刻本。

⑤ 高培毅修，刘藻纂，《（光绪）西充县志》，清光绪二年刻本。

# 一、马士琪的生平

马士琪，字韫雪，四川西充县紫岩乡（今四川省西充县关文镇）人。据光绪《西充县志》载，"（马士琪）其卒也，于康熙己亥岁，年八十"①，由其卒年（1719）可推断马士琪当生于明崇祯十二年（1639）。生于官宦世家的她，从小就受到良好的文化熏陶，"幼从父读书，十四岁以诗名"②，很小便显露出不凡的才华。她自幼养成了读书的习惯，"性喜读书，至老不辍"③，而且"晚年益嗜学，终日手一编，如痴。尝以书就食，且读且食。食半，率因书废，家人以为言，怒之"④。到了晚年，马士琪读书甚至到了忘食的地步，家人劝慰其休息，她竟还"责怪"家人，从其所作诗歌中也窥见她对读书的喜爱。"五车方半阅，双鬓已全皤"⑤（《读书叹》），"终身图书癖，对此欲移家"⑥，大量的阅读为她的诗歌创作提供了充足的营养，使得其能够熔铸诸家所长而自成风格。据光绪《西充县志》载：

> 然夫人性严，有须眉气。又尝宦随南北，历览齐、楚、燕、赵、吴、越之名山大川，而人心世道、成败得失之故，濡染亦深，故往往酝酿蕴蓄之，久而一浅之诗，夫安得执巾帼以律夫人诗耶。⑦

马士琪虽为一女子，却颇有男子气概。她早年曾随父亲宦游南北，遍览各地的名山大川，并在壮游的旅途之中，感受到人心世道的凄

---

① 高培毂修，刘藻纂：《（光绪）西充县志》，清光绪二年刻本。
② 高培毂修，刘藻纂：《（光绪）西充县志》，清光绪二年刻本。
③ 徐世昌：《晚晴簃诗汇》，民国退耕堂刻本。
④ 高培毂修，刘藻纂：《（光绪）西充县志》，清光绪二年刻本。
⑤ 朱焕云辑：《浣花濯锦》，嘉庆二十三年刻本。
⑥ 朱焕云辑：《浣花濯锦》，嘉庆二十三年刻本。
⑦ 高培毂修，刘藻纂：《（光绪）西充县志》，清光绪二年刻本。

凉与成败得失的悲壮。她的诗歌创作往往构思良久，但却能一气呵成，气势非凡。此外，马士琪重情重义，仗义疏财，"事舅姑孝，尤以礼自持。应垣没，夫人年方盛，辄自晦"①，孝顺长辈，以礼待人，和睦亲友，"族有兄弟析产者，夫人闻之以诗劝"②，还写下"孤征自力防矰缴，鸿雁哀鸣照影来"③作为箴铭之句以规劝家人。"给谏多古玩，辄遗夫人，夫人顾不自惜，群从多攫之去，独所藏夜光珠。卒，为叔氏索取，无吝也。"④族人向她求取财物她都欣然给予，毫不吝啬。"弟士琼为藤县令，坐帑金，陷不测祸，则鬻产以脱之。"⑤当弟弟蒙难时，她不惜卖掉家产帮助其脱难，"其伦理惇笃如此"⑥。所以马士琪与其兄第姊妹及族人的关系极好，还经常集会或相互酬唱，从其诗作《中秋同学海媚雪诸弟夜集》《赠杜氏姊》等可见一二。

马士琪丈夫为河南士绅张应垣，光绪《西充县志》载："文光参江左，为孙觅佳偶，人以势位相埒议，公弗善也。既闻夫人贤，又尝见其诗，欢异之。"⑦给谏张文光十分欣赏马士琪的才华与为人，于是为其孙张应垣聘马士琪为妻。这桩婚姻貌似珠联璧合，但对马士琪而言又是充满不幸的，"于归久之，应垣卒，家益贫，茹苦数十年，教成其次子，举康熙乙卯乡试"⑧。她嫁给张应垣后不久，张应垣便英年早逝。马士琪"中岁孀居"，所以其心中总是郁结着一种孤寂之情，这对马士琪的诗歌创作具有重要影响，其诗中总是流露出这种悲情，《落花》十五首是最典型的代表。但好在马士琪还有儿子可为慰藉，她独自抚养两个儿子，亲自教授他们经书，"教二子严，常雒诵至午夜不休，毋敢伸欠

---

① 高培榖修，刘藻纂：《（光绪）西充县志》，清光绪二年刻本。
② 高培榖修，刘藻纂：《（光绪）西充县志》，清光绪二年刻本。
③ 高培榖修，刘藻纂：《（光绪）西充县志》，清光绪二年刻本。
④ 高培榖修，刘藻纂：《（光绪）西充县志》，清光绪二年刻本。
⑤ 高培榖修，刘藻纂：《（光绪）西充县志》，清光绪二年刻本。
⑥ 高培榖修，刘藻纂：《（光绪）西充县志》，清光绪二年刻本。
⑦ 高培榖修，刘藻纂：《（光绪）西充县志》，清光绪二年刻本。
⑧ 杨淮辑，张中良、申少春校勘：《中州诗钞》，中州古籍出版社，1997年，第655页。

为倦容"①。在她的严格教导下，"长新有文名，为诸生祭酒荐成均。次宁举人"②，长子张新因为文名籍甚，被推荐到国子监，成为廪膳生，其次子张宁于康熙乙卯（1675）乡试中举。

马士琪的一生，既是幸运的，又有着不幸，正是这种独特的人生体会，使得她形成了特有的见解与感悟，并将之记录于诗，为后世留下了宝贵的财富。马士琪诗歌创作极多，但是"生平遗矢，焚弃者不可数计"③，大多数诗歌都没能保存下来。据阎式鑛《马夫人诗序》记载："应垣没，夫人年方盛，辄自晦其笔墨，见者绝少，初有《漱泉集》七百余篇，为其姻党窃去。越数载，嗣集成帙，又以病革自焚，由是残笺剩纸仅存百一。"④马士琪中岁孀居，自晦笔墨，外人一般很难见到她的诗歌，加之失窃、自焚等原因，其诗歌留存极少。

马士琪最初著有《漱泉集》，收录了七百余篇诗歌，此集亦为《西充县志》《名媛诗话》《东泉诗话》《国朝闺阁诗抄》等地方史志或诗歌总集所著录。但是《马夫人诗序》云："康熙己末（1679）为滑县令某室人窃去"⑤，由此可知《漱泉集》此时应当为稿本，因此被人窃去之后便无法刊刻流传而遗失。马士琪在诗中也曾提及此事，并感到十分惋惜："天才谬误天工妒，有句惭劳静女求。"⑥（《答济上二侄女》）注释中说："滑令某丙子曾索余诗数百首。携去后，竟云失之。"⑦胡文楷《历代妇女著作考》中亦有记载，"《漱泉集》二卷，《撷芳集》著录"⑧，但《撷芳集》马士琪传中并未提及《漱泉集》，只有"著有《烬余草》四卷"⑨，可推断胡文楷此记录当有误。结合目前的资料可

① 高培榖修，刘藻纂：《（光绪）西充县志》，清光绪二年刻本。
② 高培榖修，刘藻纂：《（光绪）西充县志》，清光绪二年刻本。
③ 王培荀撰，魏尧西点校：《听雨楼随笔》，巴蜀书社，1987 年，第 358 页。
④ 高培榖修，刘藻纂：《（光绪）西充县志》，清光绪二年刻本。
⑤ 高培榖修，刘藻纂：《（光绪）西充县志》，清光绪二年刻本。
⑥ 朱焕云辑：《浣花濯锦》，嘉庆二十三年刻本。
⑦ 朱焕云辑：《浣花濯锦》，嘉庆二十三年刻本。
⑧ 胡文楷：《历代妇女著作考》，上海古籍出版社，1985 年，第 495—496 页。
⑨ 汪启淑辑：《撷芳集》，清乾隆飞鸿堂刊本。

知，其《漱泉集》在当时就已亡佚，此外其子编选《片石斋烬余草》时是通过收集她的遗稿辑录而成也可佐证。

《浣花濯锦》马士琪传云："嗣后，诗又自焚于丁亥莫秋（按："莫"当为"暮"之误）。今《片石斋烬余诗草》乃戊戌九月铭倩下拾佚亡衰梓。"① 又《国朝中州诗钞》马士琪传云："（马士琪）善为诗，不轻示人。丁亥偶染疾，自疑不起，取所作焚之，未几，疾愈长。子新搜其遗稿三百余首，名曰《片石斋烬余草》，刻于坂中。"② 在《漱泉集》遗失后，马士琪在丁亥（1707）秋染病，她自己担心病不能愈，于是取出自己的诗稿将其焚烧。焚烧诗稿后，病情仍未见好转。后来她的儿子张新收集她的遗稿三百多篇，在戊戌年（1718）九月整理辑成《片石斋烬余草》，但"其子刻《片石斋烬余草》五卷亦非初"③。据光绪《西充县志》载："（马士琪）先卒，所遗《烬余诗》五卷。镶校刊行世，与给谏斗斋诗后。"④ 马士琪的《片石斋烬余诗草》曾于乾隆年间，由河南阎式镶将其与《斗斋诗选》（按：《斗斋诗选》乃张文光所著，其为马士琪丈夫张应垣之祖父）一同刊刻印行。综上而言，马士琪《漱泉集》亡佚后，晚年所作之《片石斋烬余草》流传了下来，而《浣花濯锦》中收录的诗歌应亦是参考《片石斋烬余草》辑录而成。

《浣花濯锦》中收录了马士琪的诗歌 299 首，诗歌的题材内容和体裁类型种类比较多，体裁上多为五七言古体诗、五七言绝句和五七言律诗等。从思想内容方面来讲，她的纪游纪实诗不仅记录了沿途的风景和见闻以及诗人的踪迹，更是诗人人生经历的描绘；闲适山水诗主要抒写其闲适生活和所适山光水色，是诗人惬意生活的展现，也是诗人心灵的放松；咏物述怀诗或歌咏事物述说情感，或直接表露诗人情思，马士琪所具有的女性特有的细腻情思得到鲜明体现，我们能够体会到诗人郁结

---

① 朱焕云辑：《浣花濯锦》，嘉庆二十三年刻本。
② 杨淮辑，张中良、申少春校勘：《中州诗钞》，中州古籍出版社，1997年，第655页。
③ 高培穀修，刘藻纂：《（光绪）西充县志》，清光绪二年刻本。
④ 高培穀修，刘藻纂：《（光绪）西充县志》，清光绪二年刻本。

于心的情感；酬唱怀亲诗中，诗人与亲友集会，作诗唱答，通过诗作交流情感，相互关心。从诗歌风格来看，其诗修辞手法多样，融情于景，语言质朴又清丽俊逸，情感真挚。而且其"鸿洞踔厉，笼盖诸家，绝无闺阁气"的诗风，更是独树一帜。

## 二、马士琪诗歌的艺术特色

马士琪广泛学习陶潜、杜甫等前人的诗歌艺术成就，并在此基础上融合自己的思考，形成了自己独特的诗学观念，熔铸成了"鸿洞踔厉"的诗风，独具艺术特色。

### (一)鸿洞踔厉，无闺阁气

李调元在《雨村诗话》中，曾评价马士琪的诗歌："乃观其全诗，鸿洞踔厉，笼盖诸家，绝无闺阁气。"① 阎式鑛曾作《马夫人诗序》，评价马士琪的诗说："诗精莹有力，鸿洞踔厉，笼盖诸家，见者疑非闺阁手。"② "鸿洞踔厉，笼盖诸家，绝无闺阁气"是对其诗歌风格的评价，漫无涯际，议论纵横，吸收诸家风格而有所超越，摆脱了"闺阁气"。"鸿洞踔厉"这一特征，表现在马士琪的诗歌内容上，随意驰骋，纵横自如。如马士琪的纪游诗《观象台》：

> 隔岭望云台，石磴跻逶迤。行人难借力，登顿每迟迟。临高觉衣单，况乃天风吹。尽收后湖水，细漉长松枝。树影碎寒日，如月弄潮时。十人道客前，指示浑天仪。呜呼前王制，因山表崇基。不忍穷壮丽，柏梁徒雨为。翠龙擎法物，观者孰敢欺。神力若在尾，一棹风雨随。粤稽玉衡度，可以学而知。异哉古作者，鸿荒何所师。九道运无迹，五纬躔密移。圣人亦人

---

① 李调元著，詹杭伦、沈时蓉校正：《雨村诗话校正》，巴蜀书社，2007年，第267页。

② 高培毅修，刘藻纂：《（光绪）西充县志》，清光绪二年刻本。

耳，开关匪夷思。自绝地天通，此事真怪奇。小儒坐井中，空谈皆管窥。倾闻权鼓人，搜括汇有司。累代商周器，无论鼎与彝。留兹卧苔藓，茫茫将问谁。何如付大冶，免起后人疑。①

马士琪艰难登上观象台，见到"树影碎寒日，如月弄潮时"，"翠龙擎法物，观者孰敢欺"的优美景色，却思绪一转，"粤稽玉衡度，可以学而知。异哉古作者，鸿荒何所师"，想到了学与知问题。又想到了"九道运无迹，五纬躔密移"，日月运行，五行流转，继而想到"圣人亦人耳，开关匪夷思"。思绪跳跃转变，漫无边际，却又能够自如地收束思绪。再看《独立》："琢句注遥思，重檐独立时。低云阴不散，斜雨湿方知。水国居无定，桑田赋不移。那堪松柏夜，昏黑百灵悲。"② 诗人立于重檐之下，推敲诗句，看到眼前阴雨蒙蒙，却想到了水灾中受苦的人们，"那堪松柏夜，昏黑百灵悲"，既是描绘的眼前昏暗的景色，又映射出受灾人们的艰难生活。

马士琪在创作过程中广泛汲取前人诗歌创作成就，又融入自己的思考，形成"笼盖诸家"的独特诗风。她吸收了杜甫写实、炼字等艺术特色，《淫雨吟》是为代表作。她有意学习李白的豪迈，"下可容蝼蚁，上可巢鸾鹤"③的古柏，"不比秦松汉柏尊，敢恃铁骨傲乾坤"④的腊梅，显示出诗人非凡的气度。"宜搜长吉惊人句，元白诸诗半欲删"⑤（《雨三首》其三）学习借鉴长吉体的长处，还有《落花》十五首体现的凄艳的美，是对李商隐的学习借鉴。马士琪吸收各家所长而又能自成风格，"笼盖诸家"而又自有特色。

"绝无闺阁气"是马士琪对女性诗人的超越，就其诗歌内容来看，虽不乏自伤身世之作，但也突破了传统女性诗人的闺阁情怨。如《感怀》：

① 朱焕云辑：《浣花濯锦》，嘉庆二十三年刻本。
② 朱焕云辑：《浣花濯锦》，嘉庆二十三年刻本。
③ 朱焕云辑：《浣花濯锦》，嘉庆二十三年刻本。
④ 朱焕云辑：《浣花濯锦》，嘉庆二十三年刻本。
⑤ 朱焕云辑：《浣花濯锦》，嘉庆二十三年刻本。

> 汴水吴山入梦频，蜀天一望倍沾巾。故园春信何时至，明
> 镜秋霜近日新。愁病交攻容易老，编纂随分不知贫。天涯到处
> 多烽火，几见欃枪欲损神。①

诗歌虽然表现了诗人的思乡之情，但也具有家国之情。汴水吴山、蜀天一望、故园春信、明镜秋霜，无不流露出诗人对遥远家乡的思念。家乡难归，疾病日久，双重压迫下诗人情感压抑，头发散乱也并不在意。为何家乡难归，原来是天下烽火不断，诗人的感情得到了升华，由个人之愁转化为了家国之愁。最能体现马士琪"绝无闺阁气"的作品是其咏物之作。如《雷电》：

> 英雄犹失箸，谁敢测神工。电近重云薄，雷寻九地穷。代
> 天驱伏气，警物省微躬。魑魅尔何喜，跳梁星月中。②

诗歌歌咏雷电，起首即化用"煮酒论英雄"的典故，直接写出雷电的不凡。然后又具写雷电的特色，"魑魅尔何喜，跳梁星月中"。最后又用魑魅这个跳梁小丑来侧面表现雷电的不凡。先总后分，正反面相结合，雷电的高大形象就展现在了我们面前。如果诗人没有"丈夫气"，是很难写出这样的诗句的。

马士琪独特诗风的形成又与她独特的诗学观念紧密相关。其诗学主张主要保存在《论诗》二首中，且都是针对诗歌内容而言的。她继承了宋代以来主流的文道思想，主张"言归有道尊"，即"文以载道"，强调文章的社会功用。《论诗·其一》云：

> 大雅今沦落，吁嗟声律源。是关千古运，私与一人论。气
> 让先民厚，言归有道尊。法多音渐细，风雅许谁存。③

---

① 朱焕云辑：《浣花濯锦》，嘉庆二十三年刻本。
② 朱焕云辑：《浣花濯锦》，嘉庆二十三年刻本。
③ 朱焕云辑：《浣花濯锦》，嘉庆二十三年刻本。

在诗中，马士琪发出了同李白一样的"大雅久不作"的感慨，也探寻了大雅"今沦落"的原因。马士琪的"道"是儒家正统思想，这与她出身于官宦世家，从小接受儒家文化教育有着很大关系。虽然限于女性身份，她不可能有政治作为，但是她仍然能够以强烈的批判精神和深厚的义理精神，在诗作中传达出她的政治理想，《淫雨吟》便是很好的例证。马士琪主张诗歌要有所兴寄，要表达一定的思想情感。如《论诗·其二》：

> 作者立新意，未吟先立名。大都文字业，谁人咏歌声。一代英雄气，当时儿女情。无心传不朽，拟议任儒生。①

马士琪进一步提出"作者立新意"即"独抒性灵"的文学主张，要求诗歌抒发诗人自己的真情实感，但这种情感的表达并不是随意的，要有一个中心，以免情感或内容泛溢。马士琪认为现在的诗歌创作大都成了文字事业，拘泥于格套，少有人在诗歌中抒发情感。诗歌应该要富有时代气息，抒发真性情。只有流露真情实感的作品才具有感动人的力量，才能流传开来。而这与袁宏道所说的"大概情至之语，自能感人，是谓真诗，可传也"②，有着内在的一致性。

（二）效法陶令，融情于景

马士琪对陶渊明非常尊崇，这或许是受到家人的影响，她的高祖马廷用和父亲马云锦辞官隐居，很难说没有对陶渊明的向往，但陶渊明对马士琪有比较大的影响是毋庸置疑的。马士琪曾作有《读陶诗》：

> 让国乃细故，弃官亦虚声。读书而饮酒，不远人性情。知我往年非，谢君后世名。高枕到东篱，无烦餐落英。③

她十分欣赏陶渊明的真性情，也渴慕他安卧东篱、餐食落英的隐居

---

① 朱焕云辑：《浣花濯锦》，嘉庆二十三年刻本。
② 袁宏道：《袁中郎全集》，伟文图书出版社有限公司，1976年，第179页。
③ 朱焕云辑：《浣花濯锦》，嘉庆二十三年刻本。

生活，然而"驱车望平田，悠然诵陶诗。田舍良足乐，今日非其时"①（《山左道经田舍有怀三首》其二），现实终不可得，于是只得"懒作仲宣赋，空悬陶令琴"②（《月五首》其三）。

自然是陶渊明的人生旨趣，也是陶诗的总体艺术特征，他将生活中的感触诉诸笔墨，"常著文章自娱，颇示己志。忘怀得失，以此自终"③。陶诗多用内省式的话语坦诚地记录其内心的波澜，不追求强烈的刺激，而是一种自然地流露，而这也极大地影响了马士琪的诗歌创作态度。她善于捕捉日常生活中的寻常事，看见"雨余蛛续网，社后燕空巢"④（《独坐》），感到"僦居何所似，倦鸟暂归林"⑤（《僦居》），还有观看杂戏时"树密迟歌韵，楼空壮鼓声"⑥（《滕邑署楼俯视池边杂戏》）。同时我们也应该注意到其大量表现内心所思所感的诗歌，如《月夜述怀》《晚望》《夜坐》《独坐》《病卧》等，内心真实的感触通过这些清新的语句自然流露出来，而这也是马士琪诗歌富有感染力的原因。

为了更好地表达充沛情感，马士琪常在其诗歌中通过多种方式营造意境，如《偶晴》：

> 断云分水岸，远日露林梢。燕掠翻畦麦，鸡栖晒屋茅。九天敷爽气，白卉发新苞。空翠沾诗案，晴山不忍抛。⑦

诗人由眼前见到雨天偶晴时的清丽景色，内心对自然的喜爱之情便自然流露出来。尤其是"空翠沾诗案，晴山不忍抛"更是这首诗歌的情感揭示，"不忍抛"将诗人真挚的喜爱之情表露出来。这便是触景生

---

① 朱焕云辑：《浣花濯锦》，嘉庆二十三年刻本。
② 朱焕云辑：《浣花濯锦》，嘉庆二十三年刻本。
③ 陶潜：《陶渊明全集》，上海中央书店，1935年，第81、82页。
④ 朱焕云辑：《浣花濯锦》，嘉庆二十三年刻本。
⑤ 朱焕云辑：《浣花濯锦》，嘉庆二十三年刻本。
⑥ 朱焕云辑：《浣花濯锦》，嘉庆二十三年刻本。
⑦ 朱焕云辑：《浣花濯锦》，嘉庆二十三年刻本。

情，情由境发。再看《渡江》：

> 霜露遥连芦荻洲，挂帆身世共悠悠。江天寒色双蓬鬓，渡
> 口行装一蒯缑。山近犹疑龙虎气，潮回终带古今忧。等闲推却
> 愁衰满，静看沙滩起白鸥。①

诗人内心本就郁结着一段愁情，在渡江时见到萧索的景物时，便将自己强烈的情感浸入其中，达到"登山则情满于山，观海则意溢于海"②的境界。移情入境，情赖境显。但最好的方式是双向互动，物我情融。《雨后即景》：

> 重湖晴未尽，远色看应无。霞岛仙山影，烟城海市图。景
> 移原若此，机到更多殊。莫向渔人问，桃源路不迁。③

抒情与写景浑然一体，自然天成。诗人以景起兴，内心欣喜的情感满溢出来。"莫向渔人问，桃源路不迁"，不仅点明诗人的欣悦之情，且更显此间山水秀丽，情与景双向互动，物与"我"的情趣往复回流。

（三）崇杜炼字，清丽俊逸

马士琪自幼学习诗文，自然无法绕过杜甫这位大家。从马士琪的诗歌内容看，不仅明显受到杜甫诗歌的影响，而且也推崇杜甫诗歌，并自觉地模仿杜甫诗歌创作。

马士琪有不少诗作是模仿杜诗而作，如《悲秋》，但这首诗没有杜诗那种深厚的悲情，只有由萧瑟秋景联想到自身遭际的悲慨。杜诗的写实艺术和高超的炼字技艺对她的诗歌有特别大的影响，《淫雨吟》堪称典型。这首诗以现实的笔法描绘了当时那个社会底层的真实，在天灾人祸双重压迫下，最底层的人生活极其艰难，甚至不得不"易子而食"。

---

① 朱焕云辑：《浣花濯锦》，嘉庆二十三年刻本。
② 刘勰著，黄叔琳注，纪昀评，李详补注，刘咸炘阐说：《文心雕龙》，上海古籍出版社，2015年，第190页。
③ 朱焕云辑：《浣花濯锦》，嘉庆二十三年刻本。

"吁嗟吁嗟真可哀，驱车无计粥婴孩。一女千钱男五百，逢人便售敢求益。儿女悲号不肯行，阿母含愁佯加责。儿去母孤悲不止，强持儿价籴珠米"①，人们卖儿卖女时的辛酸场景真切地展现在我们面前。"千钱五百"，生命卑贱如斯，但是为了生活也不得不忍痛卖掉儿女。"悲号"将儿女离开父母的悲伤情状鲜明地刻画了出来，一个"佯"字，点出了母亲内心的哀痛与无奈。底层人民艰难求生，但是与之相对的是，君王官吏仍在贪图享乐，不仅对人民的生活不管不顾，而且"忧国惟知督赋租，饿莩谁虑糜遗子"②，在这困难时期仍然不忘搜刮民财，"水国居无定，桑田赋不移"③（《独立》），加剧了底层人民的生活困难，尖锐地揭露了上层达官贵人的腐化生活和欺压人民的罪恶，表达出作者对底层人民深深的的同情。沈善宝在《名媛诗话》中称马士琪的这首诗"畅论时事，恍如目睹"④ 是十分中肯的，既肯定了诗的艺术价值，同时又肯定了诗的史料价值与社会价值。

马士琪在《独坐》中云："月以赏面洁，诗因工故敲。"⑤ "工故敲"指工于推敲词句，即注重炼字。马士琪在《雨中同学海墨池诸弟分韵得鱼字》中也提到"笑余拈阴韵，琢句菲踌躇"⑥，还有《独坐》中的"琢句注遥思，重檐独立时"⑦，可见马士琪是非常重视炼字的。如《偶晴》中"空翠沾诗案，晴山不忍抛"⑧，难得的晴天，升起的青色雾气沾染了书案，远处晴山如黛，目光难以流传。一个"沾"字，营造了清幽淡雅的环境；一个"抛"字，鲜明地表现了诗人对远处晴山的喜爱。再如《月·庭月》中云："为惜帘前色，溶溶映碧纱。"⑨ 用"溶溶"来

①　朱焕云辑：《浣花濯锦》，嘉庆二十三年刻本。
②　朱焕云辑：《浣花濯锦》，嘉庆二十三年刻本。
③　朱焕云辑：《浣花濯锦》，嘉庆二十三年刻本。
④　沈善宝：《名媛诗话》，光绪鸿雪楼刻本。
⑤　朱焕云辑：《浣花濯锦》，嘉庆二十三年刻本。
⑥　朱焕云辑：《浣花濯锦》，嘉庆二十三年刻本。
⑦　朱焕云辑：《浣花濯锦》，嘉庆二十三年刻本。
⑧　朱焕云辑：《浣花濯锦》，嘉庆二十三年刻本。
⑨　朱焕云辑：《浣花濯锦》，嘉庆二十三年刻本。

形容月光的明净洁白，将极难表达的美妙、澄澈的感觉情思传达了出来。诗人通过炼字，将景物情思恰如其分地表现了出来。

马士琪注重炼字与其主张"独抒性灵"是有紧密联系的。其在《示女僧普静二首》引言中提出"吟诗忌低语"①。何为"低语"？马士琪自言："禅无死句，唐人'月到上方诸品静'，低语也。'心持半偈万缘空'，死句也。若'日色冷青松''长廊春雨响'，则不可思议矣。解人当自得之。"② 所谓"死句"，吴乔《围炉诗话》指出："于题甚切而无丰致、无寄托，死句也。"③ 切合主题但是没有韵味、情趣、寄托的句子，即为死句。马士琪认为禅语文雅隽永，没有死句。"月到上方诸品静，心持半偈万缘空"语出自唐郎士元的《题精舍寺·石林精舍武溪东》。"月到上方诸品静""诸品，犹言万类。月到上方，乃极澄静之象。万类俱静，寂然不动也"④。澄静的月色里，万物俱静，营造了月夜下寺院的清幽。"心持半偈万缘空"，"心"又有作"僧"，持有半偈，便参破生死，万法皆空。"日色冷青松"语出自王维《过香积寺》，意在表现环境的清幽，一个"冷"字，点出夕阳西下，昏黄的余晖涂抹在幽深的松林上带给人的独特感受。"长廊春雨响"语出自王维《谒璿上人》，意在表现春色的美好，一个"响"字，点出春雨时诗人内心的欣喜。"月到上方诸品静"在我们看来是妙景，但马士琪却认为其为"低语"，境界低下。"心持半偈万缘空"是诗人（郎士元）由妙景所得妙悟，但马士琪认为其为"死句"，无丰致。而马士琪却对"日色冷青松""长廊春雨响"格外推崇，此二句融情于景，浑然天成。马士琪认为"解人当自得之"，当我们了解了诗人，就能把握其中奥妙。

在马士琪独特的语言追求下，其诗歌语言也别具特色。闲适诗和述怀诗语言较质朴，如《寒夜》："悬榻栖常醒，敲诗得未曾。夜长灯自

---

① 朱焕云辑：《浣花濯锦》，嘉庆二十三年刻本。
② 朱焕云辑：《浣花濯锦》，嘉庆二十三年刻本。
③ 吴乔：《围炉诗话》卷二，道光四年雕本。
④ 熊十力：《体用论》，上海古籍出版社，2019年，第45页。

续，风乱鼓无凭。"① 寒夜难眠，不时惊醒，反复推敲诗句。夜深天长，自续灯火，窗外风声杂乱，好似鼓声无凭。诗人用质朴的语言，将她的活动娓娓道来，其中也流露出诗人内心的孤寂。清丽俊逸是马士琪山水诗和纪游诗的主要特色。如《惠山泉》："新霁沐松杉，阶砌湿残雨。"② 用清秀的语言，描绘雨后惠山泉周围的景色。松杉沐浴在雨后初晴的阳光之下，被雨水打湿的台阶还仍然湿润，清新的景物令人心悦神怡。

透过马士琪的诗歌，我们能够看见其对先贤的学习，但是最为可贵的是，在一定程度上，她实现了对前人的超越，"鸿洞踔厉，笼盖诸家，绝无闺阁气"的诗风是最好的例证，而这也为她在诗坛赢得独特的地位与影响提供了支撑。

## 三、马士琪的诗学地位及影响

马士琪经常与亲友相互作诗酬唱，如《和学海弟旅次赠友原韵》《次翰府弟登白衣巷韵》等，"众推夫人"③，他们皆以夫人为好。张文光在为张应垣聘马士琪为妻时，"尝见其诗，欢异之"④。但是马士琪平时不轻易拿笔墨示人，在张应垣去世后，更是"自晦其笔墨，见者绝少"。后来由于种种原因，马士琪的诗歌散佚不少，好在他的儿子张新收得她的遗稿三百多篇整理成卷，马士琪的诗歌得以流传下来，但是其诗作影响范围较为有限，加之后来社会的变迁，马士琪的诗歌逐渐湮没不闻，但这并不能否认马士琪在清初诗坛的地位。

马士琪的诗作具有极高的艺术成就，在清初诗坛上具有重要的地位。清代王培荀在其《听雨楼随笔》中称："蜀中女史国朝马士琪，韫

---

① 朱焕云辑：《浣花濯锦》，嘉庆二十三年刻本。
② 朱焕云辑：《浣花濯锦》，嘉庆二十三年刻本。
③ 高培毂修，刘藻纂：《（光绪）西充县志》，光绪二年刻本。
④ 高培毂修，刘藻纂：《（光绪）西充县志》，光绪二年刻本。

雪《落花》十五首、《雁字》十首,才调富有。生平遗失、焚弃者不可数计,真女中之英矣。"① 王培荀认为马士琪极富才华,诗歌创作数量极多,真可谓是女中英豪。清代"蜀中三才子"之一的李调元也高度评价马士琪的诗歌,他在《雨村诗话》中称马士琪的诗"鸿洞踔厉,笼盖诸家,绝无闺阁气"②,鞭辟入里。清代后期四川学者戴纶喆在其《四川儒林·文苑传》中称"蜀闺秀自西充马韫雪后,无逾女史者"③,对马士琪的评价也是极高的,认为她达到了一个无人企及的高度。孙桐生在《国朝全蜀诗钞》中称马士琪"蜀中闺秀应推为大宗"④,并且他在《国朝全蜀诗钞》的编撰中,辑录的妇女诗作总共三卷,清初女诗人马士琪就独占了一卷。张沅在《国朝蜀诗略》中也称"吾蜀闺秀应推韫雪为大宗"⑤,并且其收录马士琪诗歌达六十一首,为女性诗人之最。在《清诗铎》《清诗汇》《国朝闺阁诗抄》等诗歌集中亦有马士琪的诗歌收录。杨世明先生在《巴蜀文学史》清前期的诗人中唯一提及并介绍的女性诗人便是马士琪,由此可见马士琪在蜀中诗坛的地位及影响之高。

---

① 王培荀撰,魏尧西点校:《听雨楼随笔》,巴蜀书社,1987年,第358页。

② 李调元著,詹杭伦、沈时蓉校正:《雨村诗话校正》,巴蜀书社,2007年,第267页。

③ 戴纶喆:《四川儒林文选传》,《广益丛报·附编·从录门》,1909年第210期,第1页。

④ 孙桐生:《国朝全蜀诗钞》,巴蜀书社,1986年,第692页。

⑤ 张沅辑录,蔡寿祺删定:《国朝蜀诗略》,咸丰九年刻本。

扬雄研究

# 口吃与异行

## ——论口吃对扬雄的影响及其文化史意义

□沈相辉①

英国著名作家威廉·萨姆塞特·毛姆（William Somerset Maugham）有一次对一位撰写他传记的人说："你首先应该了解一点，就是我的一生和我的作品在很大程度上都与我的口吃的影响分不开。"② 毛姆的口吃，在其自传体长篇小说《人性的枷锁》中变成了主人公菲利普的跛脚③。而在小说中，"跛脚"让菲利普"养成了世界上最怡人的习惯，即读书的习惯"④，而这一习惯彻底改变了他的人生。我们知道，在《汉书·扬雄传》中，曾明确记载扬雄"口吃不能剧谈"，而且这篇传记所依据的材料本是扬雄的《自叙》，这意味着扬雄对自己口吃一事也颇为在意。因此，当笔者看到毛姆的那段话时，不禁在思考：口吃对于扬雄的影响，是否也如对毛姆的影响那样呢？换言之，口吃对于扬雄的人

---

① 本文系国家社科基金青年项目"《太玄》文献整理与研究"（批准号：22CZW015）阶段性成果。沈相辉，北京大学中国古文献研究中心博雅博士后，研究方向为中国古代文学。

② 〔美〕特德·摩根：《毛姆传》，梅影、舒云、晓静译，湖南人民出版社，1986年，第16页。

③ 一个有趣的巧合是，在中国文化中，《说文解字》云："吃，言蹇难也。"而"蹇"字的本意，《说文》云："跛也。"毛姆在小说中将自己的口吃改为跛脚，似乎存在某种特殊的考虑。

④ 〔英〕威廉·萨姆塞特·毛姆：《人性的枷锁》，徐进、雨嘉、徐迅译，湖南人民出版社，1983年，第46页。

生形态、作品风格等到底产生了什么影响呢？

相关的问题，已经引起了部分学者的关注。日本学者谷口洋曾先后考察了口吃对司马相如和扬雄文学创作的影响①，为了解扬雄作品风格的形成提供了新的视角。孙少华也曾指出口吃使得内向的扬雄形成了"自闭的倾向"②，从而影响了扬雄的行为方式。美国学者马克·皮特纳（Mark Pitner）则仔细考察了中国史学文献和医学文献中的口吃记载，指出口吃在早期中国的精英身份建构中扮演了重要的道德角色，其中有一节专门探讨了扬雄的口吃情况，颇具启发意义③。当然，另外一些研究也注意到了扬雄的口吃，但大都只是附带提及而未作深入探讨。故从总体上来看，学者们虽然普遍认为口吃会对扬雄产生影响，但对于在哪些方面产生影响，通过何种方式发生作用，影响的程度又有多大等具体问题，专门的讨论和研究并不充分。有鉴于此，笔者重新阅读了有关扬雄的史料，并仔细考察了扬雄的作品，在已有研究的基础上，尝试从心理学、社会学等多角度来考察口吃对扬雄的影响。考察的结果令人激动，因为扬雄的一些"非常"之事，非但不再"反常"，而且变得颇为合理。

---

① 见〔日〕谷口洋：《相如口吃而善著书——试论西汉前期的辩论与文学》，漳州师范学院中文系编：《辞赋研究论文集》（第五届国际辞赋研讨会），中国文史出版社，2003年；〔日〕谷口洋：《扬雄"口吃"与模拟前人》，收入苏瑞隆、龚航主编：《廿一世纪汉魏六朝文学新视角：康达维教授花甲纪念论文集》，文津出版社有限公司，2001年，第44—58页。

② 孙少华：《扬雄的文学追求与文学观念之变迁》，《清华大学学报（哲学社会科学版）》，2012年第1期，第111页。

③ 见 Mark G. Pitner, "Stuttered Speech and Moral Intent: Disability and Elite Identity Construction in Early Imperial China", *Journal of the American Oriental Society*, Vol. 137, No. 4, 2017, pp. 699—717.

## 一、扬雄口吃原因蠡测

中国传统医学中称口吃为"重言"或"謇吃"。《灵枢经·忧恚无言篇》论及口吃形成的原因时说：

> 黄帝问于少师曰："人之卒然忧恚而言无音者，何道之塞？何气出行？使音不彰，愿闻其方。"少师答曰："咽喉者，水谷之道也。喉咙者，气之所以上下者也。会厌者，音声之户也。口唇者，音声之扇也。舌者，音声之机也。悬雍垂者，音声之关也。颃颡者，分气之所泄也。横骨者，神气所使，主发舌者也。故人之鼻洞涕出不收者，颃颡不开，分气失也。是故厌小而疾薄，则发气疾，其开阖利，其出气易；其厌大而厚，则开阖难，其气出迟，故重言也。人卒然无音者，寒气客于厌，则厌不能发。发不能下，至其开阖不致，故无音。"①

清人张志聪集注说："重言者，口吃而期期也。"会厌，张注说"在喉咽之上，乃喉咽交汇之处"，即指位于舌根后的一块舌状组织，由软骨构成，被以黏膜。当人呼吸或说话时，会厌向上，使喉腔开放；咽食物时，会厌向下，盖住气管，使食物不至于进入气管内。按《灵枢经》的说法，口吃产生的原因是因为会厌太大太厚，所以导致说话时开阖困难。据此，则口吃是一种生理疾病。但是，《灵枢经》中实际上论及了两种不同类型的口吃。黄帝所问的，是"卒然忧恚而言无音者"，即人受到外界因素（忧恚）的刺激而突发的口吃现象。而少师的回答则论及两种口吃，一是天生的生理疾病，即会厌太厚引起的口吃，二是后天"受邪"引起的口吃。根据黄帝的问题，可知少师所说的"寒气"即包括黄帝所说的"忧恚"。而忧恚显然更多地指向一种精神状态，故而由

---

① 张志聪：《灵枢经集注》卷八，《续修四库全书》第 981 册，上海古籍出版社，2002 年，第 516—517 页。

此引起的口吃实际上是一种心理疾病。因此，据《灵枢经》所说，可知古人将口吃分为先天与后天两种，前者基本是生理性的，后者则是心理性的。

《灵枢经》中的相关论述被后世医家所继承和发展，晋皇甫谧所撰的《针灸甲乙经》卷十二有《客气客于厌发瘖不能言篇》，就完全袭用了《灵枢经》的说法。而隋代太医巢元方等人编纂的《巢氏诸病源候总论》虽然将口吃称之为"謇吃"，并且以阴阳五行来解释口吃的产生原因，但其论述框架与《灵枢经》基本一致。其云：

> 人之五脏六腑，禀四时五行之气，阴阳相扶，刚柔相生。若阴阳和平，血气调适，则言语无滞，吐纳应机。若阴阳之气不和，腑脏之气不足，而生謇吃。此则禀性有阙，非针药所疗治也。若腑脏虚损，经络受邪，亦令语言謇吃。所以然者，心气通于舌，脾气通于口，脾脉连舌本，邪乘其脏而抟于气，发言气动，邪随气而干之。邪气与正气相交，抟于口舌之间，脉则否涩，气则壅滞，亦令言謇吃。此则可治。①

"禀性"一词，意味着这种不可治疗的口吃属于先天形成。尽管巢氏等使用了"气不足"这样抽象的词来解释口吃，但"气"的具体表现仍旧在血气、腑脏等具体事物上，所以《巢氏诸病源候论》对口吃原因的解释与《灵枢经》是一脉相承的，即都认为口吃是一种生理疾病。另一方面，巢氏所说的第二种口吃，即"可治"者，产生的原因是由于"腑脏虚损，经络受邪"，即《灵枢经》中所说的"寒气"，主要就是指后天环境中所遭遇的精神压力。因此，《巢氏诸病源候论》所说"非针药所疗治"之口吃与"可治"之口吃，分别对应了《灵枢经》中的先天生理性口吃与后天心理性口吃。

现代科学的研究，则主要将口吃视为一种精神疾病。世界卫生组织

---

① 巢元方等：《巢氏诸病源候总论》卷三十，《景印文渊阁四库全书》第734册，台湾商务印书馆，第762页。

对口吃的定义为："一种言语节律障碍，在说话过程中，个体确切地知道他希望说什么，但是有时由于不随意的发音重复，延长或停顿，而在表达思想时产生困难。"张亚林先生主编的《精神病学》中对口吃的定义是："一种口语障碍，讲话的特征为频繁地重复或延长声音、音节或单词，或频繁出现踟蹰或停顿以致破坏讲话的节律。"① 至于口吃的原因，目前学界主要有三说，即生理异常说、环境压力说、心理障碍说。② 通常来说，生理异常学说更多地对应先天性口吃，因为来自生物学的研究表明，口吃是一种遗传性神经系统疾病（Genetically Inherited Neurological Disorder）③，所以有口吃家族史的人患口吃的概率是普通人的十倍④。但另一方面，环境压力说及心理障碍说则更可能是后天性口吃产生的原因。约翰·麦迪逊·弗莱彻（John Madison Fletcher）的心理实验结果指出："口吃在本质上似乎是一种精神现象，因为它是由一些确切的精神状态的变化引起的。"⑤ 口吃研究专家彼得·格劳伯（Peter Glauber）的系列研究则指出家庭环境，特别是父母的影响，在儿童口吃的形成过程中有着重要作用⑥。那么，扬雄的口吃，是先天性的家族遗传，还是后天环境中形成的呢？

从现有文献来看，扬雄的口吃属于家族遗传的可能性较小。扬雄自

① 张亚林主编：《精神病学》，人民教育出版社，2005 年，第 485 页。

② 参黄海茵、黄铎香：《口吃的国内外治疗与回顾》，《中国临床心理学杂志》，1996 年第 4 期。

③ 见 Kidd, Kenneth K., Raymond C. Heimbuch, and Mary Ann Records, "Vertical transmission of susceptibility to stuttering with sex - modified expression", *Proceedings of the National Academy of Sciences of the United States of America*, Vol. 78, No. 1, 1981, p. 606.

④ 见 Nagalapura Viswanath, Hee Suk Lee, Ranajit Chakraborty, "Evidence for a Major Gene Influence on Persistent Developmental Stuttering", *Human Biology*, Vol. 76, No. 3, 2004, p. 401. 研究认为，口吃患者家族发病率可达 36%-55%，见姜德利等主编：《精神病学》，吉林科学技术出版社，2017 年，第 234 页。

⑤ Fletcher, John Madison, "An Experimental Study of Stuttering", *The American Journal of Psychology*, Vol. 25, No. 2, 1914, p. 249.

⑥ 见 I. Peter Glauber, "Theoretical Considerations", in *Stuttering: A Psychoanalytic Understanding*, New York, 1982, pp. 35-49.

述身世时说："其先出自有周伯侨者，以支庶初食采于晋之扬，因氏焉，不知伯侨周何别也。扬在河、汾之间，周衰而扬氏或称侯，号曰扬侯。会晋六卿争权，韩、魏、赵兴而范中行、知伯弊。当是时，偪扬侯，扬侯逃于楚巫山，因家焉。楚汉之兴也，扬氏溯江上，处巴江州。而扬季官至庐江太守，汉元鼎间避仇复溯江上，处岷山之阳曰郫，有田一墰，有宅一区，世世以农桑为业。自季至雄，五世而传一子，故雄亡它扬于蜀。"① 扬雄在《反离骚》中也说："有周氏之蝉嫣兮，或鼻祖于汾隅，灵宗初谍伯侨兮，流于末之扬侯。"② 可是扬雄所说的伯侨、扬侯，从张衡、晋灼到颜师古，都搞不清楚是谁，我们现在更是都无法考证。扬季虽在汉代做过庐江太守，可有关他的记载也几乎为零。因此，扬雄的祖辈是否也有口吃，我们难以得知。但扬侯既然被封为侯爵，扬季又曾为太守，想必具有一定的为官才能。古人对于政事，讲究辞令，故扬侯和扬季患有口吃的可能性并不大。再者说，如果扬氏家族中之前也有人患有口吃，扬雄或许也会提及。有鉴于此，我们推测，扬雄的口吃，可能是后天形成，而非来自家族遗传。

澳大利亚的一项调查研究显示，儿童口吃通常出现在 2 至 4 岁之间，与儿童 2 岁时语言发展的爆炸式增长时期相吻合③。一些儿童心理研究专家也指出："所有儿童，尤其是 2 至 6 岁的儿童，在开始将声音，单词和句子放在一起时，都会时不时地出现口吃。"④ 这一阶段出现的口吃，有的是正常的，有的则是疾病性质的。通常来说，以下五种情

---

① 班固：《汉书》卷八十七《扬雄传》，中华书局，1962 年，第 3513 页。

② 班固：《汉书》卷八十七《扬雄传》，中华书局，1962 年，第 3516 页。

③ Sheena Reilly, Mark Onslow, Ann Packman, Melissa Wake, Edith L. Bavin, Margot Prior, Patricia Eadie, Eileen Cini, Catherine Bolzonello and Obioha C. Ukoumunne, "Predicting Stuttering Onset by the Age of 3 Years: A Prospective, Community Cohort Study" *Pediatrics*, 2009, 123 (1), pp. 270 - 277. 同时亦可参看 Reilly, Sheena, et al. "Identifying and Managing Common Childhood Language and Speech Impairments", *BMJ: British Medical Journal*, Vol. 350, 2015.

④ Gottwald, Sheryl Ridener, Peggy Goldbach, and Audrey H. Isack. "Stuttering: Prevention and Detection", *Young Children*, Vol. 41, No. 1, 1985, p. 9.

况属于正常的说话不流利：单词或词组的重复、句子的订正、语气停顿、节奏停顿、偶尔的音节重复。正常情况下，这种非疾病性的说话不流利，会随着孩子年龄的增大而逐渐消失。但一些家长很容易将这些现象看作是口吃，从而进行干预，结果却适得其反。大量的调查研究表明，儿童开始口吃的年龄即发生在这一阶段，因为此时正是儿童语言发育的重要时期。一般来说，口语的产生至少需要四个步骤：一是信息传输，即通过耳朵听而将信息传导至大脑；二是译码，即大脑对信息进行理解并概念化；三是编码，即大脑发出发音的指令；四是发声，即构音器官根据指令程序开始工作并产生声音。研究者指出："这些器官的功能发育存在着相互平衡的问题，在这一阶段如果本人或周围的人对儿童这些功能的发育要求过高的话，就容易在口语上出现问题。"① 儿童心理研究者为我们提供了更为细致的分析：

> 当孩子口吃时，其他人的反应会影响他们对自己说话和自我感觉的方式。如果这些感觉是消极的，他们可能会导致孩子说话更为纠结，从而使得口吃更为严重。因此，大人的适当反应是很重要的。②

当家长对孩子的口吃反应过激时，往往会加重孩子的口吃程度。家长越是善意地纠正孩子的发音，越容易让孩子意识到自己在交流中不被接受。尽管孩子会努力地强迫自己进行改正，但正如奥利弗·布劳德斯坦（Oliver Bloodstein）的"预期挣扎反映"（Anticipatory Struggle Reaction）理论所指出的，口吃者越是挣扎，他越是口吃③。由此一来，原属正常的说话不流利现象，很容易就演变成了疾病性的口吃。国

---

① 李胜利主编：《言语治疗学（第二版）》，华夏出版社，2004 年，第 172 页。

② Gottwald, Sheryl Ridener, Peggy Goldbach, and Audrey H. Isack, "Stuttering: Prevention and Detection", *Young Children* Vol. 41, No. 1, 1985, p. 11.

③ Oliver Bloodstein, "Stuttering As An Anticipatory Struggle Reaction", *Stuttering: A Symposium* ed. Jon Eisenson, New York: Harper&Row, 1958, pp. 1-70.

内学者也指出："口吃的发生都与一定的心理预期场合有关，高度的期望值和工作生活方式的紧张节奏同样会促进口吃的发生发展。"① 依据相关史料进行推测，扬雄的童年很可能就是在家人和自己的高度期待中度过的。

《汉书·扬雄传》中说，扬家"自季至雄，五世而传一子"。扬家五世单传，经济条件又还不错，所以幼年的扬雄自然是集家人的宠爱于一身。可以推想，当幼小的扬雄开始咿呀学语时，如果出现了一些结巴，望子成龙的父母很可能会立即进行干预，以期纠正儿子的口语。但是，他们的好心干预，很可能适得其反，使得儿子由正常的说话不流利发展成了疾病性的口吃。同时不能忽视的是，由于扬雄有着强烈的家族荣誉感与使命感，所以有着很高的自我期待，这可能也是导致他口吃的原因之一。扬雄在自叙家族源流时，溯源到了周代的伯侨，春秋时的扬侯，以及汉代做过庐江太守的扬季，但是对扬季到他之间的几代人，扬雄一笔略过，没有任何的说明。究其原因，大概是因为这几代人在家族史上默默无闻，不能给家族带来荣耀。在《解嘲》中，扬雄说："客徒欲朱丹吾毂，不知一跌将赤吾之族也！"② 从中就可看出他对保存家族延续的责任感。五世单传的扬家，可能在扬雄很小的时候就开始培养他光宗耀祖的意识，由此导致扬雄对自己也怀有很高的期待。扬雄的口吃，很可能就是在严格的家教和强烈的自我期待中产生的。

一些间接的材料或亦可作为上述推测的佐证。《新论》记载："扬子云在长安，素贫约，比岁已甚，亡其两男。"③ 据此可知扬雄有子两人，且都死在扬雄之前。扬雄在《法言》中提到了其中的一个儿子扬乌："育而不苗者，吾家之童乌乎？九龄而与我《玄》文。"④《华阳国

---

① 何予工主编：《语言康复学》，郑州大学出版社，2017年，第178页。

② 班固：《汉书》卷八十七《扬雄传》，中华书局，1962年，第3567页。

③ 桓谭撰，朱谦之校辑：《新辑本桓谭新论》卷十，中华书局，2009年，第44页。

④ 扬雄撰，汪荣宝注疏，陈仲夫点校：《法言义疏》，中华书局，1987年，第166页。

志》则说:"文学神童扬乌,雄子也,七岁预父《玄》文,九岁卒。"① 无论是七岁还是九岁,都意味着扬乌去世时年龄很小。但《太平御览》卷三百八十五引《刘向别传》云:"扬信,字子乌,雄第二子。幼而聪慧,雄算《玄经》不会,子乌令作九数而得之。雄又拟《易》'羝羊触藩',弥日不就。子乌曰,大人何不云'荷戟入榛'。"② 小小年纪就能够参与《太玄》的制作,除了扬乌的天才之外,应该也与扬雄严格的家教有关。我们推测,扬雄继承了父母严格的家教,对自己的孩子也寄予厚望,故而才创造出"神童"扬乌的神话。扬雄两个儿子都早卒,固然有很多客观的原因,比如经济条件不好等,但严格的家教所导致的巨大心理压力可能也是其中之一。扬雄儿子所承受的心理压力,或与扬雄小时候所遭受的一样。现代著名学者顾颉刚先生也曾患有口吃,王晴佳在探讨顾颉刚的口吃现象时,就认为这与顾氏及其家族的高度期待很有关系③。扬雄口吃的产生,或许正与顾颉刚的情形类似。

此外,模仿,或许也是扬雄口吃的原因之一。陈适吾早在 20 世纪初就注意到模仿产生口吃的现象,他分析说:

> 癖之基于后天,即生后之经验而起者,亦有种种,第一为原于模仿他人而生者……如本不口吃之小儿,以朋侪有口吃者而模仿之,至成真口吃者。而模仿之中,复有有意与无意之别,要之,模仿为儿童特性之一,故对于朋友之癖,亦有模仿而嘲笑之者。又在小儿或成人有好模仿所爱之人,或所敬之人者,若所向有癖,则亦感染而生同样之癖焉。④

---

① 常璩:《华阳国志》卷十二,《景印文渊阁四库全书》第 463 册,台湾商务印书馆,第 288 页。

② 李昉等:《太平御览》卷三百八十五,《景印文渊阁四库全书》第 896 册,台湾商务印书馆,第 509 页。

③ 王晴佳:《顾颉刚及其"疑古学派"新解》,《中华文史论丛》,2017 年第 4 期,第 263—264 页。

④ 陈适吾:《实用矫癖法》,有正书局,1915 年,第 15 页。

陈氏的观点与当今的心理学研究相一致，比如在现代心理学家总结的众多儿童口吃原因中，"模仿他人口吃而成为习惯"[①] 即为其中之一。陈氏说小儿或成人都有模仿所爱之人的习惯，而扬雄最初的偶像就是司马相如。扬雄《自叙》中说："先是时，蜀有司马相如，作赋甚弘丽温雅。雄心壮之，每作赋，常拟之以为式。"[②] 颜师古说："拟，谓比象也。"即模拟之意。《西京杂记》中也说："子云学相如为赋而弗逮，故雅服焉。"[③] 扬雄诸赋，尤其是《甘泉》《羽猎》《长杨》《河东》四赋，多有模拟司马相如赋的痕迹，这一点已为学界所共知。有意思的是，扬雄可能不仅模仿司马相如的赋，而且还模仿司马相如的某些行事，比如口吃。《史记·司马相如传》说"相如口吃而善著书"[④]，扬雄《自叙》则说自己"口吃不能剧谈，默而好深湛之思"[⑤]。又比如两人的推荐人都姓杨，司马相如曾得到蜀人杨得意的推荐，扬雄则获得蜀人杨庄的推荐。司马相如因《子虚赋》而得到武帝赏识，扬雄则因《甘泉赋》而得到成帝赏识。这一系列的共同点，当然不能排除巧合的可能性，但也有可能是扬雄写作《自叙》时有意在模仿司马相如。司马相如作为蜀地最负盛名的赋家，必然激励着蜀地的有志青年。《汉书·地理志》就说："及司马相如游宦京师诸侯，以文辞显于世，乡党慕循其迹。"[⑥] 扬雄极有可能在很小的时候就已将司马相如当成自己的偶像，而司马相如口吃的故事想必也在蜀地广为流传，故而幼小的扬雄有意模仿了偶像的口吃。

总之，就现有的材料来推测，扬雄的口吃属于先天遗传的可能性较

---

① 傅安球：《实用心理异常诊断矫治手册（第 4 版）》，上海教育出版社，2015 年，第 82 页。

② 班固：《汉书》卷八十七《扬雄传》，中华书局，1962 年，第 3515 页。

③ 葛洪撰，周天游校注：《西京杂记》卷三，三秦出版社，2006 年，第 153—154 页。

④ 司马迁：《史记》卷一百一十七《司马相如列传》，中华书局，1982 年，第 3053 页。

⑤ 班固：《汉书》卷八十七《扬雄传》，中华书局，1962 年，第 3514 页。

⑥ 班固：《汉书》卷二十八《地理志》，中华书局，1962 年，第 1645 页。

小，应是后天逐步形成的。扬家五世单传，所以父母将光宗耀祖的希望寄托在独子扬雄身上，可能是导致扬雄由说话不流利发展成疾病性口吃的原因之一。同时，扬雄的自我期待值颇高，可能愈发加重了他的"预期挣扎反映"，使得口吃更为严重。当然，扬雄对偶像司马相如的模仿，也可能在其口吃的形成中起到了重要影响。

## 二、"口吃效应"与"非常之事"

麻省理工学院气象学家爱德华·罗伦兹（Edward N. Lorenz）曾提出过著名的"蝴蝶效应"理论，认为在一个动力系统中，初始条件下微小的变化能引起整个系统发生长期的巨大的连锁反应[1]。如果将扬雄的一生看成是一个动力系统的话，那么口吃恰可被视为那只扇动翅膀的蝴蝶。口吃对扬雄所产生的影响是长期而巨大的，扬雄默然独守的性格，他爱好读书的习惯，以及他人生中的很多"非常之事"[2]，都与口吃有着密切的关系。明乎"口吃效应"对扬雄的影响，则可对扬雄的一些"非常"之举作出"了解之同情"。

《汉书·扬雄传》在述及扬雄性格及人生态度时，有一段颇为经典的文字：

> 雄少而好学，不为章句，训诂通而已，博览无所不见。为人简易佚荡，口吃不能剧谈，默而好深湛之思，清静亡为，少耆欲，不汲汲于富贵，不戚戚于贫贱，不修廉隅以徼名当世。家产不过十金，乏无儋石之储，晏如也。自有大度，非圣哲之书不好也；非其意，虽富贵不事也。顾尝好辞赋。[3]

---

[1] Edward N. Lorenz, "Deterministic Nonperiodic Flow" *Journal of the Atmospheric Sciences*, Vol. 20, No. 2, 1963, pp. 130-141.

[2] 司马相如语，其《难蜀父老》云："盖世必有非常之人，然后有非常之事；有非常之事，然后有非常之功。非常者，固常人之所异也。"（《汉书》卷五十七下）

[3] 班固：《汉书》卷八十七《扬雄传》，中华书局，1962年，第3514页。

这段话的信息量非常丰富，首先它涉及扬雄的性格。在"口吃不能剧谈"之前的"简易佚荡"，晋灼说："佚荡，缓也。"缓，缓慢之意。《汉书·朱博传》言："齐郡舒缓养名。"师古注曰："言齐人之俗，其性迟缓，多自高大以养名声。"① 而与"简易"相对的即是烦琐、繁杂等词。扬雄简易迟缓的性格，可能是对口吃的一种逆反表现。口吃的表现，就是心中所想与口头所表达的难以同步，口吃者越是想避免口吃，在实际中就越是口吃。放慢语速，简化表达的内容，或能减少这种"预期挣扎反映"。换言之，扬雄简易迟缓性格的形成，可能与试图改善口吃的努力有关。而扬雄"默而好深湛之思，清静亡为，少耆欲"的性格特征，更与口吃有着直接的关系。《易·系词》中说："君子之道，或默或语"，将"默"与"语"相对，则"默"是不语，即不爱说话。有研究表明，口吃者在较少讲话时会更流利②。因为口吃的存在，扬雄很可能为了避免出丑而有意减少说话，于是逐渐形成了"默"的性格。席汉（Sheehan）曾明确说羞怯是口吃障碍的一种明显现象③，范·里佩而（Van Riper）也说口吃的人会以各种方式感到羞怯和尴尬④。国内心理学界则指出，由于受口吃的影响，口吃者容易产生孤僻、自卑、羞怯等性格⑤。笔者认为，扬雄的沉默寡言、清静亡为、少耆欲的行为，就与其孤僻、自卑、羞怯的性格有关。在另一方面，外在的"默"所节省出的精力被转向内部，于是便有"好深湛之思"的表现。一项针对口吃儿童性格特征的调查显示："口吃儿童性格多为内向，且随着口吃程度加

---

① 班固：《汉书》卷八十三《朱博传》，中华书局，1962 年，第 3400 页。
② Bloodstein，O.，*A handbook on stuttering*（4th ed.）. Chicago：National Easter Seal Society，1987.
③ Sheehan，J. G.，Principles of therapy. In *Counseling stutterers*（Publication No. 18，pp. 69-79），Memphis，TN：Speech Foundation of America.，p. 69.
④ Van Riper，C. *The nature of stuttering*（2nd ed.），Englewood Cliffs，NJ：Prentice-Hall，1982.
⑤ 姜德利等主编：《精神病学》，吉林科学技术出版社，2017 年，第 235 页。

重这种个性特征更加明显。"① 扬雄好深湛之思，实际上就是其内向性格的反映。

此外，扬雄好读书的习惯，也与其口吃密切相关。"少而好学"，意味着扬雄喜欢读书的习惯是从小就有的。大多数的儿童都喜欢嬉戏，扬雄却从小喜欢读书，很可能是因为他内向孤僻的性格使他很难融入小伙伴的朋友圈中。口吃使他很难在社交活动中获得成就感，而在知识世界中，他却可以自由地驰骋。所以"少而好学"，实际上可能也有逃避的成分。"不为章句，训诂通而已"，表明扬雄不喜欢琐碎的章句训诂，这与他"简易佚荡"的性格相呼应。章句之学以字数繁多著称，在注重诵读的古代教育中，繁复的章句对于口吃的读书者而言无疑是一项挑战。因此，扬雄少好学而不为章句，可能与其口吃不能剧谈有关。而不为章句所节省下的时间与精力，可以被用来阅读其他的书籍。故而"博览无所不见"，实际就是"少而好学，不为章句，训诂通而已"的结果。

在理解了扬雄好读书与口吃之间的关系之后，就可以为理解扬雄的另一行为提供新的视角。扬雄在写给刘歆的信中说：

> 雄为郎之岁，自奏：少不得学，而心好沉博绝丽之文，愿不受三岁之奉，且休脱直事之縣，得肆心广意，以自克就。有诏可，不夺奉，令尚书赐笔墨钱六万，得观书于石室。②

据班固的赞语，扬雄"奏《羽猎赋》，除为郎，给事黄门，与王莽、刘歆并"，可知扬雄是因为奏《羽猎赋》得到了成帝欣赏，所以才被任命为郎官。从汉代官制来看，郎官的品级虽不高，但却有机会接近皇帝，因而往往被视为进入仕途的良机。董仲舒对策中说"夫长吏多出于

---

① 陈容、程颖等：《口吃儿童个性特征及其影响因素初探》，《中国学校卫生》，1999 年第 4 期，第 268 页。

② 张震泽：《扬雄集校注》，上海古籍出版社，1993 年，第 264 页。

郎中、中郎"①，东汉虞诩上言亦云"台郎显职，仕之通阶"②，据此可知郎官乃显宦之终南捷径。又据《后汉书·明帝纪》，馆陶公主为子求郎，明帝赐钱千万予以拒绝，并说："郎官上应列宿，出宰百里，有非其人，则民受其殃，是以难之。"③ 从中亦可看出郎官机会之难得。由于郎官的这些好处，所以像王莽、刘歆这样的外戚、宗室都愿意担任这一职位。但扬雄在除为郎官之后，却上奏请求辞俸读书，从世俗的角度来看，实在是有些反常。宋代学者晁说之认为这是因为扬雄"无仕进心"④，但是扬雄若真无仕进之心，又何必不辞辛苦千里迢迢从蜀地奔赴长安，而且为王氏门客呢？我们推测，扬雄此时是有功名之心的，其辞俸读书之举实与其口吃的关系更为密切。

　　一者，如前面所述，因口吃导致的性格内向，使扬雄从小就养成了喜欢读书的习惯。因此，当扬雄来到藏有丰富图书的长安时，自然希望进一步拓展自己的阅读面。二者，扬雄可能担心自己的语言障碍会影响他履行郎官的职责，故而不愿"直事"。有学者总结了西汉郎官的四种主要职责，一是向皇帝提供建议，参谋和诤谏；二是出使吊问、宣布皇恩、体察民情；三是护卫皇帝安全；四是侍奉皇帝起居⑤。可知除护卫之责外，其余三种职责都需要郎官有较好的言语应对能力。扬雄说自己希望"休脱直事之繇"，可能正表明他担心自己的口吃会影响工作。扬雄在《自叙》中说"少而好学"，上奏时却说"少不得学"，虽然是自谦的说法，却也可能是扬雄为了逃避郎官工作而找的借口。

　　与辞俸读书相类似的另一事件是扬雄的"三世不徙"。《扬雄传赞》中说：

　　　　初，雄年四十余，自蜀来至游京师，大司马车骑将军王音

---

　① 班固：《汉书》卷五十六《董仲舒传》，中华书局，1962 年，第 2512 页。
　② 范晔：《后汉书》卷五十八《虞诩列传》，中华书局，1965 年，第 1872 页。
　③ 范晔：《后汉书》卷二《显宗孝明帝纪》，中华书局，1965 年，第 124 页。
　④ 晁说之：《嵩山文集》卷二十《扬雄别传》，《四部丛刊》续编本。
　⑤ 成祖明：《郎官制度与汉代儒学》，《史学集刊》，2009 年第 3 期，第 34 页。

奇其文雅，召以为门下史，荐雄待诏，岁余，奏《羽猎赋》，除为郎，给事黄门，与王莽、刘歆并。哀帝之初，又与董贤同官。当成、哀、平间，莽、贤皆为三公，权倾人主，所荐莫不拔擢，而雄三世不徙官。及莽篡位，谈说之士用符命称功德获封爵者甚众，雄复不侯，以耆老久次转为大夫，恬于势利乃如是。①

扬雄三世不徙的遭遇，引起后世许多失意文人的共鸣。如胡皓诗云"贾谊才方达，扬雄老未迁"，孟浩然诗云"永怀芸阁语，寂寞滞扬云"。按班固的说法，扬雄三世不徙，是因为"恬于势利"。后来的学者多沿用此说，如明末清初学者贺贻孙在《扬雄论》中就说："三世不徙官，泊如而已，不求徙也。"② 当代学者则提供了一些新的解释，如纪国泰认为"扬雄是一个关心民瘼，以天下治乱为己任的文人，而这正是他三世不徙官的原因所在"③。郭君铭则认为原因有二，一是扬雄把主要精力用在了理论创作上，二是扬雄有成圣之志，有着和周围世俗之人完全不同的认识和处理问题的方法与态度④。郭氏认为班固以"恬于势利"来解释扬雄三世不徙官，"未免有故意拔高渲染之嫌"⑤，但他以"成圣之志"来解释，似乎同样有拔高的嫌疑。但无论如何，从班固以来的这些解释，都具有一定的合理性。然而，除了这些看上去非常正面的解释之外，扬雄的口吃也可能是其三世不徙的原因之一。

理由之一，口吃作为一种疾病，会影响官员的升迁。孔门四科中有"言语"，《左传·襄公二十五年》也载孔子盛赞子产献捷时有文辞，这

① 班固：《汉书》卷八十七《扬雄传》，中华书局，1962 年，第 3583 页。

② 贺贻孙：《水田居文集》卷二，清道光至同治间刻本。

③ 纪国泰：《扬雄"四赋"考论——兼论扬雄"三世不徙官"的重要原因》，《西华大学学报（哲学社会科学版）》，2005 年第 6 期，第 27 页。

④ 郭君铭：《扬雄〈法言〉思想研究（修订本）》，巴蜀书社，2017 年，第 36 页。

⑤ 郭君铭：《扬雄〈法言〉思想研究（修订本）》，巴蜀书社，2017 年，第 36 页。

说明儒家十分重视口才。汉自武帝以后，崇儒之风日盛，重用经术之士。在此背景下的人才选拔，口才也应该是需要考量的因素之一。《三国志》卷二十八载："（邓艾）为都尉学士，以口吃，不得作干佐，为稻田守丛草吏。"① 邓艾因为口吃而不能担任干佐，说明彼时选拔官员会考虑到口才问题。宋哲宗元祐三年，御史中丞李常等弹劾谏议大夫王汾的理由中，就有"汾口吃，滑稽不任谏职"② 一条，可知口吃很容易成为政敌攻击的把柄。《平定金川方略》卷十八载乾隆谕旨，其中有责备将领温福语云："温福平时口吃，在朕前奏事尚不达其意。"③ 此又表明口吃往往为上司所注意，对个人形象负面影响较大。而从后世选官制度来看，也可知口吃者进入仕途之艰难。《旧唐书·职官志》中说"凡择人以四才，校功以三实"，其中的"四才"，即身、言、书、判，"言"即言语口才。此制一度为宋所继承，如宋真宗天禧三年诏"选两任五考无责罚者试身、言、书、判"④，《宋史·选举志》亦云"自真宗朝，试身、言、书、判者第推恩"⑤。清代选官，亦用此法。《清史稿》载："顺治十二年，诏吏部详察旧例，参酌时宜，析州、县缺为三等，选人考其身、言、书、判，亦分三等，授缺以是为差。"⑥ 即使到了现代社会，在选拔公务员时，口吃也会成为不利因素。《中华人民共和国公务员法》第二章第十三条就规定，公务员必须"具有正常履行职责的身体条件和心理素质"。口吃无论是作为先天性的生理疾病，还是后天性的心理疾病，都会影响到交流，因此对口吃者而言，他们在竞争激烈的官场上，往往处于劣势。就此角度而言，扬雄的口吃，可能也是他三世不

---

① 陈寿：《三国志》卷二十八《邓艾传》，中华书局，1982 年，第 775 页。
② 李焘：《续资治通鉴长编》卷四百一十九，中华书局，2004 年，第 10158 页。
③ 佚名撰，王钟翰点校：《清史列传》卷二十四《大臣画一传档正编二十一》，中华书局，1987 年，第 1788 页。
④ 脱脱等：《宋史》卷八《真宗本纪》，中华书局，1985 年，第 167 页。
⑤ 脱脱等：《宋史》卷一百五十八《选举志》，中华书局，1985 年，第 3703 页。
⑥ 赵尔巽等撰：《清史稿》卷一百一十，中华书局，1977 年，第 3207 页。

徙官的原因之一。

理由之二，因口吃导致的言语障碍及内向性格，可能使得扬雄在人际交往方面存在一定的缺陷，从而影响他与同僚及上司之间的关系。大量的心理学研究表明，口吃者往往患有不同程度的社交恐惧症①。扬雄在社交方面表现出的不合群，应与其社交恐惧有一定的关系。他辞俸读书，就明显有逃避"直事"的想法，这是他在写给刘歆的信中明确说过的。在班固的赞语中，一则说扬雄"与王莽、刘歆并"②，二则说"与董贤同官"，然后接着说三世不徙官。寻绎其语意，固然是想说明扬雄"恬于势利"，但也反映出扬雄不谙世故。否则，扬雄只要与王莽、刘歆、董贤这几位达官显宦中的任何一位搞好关系，也都不至于三世不徙。但扬雄对待这三位的态度，或消极，或被动，或敏感。本传载："哀帝时丁、傅、董贤用事，诸附离之者或起家至二千石。时雄方草《太玄》，有以自守，泊如也。"这是对董贤采取了消极回避态度。对于王莽，扬雄虽写了《元后诔》和《剧秦美新》两篇文章，但应该是一种为求自保的被动行为。对于刘歆，两人曾一度是学问上的好友，可《答刘歆求取方言书》中的言辞却是那么的激进和敏感，俨然仇人一般。洪迈就说："子骏只从之求书，而答云'必欲胁之以威，陵之以武，则缢

---

① 参 Murray B. Stein, etc. " Social phobia in adults with stuttering", *American Journal of Psychiatry*, Vol. 1536, No. 2, 1996, pp. 278-280. Kraaimaat, Floris W; Vanryckeghem, Martine; Van Dam - Baggen, Rien. "Stuttering and social anxiety", *Journal of Fluency Disorders*, Vol. 27, No. 4, 2002, pp. 319-331. Michelle Messenger, Mark Onslow, Ann Packman, Ross Menzies, "Social anxiety in stuttering: measuring negative social expectancies", *Journal of Fluency Disorders*, Vol. 29, No. 3, 2004, pp. 201-212. Iverach, L., Jones, M., Lowe, R., O'Brian, S., Menzies, R. G., Packman, A. & Onslow, M. 2018, "Comparison of adults who stutter with and without social anxiety disorder", *Journal of Fluency Disorders*, Vol. 56, p. 55.

② 按，王莽和扬雄是否共事，后人颇有怀疑。清人沈家本就说："《莽传》大将军凤病且死，以莽托太后及帝，拜为黄门郎。永始元年（《纪》云五月）封新都侯，迁骑都尉，光禄大夫侍中。则永始元年五月后，莽已不在黄门。而此（笔者按，指《扬雄传》）云奏《羽猎赋》后始除为郎、给事黄门，则在永始四年十二月后，何以得与莽并乎？据音荐、莽并之文，则雄之给事黄门在永始元年之前。据奏赋除郎之语，则又在永始四年之后。史文抵牾，此其甚者。"（《诸史琐言》卷八）

死以从命也',何至是哉!"① 除此之外,扬雄与其他人的关系应该也不太好,所以班固赞语说"人希至其门"。扬雄《酒箴》中滑稽的鸱夷,康达维认为是在讽刺当时汉庭中的官僚②。而与扬雄同时的陈遵能够称引此文,说明这篇旨在讽谏成帝的文章在当时就已流布开来。扬雄如此讽刺他的同僚,自然更易招致忌恨、遭到排挤。汉末政治本是那么黑暗,扬雄又如此不谙世故,三世不徙官也就在意料之中了。

这里附带还可以考察一下扬雄投阁一事,从中也可看到口吃的影响因子。《汉书》载此事经过云:

> 王莽时,刘歆、甄丰皆为上公,莽既以符命自立,即位之后欲绝其原以神前事,而丰子寻、歆子棻复献之。莽诛丰父子,投棻四裔,辞所连及,便收不请。时雄校书天禄阁上,治狱使者来,欲收雄,雄恐不能自免,乃从阁上自投下,几死。莽闻之曰:"雄素不与事,何故在此?"间请问其故,乃刘棻尝从雄学作奇字,雄不知情。有诏勿问。然京师为之语曰:"惟寂寞,自投阁;爰清静,作符命。"③

"恐不能自免"一句,正道出了扬雄的心理状态。扬雄心中所担心的"不能自免"应该就是前面所说的"便收不请",即下狱。对扬雄来说,投阁而死固然严重,但下狱所带来的耻辱可能更加让他难以接受。可以想象,患有口吃的扬雄,在下狱审讯之时,必然更难申诉。司马迁在《报任安书》中说:"太上不辱先,其次不辱身,其次不辱理色,其次不辱辞令,其次诎体受辱,其次易服受辱,其次关木索被箠楚受

---

① 洪迈:《容斋三笔》卷十五。按,洪迈怀疑《方言》非扬雄所作,连带疑《答刘歆书》亦非扬雄所作,此说非是。洪迈认为扬雄语气有问题,这是对的,但这并不意味着这句话不是扬雄所说。戴震认为当时刘歆附莽,扬雄内心不赞同,所以语气如此(见戴震《方言疏证》附录)。

② Knechtges, David R. "Wit, humor, and satire in early Chinese literature (To A. D. 220)." *Monumenta Serica*, Vol. 29, 1970, p. 94.

③ 班固:《汉书》卷八十七《扬雄传》,中华书局,1962年,第3584页。

辱，其次鬄毛发婴金铁受辱，其次毁肌肤断支体受辱，最下腐刑，极矣。"① 扬雄下狱虽未必会像司马迁一样遭受宫刑，但他认为下狱为奇耻大辱的心态却比司马迁有过之而无不及。古人强调"刑不上大夫"，以成圣自期的扬雄，显然无法接受自己下狱受辱。而口吃给他带来的敏感心理，更加重了他的这种想法。所以，当他听到有治狱使者来时，未曾询问缘由，便从天禄阁上跳下。孙少华曾就此有过一段精彩的推测：

> 敏感、自卑、烦躁、消极，都是口吃给性格内向者的负面影响。这种负面影响，对个人人生观与世界观往往带来比较消极的认识与感悟。扬雄内向性格的偏执性，甚至造成了他自闭的倾向。尤其晚年，他"用心于内不求于外"到了一种被"时人皆忽之"的地步。作为中散大夫校书天禄阁，他竟然到投阁几死之时方为王莽所知，且竟使王莽有"何故在此"的疑问。无论王莽疑问是真是假，扬雄很少与外界交往应是事实。即使在他复官为大夫后，也出现了"人希至其门"的情况。扬雄投阁，很大程度上反映了他内心的苦闷、自闭、自卑与烦躁，甚至还有恐惧的心理。②

从心理学的角度来看，这一分析是可以成立的。以往讨论扬雄投阁一事，多从扬雄的思想、人生观入手，但须知扬雄思想与人生观的形成，与其口吃息息相关。因此，从口吃所带来的心理影响来重新审视投阁事件，也是合乎情理的。

据以上的讨论，可知扬雄内向性格的形成与其口吃有着密切关系，此一性格既使他养成了喜爱读书的好习惯，也使他表现出一定的社交恐惧症。在其人生的许多重要事件，如辞俸读书、三世不徙官、投阁等事中，都能看到口吃所带来的影响。福祸相倚，利弊共存，这些事件

---

① 班固：《汉书》卷六十二《司马迁传》，中华书局，1962 年，第 2732 页。
② 孙少华：《扬雄的文学追求与文学观念之变迁》，《清华大学学报（哲学社会科学版）》，2012 年第 1 期，第 111—112 页。

共同组成了扬雄的传奇人生。就此而言，口吃对于扬雄的影响是终生的。

## 三、"不能剧谈"与"善著书"

蒋寅在一则笔记中曾说："慧心者多口吃，滑稽者亦多口吃，此甚不可解。古人如司马相如、扬雄者，是其例也。"① 蒋氏说司马相如、扬雄有"慧心"，很重要的一个原因是二人都善于文学。口吃和善文之间是否有关系呢？对此问题，如能从心理学、社会学等角度来考察，可能并非"甚不可解"。

口吃而善著文者，扬雄之前，最有名的要数韩非和司马相如。《史记》载：

> 韩非者，韩之诸公子也。喜刑名法术之学，而其归本于黄老。非为人口吃，不能道说，而善著书。……作《孤愤》《五蠹》《内外储》《说林》《说难》十余万言。（卷六十三《韩非列传》）

> 司马相如者，蜀郡成都人也，字长卿。少时好读书，学击剑，故其亲名之曰犬子。相如既学，慕蔺相如之为人，更名相如。……相如口吃，而善著书。（卷一百一十七《司马相如传》）

在这两段文字的叙述中，司马迁似乎认为"口吃"与"善著书"之间存在某种因果关系，所以在"口吃"与"善著书"之间用"而"字进行连接。《扬雄传》中"口吃不能剧谈"之后便有"默而好深湛之思"一句，其内在叙述逻辑与此相同。但从《史记》到《汉书》的书写虽揭示了口吃与善文之间存在关系，却未能解释这种关系是如何建立

---

① 蒋寅：《金陵生小言》，广西师范大学出版社，2004年，第2页。

起来的，而这恰是我们有可能进行突破的地方。

口吃者是否具有更高的智商呢？1997 年，有学者在比利时进行过一次旨在了解公众对口吃认识的调查，在 1362 名受访者中，85.7%的人认为口吃者的智商与正常人相当，9.5%的人认为更低，4.8%的人认为更高①。这说明在大多数的公众眼中，并不认为口吃者天赋异禀。但一些国内学者的研究似乎支持口吃者智商更低的观点，他们指出，口吃是儿童智力水平偏低的表现，可影响儿童智力发展②。然而，亦有儿童教育专家指出："患有口吃的人一般智商不低，还可能高于正常人，所以决不能因为他们讲话不流利而认为他们脑子笨。"③ 综合这些研究来看，口吃与智商之间似乎并无必然的联系。土耳其的一个研究团队最新的研究成果就指出："口吃的严重程度与智商表现之间没有关系。"④ 既然如此，则有无口吃与智商高低之间也应该没有必然的关系。因此，大众认为口吃者智商更高或更低的看法，实际上并无太多科学上的依据。明乎此，则口吃者如韩非、司马相如、扬雄等在文学上所取得的巨大成功，并不是因为他们普遍有着更高的智商。

其实，从文学写作的角度来看，口吃者之所以善著书，最主要原因应该是口吃使得他们将更多的精力放在读书和思考上。换言之，口吃者善著书是因为他们善读书。在文献中，我们可以找到很多这样的例子，兹略举数例如下：

---

① John, V. B., Verniers, I. & Bouvry, S. 1999, "Public awareness of stuttering", *Folia Phoniatrica et Logopaedica*, Vol. 51, No. 3, pp. 124-132.

② 陈容、张迪等：《口吃儿童智商对比研究》，《中国学校卫生》，1998 年第 6 期，第 444—445 页。

③ 雷雳：《中小学生心理行为问题干预》，首都师范大学出版社，2007 年，第 128 页。张艳婷也持类似的观点，见张艳婷：《儿童异常行为分析与辅导》，广东教育出版社，2009 年，第 217 页。

④ Osman Abalı, Gülsevim Kınalı Madanoğlu, Hümeyra Beşikçi, Murat Ceren, "Kekemelik ile başvuran çocuk ve gençlerde kekemelik şiddeti sözel IQ performansı değerlendirilmesi（儿童口吃严重程度的语言智商表现评估）", *Genel Tıp Derg* (《普通医学杂志》), Vol. 16, No. 2, 2006, pp. 61.

1. 孔觊字思远，会稽山阴人，太常琳之孙也。父邈，扬州治中。觊少骨梗有风力，以是非为己任，口吃好读书，早知名。（《宋书》卷六十二《孔觊传》）

2. 卢柔字子刚。少孤，为叔母所养抚，视甚于其子。柔尽心温清，亦同己亲。宗族叹重之。性聪敏，好学，未弱冠，解属文，但口吃不能持论。颇便酒诞节，为世所讥。（《周书》卷三十二《卢柔传》）

3. 崔公度字伯易，高邮人。口吃不能剧谈，而内绝敏，书一阅即不忘。（《宋史》卷三百五十三《崔公度传》）

4. 沈吉水中柱，字石厓，号摩青，平湖人。崇祯庚辰进士，授吉水令。口吃，于书无不读，尤好《管》《韩》，故为文雄深浩瀚，卓然成家。有《怀木庵稿》。（沈季友《槜李诗系》卷二十二）

5. （陈）绎曾字伯敷，处州人。为人虽口吃，而精敏异常，诸经注疏，多能成诵。文辞汪洋浩博，其气烨如也。（《元史》卷一百九十《陈旅传》）

6. （叶）由庚生而口吃，嗜读书。从周大亨习《春秋》，为举子业，试有司，不中，遂绝意进取。（明宋濂撰《文宪集》卷十《叶由庚传》）

扬雄好读书与口吃之间的关系，前文已有所论述。而上举诸例，愈加表明口吃与读书之间存在因果关系。尽管由于口吃者在口语发声方面的缺陷往往影响他们的口语阅读，使得他们总体的阅读速度往往低于非口吃者①，但口吃者在智力表现方面与非口吃者基本无区别，所以在理解文本时并不会比非口吃者困难。而在另一方面，由于口吃者多发展为

①　Hans-Georg Bosshardt, "Subvocalization and Reading Rate Differences between Stuttering and Nonstuttering Children and Adults", *Journal of Speech*, *Language*, *and Hearing Research*, Vol. 33, No. 4, 1990, pp. 776-785.

内向型的性格，并且往往伴随有社交恐惧症，所以一些口吃者会将精力转移到某些非社交型的活动中去，比如读书。

除某些文学天才之外，通常来说，写作既需要丰富的阅读积累，也需要坚持不断的练习。《汉书》中说扬雄"博览无所不见"，扬雄自述写作经验时也说："能读千赋，则善赋。"①正表明扬雄的善文，是建立在大量的阅读及练习的基础上的。即使被认为辞赋天才的司马相如，《史记》中也说他"少时好读书"。而司马相如论赋则云："赋家之心，包括宇宙，总览人物。"要达到这一目的，博学多识是前提。在博学的基础上，还需善于思考，而这正是司马相如所说"得之于内不可得而传"的赋家之心。扬雄自叙中也有一句类似的话说"用心于内，不求于外"，此即他的"好深湛之思"，是他在博览的基础上做进一步的思考以融会贯通的具体表现。

明乎口吃者善著书与善读书密切相关，则对扬雄的模拟行为也可做一番重新的审视。班固说：

> （扬雄）意欲求文章成名于后世，以为经莫大于《易》，故作《太玄》；传莫大于《论语》，作《法言》；史篇莫善于《仓颉》，作《训纂》；箴莫善于《虞箴》，作《州箴》；赋莫深于《离骚》，反而广之；辞莫丽于相如，作四赋：皆斟酌其本，相与放依而驰骋云。②

学界对扬雄模拟作文的原因有过一些探讨，但多从宏观的学术和社会背景来进行解释，比如张晨就认为默守家法的学术氛围和复古的社会

---

① 桓谭撰，朱谦之辑：《新辑本桓谭新论》，中华书局，第 52 页。
② 班固：《汉书》卷八十七《扬雄传》，中华书局，1962 年，第 3583 页。

环境是扬雄模拟文学形成的主要原因①。但结合扬雄的口吃，或许也可加深对其模拟行为的认识。通常来说，模拟行为在大多数情况下是一种偶像崇拜的表现，扬雄以"大"称《易》《论语》，以"善"称《仓颉》《虞箴》，以"深"称《离骚》，以"丽"称相如赋，都体现了他对这些作品的崇拜。崇拜对象的选择既受到社会文化共识的影响，也与个人独特的经历及心理有关。扬雄所崇拜的这些作品，都距离他时间较远，其中最近的司马相如也是武帝时期的人。而司马相如之所以能够进入他的视野，或与其蜀人的身份密切相关。由此或可推测，扬雄之所以选择上述作品作为崇拜对象，主要原因固然是这些作品确实优秀，但其阅读范围的有限性也可能是原因之一。在写抄本时代，相比于新作品，经典化文本显然更容易获取。扬雄口吃所形成的内向性格，使他对"时事"不太关心，故而对同时的作品也就不会太留意。更重要的一点是，扬雄之所以大量地模拟，很可能是将模拟当作一种真实的生活态度。在现实世界中，扬雄的口吃可能会遭到别人的嘲笑，从而加重其自卑、内向的性格。但在典籍世界中，通过模仿作品，扬雄可以让自己成为和孔子、屈原、司马相如等一样伟大的人物。由此产生的成就感与满足感，是口吃的扬雄在现实世界中可能永远也得不到的。就此意义上来说，模拟是扬雄自我认同与自我建构的一种手段，在模拟的世界里，扬雄获得了比现实世界更为丰富和"真实"的生活。

最后再谈谈扬雄作品风格与其口吃之间的关系。东坡曾说："扬雄好为艰深之词，以文浅易之说，若正言之，则人人知之矣。"② 朱舜水亦

---

① 张晨：《汉魏六朝模拟文学研究》，山东大学硕士论文，2005年，第16—20页；又见张晨：《汉代模拟文学探论》，《郑州大学学报（哲学社会科学版）》，2009年第1期，第113页。类似的解释，也见于蔡爱芳：《汉魏六朝拟作研究》，南京师范大学博士论文，2008年，第29—32页。另外，陈恩维也曾详细讨论复古风气对汉魏六朝模拟文学的影响，见陈恩维：《论汉魏六朝之拟作》，苏州大学博士论文，2005年，第61—63页。

② 苏轼撰，茅维编，孔凡礼点校：《苏轼文集》卷四十九，中华书局，1986年，第1418页。

云："作文不宜用方言奇字，屈平、扬雄，终不得埒于经也。佶屈聱牙，以文其浅陋，岂是大手笔?"① 诸如此类的批评，正道出扬雄作品的主要风格：爱用奇字，艰深难懂。但从修辞学的角度来说，这些特征恰是注重文辞、讲究炼字和结构布局的表现。谷口洋曾比较"口吃而善著书"的司马相如与"口吃不能剧谈"的扬雄在汉赋写作方面的异同，认为在司马相如那里，"虽然以笔简为自己的表现工具，但著述毕竟是口头演出的补充工具"②。而到了扬雄，情况发生了质的改变，谷口氏说：

> 扬雄也是"口吃不能剧谈"的，但他著述的意义不同于相如。他以前所未有的程度讲究炼字，把"不歌而颂"的口头表演艺术变为书面文字艺术了。后来他否定赋的价值，把它贬为"雕虫篆刻"，这句话也表示他认为作赋的关键在于炼字。朱子说："林艾轩尝云：'班固、扬雄以下，皆是做文字；以前司马迁、司马相如等，只是恁的说出。'今看来如此。……后世只就纸上做。"虽是印象批评，却道破了扬、马文学的不同。③

谷口氏的这一分析是有道理的。但他虽指出了扬雄赋书面化倾向与其口吃有关系，却并未说明二者之间为何以及如何发生联系。司马相如、扬雄虽都有吃口，但两人却有着完全不同的性格。从司马相如琴挑卓文君等事情上来看，相如的性格不仅外向，甚至颇为放荡不羁④；扬

---

① 朱舜水著，朱谦之整理：《朱舜水集》卷九，中华书局，1981 年，第 299 页。

② 〔日〕谷口洋：《扬雄"口吃"与模拟前人》，收入苏瑞隆、龚航主编：《廿一世纪汉魏六朝文学新视角：康达维教授花甲纪念论文集》，台北：文津出版社有限公司，2001 年，第 48 页。

③ 〔日〕谷口洋：《扬雄"口吃"与模拟前人》，收入苏瑞隆、龚航主编：《廿一世纪汉魏六朝文学新视角：康达维教授花甲纪念论文集》，台北：文津出版社有限公司，2001 年，第 48 页。

④ 尽管心理学上的研究认为口吃者更容易形成内向的性格，但没有研究说口吃者一定会内向。一些像司马相如这样的口吃者，在克服了对口吃的恐惧之后，也能发展出外向的性格。

雄则性格内向，在社交方面甚至存在焦虑、恐惧情绪。外向的司马相如在创作"不歌而诵"的汉赋时，口吃不会对他造成太多的障碍；可对内敛的扬雄来说，就变成了一项挑战。因此，在扬雄手里，原先具有浓厚口头性质的汉赋发展成书面化的文字艺术了。

那么，扬雄在将汉赋书面化的时候，又为何对"奇字"情有独钟呢？《汉书·艺文志·六艺略·小学类序》引汉制云："太史试学童，能讽书九千字以上，乃得为史。又以六体试之，课最者以为尚书御史、史书令史。"① 奇字即"六体"之一，颜师古说："奇字即古文而异者也。"刘勰《文心雕龙》则称"奇字"为"玮字"。《扬雄传》曾载"刘棻尝从雄学作奇字"，可知扬雄是奇字方面的专家。按照简宗梧的观点，司马相如式汉赋玮字的始作俑者，扬雄则是推广与变造玮字的巨擘②。这两位用玮字的高手有两个共同点值得我们注意，一者两人都是小学方面的专家，司马相如有《凡将篇》，扬雄则有《仓颉训纂》《方言》诸作。二者，两人都是口吃者。擅长小学，则对奇字自然能够熟练地使用。但除此之外，他们对奇字的情有独钟，亦有某种共同的心理因素，即以奇字标新立异，借此获得存在感与满足感。简宗梧指出："'虽引古事，莫取旧辞'，是辞赋家精神之所在，他们不但在同一篇赋中，用同样的语汇避免用同形字之外，取用别人用过的语汇，也常要改变一下面貌。"③这种好异的写作心理，在司马相如和扬雄那里表现得更为突出。辞赋本有"不歌而诵"的特点，简宗梧甚至认为在书写工具比较便捷的汉代，赋篇还曾大量使用口语语汇④。如果写出来的汉赋通俗易懂，非口吃者能够轻松地进行诵读，那么作为口吃者的作者，难免会有"为他人

---

① 班固：《汉书》卷三十《艺文志》，中华书局，1962 年，第 1721 页。
② 简宗梧：《汉赋源流与价值之商榷》第二篇《汉赋玮字源流考》，文史哲出版社，1980 年，第 80—87 页。
③ 简宗梧：《汉赋源流与价值之商榷》第二篇《汉赋玮字源流考》，文史哲出版社，1980 年，第 80—87 页。
④ 简宗梧：《汉赋源流与价值之商榷》第二篇《汉赋玮字源流考》，文史哲出版社，1980 年，第 94 页。

作嫁衣裳"的感觉。相反，使用大量的奇字之后，辞赋不再是大众的普通消费品，而是成为一种学识身份的标志。只有像司马相如、扬雄这样有着深厚小学修养的文人，才能将一篇充满奇字的辞赋读懂。曹植说："扬马之作，趣幽旨深。读者非师传不能析其辞，非博学不能综其理。岂直才悬，抑亦字隐。"① 这正道出了奇字对学识身份的区分作用。司马相如、扬雄因口吃而遭遇的失落感，恰可凭借着对奇字的熟练运用而获得心理上的补偿。就此而言，对奇字的偏爱，也是扬雄对自身口吃的一种反击。

当然，一个人擅长文学写作的原因有很多，以上从口吃角度对扬雄善文原因的分析，并非说扬雄的善文只是因为口吃，而是说口吃在其善文的过程中产生了重要的影响。只有多角度的审视扬雄的创作活动，才能更好地理解其人及其作品，而口吃恰是众多的角度之一。

## 四、口吃文化与形象建构

如上所述，口吃对扬雄的人生产生了重大影响；但反过来，作为一位著名的口吃患者，扬雄在文化史上也对"口吃"一词文化内涵的发展演变产生了积极的作用。从文化史上来看，有很多著名的历史人物也患有口吃。但在扬雄之前，很少有口吃者像扬雄一样将口吃当作一种自我界定的正面标志。

口吃者说话时不规律的重复和停顿，往往会遭到别人的嘲笑。裴启《语林》载有晋文帝戏弄邓艾的故事：

> 邓艾口吃，尝云艾艾，宣王曰："为云艾艾，终是几艾？"
> 艾答曰："譬如凤兮凤兮，故作一凤耳。"②

---

① 刘勰著，黄叔琳注，李详补注，杨明照校注拾遗：《增订文心雕龙校注》卷八，中华书局，2012 年，第 481 页。

② 《太平御览》卷四百六十四人事部一百五引，《四部丛刊》三编景宋本。按，陶宗仪《说郛》卷十二等亦引此事，文字略有不同。

宋代刘攽嘲笑王汾口吃时，更是列举前代多位口吃名人，《类说》卷十七载：

> 王汾口吃，刘攽尝嘲之曰："恐是昌家，又疑非类。不见雄名，惟闻艾气。"盖以周昌、韩非、扬雄、邓艾皆吃也。又尝同趋朝。闻叫班声，汾谓曰："紫宸殿下频呼汝。"攽应声答曰："寒食原头屡见君。"各以其名为戏也。①

并不是所有口吃者都像邓艾、王汾一样机敏善对，能在被嘲之后挽回一些尊严。更多的时候，口吃者被嘲笑之后，只能"哑巴吃黄连，有苦说不出"。《启颜录》载：

> 唐华原令崔思诲口吃，每共表弟杜延业递相戏弄。杜常语崔云："延业能遣兄作鸡鸣，但有所问，兄即须报。"旁人云："他口应须自由，何处遣人驱使，若不肯作，何能遣之。"杜即云："能得。"既而旁人，即共杜私赌。杜将一把谷来崔前，云："此是何物？"崔云："谷谷……"旁人大笑，因输延业。②

又《玉泉子》载唐人丁棱及第后因口吃不能专对事云：

> 卢肇、丁棱之及第也，先是放榜讫，则须谒宰相。其导启词语，一出榜元者，俯仰疾徐，尤宜精审。时肇首冠，有故不至，次乃棱也。棱口吃，又形体小陋。追引见，即俯而致词。意本言"棱等登科"，而棱颓然发汗，鞠躬移时，乃曰"棱等登，棱等登"，竟不能发其后语而罢，左右皆笑。翌日，友人戏之曰："闻君善筝，可得闻乎？"棱曰："无之。"友人曰："昨日闻'棱等登、棱等登'，非筝声耶？"③

---

① 魏泰撰，李裕民点校：《东轩笔录》卷十一，中华书局，1983年，第124页。
② 《太平广记》卷二百五十引。按，《天中记》卷二十二亦引此事，文字小有出入。
③ 佚名撰，夏婧点校：《新辑玉泉子》，中华书局，2014年，第117页。

在上举诸例中，口吃者或为将军，或为县令，或为榜眼，然仍被上司戏弄、亲友嘲笑。然更有甚者，则视口吃者为倡优，以为解颐取乐之资。《启颜录》载："隋朝有人敏慧，然而口吃。杨素每闲闷，即召与剧谈。"① 口吃本身就让口吃者备受煎熬，外界的嘲笑无疑雪上添霜，让口吃者的处境更为艰难。

然而，一些具有人道主义的文人，最晚到司马迁，就已开始有意识地通过书写来改变口吃者的形象。在《史记》中，司马迁将韩非子和司马相如的口吃与善著书相联系，似乎意在表明口吃者具有某些超过常人的禀赋。如果说司马迁的这种书写还只是一种暗示的话，到了扬雄这里，则是一种公开的宣言。扬雄以口吃者的身份所进行的自我书写，明确自道"口吃不能剧谈"，并且他像毛姆一样，将自己所取得的成就与口吃联系起来。马克·皮特纳分析说："这清楚地表明，扬雄至少认为口吃是他事业的一个促进因素，即使不是积极的因素。这在一定程度上有助于解释他的整体行为，并且也许是他潜心学问的标志。"② 可以说，在扬雄这里，口吃第一次被真正的口吃者视为正面的身体特征。

同时，当扬雄将自己的口吃与"默而好深湛之思，清静亡为，少耆欲"等品质相提并论时，又在口吃与内在品德之间建立了联系，这较司马迁将口吃与才能有联系的做法又进一步。但扬雄这样做，也有他的理论依据。尽管古代医学因将口吃视为一种疾病，故在医学文献中二者的联系多是负面的③，但在其他文献中，言语缺陷往往被认为与某种美德有联系。在马克·皮特纳的考察中，他就曾特别指出其中两个重要的文献来源：《论语》和《老子》。扬雄精通儒、道思想，故而他在建构口吃

① 《太平广记》卷二百四十八引。

② Mark G. Pitner, "Stuttered Speech and Moral Intent: Disability and Elite Identity Construction in Early Imperial China", *Journal of the American Oriental Society*, Vol. 137, No. 4, 2017, pp. 713.

③ 比如前文所举的《巢氏诸病源候论》就认为口吃者是"禀性有阙"，孙思邈《千金方》则认为口吃"反于常性"（孙思邈：《备急千金要方》卷五十九，文渊阁《四库全书》本）。

与美德的联系时，很自然地吸收、借鉴了其中的积极因子。

儒家注重言语，对善长言语的人予以肯定，反之则是十分强调慎言。《论语·子张篇》中子贡说"君子一言以为知，一言以为不知"，恰能说明儒家对待言语的态度。在《论语》中，可以看到很多孔子称赞某人善言的话，但对巧言之人却表示否定，比如"巧言令色，鲜仁矣"（《学而》），"巧言令色足恭，左丘明耻之，丘亦耻之"（《公冶长》），"巧言乱德"（《卫灵公》）等说法，正可看出孔子对巧为言辞者的批判，而这种说法显然会受到口吃者的欢迎。与"言"相对的是"行"，而孔子多次谈到君子要慎言而重行，如：

1. 子曰："君子食无求饱，居无求安，敏于事而慎于言，就有道而正焉，可谓好学也已。"（《学而》）

2. 子张学干禄，子曰："多闻阙疑，慎言其余，则寡尤；多见阙殆，慎行其余，则寡悔。言寡尤，行寡悔，禄在其中矣。"（《为政》）

3. 子曰："古者言之不出，耻躬之不逮也。"（《里仁》）

4. 子曰："君子欲讷于言而敏于行，言欲迟而行欲疾。"（《里仁》）

5. 食不语，寝不言。（《乡党》）

6. 子曰："非礼勿视，非礼勿听，非礼勿言，非礼勿动。"（《颜渊》）

7. 子曰："刚毅木讷，近仁。"（《子路》）

孔子所提到的"讷"，《说文》云："言难也。"而《说文》对"吃"的解释是"言蹇难也"。因此之故，一些口吃者也被委婉地称为"口讷"。比如《晋书》称左思"貌寝口讷"，说郭璞"讷于言论"等。孔子将慎言看作君子的标志之一，甚至认为木讷接近他所倡导的最高道德境界"仁"，这显然极大地鼓舞了口吃者。

在《老子》中有"大音希声"之说，王弼注说："听之不闻名曰希，不可得闻之音也。有声则有分，有分则不宫而商矣，分则不能统众。故有声者，非大音也。"① 无声则默，默则不闻，这正符合"大音希声"的说法。又口吃在古代被视为一种生理残疾，而老子强调守柔抱残，此种说法恰可为口吃者提供心理上的安慰。《老子》第四十五章云：

> 大成若缺，其用不弊；大盈若冲，其用不穷。大直若
> 屈，大巧若拙，大辩若讷。躁胜寒，静胜热。清静为天下正。

要为口吃正名，首先就必须接受口吃这一现实。《老子》中的这段话虽然没有直接谈口吃的问题，但它阐发了一个哲学上的道理，即最完满的事物都是有残缺和瑕疵的。口吃者由此可以建立一种认识，那就是口吃对于口吃者而言，就是"大成若缺""大盈若冲""大直若屈""大巧若拙""大辩若讷"。既然如此，则口吃者所需要做的，也就是清静自守。

尽管儒家和道家都没有具体的谈到口吃问题，但儒家"慎言重行"和道家"处柔守静"的思想却深刻影响了扬雄，成为他面对自身口吃问题的思想武器。在《法言·渊骞篇》中扬雄有"非正不视，非正不听，非正不言，非正不行"② 之语，正是对孔子"四勿"说的模拟。《君子篇》中说："君子不言，言必有中也；不行，行必有称也。"③ 这又是对儒家慎言慎行说的体认。在《孝至篇》中，扬雄说："群言之长，德言也；群言之宗，德行也。"④ 这显然是以德来衡量言、行的最高标准。因此，"不能剧谈"的扬雄，将内在道德的修养放在首位，虽不

---

① 王弼注，边家珍点校：《王弼道德经注》卷三，凤凰出版社，2017 年，第33 页。

② 扬雄撰，汪荣宝注疏，陈仲夫点校：《法言义疏》，中华书局，1987 年，第491 页。

③ 扬雄撰，汪荣宝注疏，陈仲夫点校：《法言义疏》，中华书局，1987 年，第496 页。

④ 扬雄撰，汪荣宝注疏，陈仲夫点校：《法言义疏》，中华书局，1987 年，第543 页。

能剧谈，泪如也。在《解嘲》中，扬雄历数范雎、蔡泽、刘敬、叔孙通等建立过事功的人物，对他们的行为表示不屑，并说"仆诚不能与此数公者并，故默然独守吾《太玄》"①。这种鄙视世俗功名，超脱于外，守静于内的行为，又显然是道家的作风。《太玄·增首》初一云："闻贞增默，外人不得。"测曰："闻贞增默，识内也。"叶子奇说："一在增初，闻正道，未以语人，益默以自守，外人不得而知也。若闻道而辄以语人，则道听涂说，德之弃也。"② 这恰说明在扬雄看来，默守是修养道德的重要方法。与之类似，《太玄·守首》次三云："无丧无得，往来默默。"测辞说："无丧无得，守厥故也。"注云："默而自守，故守其故也。"从中亦可看出扬雄对默守的重视。无论是慎言也好，默守也罢，在扬雄的自叙中，都成为他自我认同的重要标签。马克·皮特纳甚至说："扬雄描述了一个圣人的行为，而他的口吃加深了这种默守。"③ 而从思想渊源上来看，扬雄自圣的形象建构中，实际有两个圣人的影子，即孔子和老子。通过赋予口吃以道德属性，扬雄成功的消解了这一疾病所带来的负面影响，并将这一劣势转化为自我认同的标签。

此后的一些口吃者的传记，也往往借鉴扬雄自叙的这段文字，比如《晋书·成公绥传》云：

> 成公绥字子安，东郡白马人也。幼而聪敏，博涉经传。性寡欲，不营资产，家贫岁饥，常晏如也。少有俊才，词赋甚丽，闲默自守，不求闻达。④

成公绥也是口吃者，《文选》五臣注所引臧荣绪《晋书》就明确说

---

① 班固：《汉书》卷八十七《扬雄传》，中华书局，1962 年，第 3573 页。

② 扬雄撰，郑万耕校释：《太玄校释》，中华书局，2014 年，第 43 页。

③ Mark G. Pitner. "Stuttered Speech and Moral Intent: Disability and Elite Identity Construction in Early Imperial China." *Journal of the American Oriental Society*, Vol. 137, No. 4, 2017, pp. 713.

④ 房玄龄等：《晋书》卷九十二《成公绥列传》，中华书局，1974 年，第 2371 页。

成公绥"少有俊才而口吃"。我们将唐修《晋书》中的这段文字与扬雄的自叙对比，可以很明显地看出二者具有很高的相似性。再看其他有关口吃者的传记，也常有"口吃不能剧谈，默而好深湛之思"式的叙述，如崔公度"口吃不能剧谈，而内绝敏"，董羽"口吃不能疾谈……善绘龙水海鱼"①，任献夫"为人温厚醇稚，唉唉若不能言，而中抱渊实，立志甚远大，为文冲澹平易"② 等。尽管我们不能判定这些传记与扬雄自叙存在直接的借鉴关系，但推测这种模式化的叙述多少是受到了扬雄自叙的影响，应该是可以成立的。

宋代学者赵湘，可谓深知扬雄者。其所著《扬子三辨》中有《吃辨》一文，虽然是为扬雄口吃辩解，却也着实道出了扬雄的真实想法。其云：

> 或问曰：扬子吃不能剧谭乎？曰：吃亦吃矣，不可谓不能剧谭。曰：是吃也，恶能剧谭？曰：扬子于众人则吃，于圣人则能剧谭。噫，扬子之道，足以圣，足以贤，足以皇，足以王。刘歆知之，则曰空自苦如是。不知雄者众矣。雄当是时，似不言者，况谓之吃乎，宜也。圣人之道，当惧其吃道德、吃仁义、吃辞、吃志而已，不当惧吃众也。雄果吃道德，不当演《太玄》，吃仁义，不当作《法言》，吃辞、吃志，不当《反骚》《训纂》《州箴》而发焉如是也。不可谓之吃，则众人吃于道德仁义辞志也，雄吃于众人也。③

赵湘之意，扬雄的口吃，是与平庸之人交谈才会出现；若与圣人论仁义道德，则流利无比，根本不存在口吃的问题。显然，在赵湘这里，也赋予了口吃以道德属性。道取代言语流利程度，成为判定口吃与

---

① 吴任臣：《十国春秋》卷第三十一，中华书局，2010 年，第 455 页。
② 廖道南：《楚纪》卷四十一，明嘉靖二十五年何城李桂刻本。按，《（万历）湖广总志》卷五十一谓任献夫"吃口若不能言"，"吃口"即"口吃"也。
③ 赵湘：《南阳集》卷五，清武英殿聚珍版丛书本。

否的新标准。而赵湘将扬雄的口吃与"足以圣，足以贤，足以皇，足以王"，恰说明扬雄在自叙中的自我建构获得了后人的认可。

概言之，口吃本来是一种疾病，但司马迁将韩非、司马相如的口吃与善著书并论，使得口吃与个人才能发生联系。扬雄在此基础上，又吸收和借鉴了儒家慎言和道家守静的思想，将口吃与内在品德相联系。后人踵事增华，便逐渐形成了一种对口吃独特的、系统的解释。故从文化史的角度来看，这其实是口吃文人及其崇拜者共同建构起来的身份认同文化。在这一文化的建构过程中，扬雄无疑是用力最深、自觉意识最明显的一位。

# 余论

清人施闰章曾撰《吃赋》，文中玄晏先生倦而假寐，董仲舒、贾谊、刘向、马迁、扬雄、司马相如、班固、张衡、田骈、慎到等人入梦，诸贤相与论说骋辞，独司马相如和扬雄"矫首卷舌，褒如塞听"。玄晏先生便说："两先生独墨墨，岂不足君所耶？窃闻两先生口吃，沉默好著书，多博丽之辞。盍请为吃赋？"于是相如、子云相继操翰，其中扬雄有云：

> 子不见夫枋榆斥鷃，肆饮啄以从容。黄鹂百舌，独坐闭乎樊笼。信如簧之阶厉，哀尚口之必穷。惩邦家之倾覆，唯佞幸之是庸。吾固知百鸟之喷喷，不如孤凤之噰噰。且夫风假物以成籁，天垂象而无声。雷出蛰而偶震，水潭静而滩鸣。所积者深厚，所发者难名。试因謇而缓言，善藏其短。苟难辨而守嘿，用寡厥尤艰，寒暄于猝遇。或工入座之应酬，涩言辞于客座，或详奏对以如流。多言生垢，维口启羞。行将谢辩士、讨遗编，驰情象表，邈思物先。挥斥坚白，草吾《太玄》。千言波委，仪秦结气。单辞抉奥，羲孔比肩。俾言立而行远，冀书

成以有待。锵金石以写心，曾啸歌之不废。嗟韩、周之二美，犹逡巡于吾辈。彼窃笑而旁讥，埒虫声与鸟喙。愍郦生之何辜，横就烹于游说，又何美乎嚚夫之喋喋便给哉。①

这虽是施氏假扬雄之口作赋，却也在一定程度上道出了扬雄对自身口吃的态度。面对汉末是非不分、群言淆乱的世界，扬雄默然独守，将自己置身于遗编书海之中，以著述立业为乐，友仁义而模圣人。后人诗称"寂寞扬子云"，实际上，在扬雄的玄静世界中，他从未寂寞过。口吃虽然造成了他内向的性格，却也使他发现了读书的乐趣；虽然影响了他在事功上的表现，却也促使他潜心著述，不断探寻成圣之道。

必须说明的是，一个人的行为、选择，在大多数情况下都是多种因素共同作用的结果。因此，本文虽然指出了口吃对扬雄内向的性格，以及辞俸读书、三世不徙官、投阁、模拟写作、好奇字等"反常"的行为都有着直接或间接的影响，但并不是说在这些事情中口吃都是唯一的原因。只有多角度来考察扬雄及其作品，才能更好地丰富和深化我们的认识。我们这里所做的考察和推测，也只不过是这众多角度之一而已。

---

① 施闰章：《学余堂文集》卷一，《景印文渊阁四库全书》第 1313 册，台湾商务印书馆，第 12 页。

# 扬雄《琴清英》与《乐经》关系新探

□吴龙灿　卜菲①

扬雄（前53—18），字子云，蜀郡成都（今四川省成都市）人，西汉后期著名哲学家、文学家、语言学家，他在哲学、文学、语言学等诸多领域都有卓越的贡献，是中国古代少有的"百科全书式"的学者。扬雄先是以赋扬名，中年辍赋拟经，"实好古而乐道，其意欲求文章成名于后世，以为经莫大于《易》，故作《太玄》；传莫大于《论语》，作《法言》；史篇莫善于《仓颉》，作《训纂》；箴莫善于《虞箴》，作《州箴》；赋莫深于《离骚》，反而广之；辞莫丽于相如，作四赋：皆斟酌其本，相与放依而驰骋云"②。扬雄著作丰富，大多采用模拟经典的著述方式，学术思想独树一帜、自成体系。扬雄拟经而作《太玄》《法言》，又作《琴清英》等四篇乐学论著，在王莽奏立《乐经》博士时，扬雄所作《琴清英》等四篇乐学著作可能作为《乐经》传记之一被列入太学。《琴清英》继承先秦儒家礼乐教化、修身立德的《乐经》学思想，又叙述音乐典故，创发"悲美"音乐思想，传承与发展了《乐经》学传统，深刻影响后世乐学发展。

---

① 吴龙灿，温州大学人文学院教授，主要研究领域为中国哲学、历史文献学、伦理学、政治哲学。卜菲，温州大学人文学院2022级中国史专业硕士研究生。基金项目：四川省哲学社会科学重点研究基地项目"扬雄哲学研究"（18005）阶段性成果

② 班固：《汉书》卷八十七下《扬雄传》，上海古籍出版社，2003年，第2562页。

## 一、《琴清英》创作的乐学背景

（一）从无《乐》的五经博士到有《乐》的六经博士

汉代乐学的发展，与当时政治、学术背景密切相关。汉初百废待兴，遂承秦制，统治者更是根据现实需要，选择了"清静无为"的黄老之学作为政治指导思想，儒家经典和儒学教育在西汉朝建立后将近七十年中，未曾受到应有的重视。面对"黄老思想"带来的社会政治问题，汉武帝采纳董仲舒"天人三策"中的"表章六经，抑黜百家"建言，选择儒家经典作为政治意识形态依据，立五经博士和太学制度，《乐经》因文本缺失而未立。经学博士制度也产生了儒学经典章句化诠释的弊端，缺乏学术创新和思想活力，至西汉中后期，占据官学地位的今文经学，与民间传习的古文经学，逐渐演变为"经今古文之争"。后来主推古文经学的是刘歆与王莽，今文经学家纷纷指责刘歆悖逆圣人之道，伪造儒家经典以证王莽摄政合法性。除经今古文之争外，西汉后期更是弥漫着浓厚的神秘主义色彩，使得谶纬得以迅速发展。王莽篡汉更是大力提倡与伪造谶纬，利用纬书中的符命思想，为他篡汉提供神学依据。在此政治背景下，儒家学者也纷纷研学图谶、纬书，谶纬之学因此臻于极盛。

西汉末年，累积已久的政治矛盾、社会问题日趋严重，外戚王氏一门把持朝政，各种政治势力相互倾轧，党争不断，土地兼并愈演愈烈，加之连年灾荒，致使经济凋敝，民不聊生，阶级矛盾日益尖锐。王氏一族大多骄奢淫逸，唯独王莽谦恭自守，克勤克俭，雅好儒术，礼贤下士，并采取一系列措施安抚民众及百官：他捐献私产，救济贫民，以抚慰百姓，争取民心；大封宗室、功臣后裔，以赢得群臣支持；扩充京师太学，奏立《乐经》博士，定六经博士人数为每经五人，博士子弟增至一万多人，并于郡国县邑广置学校，以笼络学者；以外戚王氏一门为代表的政治势力，也编造谶语，宣扬"汉家历运中衰，当再受命"① 以蛊惑人心，为王莽篡汉大造舆论。

王莽新朝伊始，任用刘歆等古文经学家改易官制，为新莽王朝建立起完备的礼仪制度体系，如行郊祀，祭宗庙，定明堂，临辟雍，议《新乐》，建九庙等等。然而，王莽政府在礼乐复古道德文化背景之下进行的一系列制度，只是表面功夫，很多官员虽已建制，但并没有执行能力，所以并没有使礼乐制度得到真正的复兴。王莽改制，旨在缓和西汉末年日趋严重的社会矛盾，尽管他并未挽救当时的社会危机，甚至加速了西汉王朝的灭亡，但在学术方面，他仍促进了当时学术、教育的发展，尤其是增设《乐经》博士，对《乐经》学的复兴与推进乐学的发展有着重要影响。

（二）西汉乐府繁荣发展

《乐经》一书遭秦火之劫，内容几近亡佚，但乐学研究并未因秦火而中断。汉代乐学发展的重要标志是汉乐府的设立。乐府初设于秦，在汉初一度被废除，是战国至秦汉时期雅乐日渐衰微、民间俗乐逐渐发展的产物。汉武帝时，重建乐府，其职责是收集民间歌谣或文人墨客的诗文，并配以乐声，在朝廷祭祀或宴会时演奏。汉代民间音乐有了较大发展，较之先秦时期，内容、形式、风格等方面均有变化，乐府中也出现了相和歌、相和大曲和鼓吹乐等不同种类的体裁样式。② "在皇家乐府机关的直接控制下，'新声变曲''俗歌乐舞'成了新时代音乐的主导潮流。"③ 西汉时期重要的音乐文献，有董仲舒《春秋繁露》、刘安《淮南子》、司马迁《史记·乐书》、桓谭《新论·琴道篇》等。董仲舒的音乐思想主要体现在《春秋繁露》中，作为一名大儒，他强调音乐的教化作用、统治作用，所以音乐当由统治者依据政治需要而作。刘安对于音

---

① 班固：《汉书》卷十一《哀帝纪》，上海古籍出版社，2003 年，第 219 页。

② 参阅宋颖：《浅谈西汉音乐的发展与政治、经济的关系》，《沈阳航空工业学院学报》，2006 年第 6 期。

③ 刘崴：《论西汉早、中期的音乐文化转型》，《乐府新声（沈阳音乐学院学报）》，2014 年第 4 期。

乐的主要思想收在《淮南子》中，他将音乐之本归于民风，同情下层劳动人民，强调音乐要反映人民的真情实感。武帝时注重乐府的基础制度建设，乐府音乐的内容、形式和风格等方面均有了较大变革，使得这一时期成为乐府发展的鼎盛时期。

昭宣时期，随着经济等各方面的快速发展，乐府也进入了中兴时代。元帝时期，随着统治阶级日益腐败，宗庙、郊祀礼仪日渐奢侈，但元帝精通音律，擅长各种乐器演奏，执政期间"仁柔好儒"，善于纳谏，合理损减乐府、黄门、掖庭之员，从而使乐府得以良性发展。成帝为太子时就喜欢燕饮之乐，赵飞燕善歌舞伎乐，深得成帝恩宠，《汉书·元后传》载："太子壮大，宽博恭慎，语在《成纪》。其后幸酒，乐燕乐。"① 成帝即位后，雅乐日渐衰微，郑声兴盛一时，据《礼乐志》云："是时，郑声尤甚。黄门名倡丙强、景武之属富显于世，贵戚五侯定陵、富平外戚之家淫侈过度，至与人主争女乐。"② 可知，由于外戚专权，生活作风淫靡奢侈，倡人的社会地位显著提高，名倡之流甚至富显于世。经过成帝时期的发展，乐府成员冗杂，雅乐寥落，郑声尤甚，因此，哀帝即位后，丞相孔光、大司空何武奏曰："……秦倡员二十九人……楚四会员十七人，巴四会员十二人……齐四会员十九人，蔡讴员六人……或郑卫之声，皆可罢。"③ 哀帝遂下令罢黜各类乐府员。此时秦、楚、巴、齐、蔡等地的音乐皆称郑声，由此推测，"郑声"发展至西汉末年，已无地域限制，而是泛指一般的民间音乐。尽管"雅正郑淫"的音乐观念在汉代始终存在，但随着社会稳定、经济发展，物质财富的增加刺激了娱乐行业的发展，郑声新鲜活泼、热情奔放的特征，使之具有较大的娱乐性和群众性，得以在民间迅速流行。因此，汉哀帝罢黜宫廷乐府各类官员后，宫廷乐府虽然很快走向衰落，但乐府仍深受中下层贵族和普通民众的喜爱和欣赏，得以在民间不断发展。

① 班固：《汉书》卷九十八《元后传》，上海古籍出版社，2003年，第2891页。
② 班固：《汉书》卷二十二《礼乐志》，上海古籍出版社，2003年，第711页。
③ 班固：《汉书》卷二十二《礼乐志》，上海古籍出版社，2003年，第712页。

综上，西汉乐学的发展与时代背景息息相关。汉初，统治者重视民间俗乐，便积极提倡，改组乐府。从西汉建国至武帝时期，政局稳定，经济恢复，武帝时乐府发展至鼎盛时期。西汉中后期，乐府从不断发展到最后罢黜，也见证了西汉政治由盛转衰的过程。除政治因素外，儒家思想成为官方正统思想也对汉代乐学发展影响深远，儒家乐学思想影响着汉代社会生活的方方面面。汉武帝时期，设立五经博士，乐府发展也至鼎盛，但《乐经》博士却未能设立，直到西汉末年，王莽奏立《乐经》博士，与当时乐学发展背景息息相关。扬雄《琴清英》等四篇乐学论著，是汉代乐学不断发展的产物，扬雄模拟经典而作的《太玄》《法言》中包含着丰富的乐学思想，扬雄对乐学的研究，对于王莽立《乐经》博士也有一定影响。

## 二、《琴清英》与《乐经》的思想联系

### （一）《琴清英》乐学思想

《琴清英》是传世文献中第一部专门的琴学著作，标志着汉代古琴文化发展的新阶段。《琴清英》将琴曲的背景以故事的形式进行介绍，情节完整，并且加入虚构的成分，具有重要的音乐史学价值。受扬雄所处时代影响，《琴清英》并非仅仅是琴曲汇编，其中蕴含了扬雄个人对时代的看法、音乐观念，反映了当时士人的价值取向和审美观念。其中"夫妻偕隐"题材的滥觞、"双双化鸟"结尾的设置以及"主动性死亡"叙事等使其不仅成为研究琴史的重要资料，并且具有重要的文艺价值。[①] 扬雄作为西汉文学的集大成者，在当时悲情兴盛的时代风气之下，其所著《琴清英》自然也是充满了悲美意识，传递以悲为美的观念。其中保存下来的《子安之操》《雉朝飞》等，所涉及的故事很多就和悲相关。

---

① 参阅王娜：《〈琴清英〉的文学价值》，《中国文学研究》，2016 年第 4 期。

扬雄《琴清英》也有乐教思想，如《琴清英》"孙息为晋王弹琴"一则被认为改编自《韩非子》"师旷为晋平公鼓琴"和《说苑》"雍门周琴谏孟尝君"的典故。《韩非子》800 余字的描写中，既具有神异色彩，同时强调古琴的民众教化作用；《说苑》300 余字中虽然抛开了琴音灵异画面，但是也突出了政治教化作用，扬雄却只用 107 字描写琴音背后的故事，表达了"琴音致悲"，完全没有神异色彩，也不见说教的影子。《琴清英》第五则描写的是一对夫妻："祝牧与妻偕隐，作琴歌云：'天下有道，我黼子佩。天下无道，我负子戴。'"① 这十六字夫妻偕隐琴歌，表达的是一种理想的夫妻生活模式，也是扬雄自己对生命与生活的思考。

扬雄《琴清英》对于音乐美学思想也有涉及。《琴清英》以故事的形式介绍琴曲的背景，故事中人物塑造丰满，各有特色，具备小说的某些因素，具有一定的文学价值。当然，更多的还是其中蕴含的音乐美学思想，《琴清英》云："尹吉甫子伯奇至孝……扬声悲歌，船人闻而学之。"② 此中所记伯奇十分孝顺，但是遭到后母苛待，于是他投江，念及亲人，心中不舍，悲从中来，唱起悲歌，悲歌中的情感和遭遇引得人们怜悯，为其伤悲，不禁跟着唱起来。人们聆听悲歌，并能随声吟唱，说明悲歌并未被人们排斥和反感，悲美的乐声也能被人们认同和欣赏。

除《琴清英》等乐学专著以外，扬雄乐学思想也散见于《太玄》《法言》等其他著作中。《太玄·太玄数》："其在声也，宫为君，徵为事，商为相，角为民，羽为物。……声以情质，律以和声，声律相协，而八音生。"③ 可见，扬雄将五声与人事相比附，宫声比于君主，徵声比于政事，商声比于丞相，角声比于民众，羽声比于器物；声音用来端正人之性情，节律用来调配清浊之声，声音和节律相和谐，就能够产

① 扬雄著，张震泽校注：《扬雄集校注》，上海古籍出版社，1993 年，第 234 页。

② 扬雄著，张震泽校注：《扬雄集校注》，上海古籍出版社，1993 年，第 233 页。

③ 扬雄著，郑万耕校释：《太玄校释》，中华书局，2014 年，第 290 页。

生金、石、丝、竹、匏、土、革、木等八种乐器的声音。

《法言·问道》载："圣人之治天下也，碍诸以礼乐。无则禽，异则貉。吾见诸子之小礼乐也，不见圣人之小礼乐也。"① 扬雄认为圣人在治理天下之时，乃是以礼乐来规范人们的行为举止，防止人们为恶。那么没有礼乐的地方便是禽兽活动的地方，与中国礼乐不相同的地方，便是蛮夷生活的区域。圣人不会蔑视礼乐，但是儒家之外的先秦诸子才会蔑视礼乐。

综上所述，扬雄乐学思想彰显了他尊圣崇经、维护圣道的学术宗旨，也体现出治世安民、教化百姓的乐教思想，延续了儒家传统乐学思想的教化价值。

(二)《琴清英》与《乐经》的思想关联

《乐经》本是儒家经典之一，不仅包含了丰富的古代乐理知识和音乐思想，也凝结了古代圣王的政治智慧和治世经验。《乐经》遭秦火之劫后，原先的文本内容已然亡佚，但《乐经》在先秦时期已是诸子百家共同尊奉的经典，《乐经》所包含的思想也深刻影响了先秦儒家的乐学思想。我们可以从《论语》《乐记》《乐论》等先秦儒家文献中，提炼、分析出先秦儒家的乐学思想，阐述《乐经》思想内容之梗概，进而分析扬雄《琴清英》等乐学著述与《乐经》的思想关联。

孔子重视"乐"的教化功能，关注礼乐文化的内核，即仁义道德。在春秋时期礼崩乐坏的时代背景下，孔子主张"兴于诗，立于礼，成于乐"②，以传统儒家所推崇的"诗书礼乐"教化万民，培养民众良好的道德修养，使其恪守礼仪，言谈举止合乎礼节，最终达到礼乐教化下"乐"的境界。

"乐"不仅对个人道德修养有着重要的教化功能，在治国理政、移风易俗方面，也发挥着重要的政治功能。《荀子·乐论》云：

---

① 汪荣宝撰，陈仲夫点校：《法言义疏》，中华书局，1997 年，第 122 页。
② 杨伯峻：《论语译注》，中华书局，2019 年，第 114 页。

夫乐者，乐也，人情之所必不免也。故人不能无乐；乐则必发于声音，形于动静；而人之道，声音、动静、性术之变，尽是矣。故人不能不乐，乐则不能无形，形而不为道，则不能无乱。先王恶其乱也，故制《雅》《颂》之声以道之，使其声足以乐而不流，使其文足以辨而不諰，使其曲直、繁省、廉肉、节奏，足以感动人之善心，使夫邪污之气无由得接焉。是先王立乐之方也。①

可知，荀子认为音乐具有表达喜悦、欢乐之情的作用，在人的情感中是不可或缺的。喜悦、欢乐之情的表达需要引导和规范，一旦引导不善，则将导致人心懈怠涣散，社会动荡不安，因此，古代圣王创作《雅》《颂》这些音乐来进行引导，使人的情感欢愉而不流于淫乱，使道理得以阐明却不流于诡辩，音韵乐律的婉转或悠扬、繁杂或简明、清泠或敦厚、缓慢或轻快，均足以感动人的善心，使得邪秽污浊的风气无法影响民众，这便是古代圣王作"乐"的原则。

《礼记·乐记》有云："乐者，天地之和也；礼者，天地之序也。和，故百物皆化；序，故群物皆别。"② 天地处于和谐状态，万物得以化育；天地运行井然有序，万物各安其分，不相紊乱。因此，"大乐与天地同和，大礼与天地同节"③。可知，《乐记》所倡导的"乐"，不仅是教化万民、治国理政的纲纪、制度，更是天地万物的秩序和法则。

扬雄研治经典，旨在恢宏儒学，尊圣崇经，自然也对乐学思想有所阐发。他所著的《琴清英》等乐学著作，其中所阐论的乐学思想，也可能来源于《乐经》，以及先秦至西汉时期不断发展的乐学思想。

《太玄》中蕴含着扬雄所继承的一些儒家音乐观点。传统儒家意义上，音乐美的标准是根据政治、社会、道德等各方面综合作用所制定

---

① 荀况著，杨倞注，耿芸标校：《荀子·乐论》，上海古籍出版社，2014年，第249页。

② 杨天宇译注：《礼记译注》，上海古籍出版社，2016年，第592页。

③ 杨天宇译注：《礼记译注》，上海古籍出版社，2016年，第590页。

的，比如《论语·八佾》记载："子谓《韶》：'尽美矣，又尽善也。'谓《武》：'尽美矣，未尽善也。'"① 由此可见孔子在评判音乐的时候不仅要求音乐要美，更要有善；扬雄除了将自己在美学中美丑的见解运用于音乐中，同时将自己美学思想中的"和"也在音乐中一以贯之。《法言》中，扬雄分析雅乐与郑声，认为君子应听雅正之乐；他将礼与乐结合，阐述其教化民众、区分尊卑贵贱和维护统治者地位的社会功用，并提出让民众顺从统治者意愿的方法并不是"涂民耳目"，而是让民众接收礼乐的教育，并在《问神》中强调保存礼乐的重要性。

扬雄的乐学著作本有四篇，除《琴清英》外，其余三篇均已亡佚，故《琴清英》是仅存的扬雄乐学代表著作。《琴清英》所蕴含的乐学思想，源于《乐经》，与先秦至汉代的乐学思想一脉相承。如《琴清英》有云：

> 昔者神农造琴，以定神，禁淫僻，去邪欲，反其真者也。
> 舜弹五弦之琴而天下治，尧加二弦，以合君臣之恩也。②

昔日，神农氏创造古琴，以助世人安定心神，去除邪祟，使民众重返天真、纯良的天性。舜弹奏五弦之琴以教化万民，使得天下大治，尧在五弦之琴的基础上再加两弦，形成七弦之琴，以昭明君臣之恩。因此，扬雄认为琴音具有禁人邪欲，规正人心，反其天真的教化功能，是使人心回归到正途、天真的音乐。《琴清英》作为扬雄音乐思想的体现，其中自然有儒家传统音乐思想的存在，蕴含了教化民众的思想。

扬雄所作的《琴清英》不仅继承了儒家传统音乐思想的内容，将琴音视为禁绝邪欲、扶正人心的雅正之乐，强调礼乐的教化作用，并提出保存礼乐的重要性，又受当时的新型社会思潮和学术风尚影响，既倡导悦耳动听的音乐，又传递"以悲为美"的观念，并反对放纵邪恶的音

---

① 杨伯峻：《论语译注》，中华书局，2019年，第46页。
② 扬雄著，张震泽校注：《扬雄集校注》，上海古籍出版社，1993年，第233页。

乐，主张君子应当聆听"雅乐"。可知，扬雄《琴清英》所传达的乐学思想继承了传统儒家音乐思想，即《乐经》所包含的养成君子、移风易俗、教化民众思想，可谓与《乐经》思想一脉相承，对汉代乐学以及后世乐学的发展，有着重要影响。

## 三、《琴清英》与《乐经》关系辩证

### （一）先秦到西汉《乐经》文献变迁考述

据《左传》等典籍记载，《乐经》保存了乐章、乐理、音律等诸多内容。包括前代乐章，如舜之《韶乐》、禹之《大夏》、商之《韶濩》《桑林》、周之《象箾》《南籥》《大武》；乐官用于聘享场合的音乐及篇章；古代乐章的演奏、歌唱及乐器使用方法，以及古代的音律、乐调等。不过《乐经》已经亡佚，很难再窥全貌。《乐经》是孔子搜集、整理古代音乐文献，结合西周礼乐制度以及乐教内容修订而成。根据出土编钟、编磬上的铭文所记载的内容，再加上对各种文献的仔细研读，可以推测出《乐经》的大体成书时间为公元前 613 年至公元前 479 年①。不过《乐经》成书后并未得到很好的保存，因种种原因已经佚失，其中与秦始皇焚书坑儒有莫大的关系。

除此之外，由于《乐经》所记音乐形式，是贵族在祭祀或者国家大事中才会得到运用，一般儒生或普通人无缘得见，这也使得《乐经》失去了群众基础；再者，周平王迁都之后礼崩乐坏，奴隶社会向封建社会转型，社会各方面迅速发展，使得人们追求郑卫之声的新颖、宣泄、不囿于伦理教化，更看重歌词的意义。这些都导致了《乐经》的丢失。上古三王必以礼乐教化世子，至西周时，教授内容大大增加，逐渐形成体系。孔子正乐之后使《乐经》得以整理存世，在战国时期便已成为诸子百家共同尊奉的经典，只是雅乐衰微，后又遭秦火，《乐经》命途多

---

① 田君：《〈乐经〉年代学研究》，《南京艺术学院学报（音乐与表演版）》，2013 年第 3 期。

舜，但《乐经》所蕴含和传递的乐学思想却得以传承和延续。至王莽奏请立《乐经》博士，《乐经》文本必然也被重新整理确立。

在东汉时期，蔡邕等人向汉灵帝奏请校正六经，刊刻于石。之后在蔡邕的主持下，六经今文儒学被刊刻于石，立于京畿洛阳的太学门外，世称"熹平石经"。有学者认为熹平石经可以证明此时《乐经》是以儒家经典的身份被刊刻的，而且还有很多学者云集洛阳观看抄写。《乐经》真正亡佚的时间应是汉献帝时期董卓焚烧洛阳宫室之后。也有学者认为熹平石经中所说的六经是否是手抄之物，抑或是此六经中是否包含《乐经》都是值得商榷的。

对于《乐经》亡佚问题，很多学者认为《乐经》的主体部分仍然存在，不过并非以原始《乐经》完整地存在。① 《汉书·艺文志·六艺略》"乐"小序记载："魏文侯最为好古，孝文时，得其乐人窦公，献其书，乃《周官·大宗伯》之《大司乐》章也。"② 可知汉文帝时期得到窦公后人献书《大司乐》。明朱载堉说："汉时窦公献《古乐经》，其文与《大司乐》同。然则《乐经》未尝亡也。"③ 明柯尚迁也说："言礼必及乐，乐依乎礼者也。古之《乐经》存于大司乐，其五声六律八音，大师以下备详其制。而六列三宫之歌奏，则六代之乐咸备焉。"④ 清李光地也有同样的看法，他说："《汉书》文帝时得魏文侯乐工窦公，年一百八十岁，出其本经一篇，即今《周官·大司乐》章，则知此篇乃《古乐经》也。"⑤ 可见三人均认为汉文帝得到的《大司乐》与《乐经》关系甚密，或是《乐经》原文，或是认为《乐经》存于《大司乐》。也有学

① 王齐洲：《〈乐经〉探秘》，《江西师范大学学报（哲学社会科学版）》，2019 年第 1 期。

② 班固：《汉书》卷三十《艺文志》，上海古籍出版社，2003 年，第 1182 页。

③ 朱载堉：《乐律全书》，《文渊阁四库全书》，上海古籍出版社，1987 年，第 213，214 册，第 1 页。

④ 柯尚迁：《周礼全经释原》，《文渊阁四库全书》，上海古籍出版社，1987 年，第 96 册，第 504 页。

⑤ 李光地：《古乐经传》，《文渊阁四库全书》，上海古籍出版社，1987 年，第 270 册，第 2 页。

者认为《乐经》是《礼记·乐记》，明丘濬云："所谓六经者，《易》《书》《诗》《春秋》《礼》《乐》也，今世《乐经》不全，惟见于《戴记》中之《乐记》。"① 可见，丘濬认为六经之中《乐经》不全，只能从《礼记》中得见，就是说现存《礼记·乐记》是《乐经》的一部分。明何乔新说："乐书虽亡，而杂出于二《礼》者犹可核也。《乐记》一篇，可以为《乐经》。"②

### （二）《琴清英》与王莽奏立《乐经》文本的关系考辨

对于王莽奏立《乐经》的文本问题，不少学者已有精辟论述。王齐洲认为，王莽奏立《乐经》的文本，既要适合其推行新政所需的儒学教育经典，又要符合王莽儒者出身、礼学造诣深厚的身份地位，这样的文本只有《周礼·大司乐》符合条件③。田君考证古代《乐》论，对三源十派的说法逐一予以评述，认为"古之《乐经》存于《大司乐》"为"深造有得之论也"④。余作胜认为，古《乐经》散亡之后，王莽所立《乐经》为后人补拟之作，并将王莽所立《乐经》称为"元始《乐经》"，并认为元始《乐经》为阳成衡《乐经》⑤。此外，陆侃如提出："（元始四年）扬雄作《琴清英》等篇，王莽据以立《乐经》。"⑥ 可知，陆先生认为扬雄所作《琴清英》等乐学著作，是王莽所立《乐经》的文本来源。

对于上述观点，尽管仍有部分学者存有疑义，但不可否认以上观点均有可得之处，因此，笔者认为王莽所立《乐经》的文本来源有二：一是由窦公后人所献《大司乐》，二是阳成衡所作《乐经》。至于扬雄所著

---

① 丘濬：《大学衍义补》，《文渊阁四库全书》，上海古籍出版社，1987 年，第 712 册，第 464—465 页。
② 何乔新：《椒邱文集》，《文渊阁四库全书》，上海古籍出版社，1987 年，第 112 册，第 11 页。
③ 参阅王齐洲：《王莽奏立〈乐经〉管窥》，《中山大学学报（社会科学版）》，2022 年第 1 期。
④ 参阅田君：《历代〈乐经〉论说流派考》，《中国音乐学》，2010 年第 4 期。
⑤ 参阅余作胜：《元始〈乐经〉考》，《音乐研究》，2013 年第 2 期。
⑥ 陆侃如：《中古文学系年》，人民文学出版社，1985 年，第 29 页。

《琴清英》等乐学著作，则很可能作为《乐经》传记，一并列入太学。

关于《琴清英》等四篇乐学论著被立为传记的推测，除了前文提到的《乐经》发展背景、扬雄乐学论述与《乐经》精神的关联性之外，还可以从扬雄的拟经体例，以及王莽对扬雄的赏识两个方面得以加强。

其一，扬雄首创拟经体例，以模拟经典的方式，创作了《太玄》《法言》等诸多论著。《琴清英》等四篇乐学著述作于汉平帝元始四年，《汉书》记载，是年王莽"立乐经"，又载"扬雄所序三十八篇……《太玄》十九、《法言》十三、《乐》四、《箴》二"①。虽然《汉书》中没有直接记载王莽是否据此立乐经，但扬雄素以拟经体例进行著述，适逢王莽奏立《乐经》博士，《乐经》文本也得以确立，因此，可推测《琴清英》等四篇乐学著作是模拟当时确立的《乐经》文本所作。而《琴清英》未有关于礼、律、声等乐学理论和礼乐制度的论述，或许正是因为扬雄将相关内容写入其余三篇乐学著作，在《乐经》博士确立后，这四篇乐学论著以传记被列入太学。在王莽新朝覆灭后，三篇乐学著作及王莽新立的《乐经》文本均遭亡佚，不复得见。

其二，王莽与扬雄曾为同僚，王莽深知扬雄才学高超，德行兼备，对扬雄著作也颇为重视。

《汉书·扬雄传赞》曰："初，雄年四十余，自蜀来至京师，大司马车骑将军王音奇其文雅，召以为门下史，荐雄待诏，岁余，奏《羽猎赋》，除为郎，给事黄门，与王莽、刘歆并。"②可知，扬雄从蜀地来到京师，大司马车骑将军王音欣赏他的学识，将其召为门人，并推荐其做官。之后扬雄奏《羽猎赋》，在黄门任职，与王莽、刘歆为同僚，于是扬雄与王莽的交情便开始建立，王莽对扬雄的才华与德行十分欣赏。

王莽为太傅、号安汉公之后，就开始追迹周公"制礼作乐"。对于王莽来说，将《乐经》单立为博士，是他进行政治思想建设和文化教育

---

① 班固：《汉书》卷三十《艺文志》，上海古籍出版社，2003 年，第 1192 页。
② 班固：《汉书》卷八十七下《扬雄传》，上海古籍出版社，2003 年，第 2562 页。

改革的必要一环。王莽"奏起明堂、辟雍、灵台，为学者筑舍万区，作市、常满仓，制度甚盛。立《乐经》，益博士员，经各五人。征天下通一艺教授十一人以上，及有逸《礼》、古《书》《毛诗》《周官》《尔雅》、天文、图谶、钟律、月令、兵法、《史篇》文字，通知其意者，皆诣公车。网罗天下异能之士，至者前后千数"①，可知王莽为学者"筑舍万区"，请立《乐经》为博士，网罗天下能人异士，都是为了得到知识分子的支持，以减小其进行思想文化建设和制度创新时的阻力。同时王莽深知"达于礼而不达于乐，谓之素；达于乐而不达于礼，谓之偏"②，礼乐需相须为用，不能偏废，只能将二者结合，才能实现他的政治目的。

王莽对扬雄的学术成就颇为重视，《论衡·对作》篇记载"阳成子张作《乐》，杨子云造《玄》，二经发于台下，读于阙掖"③，阳成衡《乐经》和扬雄《太玄》均读于"阙掖"，"阙掖"指宫廷，可知，阳成衡所著《乐经》、扬雄所作《太玄》得以在宫廷之中进行讲读，说明两人学术地位的尊崇，以及王莽对两人学术成就的肯定与赏识。

《汉书·元后传》曰："莽诏大夫扬雄作诔。"④ 王莽让扬雄作诔文，足见王莽对扬雄文采之欣赏、器重。对于扬雄投阁事件，王莽表示"雄素不与事，何故在此"⑤，可知，在王莽心中扬雄是"好古而乐道，其欲求文章成名于后世"⑥ 之人，本就不会参与结党营私之事，可见王莽对于扬雄德行的赞许。王莽儒者出身，礼学造诣深厚，又有"制礼作乐"追迹周公的理想抱负，所以一般的作品不会引起他的注意。王莽尊崇儒家经典，恢宏圣人之道的理想抱负与扬雄一贯秉承的学术宗旨

---

① 班固：《汉书》卷六十九上《王莽传》，上海古籍出版社，2003 年，第 2931 页。
② 杨朝明、宋立林：《孔子家语通解》，齐鲁书社，2009 年，第 320 页
③ 黄晖：《论衡校释》，中华书局，2017 年，第 1373 页。
④ 班固：《汉书·元后传》，上海古籍出版社，2003 年，第 2906 页。
⑤ 班固：《汉书·扬雄传》，上海古籍出版社，2003 年，第 2563 页。
⑥ 班固：《汉书·扬雄传》，上海古籍出版社，2003 年，第 2562 页。

一致，再加上对扬雄的赏识和《琴清英》本身具有的乐学价值，可推测出扬雄所著《琴清英》等乐学著作，被采纳为当时《乐经》传记文本来源之一。

# 结语

两汉之际，《乐经》曾被立为博士，《乐经》学研究也一度辉煌。扬雄在乐学著作及文赋、《太玄》《法言》等著作中的乐学论述，传承儒家传统的音乐思想，追求"雅乐"，认为君子当听雅乐；重视礼乐的教导作用，认为雅正之音引人向善，引人向正；倡导统治者应顺应上天，对民众施以儒家礼乐教化，而非"涂民耳目"。同时，为生活的种种经历所感，扬雄对于儒家传统的音乐思想也有所突破，认为评判音乐的标准，在于音乐本身是否悦耳动听，而非其他外因；另外扬雄提出"以悲为美"，借助"悲乐"宣泄心中苦闷。扬雄所著《琴清英》等乐学著作，由于它们本就与传统儒家音乐思想一脉相承，具有养成君子、移风易俗、教化万民的教化价值。扬雄与西汉末期《乐经》奏立同时所作的《琴清英》等乐学著作，很可能被采纳为《乐经》传记文本的来源之一被列入太学，对《乐经》学与后世乐学思想的发展有着重要贡献和深远影响。

# 文辞相副与视听融合

——扬雄辞赋的纪实性书写

□牟歆①

在汉代辞赋创作上，左思曾批评说：

> 相如赋《上林》而引卢橘夏熟，杨雄赋《甘泉》而陈玉树青葱，班固赋《西都》而叹以出比目，张衡赋《西京》而述以游海若。假称珍怪，以为润色，若斯之类，匪啻于兹。②

可见与司马相如等人一样，扬雄的赋作也被视为充盈着虚辞滥说之作。但是人们对扬雄辞赋也还有不同的看法："自《离骚》直到汉赋的凭虚夸饰在扬雄这位'学者型文人'这里出现了征实的转向"，并认为这种转向是由于"扬雄反思相如和自己的赋作虚夸而失讽喻，即以观念的自觉导致创作的征实倾向"③。不过，这种征实化倾向是怎样具体地表现在扬雄的辞赋中？除了对以往作品的反思之外，还有没有其他因素对此产生了影响？这些仍是可以讨论研究的问题。

---

① 牟歆，四川师范大学文学院讲师，研究方向为中国古代文学。
② 萧统编，李善注：《文选》，中华书局，1977年，第74页。
③ 易闻晓：《论扬雄与汉大赋的转向》，《复旦学报（社会科学版）》，2018年第6期。

## 一、内容题材的征实

扬雄以前的诸家辞赋基本都建构在一种凭虚的想象之上，如司马相如《天子游猎赋》就是假借子虚、乌有和无是公三人之口分别敷衍诸侯游猎与天子游猎之事。首先，赋中人物就是虚构的。其次，我们并不否认司马相如曾见到甚至参与过汉朝皇帝的游猎，也不认为赋中所写见闻全都是虚构和想象，但毕竟司马相如并没有在赋中交代一个明确的所指或者某次真实可考的游猎活动。通过对《天子游猎赋》进行分析，我们还可以发现，其中的人物、宫观、物产等并不都出于一时一地，但却被司马相如以"苞括宇宙，总览人物"① 的赋家之心融汇在了一篇赋作之中。虽然所写都是真实存在或发生过的事实，但却含混了空间和时间，因此他的征实性是一种艺术性的杂糅过的真实，并不是针对某一个具体的特定事件而作。

而扬雄的赋作则截然不同，它是一种纪实性的征实。所谓纪实性，就是指扬雄的赋作除了所写山川名物可以考实而外，其辞赋本身就是对真实历史事件的记录，具体交代作品内容的时间、地点、人物和事件。这又以《甘泉》《河东》《羽猎》《长杨》四赋为代表，此四赋"最大的特点就是述行纪实……虽然都有大量夸张描写，但都是真实的描述，有准确的时间、地点、人物、事件的经过"②。我们可以从四赋的赋序、赋文以及史传的相关记载得到印证。

先看《甘泉赋》，《汉书·扬雄传》说明了其创作缘由：

> 孝成帝时，客有荐雄文似相如者，上方郊祠甘泉泰畤、汾阴后土，以求继嗣，召雄待诏承明之庭。正月，从上甘泉，还奏《甘泉赋》以风。③

① 葛洪：《西京杂记》，《四部丛刊初编》，上海书店，1989 年，第 4 页。
② 熊良智：《〈汉志·诗赋略〉分类义例新论》，《中州学刊》，2002 年第 3 期。
③ 班固：《汉书》卷八十七《扬雄传》，中华书局，1962 年，第 3522 页。

萧统编纂《文选》时将此段全文摘录，作为《甘泉赋》之序文。然而此乃史传之文甚明，《文选》收录扬雄《羽猎》《长杨》二赋时与此类似，均误将《扬雄传》之内容用作赋序。通过这则记载我们可以知道，《甘泉赋》就是为汉成帝"方郊祠甘泉泰畤、汾阴后土，以求继嗣"之事而作。

因此《甘泉赋》在一开头就说：

> 惟汉十世，将郊上玄，定泰畤，雍神休，尊明号，同符三皇，录功五帝，恤胤锡羡，拓迹开统。①

"惟汉十世"，自汉高祖以下至于汉成帝，恰好十世，则其实指成帝郊祠甘泉泰畤之事无疑。又颜师古注《汉书》引应劭曰："恤，忧也。胤，续也。锡，与也。羡，饶也。拓，广也。时成帝忧无继嗣，故修祠泰畤、后土，言神明饶与福祥，广迹而开统也。"② 据《汉书·成帝纪》可知，汉成帝曾于永始四年（前13）、元延二年（前11）和元延四年（前9）三次郊祠甘泉，而我们认为扬雄《甘泉赋》所记乃永始四年之事，因为"这里所说的'方郊祠甘泉'是关键，也就是指的第一次郊祠甘泉的时间，而这正是永始四年"③。

《汉书·成帝纪》载："（建始元年）十二月，作长安南北郊，罢甘泉、汾阴祠。"④ 又："（永始三年）冬十月庚辰，皇太后诏有司复甘泉泰畤、汾阴后土、雍五畤、陈仓陈宝祠。语在《郊祀志》。"⑤ 又："（永始）四年春正月，行幸甘泉，郊泰畤，神光降集紫殿。"⑥ 可知汉成帝在初即位时就罢除了甘泉泰畤的祭祀，直到永始三年（前14）在皇太后

---

① 班固：《汉书》卷八十七《扬雄传》，中华书局，1962年，第3523页。
② 班固：《汉书》卷八十七《扬雄传》，中华书局，1962年，第3523页。
③ 熊良智：《扬雄"四赋"时年考》，《四川师范大学学报（社会科学版）》，2005年第3期。
④ 班固：《汉书》卷十《成帝纪》，中华书局，1962年，第304页。
⑤ 班固：《汉书》卷十《成帝纪》，中华书局，1962年，第323页。
⑥ 班固：《汉书》卷十《成帝纪》，中华书局，1962年，第324页。

的干预下才重新恢复了甘泉泰畤、汾阴后土等郊祠，并于翌年正月便行幸甘泉举行祭祀活动。《汉书·郊祀志》亦云："后上以无继嗣故，令皇太后诏有司曰：'……其复甘泉泰畤，汾阴后土如故，及雍五畤、陈宝祠在陈仓者。'天子复亲郊礼如前。"① 这均与《扬雄传》所载"上方郊祠甘泉泰畤、汾阴后土，以求继嗣"以及《甘泉赋》所言"恤胤锡羡，拓迹开统"完全相合。故而这就是对成帝郊祠求子的真实记录。

其次，从《甘泉赋》的内容来看，也表现出了对汉成帝这次郊祠甘泉过程的完整描绘。《甘泉赋》全文约一千三百多字，大致可以分为六个部分：起"惟汉十世"迄"拓迹开统"交代了郊祠甘泉的缘起；自"于是乃命群僚"② 至"驰闾阖而入凌兢"描述了皇帝巡行甘泉之前的准备工作和车架銮舆之盛；由"是时未轃夫甘泉也"到"犹仿佛其若梦"抒写的是行幸甘泉途中的所见所闻和山水宫观的胜景；从"于是事物变化"到"瑞穰穰兮委如山"记叙了汉成帝祭祀甘泉泰畤时的场景；"于是事毕功弘"至"于胥德兮丽万世"表现的则是郊祠结束后的画面；而最后"乱曰"部分更是点明"子子孙孙，长亡极兮"的祭祀宗旨。因此，从缘起到准备，到途中见闻，再到祭祀现场、祭祀效果以及祭祀宗旨，扬雄将汉成帝郊祠甘泉这一历史事件叙述得非常详细和完备。虽然其中不乏"玉树青葱""玉女虑妃"等夸张修饰的成分，但这些夸张和修饰都是对描绘真实所见的现实场景所作的艺术渲染，无非是想表现整个郊祀活动的隆重盛况。尤其赋中"屏玉女，却虑妃"乃是针对"又是时赵昭仪方大幸，每上甘泉，常法从，在属车间豹尾中"③ 之事，实有所讽喻。

再看《河东赋》。《汉书·扬雄传》曰：

> 其三月，将祭后土，上乃帅群臣横大河，凑汾阴。既

---

① 班固：《汉书》卷二十五《郊祀志》，中华书局，1962 年，第 1259 页。
② 本段所引《甘泉赋》原文均出自班固：《汉书》卷八十七《扬雄传》，中华书局，1962 年，第 3523—3534 页。
③ 班固：《汉书》卷八十七《扬雄传》，中华书局，1962 年，第 3535 页。

祭，行游介山，回安邑，顾龙门，览盐池，登历观，陟西岳以
望八荒，迹殷周之虚，眇然以思唐虞之风。雄以为临川羡鱼不
如归而结罔，还，上《河东赋》以劝。①

所谓"其三月"，乃是承《汉书·扬雄传》所云永始四年正月行幸
甘泉而言。这与《汉书·成帝纪》所载"（永始四年）三月，行幸河
东，祠后土"② 相合。《河东赋》中所谓"伊年暮春，将瘗后土，礼灵
祇，谒汾阴于东郊，因兹以勒崇垂鸿，发祥隤祉，钦若神明者，盛哉铄
乎"③，也是对汉成帝此次祭祀后土于汾阴的实录。

值得注意的是，《河东赋》不仅如《甘泉赋》一样，记录了皇帝的
车驾仪仗和祭祀过程，还对祭祀之后行游的路线有一个清晰的描述。
《河东赋》云：

> 于是灵舆安步，周流容与，以览虖介山。嗟文公而愍推
> 兮，勤大禹于龙门，洒沉菑于豁渎兮，播九河于东濒。登历观
> 而遥望兮，聊浮游以经营。乐往昔之遗风兮，喜虞氏之所耕。
> 瞰帝唐之嵩高兮，眽隆周之大宁。汩低回而不能去兮，行睨陔
> 下与彭城。涉南巢之坎坷兮，易豳岐之夷平。乘翠龙而超河
> 兮，陟西岳之峣崝。④

这里记录了汉成帝郊祠后土之后，行游介山、龙门，历观西岳等
地，追怀殷周旧事，思慕唐虞之风的情景，与史传所载完全契合。可见
扬雄已经不仅仅是以真实历史事件为题材，而且还是以辞赋为载体，对
该历史事件进行实录和再现。

《羽猎赋》与《长杨赋》都描写了皇家的游猎活动，但具体所指又
有不同。据《汉书·扬雄传》载：

---

① 班固：《汉书》卷八十七《扬雄传》，中华书局，1962 年，第 3535 页。
② 班固：《汉书》卷十《成帝纪》，中华书局，1962 年，第 3522 页。
③ 班固：《汉书》卷八十七《扬雄传》，中华书局，1962 年，第 3536 页。
④ 班固：《汉书》卷八十七《扬雄传》，中华书局，1962 年，第 3538 页。

其年十二月羽猎，雄从。以为昔在二帝三王，宫馆台榭沼池苑囿林麓薮泽财足以奉郊庙，御宾客，充庖厨而已，不夺百姓膏腴谷土桑柘之地。女有余布，男有余粟，国家殷富，上下交足，故甘露零其庭，醴泉流其唐，凤凰巢其树，黄龙游其沼，麒麟臻其囿，神爵栖其林。昔者禹任益稷而上下和，草木茂；成汤好田而天下用足；文王囿百里，民以为尚小；齐宣王囿四十里，民以为大：裕民之与夺民也。武帝广开上林，南至宜春、鼎胡、御宿、昆吾，旁南山而西，至长杨、五柞，北绕黄山，濒渭而东，周袤数百里。穿昆明池象滇河，营建章、凤阙、神明、驭娑、渐台、泰液象海水周流方丈、瀛洲、蓬莱。游观侈靡，穷妙极丽。虽颇割其三垂以赡齐民，然至羽猎田车戎马器械储偫禁御所营，尚泰奢丽夸诩，非尧、舜、成汤、文王三驱之意也。又恐后世复修前好，不折中以泉台，故聊因《校猎赋》以风。①

"其年十二月"亦是承《扬雄传》述永始四年之事而来，这就表明了《羽猎赋》所写乃是永始四年十二月成帝校猎之事。故而赋中有"于是玄冬季月，天地隆烈，万物权舆于内，徂落于外，帝将惟田于灵之囿，开北垠，受不周之制，以终始颛顼、玄冥之统"② 之语。

《汉书·扬雄传》又云：

明年，上将大夸胡人以多禽兽，秋，命右扶风发民入南山，西自褒斜，东至弘农，南驱汉中，张罗罔罝罘，捕熊罴豪猪虎豹猿狖狐菟麋鹿，载以槛车，输长杨射熊馆。以罔为周阹，纵禽兽其中，令胡人手搏之，自取其获，上亲临观焉。是时，农民不得收敛。雄从至射熊馆，还，上《长杨赋》，聊因

---

① 班固：《汉书》卷八十七《扬雄传》，中华书局，1962 年，第 3540—3541 页。

② 班固：《汉书》卷八十七《扬雄传》，中华书局，1962 年，第 3543 页。

笔墨之成文章，故藉翰林以为主人，子墨为客卿以风。①

"明年"乃是承永始四年而言，故当为元延元年（前 12），虽与《汉书·成帝纪》所载元延二年（前 11）冬天方有"行幸长杨宫，从胡大校猎"②之事不同，但是《汉书》中《纪》《传》《表》之间记载不合之事常有③，因而不能简单地以此否定《长杨赋》的纪实性。

《长杨赋》虽然沿用了汉大赋以虚构人物设为问答的方式来表达，但也借子墨客卿之口描述了当时的真实情况。他写道：

> 今年猎长杨，先命右扶风，左太华而右褒斜，椓巀嶭而为戈，纡南山以为罝，罗千乘于林莽，列万骑于山隅，帅军踤阹，锡戎获胡。搤熊罴，拖豪猪，木雍枪橐，以为储胥，此天下之穷览极观也。虽然，亦颇扰于农民。④

因此，《长杨赋》所写就是元延元年汉成帝从胡校猎之事，而且扬雄将射猎之前发右扶风民在太华、褒斜、南山一带大肆捕兽，使得农民不得收敛等一系列扰民行为都写进了赋中，可见其实录精神。这就与司马相如同题材的《天子游猎赋》没有明确针对性的历史事件迥然不同，扬雄赋作缘事而发的倾向非常明显。

除"四赋"而外，《解嘲》的创作应该也是针对真实历史事件。《解嘲》盖作于汉哀帝元寿元年（前 2），因其自述写作缘起有"哀帝时，丁、傅、董贤用事，诸附离之者或起家至二千石"⑤之语，汤炳正先生考证曰："按：《汉书·百官公卿表》元寿元年：正月辛丑，丁明为大司马骠骑将军；傅晏为大司马卫将军；十二月庚子，董贤为大司马卫

---

① 班固：《汉书》卷八十七《扬雄传》，中华书局，1962 年，第 3557 页。

② 班固：《汉书》卷十《成帝纪》，中华书局，1962 年，第 327 页。

③ 详参熊良智：《扬雄"四赋"时年考》，《四川师范大学学报（社会科学版）》，2005 年第 3 期。

④ 班固：《汉书》卷八十七《扬雄传》，中华书局，1962 年，第 3558 页。

⑤ 班固：《汉书》卷八十七《扬雄传》，中华书局，1962 年，第 3565 页。

将军。是丁明、傅晏、董贤等人用事，皆在是年，则《解嘲》当作于是时。"① 因此《解嘲》一文中颇有影射时局之语。如 "当涂者入青云，失路者委沟渠，且握权则为卿相，夕失势则为匹夫"②，显然是针对显贵的王氏集团权柄失落，而丁、傅以贵戚暴兴，董贤以佞幸得势而言。又如 "章句之徒相与坐而守之"③，"言奇者见疑，行殊者得辟，是以欲谈者宛舌而固声，欲行者拟行而投迹。乡使上世之士处虖今，策非甲科，行非孝廉，举非方正，独可抗疏，时道是非，高得待诏，下触闻罢，又安得青紫"④，则又似针对刘歆与太常博士论古文经学当立于学官，遭诸儒诘难而忤逆执政大臣，由是惧诛出为外官之事而言。因此，扬雄在《解嘲》中虽然列举了大量的历史人物和典故，但他们都是为了说明现实人生的问题。其中的 "客徒欲朱丹吾毂，不知一跌将赤吾族也"⑤，"故世乱则圣哲驰骛而不足；世治，则庸夫高枕而有余"⑥ 等句都是扬雄对当时人生处境的真实体悟。这当然就大大不同于之前的诸家看不到作者情感的作品，而是在纪实之中融入了作家真实的生命体验。

龚克昌先生曾说扬雄作赋 "大都是见景生情，一触而发，一挥而就，这中间往往只想解决某些具体问题，完成某件具体任务"⑦，虽然是针对扬雄赋篇幅短小而作的分析，但却指明了扬雄赋的具体征实性。正因为扬雄的赋作记录了明确的时间、地点、人物、事件，故而体现出强烈的述行征实特点。甚至可以说，他将辞赋用作了记录实事的文书，这无疑是对辞赋固有的颂扬、讽谏等作用的拓宽。自扬雄之后，出现了一系列具有征实特点的辞赋，如班昭记叙永初七年（113）随子至陈留之

---

① 汤炳正：《语言之起源》，贯雅文化事业有限公司，1990 年，第 350 页。
② 班固：《汉书》卷八十七《扬雄传》，中华书局，1962 年，第 3568 页。
③ 班固：《汉书》卷八十七《扬雄传》，中华书局，1962 年，第 3568 页。
④ 班固：《汉书》卷八十七《扬雄传》，中华书局，1962 年，第 3570 页。
⑤ 班固：《汉书》卷八十七《扬雄传》，中华书局，1962 年，第 3567 页。
⑥ 班固：《汉书》卷八十七《扬雄传》，中华书局，1962 年，第 3568 页。
⑦ 龚克昌：《汉赋研究》，山东文艺出版社，1990 年，第 205 页。

经历的《东征赋》，以及潘岳在元康二年（292）出任长安令时所作之
《西征赋》等述行赋，潘岳还有记录晋武帝于泰始四年（268）躬耕藉田
的《藉田赋》。这些赋作都有相应的真实历史背景，记述了具体的历史
事件。因此从某种意义上讲，扬雄开辟了辞赋的纪实功能，在客观上也
拓展了辞赋的写作题材。

## 二、写作手法的真实

正因为扬雄辞赋在内容题材上的征实性，决定了他在写作手法或者
说描写上必须做到真实。具体到扬雄的创作实践中，首先就表现为他改
变了赋体在结构上的主客问答形式。

在扬雄之前，以枚乘和司马相如为代表的汉代赋家作赋，往往以虚
构人物设为问答的形式来谋篇布局，敷演成章。如枚乘《七发》开头即
是"楚太子有疾，而吴客往问之"①，以楚太子和吴客之间的问答为主
线，借虚构人物之口表达主旨。司马相如《天子游猎赋》亦是借子虚、
乌有、无是公之口，在三个虚构人物的相互问难中揭示主题。刘勰将这
种体式概括为"客主以首引"②。其实这种设为问答的方式并非始于汉
代，祝尧认为："赋之问答体，其原自《卜居》《渔父》篇来，厥后宋
玉辈述之，至汉此体遂盛。"③ 也就是说，这种问答体式其来有自，且被
广泛使用。扬雄虽然在《长杨赋》和《解嘲》中依然沿用了这种主客问
答的形式，但在《甘泉》《河东》《羽猎》《蜀都》等赋作中都摒弃了对
答的结构。

就如《羽猎赋》，它与司马相如《天子游猎赋》的题材最为接
近，都是描写天子行猎之事的，而且《羽猎赋》在铺陈游猎时对《天子

① 萧统编，李善注：《文选》，中华书局，1977 年，第 478 页。
② 刘勰著，范文澜注：《文心雕龙注》，人民文学出版社，1958 年，第 134 页。
③ 祝尧：《古赋辩体》，《文渊阁四库全书》，上海古籍出版社，1987 年，第
1366 册，第 749—750 页。

游猎赋》借鉴甚多，但它们也存在很大的差异。首先就是《羽猎赋》是专为记述汉成帝永始四年十二月的校猎活动而作，这在《汉书·扬雄传》中便有明确记载。但是，虚构人物之间的对答并不能客观地表现《羽猎赋》在内容和题材上的征实性。因此扬雄既改变了主客问答的结构形制，同时也舍弃了假设叙事的"序"的写法，代之以一种议论性的表述。《羽猎赋》的开头一段说：

> 或称戏农，岂或帝王之弥文哉？论者云否，各亦并时而得宜，奚必同条而共贯？则泰山之封，乌得七十而有二仪？是以创业垂统者俱不见其爽，邅迍五三孰知其是非？遂作颂曰：……①

虽然其中的"或称"与"论者云"似乎还是带有设问对答的痕迹，但"论者"其实就是扬雄自己，李善就说："论者，雄自谓也。"②这实际上是在自问自答，阐明观点，有鲜明的议论性质，与之前那种虚构人物讲故事的方式完全不同。这里他要针对或议论的就是帝王的行为怎样才与礼制相合的问题。于是他先将伏羲、神农的简质与后世帝王的弥加文饰设为对比，然后得出"各亦并时而得宜"的结论，即文质政教各不相同，只要合乎当时的实际情况即可。简宗梧已经关注到了这一点，他指出："设'或人'与'论者'对答，本是《子虚》《上林》设辞论对的运用，却类似东汉赋篇的赋序，与班固《两都赋序》尤相仿佛，所以以它为赋序的滥觞，应该不会太离谱。"③

在《两都赋序》中，班固首先讨论了赋的源流和功用，认为"赋者，古诗之流也。……或以抒下情而通讽喻，或以宣上德而尽忠孝"④。然后又指出当时东汉王朝在洛阳修建宫室、城隍、苑囿等以完善洛阳的

---

① 班固：《汉书》卷五十七《扬雄传》，中华书局，1962年，第3542页。
② 萧统编，李善注：《文选》，中华书局，1977年，第131页。
③ 简宗梧：《汉赋史论》，东大图书股份有限公司，1993年，第155页。
④ 萧统编，李善注：《文选》，中华书局，1977年，第21页。

都城制度，但长安耆老们却仍希望朝廷西顾，因此就有贬损洛阳之议，而自己作《两都赋》就是为了"极众人之所眩曜，折以今之法度"①。这就明确了作赋之缘起，是一种议论，是针对某个特殊问题或特别事件而发。因此，《羽猎赋》的这种问答确实与《天子游猎赋》那种以虚构人物相互间的问答作为赋本身铺陈之辞的引子和过渡不同，而与《两都赋序》类似，已经具备了后世赋家自序作赋缘起并发表议论的雏形。

另外，由于《羽猎赋》并没有采用主客问答的形式，因此在开头发表议论之后，直接就进入了对校猎场面的铺排描写。《甘泉赋》《河东赋》也是作者直接对郊祠现场的情景再现。这就将之前汉赋借虚构人物之口来描述景象转变为了直接的描绘，因而辞赋表现的内容也就从旁人那里听说的变成了自己亲眼所见和亲耳所闻的。

例如《甘泉赋》中对各种楼台宫观的描写虽有夸张成分，但总体却是作者亲眼所见，真实存在的。如"是时未臻夫甘泉也，乃望通天之绎绎"②，通天，即通天台。据《汉书·武帝纪》"（元封二年）作甘泉通天台，长安飞廉馆"，颜师古《注》曰："通天台者，言此台高，上通于天也。《汉旧仪》云高三十丈，望见长安城。"③ 可见自长安前往甘泉宫途中，虽未抵达亦能望见通天台，这是对真实景象的描写。又如"封峦石关施靡虡延属"④，封峦、石关均为甘泉宫中之宫观。《三辅黄图》卷四《苑囿》云："甘泉苑，武帝置。……苑中起宫殿台阁百余所，有仙人观、石阙观、封峦观、鳷鹊观。"⑤ 甘泉苑，即甘泉上林苑，又称甘泉上林宫，为汉武帝所置。苑中宫观往往为武帝因秦离宫所复建。石阙，盖即石关之讹。《三辅黄图》卷五《观》载有"封峦观，石阙

---

① 萧统编，李善注：《文选》，中华书局，1977 年，第 22 页。
② 班固：《汉书》卷八十七《扬雄传》，中华书局，1962 年，第 3525 页。
③ 班固：《汉书》卷六《武帝纪》，中华书局，1962 年，第 193 页。
④ 班固：《汉书》卷八十七《扬雄传》，中华书局，1962 年，第 3525 页。
⑤ 何清谷：《三辅黄图校释》，中华书局，2005 年，第 239 页。

观"，并引《甘泉赋》此句作"封峦石阙，弻迤乎延属"①。然司马相如《天子游猎赋》云"躐石关，历封峦，过鳷鹊，望露寒"②，《汉书·扬雄传》亦有"远则石关、封峦、枝鹊、露寒、棠梨、师得"③ 句，《玉海》卷一百七十一《苑囿》引《三辅黄图》亦作"石关"④，故当作石关为是。石关、封峦等均为甘泉上林宫中之宫观名。所以，扬雄所记的这些离宫别馆也都真实存在于甘泉宫之中。这当然与扬雄以赋纪实的用心息息相关，同时也为汉大赋在体式和写法上开拓了新的空间。

这在《蜀都赋》中亦有所体现。虽然关于《蜀都赋》的作者问题尚有争论，但根据现有资料，我们仍然认为《蜀都赋》最有可能是扬雄所作⑤。京殿、苑猎、述行、序志，这是汉赋的四大题材。而京都赋盛于东汉，西汉时期的京都赋恐怕只有《蜀都赋》。与《两都赋》《二京赋》或是《三都赋》采用虚拟对答的方式不同，《蜀都赋》的写法是直接的铺陈描绘。《蜀都赋》中的"蜀都"并非单指成都而言，而是涵盖了以成都为中心的所属封邑之地。所谓"东有巴賨，绵亘百濮"，"南则有楩梓潜夷，昆明峨眉"，"西有盐泉铁冶，橘林铜陵"，"北则有岷山，外羌白马"⑥ 等等，都是对"蜀都"所包含的范围所作的描述。这种按照方位铺叙环境的写法被广泛运用到了后世的京都赋创作之中。《蜀都赋》还对整个"蜀都"地区的历史沿革、地理物产、城市面貌以及市民生活等都作了铺排描写，且多可考实。如"蜀都之地，古曰梁州，禹治其江，淳皋弥望，郁乎青葱，沃野千里"⑦ 所述之历史，正可与《尚书·

① 何清谷：《三辅黄图校释》，中华书局，2005 年，第 332 页。
② 司马迁：《史记》，中华书局，1959 年，第 3037 页。
③ 班固：《汉书》卷八十七《扬雄传》，中华书局，1962 年，第 3534 页。
④ 王应麟：《玉海》，《文渊阁四库全书》，上海古籍出版社，1987 年，第 947 册第 417 页。
⑤ 详参熊良智：《扬雄〈蜀都赋〉释疑》，《文献》，2010 年第 1 期。
⑥ 严可均校辑：《全上古三代秦汉三国六朝文》，中华书局，1958 年，第 402 页。
⑦ 严可均校辑：《全上古三代秦汉三国六朝文》，中华书局，1958 年，第 402 页。

禹贡》所载"岷嶓既艺，沱潜既道，蔡蒙旅平，和夷底绩"① 及《华阳国志·巴志》所载"及禹治水，命州巴蜀以属梁州"② 等相表里。关于《蜀都赋》中各种地理名物的征实性，已有学者作出相关考证③，可供参考。所以左思在《三都赋序》中所说的"其山川城邑，则稽之地图；其鸟兽草木，则验之方志；风谣歌舞，各附其俗；魁梧长者，莫非其旧"④，其实在扬雄作《蜀都赋》时就已经付诸实践了。

正因为扬雄实际上已经有了"美物者贵依其本，赞事者宜本其实"⑤ 的自觉，所以他在写作手法或者说描写方式上就改变了赋体传统的虚构人物设为问答的形式，而采用直接铺叙描写，进一步拉近了读者与作品的距离。同时，他还首创了以议论开篇的写法，成为后世赋序的源头。而且扬雄首开汉人京都大赋风气之先，他在赋中体现出的对历史地理、周边环境、人物物产、城市风貌的描写也成为后世京都赋创作的框架范式。这都是扬雄辞赋的征实性在写作方法上的体现，也是他的创作在赋体革新方面的贡献。

## 三、《州箴》《官箴》的实用功能

谈到扬雄文学创作的征实性，还不得不提到《州箴》和《官箴》。箴虽与赋有别，但"因其较注重句式的整饬和用韵、换韵，不独可与赋同入韵文的范畴，而且大多数篇章文辞繁富，重在铺陈，与赋实为同体异用"⑥。而汉代确实也有赋、箴通称之例，如扬雄《酒箴》又被称作

① 孔颖达：《尚书正义》，《十三经注疏》，中华书局，1980 年，第 150 页。
② 常璩著，任乃强校注：《华阳国志校补图注》，上海古籍出版社，1987年，第 4 页。
③ 参王怀成：《扬雄〈蜀都赋〉之征实性略考》，《社科纵横（新理论版）》，2009 年第 2 期。
④ 萧统编，李善注：《文选》，中华书局，1977 年，第 74 页。
⑤ 萧统编，李善注：《文选》，中华书局，1977 年，第 74 页。
⑥ 万光治：《汉赋通论（增订本）》，中国社会科学出版社、华龄出版社，2004 年，第 101 页。

《酒赋》。关于扬雄所作《州箴》《官箴》的真伪以及作者归属，历来已有不少研究，这不是本文所要研究的问题。在这里，我们想就其实用功能作一探讨。

《说文·竹部》："箴，缀衣箴也。"段玉裁《注》曰："缀衣，联缀之也。谓签之使不散。若用以缝，则从金之针也。《尚书》'赘衣'即'缀衣'也。引申之义为箴规。"① 《吕氏春秋·审分览》"请置以为大谏臣"，高诱《注》云："楚有箴尹之官，亦谏臣。"② 《汉书·宣帝纪》载地节三年（前67）冬十月诏书"有能箴朕过失"，颜师古《注》曰："箴，戒也。"③ 可知箴有规谏训诫之义。所以刘勰将箴这种文体解释为："箴者，所以攻疾防患，喻针石也。"④ 并进一步说明："夫箴诵于官，铭题于器，名目虽异，而警戒实同。箴全御过，故文资确切。"⑤ 因此，箴与铭一样，是具有警诫功能的。所谓"箴诵于官"，则箴尤其是为了防范官员可能犯下过失而作，本身就具有很强的针对性和实用性。

箴这种文体的实用功能正好与扬雄对辞赋征实性的追求不谋而合。《汉书·扬雄传赞》说扬雄因"箴莫善于《虞箴》，作《州箴》"⑥。《虞箴》见于《左传·襄公四年》。其云：

> 昔周辛甲之为大史也，命百官，官箴王阙。于《虞人之箴》曰："芒芒禹迹，画为九州，经启九道。民有寝庙，兽有茂草，各有攸处，德用不扰。在帝夷羿，冒于原兽，忘其国恤，而思其麀牡。武不可重，用不恢于夏家。兽臣司原，敢告仆夫。"《虞箴》如是，可不惩乎！于是晋侯好田，故魏绛

---

① 许慎撰，段玉裁注：《说文解字注》，上海古籍出版社，1988年，第196页。
② 许维遹：《吕氏春秋集释》，中华书局，2009年，第452页。
③ 班固：《汉书》卷八《宣帝纪》，中华书局，1962年，第249页。
④ 刘勰著，范文澜注：《文心雕龙注》，人民文学出版社，1958年，第194页。
⑤ 刘勰著，范文澜注：《文心雕龙注》，人民文学出版社，1958年，第195页。
⑥ 班固：《汉书》卷八十七《扬雄传》，中华书局，1962年，第3583页。

及之。①

上文为《左传》记魏绛之言。魏绛本为劝晋侯和戎，而又谈及有穷后羿并引出《虞箴》，用以劝诫晋侯不要沉迷畋猎，以免重蹈有穷后羿之覆辙。杜预《注》曰："虞人，掌田猎。"② 观《虞箴》中有"兽臣司原"句，杜说盖近是，则《虞箴》即为虞人之官箴。至于《虞箴》所写内容，则大致是以讲述官职源流始，然后对特定历史人物和历史事件作出评价，最后表达愿意遵守训诫的态度，这应该是箴这种文体的写作范式。

扬雄的《州箴》和《官箴》也基本延续了这一体式。《州箴》其实就是为州牧所作之箴，与《官箴》实际区别不大，故而可以统一起来讨论，姑以《冀州箴》为例。今依《严辑全文》录《冀州箴》如下：

> 洋洋冀州，鸿原大陆。岳阳是都，岛夷被服。漳渎河流，表以碣石。三后攸降，列为侯伯。隆周之末，赵魏是宅。冀土麋沸，炫沄如汤。更盛更衰，载纵载横。陪臣擅命，天王是替。赵魏相反，秦拾其弊。北筑长城，恢夏之场。汉兴定制，改列藩王。仰览前世，厥力孔多。初安如山，后崩如崖。故治不忘乱，安不忘危。周宗自怙，云焉有予隳。六国奋矫，果绝其维。牧臣司冀，敢告在阶。③

扬雄从冀州的山河地理写到历史变迁，又对其历史发展作出了一番议论评价，最后表达为官冀州就要鉴戒历史的态度。仔细对比就能发现，《冀州箴》与《虞箴》的写法极其类似，只是多出了对冀州境内山

---

① 孔颖达：《春秋左传正义》，《十三经注疏》，中华书局，1980 年，第 1933 页。

② 孔颖达：《春秋左传正义》，《十三经注疏》，中华书局，1980 年，第 1933 页。

③ 严可均校辑：《全上古三代秦汉三国六朝文》，中华书局，1958 年，第 417 页。

河地理的描写。《州箴》的其他篇章也基本依循这样的写作范式，而《州箴》不同篇章之间的最大差异和特殊性正是表现在地理和物产的描绘之上。如下表所示：

十二《州箴》地理描写总表①

| 篇名 | 地理描写 |
| --- | --- |
| 《冀州箴》 | 洋洋冀州，鸿原大陆。岳阳是都，岛夷被服。澶湲河流，表以碣石。 |
| 《青州箴》 | 茫茫青州，海岱时极。盐铁之地，铅松怪石。群水攸归。 |
| 《兖州箴》 | 悠悠济河，兖州之寓。九河既导，雷夏攸处。草繇木条，漆丝缔纻。济漯既通，降丘宅土。 |
| 《徐州箴》 | 海岱伊准，东海是渚。徐州之土，邑于蕃宇。大野既潴，有羽有蒙。孤桐蠙珠，泗沂攸同。 |
| 《扬州箴》 | 夭矫扬州，江汉之浒。彭蠡既潴，阳鸟攸处。橘柚羽贝，瑶琨篠荡。闽越北垠，沅湘攸往。 |
| 《荆州箴》 | 杳杳巫山，在荆之阳。江汉朝宗，其流汤汤。 |
| 《豫州箴》 | 郁郁荆河，伊洛是经。荥播枲漆，惟用攸成。 |
| 《益州箴》 | 岩岩岷山，古曰梁州。华阳西极，黑水南流。 |
| 《雍州箴》 | 黑水西河，横截昆峇。邪指阊阖，画为雍垠。上侵积石，下碍龙门。自彼氐羌，莫敢不来庭，莫敢不来臣。 |
| 《幽州箴》 | 荡荡平川，惟冀之别。北厄幽都，戎夏交逼。 |
| 《并州箴》 | 雍别朔方，河水悠悠。北辟獯鬻，南界泾流。画兹朔土，正直幽方。 |

可见，十二《州箴》中都有对所司区域的地理的描写，虽然具体字数不尽相同，但均取材于所写地区的山河湖海以及实际物产。如写青州，就讲到了它地处海岱之间，有盐铁铅石之利；写扬州，就写到了江汉、沅湘、彭蠡等江河湖泊，有橘柚羽贝之丰饶；写雍州，就描绘出黑水昆仑之间的广阔气势和与氐羌接壤的地理环境，等等。这样就将十二州各自的山川风物用铺叙的方式表现了出来，可以使人迅速对其州其土有一个实际的了解。

除此之外，与《冀州箴》一样，每一篇《州箴》都还有对当地历史

---

① 表中所引《州箴》文字均见严可均校辑：《全上古三代秦汉三国六朝文》，中华书局，1958 年，第 417—418 页。

沿革和兴衰典故的论述，最后归结到诫敕州牧要谨慎勤勉、恪尽职守上来。这就将描写内容的真实与《州箴》的实用功能有机地结合起来，达到了以赋征实的目的。

《官箴》亦大致相同，只是因为所写不是地方官，所以没有出现地理方物的描写，而代之以铺陈对应官职的职责。由于《官箴》部分篇章作者存在争论，有的又有阙文，所以只能将作者并无争议且仍保留有叙述职官相应职能的篇章列表，以兹对照说明。

《官箴》职能描述对照表①

| 篇名 | 职能描述 |
|---|---|
| 《大司农箴》 | 时维大农，爰司金谷。自京徂荒，粒民是斟。肇自厥功，实施惟食。厥僚后稷，有无迁易。实均实赢，惟都作程。旁施衣食，厥民攸生。 |
| 《光禄勋箴》 | 经兆宫室，画为中外。廊殿门阁，限以禁卫。国有固卫，人有藩篱。各有攸保，守以不岐。 |
| 《大鸿胪箴》 | 荡荡唐虞，经通垓极。陶陶百王，天工人力。画为上下，罗条百职。人有材能，寮有级差。迁能授官，各有攸宜。主以不废，官以不臛。 |
| 《宗正卿箴》 | 巍巍帝尧，钦亲九族。经哲宗伯，礼有攸训。属有攸籍，各有育子，代以不错。 |
| 《卫尉箴》 | 茫茫上天，崇高其居。设置山险，画为防御。重垠累堑，以难不律。阙为城卫，以待暴卒。国以有固，民以有内。各保其守，永修不败。 |
| 《太仆箴》 | 肃肃太仆，车马是供。锵锵和銮，驾彼时龙。 |
| 《廷尉箴》 | 天降五刑，维夏之绩。乱兹平民，不回不僻。 |
| 《少府箴》 | 实实少府，奉养是供。纪经九品，臣子攸同。海内币帛，祁祁如云。家有孝子，官有忠臣。共僚率旧，圣则越遵。民以不扰，国以不烦。 |
| 《执金吾箴》 | 温温唐虞，重袭（案二句有脱）纯孰（案此句有脱），经表九德。张设武官，以御寇贼。如虎有牙，如鹰有爪。国以自固，兽以自保。牙爪蔥蔥，动作宜时。用之不理，实反生灾。 |

———————

① 表中所引《官箴》文字均见严可均校辑：《全上古三代秦汉三国六朝文》，中华书局，1958年，第419—421页。

续表

| 篇名 | 职能描述 |
|---|---|
| 《将作大匠箴》 | 侃侃将作，经构宫室。墙以御风，宇以蔽日。寒暑攸除，鸟鼠攸去。王有宫殿，民有宅居。 |
| 《城门校尉箴》 | 幽幽山川，径塞九路。盘石唐芒，袭险重固。国有城沟，家有柝柜。各有攸坚，民以不虞。德怀其内，险难其外。王公设险，而承以盘盖。 |
| 《太乐令箴》 | 陶陶五帝，设为六乐。笙磬既同，钟鼓羽翿。周序神人，协于万国。 |
| 《太官令箴》 | 时惟膳夫，实司王饔。祁祁庶羞，口实是供。群物百品，八珍清觞。以御宾客，以膳于王。 |
| 《上林苑令箴》 | 茫茫大田，芃芃作谷。山有径陆，野有林麓。夷原污薮，禽兽攸伏。鱼鳖以时，刍茇咸殖。国以殷富，民以家给。 |

从上表所示信息可以看出，《官箴》作为对官员的训诫之辞，首先就是抓住了不同职官的职能进行铺叙，对任职该官应该承担的责任作出了明确的要求。如大司农就该总司全国钱粮，关注国计民生；宗正卿就该掌管皇室宗亲的属籍谱牒，使之有条理而不紊乱；太乐令就该掌管天子礼乐，协和万邦，等等。这就突出了不同职官各自的实际职能和责任。

还有一点应该特别注意，即扬雄《州箴》《官箴》中的所有篇目都是用"某臣司某，敢告某某"的句式作结。如前引《冀州箴》是"牧臣司冀，敢告在阶"，又如《青州箴》是"牧臣司青，敢告执矩"①，《大司农箴》是"农臣司均，敢告在繇"②，《执金吾箴》是"吾臣司金，敢告执璜"③，等等。所谓"在阶""执矩""在繇""执璜"等都是用近臣代指君王，是为臣者的谦辞，是对君王表达尽忠职守的态度。

---

① 严可均校辑：《全上古三代秦汉三国六朝文》，中华书局，1958年，第417页。

② 严可均校辑：《全上古三代秦汉三国六朝文》，中华书局，1958年，第419页。

③ 严可均校辑：《全上古三代秦汉三国六朝文》，中华书局，1958年，第420页。

这也与箴这种文体的实用性有密切关联。

总的来说，《官箴》与《州箴》都是专门为各种中央和地方职官而作，不仅详述所任官职的历史和职责，还有通过历史议论来规范官员行为，以作为官员鉴戒的作用。扬雄正是充分发挥了箴这种文体的实用价值，将它运用到了当时的实际政治生活中。因此，《州箴》和《官箴》所写的内容既是对当时实际政治制度的具体表现，也是对任职官员的警醒和期望。

## 四、扬雄辞赋征实性的思想根源

通过前文的分析，我们可以看到扬雄的文学创作有着极强的征实性特征，甚至直接影响到了汉代文学尤其是辞赋创作的转向。易闻晓将扬雄赋作趋于征实的原因归结为他学者型的人格和对辞赋虚夸而失讽喻的反思①，这是有道理的。但是我们认为，扬雄的这种观念之所以会产生，其根本还在于他对文学创作本质的认识。

扬雄曾言道：

> 夫作者，贵其有循而体自然也。其所循也大，则其体也壮；其所循也小，则其体也瘠；其所循也直，则其体也浑；其所循也曲，则其体也散。故不摭所有，不强所无。譬诸身，增则赘，而割则亏。故质干在乎自然，华藻在乎人事也②

这就是说，自然本体是文学创作所依赖的客观基础，作者必须遵循这个基础来进行创作。天、地、人事皆是作者创作的依据，而这些依据的"大""小""直""曲"，决定了作品体式的"壮""瘠""浑""散"，所以"质干在乎自然"。而所谓"华藻在乎人事"，则是指所有

---

① 易闻晓：《论扬雄与汉大赋的转向》，《复旦学报（社会科学版）》，2018 年第 6 期。

② 郑万耕：《太玄校释》，中华书局，2014 年，第 275 页。

人为的文辞、文采的抒写，都是对它们所依据的客观事物的表达，"辞"都是为了反映对象的"质"性"情"实。

而对文学创作本质的这种认识又可从扬雄对圣人品格的追求和人生价值的实现方式上找到依据。扬雄认为：

> 圣人，文质者也。车服以彰之，藻色以明之，声音以扬之，《诗》《书》以光之。笾豆不陈，玉帛不分，琴瑟不铿，钟鼓不扣，则吾无以见圣人矣。①

汪荣宝解释说："'圣人，文质者也'者，谓施文于质。"② 即圣人本身就是文质合一的整体，其"质"必须要靠"文"来刻画藻饰，所以车服、藻色、声音、《诗》《书》等都是支撑圣人的必要条件。如果这些礼乐之"文"一旦丧失，自然也就没有圣人了。因为扬雄认为圣人是表里如一的："威仪文辞，表也；德行忠信，里也。"③ 即威仪文辞和德行忠信分别代表了圣人外在和内含的两种品格，无论内在或外在任何一方有所缺失，都不能称之为圣人。

而言辞正是圣人"文"的一种表现，所谓"玉不雕，玙璠不作器；言不文，典谟不作经"④，圣人之文的形式就是"经"。刘勰也肯定说："扬子比雕玉以作器，谓《五经》之含文。"⑤ 所谓《五经》含文，正是指"五经"中的文辞，扬雄在《法言·寡见》中言之更详：

> 惟《五经》为辩。说天者莫辩乎《易》，说事者莫辩乎《书》，说体者莫辩乎《礼》，说志者莫辩乎《诗》，说理者莫辩乎《春秋》。⑥

---

① 汪荣宝撰，陈仲夫点校：《法言义疏》，中华书局，1987年，第291页。
② 汪荣宝撰，陈仲夫点校：《法言义疏》，中华书局，1987年，第291页。
③ 汪荣宝撰，陈仲夫点校：《法言义疏》，中华书局，1987年，第365页。
④ 汪荣宝撰，陈仲夫点校：《法言义疏》，中华书局，1987年，第221页。
⑤ 刘勰著，范文澜注：《文心雕龙注》，人民文学出版社，1958年，第23页。
⑥ 汪荣宝撰，陈仲夫点校：《法言义疏》，中华书局，1987年，第215页。

但是，"经"之所以为"经"，是因为它的真实性和恒久性，是因为它的"文"表述的都是天道、王政、人事等现实世界和社会人生的规律，它所依据的"质"都是客观存在的真实现象或事件。因此，扬雄"意欲求文章成名于后世"① 的人生追求是与他对圣人品格的认识紧密联系在一起的。在他的思想中，文章是他人生价值的实现方式，而这一价值的最高标准就是"经"，"经"的首要特点就是质实。正因为扬雄对文学创作和人生价值有着这样的认识，所以天道、王政、人文等都是他进行创作所凭借的依据，都成了他真实记录和抒写的对象，因此"扬雄主张'文辞相副'，认为真正经典的作品应该是'事''辞'相称的完美统一"②。这也就必然导致扬雄作品带有突出的征实性倾向。

综上可知，扬雄的辞赋无论在内容题材还是描写上都表现出了鲜明的征实性特征，为此他改变了设为问答的赋体结构形式，改以议论开头，这也成了后世赋序的滥觞。同时，他又将借由虚构人物之口进行表述变为了直接描摹书写，达到了视觉与听觉的合二为一。《州箴》《官箴》的创作更是文学写实和功能实用性结合的体现。而这些创作实践可以归结为对真实的追求，这来源于扬雄对文学创作应该以自然本体为依据的认识以及他对圣人品格和以文章实现人生价值的追求。同时，扬雄赋作的这些特点和对后世赋作的影响又共同标志着汉大赋由凭虚向征实的转型。

---

① 班固：《汉书》卷八十七《扬雄传》，中华书局，1962 年，第 3583 页。
② 熊良智：《扬雄的文学思想与辞赋书写》，《四川师范大学学报（社会科学版）》，2019 年第 6 期。

文学个案研究

# 从张爱玲文学中看绢的诸种面貌与"恋衣"

## ——《金锁记》/《更衣记》/CHINESE LIFE AND FASHIONS

□〔日〕池上贞子　龙易译①

## 要旨

本文是 2001 年和 2002 年度在迹见学园女子大学特别研究基金的资助下，以及仓石あつ子副教授对"关于'女性和单向'的考察1，2"项目的共同研究成果之一。我们从上海开始进行了对华南地区都市的资料收集工作，也在当地参观了与绢相关的文化设施，同时对浙江省农村的养蚕业现状的相关情况等进行了调查。本文汲取了仓石教授关于养蚕的相关研究和对农村现状报告的论文，以作为养蚕业主要制品的绢同中国近现代文学的关联为视点进行讨论。

绢的主要制品是服饰，绢的意象也广见于中国的许多文学作品中，特别是在张爱玲（1920—1995）的作品中，作为提高艺术效果的方法，而被多处使用。本文首先会对她 1944 年的代表作《金锁记》中的

---

① 池上贞子，1947 年出生于日本琦玉县。东京外国语大学中国语学科毕业，东京都立大学硕士，日本迹见学园女子大学文学部教授，主攻中国现代文学方向。专著《张爱玲：爱·人生·文学》（陕西师范大学出版 2013 年）译作包括张爱玲《倾城之恋》（平凡社 1995 年），平路《行道天涯》（风涛社 2003 年）、《何日君再来》（风涛社 2004 年），朱天文《荒人手记》（国书刊行会 2006 年），焦桐《欲望厨房》（思潮社 2007 年），席慕蓉《契丹的玫瑰》（思潮社 2009 年），李永平《吉陵春秋》（人文书院 2010 年）等。龙易（1997-　），四川绵阳人，四川师范大学文学院硕士研究生，研究方向为中国现当代文学。

关于绢的诸种情况的描写进行列举，分析其中的深层次意味。

张爱玲以其对服饰的考究而闻名，比起小说中的有所谈及，她的散文更是有对服饰的正面论述。特别是她初期的英文散文 Chinese Life and Fashions，以及整体以服饰为主题框架的中文散文《更衣记》，可以说是构成了一种十分精彩的中国文化史论，超越了单纯意义上的"恋衣"（Clothes Fetishism）的概念。

张爱玲在香港大学时可能受到了许地山的影响，在本文讨论的背景下，将对许地山的有关论著和活动进行考察，并从张爱玲与许地山相关联的影响中展望张爱玲在中国近现代文学史中的定位。

在中国近现代文学中，说起与养蚕相关的作品，便立刻令人想起茅盾（1896—1981）1932 年所著的《春蚕》。小说描写了 20 世纪 30 年代，因为第一次上海事变而引起的蚕茧交易所关闭和便宜日本制绢丝流入的缘故，以养蚕业为中心经营着生活的江南地区农村经济逐渐破败的样貌，在其中可以看到作者特有的尖锐社会批判，而作为作品的特征，作者也以细致笔触表现了与养蚕相关的作业和习俗。实际上茅盾的故乡浙江省桐乡县即是有名的养蚕地区，他在这个时候也写了别的散文一些如《故乡杂记》《桑树》《香市》等等，作者和作者故乡的人们对于养蚕共通性的特别回忆，在其中也有所传达。对桐乡县的现状相关的研究，在我们的共同研究者仓石あつ子的论文中有详细论述。

另一方面，养蚕业运营的成果，也就是作为制品的绢，在文学作品中一般是以可视的绢制服饰形式登场的，若考虑到穿绢的众多人物，无论在时代上还是在场面上都是不胜枚举的。但是在文学技法上，重视绢的象征性的作品却被限制了。从题目上来看，凌叔华（1900—1990）1925 年的短篇小说《刺绣枕》就是典型的例子，也能看到其语言有不成熟的地方。某良家姑娘忍耐着盛夏，不惜汗水刺痛眼睛，也要在垫子的布上做着刺绣，要把它送到可能嫁入的某位男性家里去，话头到这里就立刻中断了。两年过去，喜欢刺绣的女仆姑娘，看着从别人那里拿到的自己当作宝物一般珍视的刺绣布，那是自己曾经饱含着心血做过刺绣的垫子的一部分。从不知事情原委的姑娘的言语中，我们可以知道她被不当回事、被舍弃的情景是悄然发生的。她那一点汗渍都不可沾染的少女纯洁的内心，被平淡地污染了。在社会关系中处于被动立场，束手无策，是当时女性的常态，这份不甘、焦虑，在绢的光泽和润滑的肌肤触感的深处不和谐地存在着。在"大革命"语境交替纷飞的时代里，作为追求普遍的个人性的新月派①作家，从这些作品中可以瞥见凌叔华的一些面目。

话回主题，在此作品中绢的象征性表现单一，而作为笔者的主要研究主题，在张爱玲的小说中，绢的象征性被运用广泛，互相交错，承担着构建作品中世界的氛围的作用。这种现象在她的鼎盛期 20 世纪 40 年代前半期书写的中短篇小说里十分显著，在本文中会概括集约地讨论，希望试着以《金锁记》为中心考察这种现象。

# 一、《金锁记》中所见绢之诸象

多数评论者认为，于 1943 年 11 月 12 日在《杂志》上发表的《金锁记》是张爱玲的，或者说是中国近代文学的"最高杰作之一"②。故事发生在 20 世纪 10 年代初期为避免战乱从北方避难而来到上海的姜家公馆，是以此公馆为中心展开的爱憎剧。主人公七巧的老家是麻油店，本来像她这样庶民阶层的姑娘是无法嫁入姜家这样的名门的，但因为姜家的二儿子是卧床不起的残疾人，所以七巧就身兼照顾他的义务嫁入了姜家。也因为如此，趾高气昂的兄弟的夫人们和其他周围人经常蔑视她、压迫她，使得她的性格逐渐扭曲，最后基本变得如同狂人一

---

① 20 世纪 20 至 30 年代初，以从欧美留学归来的胡适、徐志摩、闻一多等人为中心结成的文学团体。持有实现西欧自由主义与民主的思想，他们大多创作诗歌。

② 迅雨：《论张爱玲的小说》，《万象》，第 3 年第 1 期，1944 年 5 月；胡兰成：《评张爱玲（1）及（2）》，《杂志》，第 13 卷第 2 期，1944 年 5 月以及《杂志》第 13 卷第 3 期，1944 年 6 月；夏志清：《张爱玲的短篇小说及〈秧歌〉》，《文学杂志》，第 1 卷第 5 期，1957 年 1 月。

样，甚至破坏掉了自己的儿子和女儿的人生（幸福）。

作为故事的舞台，残留着清朝时代气息的姜家公馆和之后分家的七巧的家中充斥着的绢制物，深层次来看，有着构建登场人物的心情和场景的氛围的功效。随着故事的展开推进，我们试着把一些对绢的描写列举出来。另外，引文出自拙译《金锁记》（《倾城之恋》，平凡社，1995年）。

1. "小双将两只手探进紫色古朴的绢料的夹衫里面，下面穿着鲜艳的绿色裤子。"（P8）

小双是佣人的名字，这种上下颜色的搭配组合不可谓不土气，在之后展现的对话中，也能看出她已经落后于时代的状况。这间公馆的主人对时代的转变也全然不在意，是有着旧弊的老古董，从这点发散开来展示了这一家个体对世间的逐渐偏离。

2. "……从腋下取出淡绿色的手巾去擦拭鼻子上的白粉……"（P15）

穿着旗袍的时候，人们经常把手巾夹带在腋下衣服合襟的地方，或者携带在袖口中或手钏上。这个动作的主体是三少爷季泽的妻子兰仙，她是家教优良的大家闺秀。媳妇们聚在一起陪同掌管一家大权的婆母饮食起居时的这个动作，不单单是注意仪容，更是表现了本人内心紧张心理的动作。

3. "从紧缩的袖口那里，淡紫色的绢巾垂了下来。身上穿着的是红色上衣，其中点缀着染得青白相间的银线，下边穿的是在淡紫色的底子上有着浓郁蓝色云型模样的裤子。"（P18）

这是小说的主人公七巧初次登场的场面，穿成这样的她并没有立刻进入房间，而是就那样"一手撑着房门，一手叉腰站立着"，极其不耐烦地和房间里的弟妹们说着话。

4. "穿着窄袖的竹根色的长衣，绛紫色的小点模样的一字型领子扣在背心上，停下了扣扣子的动作。"（P26）

这是游手好闲的三男季泽在家里时的服装。

5. "……发髻里只插着一根簪子，簪子头上摇动着一粒钻石的微光，发髻中心结着短短的薄红色的绢绳，在钻石上映出隐约散发着红色光的火焰。"（P31）

这是对七巧头发的描写，和金贵的发饰的光辉一同，黑发中略微瞥见的薄红色散发出一种调情和情欲的韵味。

6. "七巧一阵翻箱倒柜，将新款式的绸缎①送给了兄嫂。除此之外，四两金的手镯一组，莲叶型雕花镂空的发簪一对，丝锦②制的被褥一套……"（P43）

丝锦和绸缎当然都是绢制品，七巧对油店的兄长夫妇的赠品可谓奢侈。

7. "七巧上身着朴素的白色单衣，下装是黑色短裙。"（P45）

这是丈夫和婆母相继死去的有着服丧意味的朴素穿着，也是她对即将面临分家产的残酷斗争的一种决心的展示，是舍弃了装饰的一种装扮。

8. "七巧虽然平时一般穿着有着艳蓝色花纹的纱质夹衣，此时却特意穿着黑纱网洞的短裙往下走去。"（P51）

这是分家之后，数年未见的义弟突然来访，七巧不知道义弟突然来访的真实意图，出来迎接的场面。这种衣着表现了七巧对其内心决意的一种隐瞒。

9. "她的手把团扇举起来，团扇上杏色的穗子便沿着她额头垂下来。"（P54）

七巧不知义弟的本心，就那样伫立着。她就连垂落在额前的凉飕飕的穗子的触感也有所忽略。感觉迟钝到这种程度，不正是紧张心理的表现吗？

10. "七巧的手不住地颤抖着，团扇扇柄上杏色的穗子颤颤悠悠地轻抚着她的额头。"（P55）

---

① 译者注：日文原文是"反物"，是制作名贵和服的料子。
② 译者注：日文原文是"真棉"，是一种名贵的布料。

来自义弟意想不到的告白让七巧的心满足而兴奋，并动摇着。

11. "季泽将濡湿的白纱长衫脱了下来。"（P60）

因为七巧歇斯底里的举动，季泽全身被杯里的饮料打湿了。季泽将穿着的衣物脱去的同时，也脱去了对七巧的关心。

12. "长衫搭在腕上，晴日的风如同白色的鸽群一般钻进了绢制的衬衫和裤腿里。"（P61）

将七巧舍弃不顾，自顾自回去的季泽的心情因没有让她真正的目的达成而感到舒畅爽快。那明朗的飘逸的白色，在孤立于家中窗帘内侧的七巧的眼里是那样的耀眼夺目。

13. "七巧是缠足过的，她在自己尖头的绸缎鞋子里塞满棉花，假装是缠到一半程度便解放的'文明足'。"（P66）

七巧在人生的途中就被扭曲了，正如同这缠足一样。她将要把比这时代荒谬更甚的苦痛，强加到自己的亲生女儿身上。

14. "新娘没有戴传统的那种红盖头，而是戴着一副太阳眼镜。在粉红色的铃铛下，穿着有着粉色刺绣的套装。进入了新房后新娘脱下了太阳眼镜，颔首低眉坐在水色的床帐之中。"（P72）

虽然以现在的眼光来看戴着太阳眼镜的新娘会让人产生违和感，但从原来用红色的布把脸掩盖住不让人看见的古老习俗来看，戴太阳眼镜也是一种不让人看见眼睛的新的方式，所以文中就变成了这种形式了。

15. "房间里是令人炫目紫红色刺绣的椅子布和桌布，深红色的地板上伫立着一扇屏风，上面用金丝绣着五只翱翔的凤凰，对联用花形的文字刺绣而成，静躺在樱桃色的缎底上。在化妆台上，白粉罐上盖着一张红绿相间的绢制小网，银制的漱口杯，银制的花瓶，在那上面有堆积如山的别人送来的干果。帐子上面的框架上悬挂着五彩的丝线球、小盆栽、玉如意、粽子等等东西，在帐下指尖大小的玻璃球结着一缕一尺半的桃色流苏，静静地垂着。"（P78—79）

虽然这是极度奢华的室内装饰，却正好反衬了生活在此的人内心的空虚苦闷。

16. "耳朵上戴着二寸左右用玉和翡翠制成的宝塔型的耳坠，然后穿上青苹果色的'乔其纱'旗袍，高高的领，设计成莲叶型的袖，腰下面的褶皱花边带有半抹西洋风韵。"（P82）

这是长安听从表姐妹的建议出门相亲的服装。在本文的第二部分会介绍，张爱玲在《更衣记》中论述了这样的观点：20 世纪 10 年代以来，衣服高领的流行实际上是社会动乱期的一种表现。

17. "打开点缀银丝的手包假装翻找里面的东西……"（P83）

这是长安的表姐妹拿着的东西，作为普通良家子女，她对于长安的焦躁情绪通过这个动作表现出来，并希望消除这种情绪。

18. "绢制的灰色衬衫上绣着圆形的龙纹，呈现出一种宫廷风格，为了暖手两手捧着一个红色橡胶制的汤婆子。"（P99）

七巧以这样的姿态在女儿的恋人面前出现，疯也似的说着话，暴露了女儿抽鸦片的习惯。两人之间的关系因此破裂。

19. "黑色的绣鞋和白色的绢袜，在微暗的楼梯中途停下了。"（P100）

长安从二楼走下楼梯的途中，听到了和客人交谈的母亲的残忍言语而僵住了身子。

20. "深深的藏青色旗袍绽放着浅黄色的雏菊。"（P102）

放弃了恋爱的幸福的长安，做出了这样冷淡的表情①。

诸如此类的衣服、手帕、发饰、布料、丝绵，团扇的吊饰，绣鞋、床帐、桌布、屏风、挂饰，白粉罐的套子，床帐框檐上装饰的小东西，手包、袜子……在小说中绢以各种各样的形态集中反映出来，根据场景的不同为小说情节展开赋予了不同的深层意味。从作为其中代表的衣服来看，正如上述所写，以穿衣为叙述角度的人物是受限的。并且单就服装而言，除了上述的例子，文中还有七巧的儿女长白和长安在孩童时代穿着"棉衣"的描写，而棉衣如同粗糙纸人般的质感，象征着两人

---

① 译者注：原文"このうえなくおだやか表情をしていた。"

的人性和人生，增添了这样的一丝隐喻性的意味。

关于服装的描写，在上文为首的第一点侍女的例子中，我认为这是暗示作为小说故事发生舞台的姜家旧弊腐朽的序幕。而到了描写次数最多的主人公七巧这里，则有了对服装的详细描写，这种情况多在她必要表示某种决心的场合里登场时发生，像是要表现她攻击性的心理状态。与此相对，受到七巧心理上的压迫程度最深的长安，如前文第 16 点，她一度裹起铠甲展开进攻，即便如此，结果依旧未能摆脱母亲的控制。在小说的结尾部分，如前文第 20 点所描绘的，与其说长安此时是美丽动人的形象，倒不如说留给读者的是无可依赖的印象。另有一点值得关注，在小说最后，有长安和男人一起去买吊带袜的叙述，这就像是她颓废和虚无的象征。

小说中另一位有着详细服装描写的人，是和七巧玩着捉迷藏似的，以极限的心理状态与七巧钩心斗角的义弟姜季泽。与前文第 4 点他无意识的服装相比，第 11 点计谋成功（也许）的季泽潇洒的白色衣服上的污渍，昭示着他（与七巧）关系的彻底终结。在第 12 点中，和七巧斩断心理上的关系的季泽，他爽快的心情和潜藏其中的空虚也通过白色表现出来。

总而言之，这里举出的多个例子，展示了张爱玲作品中绢的种种样貌，可谓多姿多彩，特别是让我们明白了衣服在文中起到的重要作用。

## 二、张爱玲的"恋衣"以及《更衣记》相关
### CHINESE LIFE AND FASHIONS

在心理学领域有"女性都是'恋衣狂'（Clothes Fetishism）"① 的

---

① 张小虹在其文《恋物张爱玲——性，商品与殖民迷魅》中提道："维也纳精神分析学会在 1909 年，定义所有女性都有'恋衣狂'的特质……"张小虹：《恋物张爱玲——性，商品与殖民迷魅》，选自杨泽编：《阅读张爱玲》，台北麦田出版社，1999 年，第 180 页。

说法，张爱玲也曾自认为自己是"衣服狂 clothes-crazy"①，在 40 年代的上海她还因"奇装异服"而一度被传为佳话。台湾的研究者杨泽将其称为上海人特有的现象，在张爱玲身上也能见到鲁迅所说的"上海的少女"② 的影子③。

张爱玲本人谈及之所以变为"衣服狂"的理由，是因为青春期时跟着继母不能穿想穿的衣服，只能被迫穿大量的旧衣服。④ 然而在此之后她又说出"对口齿伶俐的人来说衣服也是一种言语，是穿在身上的戏剧"⑤ 这样的积极言论，因此我认为关于她对衣服的讲究与考究不能简而论之，其中包含着十分复杂的思想要素。

从童年的体验来说，张爱玲的生母正是一位"衣服狂"，曾被丈夫咕噜过"一个人又不是衣架子"⑥。张爱玲的生母与丈夫关系不合，把年幼的爱玲同和她一岁之差的弟弟留下，长期留洋在外，由这种情况带来的失落感和对母亲的憧憬对她的人生和文学产生了很大的影响，有许多研究者都指明了这一点⑦。

冯祖贻从张爱玲对衣服的考究看出了"补助"的意味，对她的奇装异服有这样的描述："服装便是她防御的城墙，或者说是以守为攻的保护伞，被包裹在奇装异服里的张爱玲，光鲜亮丽的同时也是虚无的。"⑧

张爱玲的母亲曾在欧洲的美术学校上过学，对绘画有着很浓深的兴

---

① 张爱玲：《对照记——看老照相簿》，台北皇冠出版，1994 年，第 32 页。

② 鲁迅：《南腔北调集》，1933 年部分。

③ 杨泽：《世故的少女——张爱玲传奇》，杨泽编《阅读张爱玲》，台北麦田出版，1999 年。

④ 张爱玲：《对照记——看老照相簿》，台北皇冠出版，1994 年，第 32 页。

⑤ 张爱玲：《童言无忌》，《天地》，第 7、8 期合刊，1944 年 5 月。

⑥ 张爱玲：《童言无忌》，《天地》，第 7、8 期合刊，1944 年 5 月。

⑦ 平路：《伤逝的周期——张爱玲作品与经验的母女关系》，胡锦媛：《母亲，在何方——被虐狂，女性主体与阅读》，共同载于杨泽编《阅读张爱玲》，台北麦田出版社，1999 年；〔日〕池上贞子：《张爱玲——爱与生与文学》，《中国研究》，总第 19 期（1991 年）。

⑧ 冯祖贻：《百年家族——张爱玲》，台北立诸文化，1999 年，第 327 页。

趣。张爱玲在绘画方面也有着相当的兴趣和很强的才能。如亲自动手绘制杂志的插图和封面，或是很有见地地评论绘画作品等等。① 而对绘画的兴趣又与她对衣类的考究紧密相关，她像喜欢绘画一样喜欢着服装衣料②，从香港大学时期开始就与好友法蒂玛一起试着经营时装设计的店③，这样的事情也曾有过。

才女张爱玲就这样将自己对衣服的考究心得，向文笔方面发展，以前文介绍的《金锁记》为伊始，在她笔下诞生了众多小说。以绢制旗袍的颜色花纹体样，排列组合等等，在《鸿鸾禧》中象征着众多姐妹的性格和人生。不局限于"绢"，从"服装"角度切入文本的话，就会发现很多（以衣写人）的相符的例子。在描写用自身尊严和纯洁去交换物质金钱而渐渐失落的女性的小说《沉香屑——第一炉香》中，堕落的第一步是从衣橱里满盈的各种用途的衣装这里开始的，《茉莉香片》中内向的主人公，在香港深夜的山中道路上怀着必死决心进攻时，对方的服装是白色里子上衬着翡翠绿的风兜斗篷，斗篷底下穿着一件绿阴阴的白丝绒长裙，这是颇令人印象深刻的装扮。

如是"恋衣"，即对服装持有的考究的态度，张爱玲在小说中活用且多用，与此相关的知识与感性，实际上已超越了单纯的对衣服的个人喜好与狂热范畴，其小说中呈现出一种理智性的意图，这有其背景原因。本来张爱玲以职业作家身份开始卖文生活最初发表的作品是英文散文 CHINESE LIFE AND FASHIONS，载于面向当时住在上海的外国人而发行的英文杂志 XX Century 第 4 卷第 1 期（1943 年 1 月）上。这篇文章论述了存在了近 300 年的清朝，前 250 多年间服装饰品未能有较大变化，和自 19 世纪末到当时（40 年代）50 年间令人目不暇接的变化等等，以及时代的氛围和服装细节变换相关的情况。责任编辑 Klaus Mehnert 也在该文前言中说道："女性比男性更胜一筹，即便是对于男

---

① 张爱玲：《忘不了的画》，《杂志》，第 13 卷第 6 期. 1944 年 9 月；也有《谈画》等文章。

② 张爱玲：《对照记——看老照相簿》，台北皇冠出版社，1994 年，第 32 页。

③ 冯祖贻：《百年家族——张爱玲》，台北立诸文化，1999 年，第 323 页。

性，这篇文章不单是解读时装潮流相关的短文，更是一篇现代中国娱乐精神分析（amusing psychoanalysis）的文章。"

在不到一年后，这篇散文的中文版《更衣记》，果然在上海发行的杂志《古今》第 34 期（1943 年 12 月）上发表了。两文的内容虽同，然而读者对象已然不同，导入部分对读者的引入方法和细微的比喻方法——如在英文中的"哥特式建筑"等华丽的建筑和中文小说中《红楼梦》里出现的"大观园"等等名词——都因译文而有所不同。而且在英文中短小的小标题，在中文中就可能变成了段落。然而更加本质的差异在于，（在中文版中）原先英文版中关于发型和帽子的部分被删除了，而更加主要地集中叙述"衣"的部分，而且中文版中反而增加了男性服装相关的部分。

《更衣记》的概要大体如下：长久存续的清朝时代的人们多穿着形制宽松的衣服，清末由于铁道开设等事项与外界和未曾见过的洋人接触机会变多，为了行动便利其衣服设计有了缩小的倾向。另外，因为年轻人的时尚追求，衣服的形制也在渐渐变化，衣襟的高度和衣服样式的变化反映了世态变迁。在政局动荡之时衣襟设计得异常高，依据这一点来看此时会流行不平衡对称的服装。女性本来作为差别的对象，她们的衣服必有上衣下裙之分，后来受到西洋新式时装潮流的影响也开始出现了连衣裙类的服装穿着潮流，1921 年左右广泛出现的旗袍（改良后）当属此类。

然后，在这些叙述之中挟含了诸如下文的见解，展现了张爱玲的时装（FASHIONS）观和时代风貌以及人类精神状态之间相对应的关系："时装的日新月异不一定就意味着活泼的精神和崭新的思想出现。不仅如此，恰巧相反，它可以代表呆滞；由于其他活动范围内的失败，所有的创造力都流入人的衣服的区域里去。在政治混乱期间，人们没有能力改良他们的生活情形。他们只能够对他们贴身的环境进行创造——那就是衣服。我们各人住在各人的衣服里。"

而且，在先前所说的英文版中所没有的关于男性服装的部分中，张爱玲提出了西化的男性服装的颜色和模样都变得老土的观点："男人的生活明明比女人自由得多，唯独在这一点上却不是自由的。所以我不愿成为男人。"这确实是张爱玲式的腔调，呈现了张爱玲对中国以及外国男性的这种服装现象的独到见解。

"直到 18 世纪末期，中外男性都还有穿着盛装的权利。然而对男性服装的颜色上的限制是现代文明的特征。暂且不论这在心理上对男性是否会产生不健康的影响，但这至少也是一种不必要的抑制。在文明社会的集团生活中，必要的压抑以多种形式存在着，似乎在小节上放纵些，作为补偿。男性若是对穿戴外表再多关心一些，他们便更能认识到自己的身份价值，不至于依赖权术获得社会的注目和赞美，不至于为了提高自己的声望祸国殃民，互相争斗了吧。当然，男人若仅仅是因为换上了更加色彩鲜艳的装束，世间就会太平，这显然是一个笑话。大红蟒衣里戴着绣花肚兜的官员们照样会淆乱朝纲。但是在预言者威尔斯①合理化的乌托邦中，公民男女们一律穿着色彩艳丽的、薄膜一样的衣装和斗篷。这倒也值得做我们参考的资料。"

在短文的末尾提到当时穿戴中国和西洋的衣装或小配饰并没有一定的规制和标准，文章以幽默讽刺的笔调描写了在张爱玲看来那些胡乱穿搭、自以为得意的年轻人。她将这样的年轻人比作是薄暮之时店铺收摊之后，从蔬菜鱼肉碎渣散落满地的市场中冲出，卖弄本领放松了把手，肆意地骑着自行车，轻情掠过的孩子。"在这一刹那，满街的人都充满了不可理喻的景仰之心。人生最可爱的当儿便在那一撒把手吧？"她这样总结道。

她对服装形成的如此的学识积累和看法，据邵迎建的观点，很有可能是受到了许地山的影响。从 1939 年秋至日军大肆进攻香港（1941 年12 月），这期间张爱玲一直在香港大学读书，当时，许地山也在同一所大学执教。邵迎建在《张爱玲和恩师许地山》②（山梨大学教育人间科学部纪要第 3 卷 2 号，2002）中说，张爱玲的 CHINESE LIFE AND

---

① 译者注：威尔斯（1866—1946），英国作家，著有《时间机器》《隐身人》等科幻和社会预言小说。

② 译者注：原文标题《張愛玲と恩師許地山》

FASHIONS 和《更衣记》，受到了许地山民俗学和宗教学相关的授课及其著述的影响，更是受到刊载在《大公报》上许地山的《近三百年来中国底女装》的直接启发，张爱玲有意要续写这篇时间段止于清末的文章之后的内容。

顺带一提，许地山的文章是依照时代特点，以各阶层的女性的服装为中心，涉及饰品、化妆、缠足等等，同时辅以大量照片而展开论述的。张爱玲则是在前述的两文中，加入了一些自己的手绘插图。

在邵氏论文中的比较论证是很仔细的，主要是肯定了张爱玲受到许地山人格魅力和学问启示影响的可能性，这里就不再复述。在少有日常生活习俗细节相关的研究者的时代，许地山曾是"文学研究会"① 的一员，在欧美学习了宗教学和民俗学的他，在这篇文章中也披露了如下一些思考：

"衣服和手脚的装饰本身就应当是非常值得研究的事物。装饰艺术水平的高度，也展示了民族文化的程度。"

"将来的服装至少会包含以下 4 点基准。1. 优美性。2. 卫生性。3. 经济性。4. 舒适性。"

"为了达成这样的目的，不得不讲究与研究衣服的样式、材料，并培养专门的专业性人才。现在，欧美已经出现了设立专门服装机构的提案。"

"我认为这是必要的事情。换言之，衣、食、住是同等必要的。如果由专家来管理和指导衣服的穿着，那也就不用如现在这般，今日禁短袖，明日禁光脚等等了。"

但是，笔者认为这后半部分的一些观点，张爱玲未必会赞同。如邵

---

① 1921 年中国最早结成的近代纯文学团体。和第二年结成标榜艺术派的创造社相对比，它是主张"为人生而艺术"的写实派，多被认定为"人生派"。

氏论文所述，张爱玲在她的文中并未明示与许地山的关系①，虽然不能断言这是明白的反驳，但笔者能感觉到张爱玲在《更衣记》的叙述中作为女性，或者说是作为一个独立个体，以她特有的感性，提出了与许地山不同的观点。换言之，虽然在形式上沿着许的足迹继续写了下去，但她并未依照许的观点和思路一路袭承，而是表现出了"张爱玲自己的书写"这样的主张。

例如这样的叙述："我们（中国）的时装不是有计划、有组织的实业（工商业）。在巴黎，像 Lelong's Schiaprellis 这样的数个大规模时装公司垄断了一切，影响波及整个白人社会，这是中国无可比拟的。我们的裁缝没有主张。公众的幻想往往不谋而合，产生一种不可思议的洪流。裁缝只有追随的份儿。因为这缘故，中国的时装更可以作民意的代表。"

这真是张爱玲式的极富幽默讽刺趣味的妙语，仅以此一例来得出这样结论或许不甚严谨，在张爱玲的关于服装的思考中确实能见到许地山的影子。虽然对许"智"的部分抱有相当的敬意，但在"情"（特别是作为女性）的部分中，她不一定能完全赞同许的观点。这也许成了张爱玲上述两文的写作动机之一。

因此，稍微夸大地说，邵迎建的论文没有简单止于对张爱玲在服装上的深厚造诣的揭示。本来张爱玲在当时日本占领下的上海有着巨大的声望，其夫胡兰成被人同鲁迅放在一起相提并论，50 年代美国哥伦比亚大学的夏志清看重张爱玲，更是在《中国现代小说史》② 中将她仅位列

---

① 邵迎建在《张爱玲和恩师许地山》中有以下描述："在小说的世界中如上文一般的描写中出现了许地山的影子，张爱玲在文中数次涉及了香港大学，却一次也没有提及恩师许地山。为何？或许在公开的言语文字世界与个人感情的私人世界之间，以一条线严格划分两者是张爱玲的原则。尽管状况曾有差异，但对第一任丈夫胡兰成亦是这样的态度，对于在自己生命中刻下深刻印记的人持续保持沉默，可以说是张爱玲的一贯原则。"笔者认为，这一段论述还应结合其侧面背景，结合当时的大小事态和张爱玲的打算才能去进行理解和思考。当时为亲日政权工作的胡兰成可能受到了"汉奸"（卖国奴）这样的谴责，（对张爱玲可能也有一定影响），同时，即便是恩师，注重独创性的张爱玲也不认为借用别人的框架执笔行文是一件值得骄傲的事。

② 夏志清著，刘绍铭编译：《中国现代小说史》，台北传记文学出版社，1985 年。

于鲁迅之后。虽然有以上篇幅的评价，但中国大陆直到 80 年代初，对张爱玲的存在都处于等同于无的被忽视状态。随后，虽然终于开始重读张爱玲，但在当时却有着诸如 "40 年代初，日占上海文坛中如闪电般绽放的一朵奇葩"①，"主流旁侧之小道"② 之类的评价，使其在中国近现代文学史中的定位非常暧昧。但从先前介绍的杨泽论文中关于张爱玲和鲁迅文章的关联，以及代表现今中国知识分子的复旦大学的陈思和论文中张爱玲同鲁迅的关联③等论述来看，以五四文学革命④为出发点，在中国近现代文学的传统中去发现捕捉张爱玲的意义是学者正努力尝试的方向。在邵氏的论文中，其行文态度也是由鲁迅《狂人日记》和张爱玲《金锁记》的比较开始的⑤，具有贯彻上述重新发现张爱玲的方向视点。在邵氏近著《传奇文学与流言人生——一九四〇年代·张爱玲的文学》的后记中这样写道："我最终看见，张爱玲文学确实正经历由周边逐渐到主流的过程，在对鲁迅的'其实地上本没有路，走的人多了，也便成了路'这句话的品味中，我也在逐渐达到目标的过程中体味到了自满和充实。"

综上可见，由一般意义上的恋物情节（Fetishism）捕捉到的张爱玲的"恋衣"，是超越了个人心理学问题范畴，可以铺开至张爱玲作为上海人以及作为中国近现代作家的身份的问题，张爱玲的"恋衣"启示了这样的可能性。作为材料的绢和服装是张爱玲个人为之着迷的事物，将对其产生的感性和心象付之于作品，这样的行为可以说是处于洪流之中的一种选择。

---

① 胡凌芝：《张爱玲的小说世界》，《抗战文艺研究》，1987 年第 1 期。

② 柯灵：《遥寄张爱玲》，《收获》，1985 年第 3 期。

③ 陈思和：《民间和现代都市文化——兼论张爱玲现象》，杨泽编《阅读张爱玲》，台北麦田出版，1999 年。

④ 1911 年的辛亥革命之后，在文化层面否定儒教思想及作为其支撑的文言文，标榜民主与科学，提倡白话文。以鲁迅《狂人日记》为伊始的以白话文写就的小说大量出现。这场文化运动在政治方面的影响在 1919 年 5 月 4 日前后以反帝国主义，反殖民地化运动等等而被推向澎湃高潮，作为中国近现代史各种现象的原点，能够发现许多社会活动相关事物。

⑤ 邵迎建：《传奇文学与流言人生——一九四〇年代·张爱玲的文学》，お茶の水书房，2002 年。

# 师门内外：论章门弟子的合作与矛盾

□ 高晓瑞①

在五四新文化运动这场声势浩大的运动中，关于文学观念、文学建构甚至文学创作的论争构成了"热闹"的一面，而现今学界往往将关注的目光投向对立阵营之间发生的论争，他们用进化论的观念来看待论战双方的观点，按照是否符合现代性的标准来评判其对错、善恶、好坏。然而这种观点的缺陷在于，一方面先验地为研究对象打上印记，认为凡是推翻旧思想、旧观念的个人或群体就拥有不可置疑的正确性。而章太炎曾论："进化之所以为进化者，非由一方直进，而必由双方并进……若以道德言，则善亦进化，恶亦进化；若以生计言，则乐亦进化，苦亦进化。"② 善恶都是在不断进化之中的，因此新与旧、文明与野蛮、传统与现代并不能以简单的时间先后为准则，亦不能把所有关于传统的一切都归结到落后或错误的一面，可恰恰"五四"时期的文学论争很大程度上充斥着与此相反的历史乐观主义思想。

另一方面，由于过度重视轰轰烈烈的文学论争的结果，则导致了学人对论争中个体或群体的思想转变关注不够。就具体的文学论争而言，对手的批评与冲击能激起同人的战斗力和统一性；而当对手偃旗息

① 本文系四川省社科规划青年项目"师承关系与中国现代文学制度的发生（1917—1927）"（SC22C031），四川师范大学校级项目（文科）"文人门派传承与现代文学制度的发生研究"阶段性成果。高晓瑞，四川师范大学文学院讲师，研究方向为中国现当代文学。

② 章太炎：《俱分进化论》，《民报》第七号，1906 年 9 月。

鼓，本应使己方的文学理想进一步发展时，却往往迎来同门的反目。从此，同一战壕的战友不复存在，最初有关文学的设计也随之停止。五四时代虽然是反传统的时代，与传统伦理道德相关的部分多被一一批判，但师承关系却依托现代教育制度的改革等因素延续下来，并继续对五四文人聚合起着重要作用。同一师门的师兄弟在拥有相似观念、遵从师说之外，更易因撇不开人情等因素自动"站队"，以观念共同体的面貌出现，由此主动或被动地参与进文坛的论争中。

的确，他们的合作使其主张能迅速在文坛中立稳脚跟，声势浩大的群体观念宣传也更能扩大自身的影响力，因而以师徒同门关系为依托的文人群体在文学论争中，更易获取更多青年的支持与追随。然而，没有团体能始终保持观念一致。"五四"崇尚个性自由，斗士们虽然以团体的姿态出现，却拥有各自的文学理想和规划。因而在完成某一场对外的"作战"后，更易出现的情况是曾经的战友开始各自为前途打算，走向不同的学术之路，统一的群体开始分崩离析，甚至是同门反目。不同群体或师门之间的论争使得五四文坛异彩流光，那么同门兄弟由合作转为背离则令人扼腕。然而这背离又会给现代文坛带来什么样的影响？他们不同的人生选择将怎样影响五四文学的走向？

## 一、尊师与情谊：从师承关系看章门弟子的合作与互动

古人云"文人相轻"，这一论断放在任何时代中皆能找到例证。"五四"时代更是如此，因为彼此师父观念不同导致的弟子间的防范和龃龉不在少数，但若从同门关系来看，"五四"初期在文坛主动或被动引发最大波浪的则是章门弟子。章太炎本人虽为国学大师，但同时亦是一位革命家。他的弟子在仰慕师父的同时，各自皆习得其不同风采，譬如黄侃就专注其旧学，而鲁迅、钱玄同、周作人等则属意于师父的革命精神。许寿裳回忆，"章先生出狱以后，东渡日本，一面为《民报》撰文，一面为青年讲学……先生讲段氏《说文解字注》，郝氏《尔雅义疏》

等，神解聪察，精力过人，逐字讲解，滔滔不绝，或则阐明语原，或则推见本字，或则旁证以各处方言。自八时至正午，历四小时毫无休息，真所谓'诲人不倦'"①。然而章太炎的弟子在回忆他时，却往往更神往于他在革命方面的精神和业绩。鲁迅晚年就曾回忆先师："我以为先生的业绩，留在革命史上的，实在比学术史上还要大……前去听讲也在这时候，但又并非因为他是学者，却为了他是有学问的革命家。"②这种评价一方面与鲁迅的价值取向有关，另一方面也与"五四"后鲁迅长时间浸淫文坛，参与无数大小论战有关。作为革命家的章太炎最吸引人之处莫过于特立独行的个性和敢于创新不怕失败的勇气，"章太炎素有'章疯子'之称，这种疯癫之气与其时代先觉者的身份是相得益彰的"③。"疯子"代表了一种个人英雄主义和浪漫主义对旧社会旧思想的反拨，与鲁迅后来描写的狂人相似。整个新文学界都昭示着对变革的急需，青年人甚至喊出："我们最当敬重的是疯子，最当亲爱的是孩子。疯子是我们的老师，孩子是我们的朋友。我们带着孩子，跟着疯子走，走向光明去。"④ 在对新时代的呼唤和对旧时代的破坏之下，社会上普遍流行着这种所谓的"疯癫"之气，它兼具了人格的独立和对时代重建责任的背负。在当时大部分青年人的认识中，章太炎的形象和与之齐名的王国维并不一致，因为他不只拥有学者的身份，更是一个文化斗士或革命义士的形象。而章太炎在新文化运动中做出巨大影响的几个弟子恰巧也是受到他"狂人"和"志士"精神影响的人。

鲁迅、钱玄同无疑是对所谓"疯癫"之气继承得最好的人。从师承角度看，鲁迅虽有三味书屋、日本仙台医学院的求学经历，但鲁迅之所以成为文学史上拥有战斗精神的鲁迅，实则源自对章太炎精神的学习与继承。章太炎在晚清"公理至上"的主流话语外提出质疑，他虽承认

---

① 许寿裳：《章太炎传》，百花文艺出版社，2004 年，第 60 页。
② 鲁迅：《关于太炎先生二三事》，《鲁迅全集》第六卷，人民文学出版社，2005 年，第 565 页。
③ 耿传明：《鲁迅与鲁门弟子》，大象出版社，2011 年，第 73 页。
④ 傅斯年：《一段疯话》，《新潮》第一卷第四号，1919 年 4 月 1 日。

"进化论"，却认为善恶都会同时"进化"，对一切都倚赖进化最终达成完美至善之境的观念保持怀疑，并从人性的角度指出以所谓公理为基础的进化论的不合理。这种在主流观点之外保持清醒的态度给其弟子很深的感触。

除此之外，章太炎影响弟子最深的则在于其敢说敢做的"战斗性"，其战斗性主要体现在他与吴稚晖的几场笔战上。因章太炎和吴稚晖的过节，鲁迅对吴稚晖其人其文亦没有好感，鲁迅在去世前两日最后所写的一篇文章中都不忘对吴稚晖进行嘲讽和批驳。鲁迅称自己刚去日本留学之际见留学生演讲，本来肃然起敬，却听吴稚晖在演讲中插科打诨、嬉皮笑脸，头上的白纱布下"藏着名誉的伤痕"，"这就是后来太炎先生和他笔战时，文中之所谓'不投大壑而投阳沟，面目上露'。其实是日本的御沟并不狭小，但当警官护送之际，却即使并未'面目上露'，也一定要被捞起的。这笔战愈来愈凶，终至夹着毒詈，今年吴先生讥刺太炎先生受国民政府优遇时，还提起这件事，这是三十余年前的旧账，至今不忘，可见怨毒之深了"①。

章太炎与吴稚晖的论战源于章太炎对吴氏的怀疑。章氏支持革命并对青年邹容青眼相加，然在邹容被捕乃至被害的过程中章太炎却怀疑此事与吴稚晖向清廷告密有关，虽未找到确切证据，却不妨碍章太炎在为邹容作传时将自己的怀疑写进其中，由此引发二人无休止的口诛笔伐，两人骂战到最后甚至用上了市井之语。虽就史实而论，吴稚晖其人其事也并非全不可取，而章太炎对其反清自杀未遂之事却视为故意的表演，此种认识未免也太过主观。但此种全然凭个人好恶的主观化论断，却显示出章太炎浓厚的个人特点，即对论敌不留余地。同时他一针见血的做派亦深深地影响了弟子鲁迅等人，让他们在参与五四文学的建设以及论争时都保有了一种极具"我见"的意识。

虽然在文学观念上与师父的主张并不完全相同，但师父笔战时的锋

① 鲁迅：《因太炎先生而想起的二三事》，《鲁迅全集》第六卷，人民文学出版社，2005 年，第 578 页。

芒却让弟子们神往。鲁迅等人从师父那里获益最深的便是反叛精神和独立思考，在文学观上更是包括对魏晋风骨的推崇和对疑古观的怀疑。这种不甘平静的心理使得鲁迅在和几个同人创办《新生》杂志失败、意识到"我决不是一个振臂一呼应者云集的英雄"① 之后，虽为去除自身的痛苦而身居绍兴会馆钞古碑，却仍在同门钱玄同的多次劝说下走上了宣扬新文化运动的道路。从钱玄同的记述来看，更可窥见鲁迅对文学革命所做的努力。钱氏称："我认为周氏兄弟的思想，在国内数一数二的，所以竭力怂恿他们给《新青年》写文章……我常常到绍兴会馆去催促，于是他的《狂人日记》小说居然做成而登在第四卷第五号里了。自此以后豫才便常有文章送来。"② 由此开启《新青年》同人发文最团结也最有战斗力的一段时期。那时《新青年》以胡适、陈独秀为首，加上鲁迅、周作人、钱玄同等章门弟子，共同导演了几场文学论争，引领了白话文运动，用创作的实绩吸引更多青年加入进来。

然而不论是对《新青年》的发展史或是白话文运动的始末，学界都有非常深入的研究，在这里想要解决的主要是一脉相承的师徒之间除了学识还能继承哪些精神旨趣，以及同门师兄弟的邀约是否对文人的选择有重要影响。从章太炎对其弟子的影响来看，可以发现现代师承关系中，师父对弟子的影响并不仅止于学问方面，反倒是师父的个性以及研究中所体现出的独特观念和研究方法，更能深深影响弟子的审美趣味和学术诉求。另一方面，就师兄弟之间的学术观念而言，同一时期受教以及拥有相似求学背景的人更能做出相似选择。现代学者曾考证，近代知识界在师承派系关系中依然非常重视地缘特征，同门中与师父同乡的弟子更易得到师父的重视，也更易形成团体。章门弟子虽然人数众多，却仍以浙系为主，其中章太炎较早收的学生"黄侃、汪东、吴承仕三人均

---

① 鲁迅：《呐喊·自序》，《鲁迅全集》第一卷，人民文学出版社，2005年，第439—440页。

② 钱玄同：《我对周豫才君之追忆与略评》，《鲁迅回忆录·散篇（上册）》，鲁迅博物馆等选编，北京出版社，1999年，第94—95页。

非浙籍人士，这在十分注重'省界'等地缘观念的近代知识界，便不免造成了他们与其他浙籍同门的隔阂"①。而周氏兄弟、钱玄同以及"三沈二马"均为浙江同乡，且又都支持白话文运动，黄侃诸人虽也在北大任教，却难免因观念不合和地域差异受到其他同门的排挤。而从周氏兄弟等人在新文化运动初期即参与并为之摇旗呐喊的举动来看，同门劝说并因"人情"因素参与的成分亦占很大比重。也正因此，虽然他们都继承了师父独立的精神和风骨，但当力图改变现状的斗志与同门情谊碰撞在一起时，却使得单独的个体发挥出更大的力量。

## 二、合久必分：观念与人脉的差异

在现代文学论争中，除了不同派别团体之间为了某种观念或利益引发的口诛笔伐之外，还有一种秘而不宣的对峙和疏离。这种隐秘的隔阂多产生于原先处于同一门派或阵营的同人之间，他们不会在公开场合或是刊物上发文谩骂、诋毁，却常常采取"绝无来往"的方式，数十年不曾有过任何交集。其实团体之间的论争，在某种程度上扩大了新文学的影响，使更多观念为青年知晓，客观上促进现代文艺思潮的完善和丰富，而发生在亲密战友之间的龃龉，却常以惨淡的结局收场，更有甚者终生不再相见。同门关系的恶化有很多方面的原因，一方面源于各自思想观念的变化，另一方面则涉及文人个人的日常交往。而需要思考的是，同一门派内部师兄弟的分化是如何作用于"五四"时期文学论争的？这与门派间的论争有何差异？在观念与情感冲突之间，文人的心理会有怎样的变化，会如何左右其日后的选择？

若论及同门失和，"五四"时期最有名的当属鲁迅与钱玄同。鲁迅与钱玄同当年同去日本留学，又几乎同时拜在章太炎门下，在东京时期长期听章氏授课，师兄弟观念皆从老师，私交也颇深。章太炎本属古文

---

① 卢毅：《试析章门弟子的内部分化》，《东方论坛》，2007 年第 6 期。

大家，但弟子中大部分人却非常"叛逆"地为白话文运动和文学革命奔走号呼。就以最为活跃的钱玄同来讲，其最大的功绩就在于导演的"双簧戏"和劝说鲁迅进行白话文创作，但最终二人却分道扬镳，甚至从20年代中后期开始就不再有交往。他们二人的交恶各家有各家的说法。从钱玄同的角度来说，他与鲁迅的交谊大致分为三段，新文化运动前尚疏，中间十年交往密切，后十年极为生疏，实在是"绝无往来"①。

试从二人回忆与书信中来看，二人的交恶很大程度上与其不同的人际交往以及新文化运动退潮后的选择有关。鲁迅曾回顾说，"五四的风暴已过，《新青年》的团体散掉了，有的高升，有的退隐，有的前进，我又经验了一回同一战阵中的伙伴还是会这么变化，并且落得一个'作家'的头衔"②。其中不无对曾经战友钱玄同、胡适等人归于书斋，沉心"整理国故"的不满。当然就钱玄同等人的观念来看，亦对鲁迅日渐倾向革命表示不予认同。但囿于同门情谊，并且不同的学术追求实际上也隶属私事，所以鲁、钱之间并未有公开的论争，反而只是在有其他同门等值得信任的人在场时，才会表达心声。据此他们共同的好友沈尹默就曾记录过鲁迅与钱玄同在老师章太炎面前一言不合而争得面红耳赤、不欢而散的事。

当然更多时候，鲁迅和钱玄同由亲密到疏远，并未像攻击章士钊、吴稚晖等人那样诉诸文章，更多是私下通信时的评论而已。譬如鲁迅就曾致信许广平，称："途次往孔德学校，去看旧书，遇钱玄同，恶其噜苏，给碰了一个钉子，遂逡巡避去；少顷，则顾颉刚叩门而入，见我即踌躇不前，目光如鼠，终即退出，状极可笑也。"③鲁迅对钱、顾二人的评价不可谓不尖刻。而后鲁迅的信件纷纷公开成册发表，钱玄同自然会

---

① 钱玄同：《我对周豫才君之追忆与略评》，《鲁迅回忆录·散篇（上册）》，鲁迅博物馆等选编，北京出版社，1999年，第95页。

② 鲁迅：《〈自选集〉自序》，《鲁迅全集》第四卷，人民文学出版社，2005年，第469页。

③ 鲁迅：《290526 致许广平》，《鲁迅全集》第十二卷，人民文学出版社，2005年，第175页。

看到这样的苛刻评价，因而不无愤恨地对此进行辩驳："我想，'胖滑有加'似乎不能算做罪名，他所讨厌的大概是唠叨如故吧。不错我是爱'唠叨'的，从民国二年秋天我来到北平，至十五年秋天他离开北平，这十三年之中，我与他见面总在一百次以上，我的确很爱'唠叨'，但那时他似乎并不讨厌，因为我固'唠叨'，而他亦'唠叨'也。不知何以到了十八年我'唠叨如故'，他就要讨厌而'默不与谈'。但这实在算不了什么事，他既要讨厌，就让他讨厌吧。"①

其实在鲁迅去世后，钱玄同对他的评价亦算中肯，客观地评价了他对新文化运动所做出的贡献，然而却含蓄地道出了二人分道扬镳的导火索，其实是因为二者的交往圈子以及交往原则不尽相同。这一点就要从顾颉刚和陈西滢谈起。在1925年的"女师大风潮"事件中，鲁迅与陈西滢等人对于政府和学生问题持完全不同的立场，而陈西滢还做了一件令鲁迅绝对不能原谅的事，那就是关于"抄袭"问题的指摘。陈西滢在《现代评论》第2卷第50期上发表《剽窃与抄袭》，暗指鲁迅的《中国小说史略》抄袭："我们中国的批评家有时实在太宏博了。他们俯伏了身躯，张大了眼睛，在地面上寻找窃贼，以致整大本的剽窃，他们倒往往视而不见。要举个例吗？还是不说吧，我实在不敢开罪'思想界的权威'。"② 而据顾颉刚后人证实，此所谓"抄袭"之事实为顾颉刚告诉陈西滢的。陈西滢固然可恶，而始作俑者顾颉刚则更是无可原谅。

学人只道顾氏"自称只佩服胡适、陈源二人"③ 令鲁迅厌恶，却不知顾颉刚在背后的撺掇更让鲁迅不齿，证据可见顾颉刚女儿所写回忆录："鲁迅作《中国小说史略》，与日本盐谷温《支那文学概括讲话》为参考书，有的内容就是根据此书大意所作，然而并未加以注明。当时有人认为此种做法有抄袭之嫌，父亲即持此观点，并与陈源谈及，1926

① 钱玄同：《我对周豫才君之追忆与略评》，《鲁迅回忆录·散篇（上册）》，鲁迅博物馆等选编，北京出版社，1999年，第96页。

② 陈西滢：《剽窃与抄袭》，《现代评论》第二卷第五十期，1925年11月21日。

③ 陈漱渝：《五四文坛鳞爪》，中国文史出版社，1998年，第68页。

年初陈氏便在报刊上将此事公布出去。"① 所以，鲁迅之所以痛恨顾颉刚，不仅因其是个造谣者，并且不自己说这谣言，反唆使别人来批驳，让鲁迅无从辩驳。这双重的可恶，让鲁迅不惜对其进行"人身攻击"借以泄愤。而恰是这样的顾颉刚和陈源，钱玄同却与之保持着良好的关系。尤其是对顾颉刚，钱玄同更是盛赞其治史的方法，甚至还把自己的名字改为"疑古玄同"，这对鲁迅来说无疑是一种打击。从私人关系来说，在周氏兄弟分道扬镳后，钱玄同似乎更愿意和周作人做朋友，对鲁迅则敬而远之。更令人深思的是，钱玄同把鲁迅对自己的成见看成是鲁迅的"迁怒"，"他本善甲而恶乙，但因甲与乙善，遂迁怒于甲而并恶之"②，暗示鲁迅是因憎恶顾颉刚，而自己同顾颉刚颇为契合，于是鲁迅也厌恶起了自己。钱玄同虽然说出了鲁迅多疑的性格特点，却也忘了所谓"剽窃"之事对文人心理伤害之大，曾经的同门师兄弟因不能互相体谅而反目，岂不令人扼腕？

由此可见，同门的反目与争论很大程度上还是局限在私人纠葛的范围，不像对待其他派系一般，一旦发生龃龉，势必会导致在公开场合或公众刊物上的口诛笔伐，生怕影响力不能更大，毕竟文学论争是扩大影响的最好方式。而同门兄弟若有了不同立场，则始终会顾忌师门形象，为师父和同门留得脸面，最终相忘于江湖。

## 三、分道扬镳：同门决裂后的归途

不同派别或社团成员发生论争或是骂战后，双方往往会随着骂战的关键从观念差异转为单纯吵架而逐渐偃旗息鼓。若是论战双方分属新旧两个阵营，由于五四风潮的大势所趋，旧的一派则逐渐淡出，不再拥有

① 顾潮：《历劫终叫志不灰——我的父亲顾颉刚》，华东师范大学出版社，1997 年，第 103 页。

② 钱玄同：《我对周豫才君之追忆与略评》，《鲁迅回忆录·散篇（上册）》，鲁迅博物馆等选编，北京出版社，1999 年，第 97 页。

广泛的读者和追随者；若是论战双方都属新派文人，客观上讲他们的论争亦完善了新文学建构的方方面面。况且五四社团、派系虽多，维持的时间却短，新思想尚在不断更新、进步中，文人亦常参与好几个社团或群体，因而这种情况下的文学论争也仅仅限于思想观念上的论争，一场笔战下来双方或能增进了解，有的甚至不打不相识地成为好友。然而现代文人聚合中有很大一部分是倚赖师承关系而形成的，他们不仅是因为某种文学观念和理想而聚拢，更有传统师承关系下同门关系的影响，即因拥有共同的师父、习得师父的主张而结成的师兄弟关系。

中国人素来尊师重教，不论是在传统师承关系还是现代师承关系里，即便后来弟子对师父的观点有所反对，但弟子对师父的尊重和敬仰都是始终如一的。从钱玄同、周氏兄弟等人从事新文学、批判旧文学上就可以看出，他们固然不全然同意师父之说，甚至还批其落后、倒退，但在尊重老师、为师门正名方面，还是恪守古德，体现着文人的气度与风骨。而同门师兄弟之间若是发生了矛盾或龃龉，为了同门情谊和师门面子，往往不会发生公开的笔战，其不满的情绪亦只会在给少数信任的人的书信或日记中出现。然而需要关注的是，走上不同道路的同门师兄弟，他们各自又有什么样的选择？同壕战友的分歧会怎样影响现代文学的构建？

"五四"时期的现代师承关系的生成有一个特点，即现代师父多是依托现代大学而拥有与自己观念相投的弟子的。以章门弟子为例，"教员有好些是太炎的学生，民国成立后多转入浙江教育司办事，初任司长也就是沈衡山，有一部分人则跟了蔡子民进了教育部，如许寿裳，鲁迅均是。在教育司的人逐渐向北京走，进了高等师范和北京大学，养成许多文字音韵学家，至今还是很有势力"①。章门弟子对各大高校的渗透，客观上使得章门弟子及再传弟子的人数众多，影响亦颇为广泛，鲁迅、周作人等人都拥有了众多观念的追随者。另一种情况则是如胡适一

---

① 周作人：《民报社听讲》，《周作人自编文集·鲁迅的故家》，止庵校订，河北教育出版社，2002年，第281—282页。

般，在国外留学时即拥有了极大的名声，回国后被聘到北大任教，新锐的观念亦为其吸引了青年学子的追随。传统师承关系的形成包含复杂的过程，拜师要经过一系列复杂的礼仪，拜入师门后则终身为其弟子，继承发展师父的学说。而现代师承关系的形成则抛弃了求师拜师的繁复礼节，不再是师父考察弟子的资质，更多表现为弟子对师父才学观点的认同。同时得益于近代报刊业的发展，文学大师往往会通过在刊物上发文来扩大影响力，青年们也多通过现代文学报刊把握文学思潮的走向。如果他们认定某一大师观念，则会在创作或组建社团的过程中有意模仿、跟随大师，某种程度上亦可算成大师的追随者，很多人还以成其为大师的精神继承者而自豪。所以现代师父实际上拥有了两种弟子，一是及门弟子，二是跟随其观念进行自己文学实践的青年群体。

有意思的是，大师的思想蕴藏丰富，其及门弟子与追随者所继承的内容往往呈现不同的倾向。及门弟子往往选择最后归于纯粹的学术研究，尤其是在同门兄弟之间发生龃龉和决裂后，沉于纯粹的学术研究则成了他们继承师说、顺从本心最好的方式。章太炎门下弟子钱玄同、周氏兄弟等人鼓吹新文化运动，黄侃等人则专心古典文学。虽然他们师兄弟间观念不相投，甚至连钱玄同与鲁迅都在 20 年代中期后因各种原因不再往来，但不论是"五四"前期的黄侃还是"五四"后期的钱玄同，都以一种回到"书斋"的方式进行着自己对新文学各方面的建构和设想。钱玄同在给周作人的信中说："我们以后，不要再用那'必以吾辈所主张者为绝对之是而不容他人之匡正'的态度来作'诇诇'之相了。前几年那种排斥孔教，排斥旧文学的态度很应改变。若有人肯研究孔教与旧文学，鳃理而整治之，这是求之不可得的事。即使那整理的人，佩服孔教与旧文学，只是所佩服的确是它们的精髓的一部分，也是很正当，很应该的。但即使盲目地崇拜孔教与旧文学，只要是他一人的信仰，不波及社会——波及社会，亦当以有害于社会为界——也应该听其自由。此意你以为然否？但我——钱玄同——个人的态度，则两年来早已变成'中外古今派'了。"① 因此钱玄同的观点是慢慢地抛弃掉五四时期那种绝对的、非此即彼的态度，并且最终是要回到书斋专心学术和文学的，这一点与胡适门下的顾颉刚等人大致相同。

但这种选择，一方面让被他带入新文学创作的鲁迅不能接受，认为好友纷纷退却，另一方面他与顾颉刚的相交则激怒了与顾氏有嫌隙的鲁迅。鲁迅交友向来纯粹，厌恶某人则终生不会与之为友，这也对他们师兄弟的关系造成了很大的影响。从这个意义上来说，现代文学潮流的引领需要文人群体的共同作用，而文学群体的形成很大程度上又依托于以师承关系为联结形成的文人群，师兄弟间的合作与龃龉反过来又都会影响文学潮流的发展。他们的合作会形成合力，促使某种观念的传播，而他们的龃龉虽因顾及师门脸面不会形成大规模的笔战，可文人之气性却使他们不会继续处于同一阵营。这种情况下，退居书斋是最好的方式，一是能延续师父的研究与学问，其次也能让文人继续参与文学建构。因为任何时代文学的发展和完善都需要文学创作、文学思潮以及文学理论建构的共同支撑。新文学的弄潮儿们在"五四"初起之时，习惯用过激的言辞和绝对的论调批判传统文化，而在运动的热潮逐渐趋于平静后，他们也开始思索起新文学到底该往何处走的问题，所以沉心于学术也成为大师及门弟子退出潮流后的主要方式。

值得一提的还有大师的追随者们。他们未曾直接受教于大师，获取的观念往往也是通过报刊或是与大师弟子相交得到的影响，因而更多呈现出一种"得其一端，自立门户"的状态，即习得大师某种主张却对其全部的文艺观不甚了解。但在某一特殊事件中，他们却能与大师和其及门弟子一起形成合力，共同宣扬某种文学主张，推动文学潮流的发展。但一种新文学思潮的提出并不意味着长久地适用于所有时代，"五四"时期新文学观念更是时时面临着旧文化的反拨。因而当群体主张遇到过大的阻力之时，大师的追随者们往往会选择顺应大文学潮流的走向，对

---

① 钱玄同：《致周作人》，《钱玄同文集》第六卷，中国人民大学出版社，2000年，第 75 页。

曾经支持的观点进行反思；而大师和其及门弟子则会回归书斋，回到文学研究本身，继续跋涉在最初从师父处习得的研究思路上。这一点从"整理国故"运动后，文学研究会成员与胡适弟子顾颉刚等人的态度上就可以看出。

综上所述，"五四"时期以师承关系聚合的同门兄弟之间，他们的合作显示着对师父的尊敬和对师父主张的宣扬，而他们的分歧则涉及颇广，既与个人的学术观变化有关，又涉及人际交际网络的差异。从某种意义上看，人情世故与交友网络对同门关系的影响甚至强于师兄弟间观念差异的影响。从整个文学史发展的趋势上看，文学大师门下弟子的合作与反目，实际上深深地影响着现代文学的发生和发展：当他们合作时，群体的力量是大于个人的号呼的；当他们反目时，一部分人选择退居书斋，却也为现代文学贡献了坚实的研究基础，完善了现代文学除文学创作外的方方面面。

# 方言诗运动的参军动员作用与闽南民歌的现代转型

□胡余龙①

对于方言诗运动而言，运用闽南民歌形式进行方言诗创作之所以被当作发挥参军动员作用的一种有效途径，跟闽南民歌在闽南方言区的常见性和重要性有着密切联系。对于生活在闽南方言区的人们而言，闽南民歌深深地嵌入了他们的日常生活之中，"闽南方言民歌是独具魅力的歌种，鲜明地体现了当地人的生活情趣"②，并且成为当地人表情达意的必备工具。这种情形直到今天依然没有消绝，"当你走上那勃发着生命力的绿野茶山，尚留遗音的男女褒歌萦系着的还是闽南山地的茶魂"③，其中的"褒歌"是闽南民歌的一种类别。不仅如此，闽南民歌扎根于社会现实，素来不缺少反映时代变化和人民心声的作品，"凡是在社会上产生的重大事件在民歌中都有所反映，人们可以从民歌中看到民心和民情。月晕而风，础润而雨，民歌中所表现出的思想愿望，正是民众心里的呼声、社会的脉搏"④。因为闽南民歌之于当地民众的重要性，也因为闽南民歌自带的现实质素，所以在抗日战争全面爆发以后，闽南民歌成为诗人推行方言诗运动、开展参军动员的必然选择，它

---

① 胡余龙，四川大学文学与新闻学院讲师，研究方向为中国现当代文学。
② 王丹丹：《闽台地区闽南方言民歌特色》，《中国音乐学》，2007 年第 3 期。
③ 蓝雪霏：《闽台闽南语民歌研究》，福建人民出版社，2003 年，第 2 页。
④ 刘春曙：《闽台乐海钩沉录》，海峡文艺出版社，2008 年，第 46—47 页。

跟方言诗运动的结合在战时动员里发挥了作用。那么我们不禁要问：闽南民歌是如何助推方言诗运动的？方言诗运动又是怎样运用闽南民歌形式的？参军动员在闽南民歌与方言诗运动的结合里起到了哪些作用？闽南民歌与方言诗运动的融合对于参军动员而言有着何种意义？下面将着重探讨这些问题。

## 一、闽南民歌的战时宣传功能

闽南民歌与方言诗运动融合的主要目的之一是为了满足参军动员的现实需求，向人民群众宣传参军政策。闽南民歌之所以被诗人运用到方言诗创作之中，在参军动员里发挥作用，离不开闽南民歌的社会功能和社会地位。众所周知，闽南民歌在闽南方言区历史悠久、绵延不绝，在人们的日常生活中扮演着不可缺少的角色。本文所说的闽南民歌泛指运用闽南方言创作的民歌，而非特指产生或流行于闽南地区的民歌。与之相应的，闽南方言诗是指运用闽南方言创作的方言诗，而不是专指来自闽南地区的方言诗。① 闽南方言是从属于闽方言的次方言，而闽方言是中国汉语七大方言之一。作为闽南民系的共同语，闽南方言的通用地区范围较广，"北到浙江舟山、温州，中至闽南厦漳泉和广东潮汕，南至海南，再南至新加坡、马来西亚、印度尼西亚和菲律宾，东到台湾全岛，都有或集中或分散的分布"②，而闽南方言是闽南民歌的主要载体，闽南方言的流行与闽南民歌的流行是不可分割的。作为民间心声的自然流露，闽南民歌有着多样的形式和丰富的内容，男女情感、生产劳动、婚嫁丧殡、衣食起居、时代变幻等均被融入其中，它们不只是一种民间文艺形式，还成为当地人日常生活的真实写照。恰恰因为闽南民歌

---

① 因为潮州方言是闽南方言的次方言，所以按照本文对闽南方言诗的定义，潮州方言诗也应该被归入闽南方言诗的范畴内。鉴于潮州方言诗运动取得的历史成就，也考虑到其在闽南方言诗运动中的独特位置，后面将另外撰文对之进行详细论述，本文不作具体阐释。

② 夏敏：《闽台民间文学》，福建人民出版社，2009 年，第 99 页。

在闽南方言区的重要地位，所以它们才会被运用到方言诗运动之中，成为宣传参军政策、推动战争进程的一股助力。如果闽南民歌不能在参军动员中发挥作用，那么它很难吸引众多诗人的一致目光，也很难成为他们自觉借鉴的形式资源。

从闽南民歌与政治运动的历史关系来讲，闽南民歌在抗日战争全面爆发以后被用于参军动员是时代发展的必然趋势，也符合闽南民歌反映社会现实的特质。也就是说，闽南民歌本就有着宣传政治运动的传统，它能够起到参军动员作用也就不足为奇了。例如在第二次国内革命战争时期，福建是中央苏区革命根据地的一部分，在共产党的领导下进行了广泛而深入的采集、编选和创作闽南民歌的运动，涌现出《打沙县》《翻身歌》《正月革命》《工农红军到古田》《1929 年斗争歌》《打到崇安县》等众多作品。闽南方言诗运动的参与者林林对此有过回忆："过去前一个内战时期，进行土地革命的时候，曾有民运工作者，采用闽南方言编写民歌，起了很大的宣传作用，那些歌有的还留农民的嘴巴上面呢。"[1] 在动员人民群众参加军队的宣传工作中，闽南民歌表现得尤为突出，"为了扩大红军队伍，出现了许多母亲送儿子上前线，妻子送丈夫当红军的动人事迹，并产生了数以千百计的'扩红歌'"[2]，这些民歌在"扩红运动"中所发挥的作用是不容小觑的。相比第二次国内革命战争时期，闽南民歌在抗日战争时期和解放战争时期所起到的参军动员作用更是有增无减，它们成为动员民众参军、团结革命力量、鼓舞战斗意志的重要工具，"这些民歌宣传了革命道理，鼓舞了斗志，发挥了极大的教育作用"[3]。战争成为那个时代的主旋律，从根本上规约了社会活动的方方面面，闽南民歌在其中发挥了宣传作用。质言之，在中国现代历史上，闽南民歌被多次用于政治宣传和参军动员，直至全国解放以

---

① 林林：《闽南歌谣的艺术性》，中华全国文艺协会香港分会方言文学研究会编：《方言文学》（第一辑），新民主出版社，1949 年，第 62 页。

② 刘春曙：《闽台乐海钩沉录》，海峡文艺出版社，2008 年，第 48 页。

③ 刘春曙：《闽台乐海钩沉录》，海峡文艺出版社，2008 年，第 48 页。

后依旧如此，甚至涌现出大量的"新民歌"。例如中共龙溪地委宣传部、龙溪专员公署文教局联合编印《闽南民歌》，选录了二百六十余首闽南民歌，这样做的目的一方面是为了"提倡大量创作民歌，使之及时为政治、为生产、为工农兵服务，让人们从民歌中'观风俗，知得失'"，另一方面是为了"提供大家学习、搜集、整理和研究民歌，并从而开拓出诗歌的新道路"①。直至 21 世纪，这种情况仍旧绵延不绝，不断有人编写以宣传国家方针政策为要旨的闽南民歌，以便适应新的政治形势和宣传要求。

正是因为闽南民歌与政治运动的紧密关系，所以在抗日战争全面爆发以后，闽南民歌自然而然地跟方言诗运动结合，成为动员广大人民群众参加战争的一股力量，这也是多种语言类型的方言诗运动的普遍特性②。毫无疑问，方言诗运动是参军动员事业的一个环节，如何通过方言诗运动带动广大人民投入到战争之中，始终是萦绕在诗人心头的一大问题。对于这个问题，诗人找到的一种途径是改造闽南民歌，通过人民群众喜闻乐见的民间文学形式来推动方言诗运动，从而向他们推广参军政策，让方言诗运动在参军动员里发挥作用——这是方言诗运动为适应战时动员的实际需求而必须做出的改变。中华全国文艺协会香港分会方言文学研究会对于方言文学运动的创作实践和理论探讨都做出了重要贡献，在发展方言诗运动方面同样取得了显著成就，"符公望、黄宁婴等写了粤语方言诗，楼栖写了客家方言诗，丹木、萧野写了潮州方言诗，沙鸥、野谷、野蕻写了四川方言诗，黎青写了闽南方言诗等"③，除了黎青（即犁青）以外，还有张殊明、卓华、尚政、楚骥、方晨、张岱、林林、雷扬、林间等人也对闽南方言诗运动做出了贡献。与此同时，闽南方言诗大多在正标题或副标题里直接标明闽南民歌的特质，显

① 中共龙溪地委宣传部、龙溪专员公署文教局联合编：《闽南民歌·前言》，自印，1985 年，第 1 页。

② 胡余龙：《大众化与方言化——战时动员视域下的客家方言长诗〈鲁西北个太阳〉》，《宁夏师范学院学报》，2021 年第 2 期。

③ 犁青：《四十年代后期的香港诗歌》，《新文学史料》，2005 年第 3 期。

示出闽南民歌与方言诗运动的交融。这种情形并非来自诗人的一时兴起，而是源于对战争形势的及时捕捉和主动适应。为了发挥方言诗运动的参军动员作用，诗人必须考虑到人民群众的审美习惯，改造闽南民歌便是一条颇为可行的途径。

整体而言，改造闽南民歌以推动方言诗运动的发展、适应参军动员的需要为宗旨，此类诗学探索呈现出分散化的特点。除了上文提到的方言诗人和文学组织以外，歌谣队的功绩同样值得注意，卓华在《答张岱先生》一文里对之有过记录。歌谣队创作的闽南民歌紧贴当时的客观环境，以表现时代变化、动员人民参军为旨归，随着战争形势的不断变化而进行相应的调整。在抗日战争初期，歌谣队为了号召人民群众参军入伍、积极抗日，创造出广为流传的闽南民歌《滚滚滚，中国打日本》，这首民歌有着多个版本①，这里列出卓华辑录的原文，"滚滚滚/大家打日本/阿兄打先锋/小弟做后盾/打到日本变成蕃薯粉"，从中可见参军动员对闽南民歌造成的影响。等到厦门被日军攻占以后，闽南人民的生活愈发苦不堪言，于是他们写出"草仔接接翻/通共番客婶买金□/草仔接接掘/通共番客婶买新'屈'"②之类的民歌，卓华认为它们很可能受到过歌谣队的影响，也就是说，即便是在厦门沦陷以后，歌谣队仍然在发挥作用。可惜的是，由于历史条件的限制，歌谣队的影响力主要局限于童谣，尚未来得及扩展到其他种类的民歌便衰微了，但是卓华依然高度肯定歌谣队的历史贡献，并且号召大家及时总结歌谣队的得失经验，以便今后进一步开展闽南方言文学运动，使之在战时宣传里发挥更大作用：

---

① 陈郑煊编：《闽南方言歌谣》，厦门图书馆地方资料库，油印本，2008年，第13页。周长楫、周清海编著：《新加坡闽南话俗语歌谣选》，厦门大学出版社，2003年，第253—255页。卓华：《答张岱先生》，香港《华商报》，1949年7月9日。

② 本文中出现的"□"表示该字漶漫不清或者暂时无法用电脑输入，后面不再一一说明。

不幸就"在歌谣（童谣）的领域风行"的时候，便很快地
遇到了环境的逼迫所遏止了。假如不是这样的话，我认为他们
是不难由一步至两步，由歌诀（童谣）扩展到其他民歌的领域
去的，至于在群众基础上获得更深更大更好的成果的。总
之，我认为当时至少是我们懂得了或重视了应用闽南民歌形式
为宣教武器的开始，这些过程，这些经验，我们应该更深广地
作个总结，这无疑的是有利于我们今后要展开闽南方言文学运
动的工作进行的。①

战争带给闽南民歌的影响是多方面的，其中较为突出的一点是形式
上的变化，这种变化的发生也有歌谣队的功劳。传统的闽南民歌大多为
五字一句或七字一句，为了保证句式的整齐，有时会出现"字不尽
句，句不尽意"的情况。进入抗日战争时期以后，闽南民歌虽然依旧以
五字一句或七字一句居多，但是出现了许多"以五字句和七字句混合的
及完全不拘字数只要仍旧有韵律的民歌"，这是闽南民歌在战时环境里
出现的新趋势，主要原因在于"当地的智识青年抗日组织，为了下乡宣
传方式上的需要，于是他们有组织性计划性地努力学习民歌的创作方法
及吸收了民歌的精华，另一方面又大量地输出了新内容或新形式的民歌
作品，加上当时歌谣宣传队在行动上的配合，积极而普遍的活跃"②。尽
管闽南民歌的这种新趋势是由多种因素造成的，然而歌谣队的作用是毋
庸置疑的。质言之，歌谣队为闽南民歌与参军动员的结合做出了有益的
尝试，为将来这方面的努力以及闽南方言诗运动（乃至闽南方言文学运
动）的发展提供了启示。虽然歌谣队是一个特殊案例，但是从中可以看
到闽南民歌在战争中的处境，还可以看到参军动员在闽南民歌与方言诗

① 卓华：《答张岱先生》，《华商报》，1949 年 7 月 9 日。
② 卓华：《闽南民歌探讨》，《华商报》，1949 年 5 月 2 日。

运动的结合里所起到的作用。①

　　闽南民歌与方言诗运动的结合虽然适应了参军动员的实际需求，取得了一定成就，但是也暴露出一些问题，例如主题较为褊狭、较少直面社会热点，"年来已发表的方言创作在量上原不算少，但为了政治环境的关系，在表现上受到了很大的限制，所以在表现主题上最高是反征兵、征粮，表现农村农民耕作与被剥削的惨痛、仇恨，至于写减息减租土改斗争那是极隐淡的"②。后来这种情况得到了改观，不仅农村武装斗争被纳入闽南方言诗的选材范围，而且共产党与国民党的政治斗争也成为其表现对象。例如《王仔义妙计抢壮丁》辛辣地讽刺了国民政府强制征兵的暴虐行径，揭露了国民党打着和平的旗号发动内战的虚伪行为："蒋仔政府真歹气，/假要和平无办法，/打战处处又食亏，/官兵见输溜脚走，/走到福建来喘气；/但是福建也是难竖起，/百姓人也拾伊作对，/癫够咬人若唔煞，/早宴总会无狗腿。"③ 这种题材的方言诗在之前是不常见到的，从中可以看出随着战争的不断推进，闽南方言诗运动也发生着一些新变化，但是它跟闽南民歌之间始终保持着密切联系，在参军动员之中也持续发挥着作用。

## 二、闽南方言文学运动的 "先头部队"

　　在闽南文学史上，闽南民歌是闽南方言文学的主要组成部分，甚至被誉为闽南方言文学运动的 "先头部队"④。然而闽南方言文学运动在

---

① 值得一提的是，编辑过《闽南歌谣》《闽南方言歌谣》等闽南歌谣集的陈郑煊在 1937 年参加了共产党漳州地下党领导的文艺社团——漳州苎潮剧社，以闽南民歌形式编写了多首 "救亡弹词"，在抗日宣传方面获得了不错的效果。等到 1949 年以后，陈郑煊还写下了不少闽南民歌，并且在厦门人民广播电台播出或者在地方报纸上发表，同样受到了广泛的认可。（郭秀治、林鹏翔：《前言》，陈郑煊编：《闽南歌谣》，厦门市群众艺术馆，自印，1985 年，第 1 页）

② 楚骥：《闽南方言文学运动》，《文艺生活》，1949 年第 49 期。

③ 卓华：《王仔义妙计抢壮丁》，《华商报》，1949 年 5 月 7 日。

④ 卓华：《闽南民歌探讨》，《华商报》，1949 年 5 月 2 日。

相当长的一段时间里不受重视，全国性战争的出现改变了此种状况，闽南方言文学运动被要求在参军动员中发挥效力。在 20 世纪三四十年代，以闽南民歌形式创作方言诗的问题之所以被提出来，一方面是因为参军动员的现实需要，另一方面是因为闽南方言诗运动乃至闽南方言文学运动长期不被关注的实际境遇。闽南方言文学运动向来较少有人关注，主要有两个原因，一是"在蒋朝血腥统治之下，进步的文化运动很难于搞起来"，二是"闽南的文化人似乎也不很多，而且在那一切社会条件不十分具备的情况之下，亦无法安心于工作"，以上两个原因使得闽南方言文学不如粤方言文学和客家方言文学那么"活跃"和"畅达"[①]。这种情况在战争语境下发生了明显变化，闽南方言文学运动获得了空前关注，它的参军动员功效受到了高度重视，吸引了众多文人的目光。

闽南方言文学运动在抗日战争全面爆发前后迎来勃发期，获得更深入的发展则是 1940 年代中后期的事情。如果没有战争带来的影响，闽南方言文学运动很难获得这样的发展机会。闽南方言区的文艺工作者虽然有志于推行文艺大众化，奈何缺少理论积淀和创作经验，于是通过广泛阅读评论香港、上海、解放区等地方言文学运动的文章来增长见识。经过一番努力，史风、杜微、雷扬、方晨、林间、《星星》编者等人以文艺副刊《星星》和方言文学研究会为中心开展闽南方言文学运动，多次就"方言文学问题""小资产阶级作家改造问题""文艺统一战线与文艺批评""开展闽南方运途径问题"等话题举行研讨会，每次研讨会的会议记录都会在《星星》上全文刊载。此外，《星星》每天都会用超过八千字的篇幅介绍全国各地方言文学运动的创作实践与理论探讨，引起了读者的广泛关注，《星星》编者经常收到闽南县镇中小学教师请求提供方言文学研究资料的信件。在闽南方言文学运动中，民歌占有重要地位："各地集体研究民间艺术如秧歌、民歌、民谣、南曲的风气很盛，本年一月厦门大学有'民间歌舞演奏会'，春假有厦门各大中学联

---

① 张岱：《关于闽南方言文学》，《华商报》，1949 年 6 月 25 日。

合'民歌演奏会'当中有《咱们唱合唱团》都是以民歌为中心，各报副刊均热烈赞美鼓励！"就闽南方言文学运动的创作实践而言，民歌同样表现突出："作品分类上是以民歌民谣为最多，方言创作最少，方言创作以林间的《王智敏的情歌》，得到许多读者的重视，该作之情歌立刻有无我君配调为闽南人诵唱着。"① 进入解放战争时期以后，闽南方言文学运动迎来新的发展机遇，推出了一些文学佳作："近来常常看到报纸上登载着闽南的方言作品，以及和它有关的理论文字。虽然数量并不很多，但是，这正显示出闽南的方言创作问题，不仅已大体地被注意到了，甚至已开始被发掘和创造。"② 本时期闽南方言文学运动所取得的成就不仅体现在文学作品的数量上，也体现在作者身份的多元化上："闽南方言作品写作者的普遍与深入是值得重视的，如村女、牧童、樵夫、女工、店员、农民等都经常投稿。"③ 彼时闽南方言文学运动在闽南方言诗的创作实践上取得了令人瞩目的成就，而且这些闽南方言诗大多借鉴了闽南民歌形式，这种做法对其他地区的方言诗运动也有着启示。例如张殊明的《解放军过长江》《新中国做事敢担当》《化装的小贩》，尚政的《报仇歌》，卓华的《金光眼遇着磨目石》《王仔义妙计抢壮丁》《为导报歌唱》，林间的《王智敏的情歌》，犁青的《新兵》等方言诗几乎都效仿了闽南民歌，跟闽南民间文学传统有着密切关系，显示出闽南民歌与方言诗运动的紧密联系。这种情形的出现跟参军动员有着密切关联，闽南方言诗运动也被要求在战争中发挥宣传作用，从而为推动战争进程做出贡献。

总体而言，诗人之所以在华南方言文艺运动如火如荼之际，投身到以闽南民歌形式创作方言诗的实践之中，主要源于战时宣传的需要。出于参军动员的现实动机，诗人将闽南民歌与方言诗运动的融合视为建设人民文艺的一种重要途径。这种观点反映出当时一些诗人的某种共

① 楚骥：《闽南方言文学运动》，《文艺生活》，1949 年第 49 期。
② 吴楚：《对闽南方言用字的意见——请教张殊明先生》，《华商报》，1949 年 7 月 9 日。
③ 楚骥：《闽南方言文学运动》，《文艺生活》，1949 年第 49 期。

识，即向民间歌谣寻求发展方言诗运动的资源，从而尽可能广泛地争取人民群众的认可，便于参军动员的开展。例如友直提出在发展人民文艺和方言文艺之时，一方面需要体验人民群众的日常生活和思想情感，另一方面需要加强对民间歌谣的整理和研究，"不熟悉人民自己的创作，我们的创作恐怕很难获得发展"①。村夫甚至认为民谣是最好的诗歌，因为民谣是"自然的，坦白的，不受任何拘束的人民生活的写照，人民感情的流露"②，所以极具民间审美的趣味。此外，中华全国文协香港分会方言创作组在向全国读者征求方言材料时，发布了这样一则公告："各地的方言山歌及民谣，能连曲谱一齐寄来最好。"③ 以上例子均表明了民间歌谣之于方言诗运动的特殊意义，由此可见方言诗运动对闽南民歌的借鉴是势在必行的时代潮流，也是其主动接近人民群众、进行参军动员的必然抉择。

以闽南民歌形式创作方言诗的问题之所以能够引起诗人的讨论，不仅因为参军动员的实际影响，还因为闽南民歌在闽南方言文学运动中的重要地位。由于"根据闽南的情况来说，在现在真正属于人民所有的，而且继续在民间生长的文学，认真看来恐怕只有民歌了"，因而"要搞方言文学，实有以民歌为起点的必要"④。假若闽南民歌对于闽南方言文学运动而言无关紧要，那么诗人自然不会花费精力尝试着运用闽南民歌形式来从事方言诗创作。战时宣传要求方言诗运动能够获取人民群众的欢迎，以便参军动员目标的实现。一般来说，主张以闽南民歌形式创作方言诗主要出于两个原因：（一）闽南方言文学的发展需要作家和人民的共同参与，非少数作家能够独立完成的事业，为了让人民也参与到方言文学的建设之中，作家首要的任务是找到一种被人民熟悉的文学载体，而闽南民歌符合此种要求，所以诗人需要以闽南民歌形式创作

---

① 友直：《从一个整理民歌的典型经验说起》，《华商报》，1948 年 5 月 26 日。
② 村夫：《陆丰民谣》，《华商报》，1947 年 3 月 19 日。
③ 中华全国文协香港分会方言创作组：《征求》，《华商报》，1948 年 4 月 22 日。
④ 卓华：《闽南民歌探讨》，《华商报》，1949 年 5 月 2 日。

方言诗。（二）闽南方言文学的发展主要取决于人民是否需要、人民是否接受以及人民在多大程度上接受作家们创作出来的闽南方言文学作品，而闽南民歌是进行人民群众教育、推进文化普及工作、宣传战时方针政策、扩大闽南方言文学影响力的利好工具，即战时环境需要诗人以闽南民歌形式来创作方言诗。①

质言之，闽南民歌被赋予了厚重的历史意义和现实价值，它被认为是闽南方言文学运动的"先头部队"，而且能够配合国家在政治、经济、军事、文化、教育、医疗等多方面的政策宣传工作。因此，闽南民歌与方言诗运动顺理成章地紧密结合在一起，成为诗人进行参军动员的重要用具。战争因素在以闽南民歌形式创作出来的方言诗里体现得比较明显，诗人往往着力描绘底层民众的悲惨处境，借此来激发他们的反抗意识，动员他们参与到战争之中。这里摘录《金光眼遇着磨目石》中的最后一节：

> 黄河上游澄清日，/百姓岂无翻身时！/小事三世不出门，/大事一日传千里，/xx乡里反抗官兵嘅消息，/传到四乡五路尽知机，/官府听了暗暗苦，/百姓闻知尽快意，/人人都晓官兵若敢再野蛮，/请恁官兵带着布缎来，/可来带"恁"嘅骨头去。②

该诗反映出劳苦大众的艰难生活处境，表现出他们渴望改变现状的斗争意愿，他们的参军意识由此被唤醒。这种写法不仅存在于《金光眼遇着磨目石》之中，也常常见于其他闽南方言诗，折射出诗人为实现参军动员的宣传目标所进行的写作探索。此类方言诗借鉴了闽南民歌形式，以参军动员为现实着眼点，成为诗人进行战时宣传的一种实用器具。

---

① 卓华：《闽南民歌探讨》，《华商报》，1949年5月2日。
② 卓华：《金光眼遇着磨目石》，《华商报》，1949年6月7日。

## 三、关于如何使用闽南方言的论争

为了让方言诗运动得到更为广泛的传播，从而在参军动员里发挥出更为显著的作用，诗人势必会面临一道难题：如何才能恰当地运用闽南民歌形式进行方言诗创作？对于这个问题，闽南方言诗人秉持的首要原则是"用闽南民歌形式为宣教武器"①，也就是说，战时宣传是以闽南民歌形式来创作方言诗的基本立场和现实出发点，这就决定了它很难跳出时代的影响、成为一种"自由的写作"——同时期其他语言类型的方言诗运动大体也是这般。由此观之，参军动员既推动了方言诗运动的发展，也限制了方言诗运动的深入。在明确了以闽南民歌形式创作方言诗的首要原则之后，如何使用闽南方言成为一个无法绕开的话题，这跟方言诗运动的参军动员成效有着重要关联。

在闽南方言诗运动的发展过程中，使用闽南方言的方法引发了诗人们的激烈讨论，最终的目的都是为了让方言诗自然地运用闽南方言，从而协助方言诗运动获得更多民众的认可与接受，发挥出更加显著的参军动员效用。与之相关的讨论可谓众说纷纭，其中林林的看法颇具代表性。在林林看来，闽南民歌大多以方言土语创作而成，因而有着语言通俗自然的优点；也有少数闽南民歌以文言或者白话写成，但是它们受到的评价并不是很高，往往存在着"乏味"的缺点。林林以"今日那只欸，江边哭失恋"一诗为例，指出该诗使用的"失恋"这个新词语不具备方言所带有的"情味"，进而提出"虽然说人民的语言，由生活的演进，而增加了新语汇，是必然的。但这个例子，又给我们写方言文艺，了解新语应该有所限制，用时务必求其能表情与和谐才行"②。林林点明了方言的长处和国语的不足，得出的结论是方言诗运动需要对国语中的新语保持警惕，这对于指导和改进方言诗运动的创作实践有着积极

---

① 卓华：《答张岱先生》，《华商报》，1949年7月9日。

② 林林：《闽南歌谣的艺术性》，中华全国文艺协会香港分会方言文学研究会编：《方言文学》（第一辑），新民主出版社，1949年，第65—66页。

作用。肯定方言土语的价值、警惕国语词汇的使用是闽南方言诗运动的主流声音，也是其他语言类型的方言诗运动的普遍特点。但是"警惕"不等于"排斥"，有些诗人主张把合适的国语字词运用到方言诗创作之中，这体现出方言诗运动在语言选择上的包容性和开放性，同时也再一次印证方言与国语并非是非此即彼、不可兼容的敌对关系。如果引导得当的话，方言与国语可以共生共存、相互促进，一起帮助方言诗运动在参军动员里更好地发挥效能。问题的关键并非在于方言与国语之间是否存在矛盾冲突，而是在于二者能否同时为参军动员提供助力。

闽南方言诗运动虽然对国语持较为开明态度，但是在运用方言上坚守着一条基本原则：必须使用"土生土长"的方言词汇。这样做的主要目的是确保方言诗运用人民群众熟悉的方言，在最大程度上减少他们的接受障碍，从而保证方言诗的接受效果和宣传功效。假设人民群众认为方言诗里的方言并不是他们习以为常的语言，那么他们很可能因此对方言诗生出不良的观感，方言诗自然也就不能发挥出原有的参军动员作用了。从读者接受的角度来说，方言文学作品需要运用读者能够理解和认同的字词，从而减少他们的阅读障碍，让他们能够更加容易地了解作品内容。因此，有人提出想要进行方言文学创作，必须先对方言拥有足够的认识，"不然，勉强地写出来，不是患上了'学生腔'，就是不能代表地方性的语言，而是作者家乡的强调或习用语而已"[1]。然而，就闽南方言诗运动的创作实践而言，使用闽南方言词汇的问题并没有得到彻底解决，在一定程度上影响了闽南方言诗运动的参军动员效用。先看张殊明的《解放军过长江》一诗：

> 解放军，
> 过长江，
> 逐迹巢簇动，
> 百姓热滚滚，

---

[1] 吴楚：《对闽南方言用字的意见——请教张殊明先生》，《华商报》，1949 年 7 月 9 日。

蒋军镇压唔采工。

解放军，

疼百姓，

教垉好名声，

大人大欢喜，

简仔也唔惊，

著时螺卜来，

逐日去择听。①

吴楚在《对闽南方言用字的意见——请教张殊明先生》一文里以《解放军过长江》为例，指出张殊明的闽南方言诗在方言运用上的问题。一般而言，闽南方言里的某些字有着不止一种读法，它们的声符相同，但是韵符又有所区别，如何在方言诗里取舍这些字的读音是一个令人感到棘手的问题，关乎方言诗的传播效果。在吴楚看来，最好采用通行于多地的读法，以便让方言诗在更多人中间传播。而张殊明没有做到这一点，例如"教垉好名声"一句里的"垉"在厦门、惠安、漳浦、晋江、南岸等地确实是"不失其义"的，但是在其他地方并非如此，所以吴楚主张把"垉"换成"块"。此外，吴楚认为张殊明对"唔"的使用也有问题，因为闽南方言里并没有"唔"，"唔"是粤方言里的字，吴楚认为把粤方言里的"唔"运用到闽南方言里的做法"不是提高的手法，而是凭着自己的兴趣拉用而已。然而这种随便拉用，对于开展故乡方言运用不仅没有帮忙，而且是一种阻碍"，而且他指出张殊明对"唔"的应用也是不统一的，"蒋军镇压唔采工"里的"唔"是"无"的意思，"简仔也唔惊"是"不"的意思。有感于张殊明在运用闽南方言方面的缺憾，吴楚提出了自己的意见："方言的用字，最好能够采用土生土长的最好。闽南方言早就建立好。我们应该在这原有的基础上用功

---

① 张殊明：《解放军过长江》，《华商报》，1949 年 6 月 25 日。

夫。除非对别地方的专有词类已普遍的认识，不然还是不要拉用。"① 需要注意的是，吴楚虽然反对"拉用"方言字词，却不抵触使用早已普遍运用的字词（比如北方方言的"咱"），这表明他既坚守使用"土生土长"方言词汇的基本原则，也赞同吸纳其他方言的有益成分。此种主张为方言诗运动的语言创造提供了更为丰富的可能性，也为提升方言诗运动的参军动员作用提供了一种颇为可行的路径。

不仅张殊明在使用方言上受到过批评，卓华也有过类似的遭遇，由此可见诗人对方言运用问题的重视。张岱以"百姓人也恰伊作对/队兵唔睬青嫂说因伊/妇女看了骂夭寿/唐补看了大受气/如此如此按如斯/乱了针脚看风禾/乡民首先冲出去"这首闽南民歌为例，指出卓华可能是因为离开家乡的时间太久，导致他并不了解闽南方言词汇的变动，例如诗里的"恰""妇女""唐补""风禾""首先""因伊"都不是时下常用的方言字词，它们应该分别被"甲""查某""乾埔""风势""头先""因由"替换。② 对于张岱的批评，卓华虽然提出了一些疑问，但是基本表示赞同，承认自己在闽南方言使用上存在问题，并且根据自身创作经验联想到闽南方言文学运动今后的改进方向："这些就是说明了上述的统一应用语汇和字汇的需要，否则，非但这种不当不解的事情还会更多地发生，而且也是在闽南方言文学展开中一重不能忽视的阻碍。"③ 张岱与卓华的争论尽管存在着一定程度的情绪化成分，然而在客观上推进了人们之于运用闽南方言的认识，对于闽南方言诗运动乃至闽南方言文学运动的发展而言都是颇有裨益的，也有利于进一步增强闽南方言诗运动的参军动员效力，使之在战时宣传里扮演更加重要的作用。

闽南方言诗运动之所以存在方言使用的问题，诚如张岱对卓华的指责那般——背井离乡太久，对闽南方言的熟悉程度大不如前。"我离开了家乡十多年，家乡的方言，大多忘记了，只学得书本的语言，就是大

---

① 吴楚：《对闽南方言用字的意见——请教张殊明先生》，《华商报》，1949 年7 月 9 日。

② 张岱：《关于闽南方言文学》，《华商报》，1949 年 6 月 25 日。

③ 卓华：《答张岱先生》，《华商报》，1949 年 7 月 9 日。

多讥讽的'学生腔',我认识到如果要从事文艺工作,必须学取人民的俗语,吸取民间文学醇美的乳浆。"① 这种创作经历带有普遍性,体现出诗人与方言的疏离状态。许多诗人背井离乡多年,从小接触的故乡方言被渐渐淡忘。方言诗运动要求诗人重拾逐渐模糊的方言,并且运用方言创作出在人民群众看来通俗易懂的方言诗,从而为参军动员贡献力量。由此呈现出来的方言不可避免地出现不够自然的弊病,这是令不少诗人感到无可奈何的难题。那么,我们不禁要问:如何才能自然地使用闽南方言呢?

方言源于民间,兴于民间,想要解决方言使用的问题,势必要将目光投向民间,这是诸多诗人的共同默契,也符合正常的思维逻辑——运用人民群众谙熟的方言,可以让方言诗更容易被他们接受,也可以让方言诗的参军动员作用得到更好的发挥。一方面需要重视从民间搜寻方言词汇,"关于闽南方言语汇和字汇应用问题,这无疑的应从民间去发掘",另一方面应该注意创造新词与使用旧词之间的关系,"如何创造新的(这里较着重在字汇方面)和把新的旧的统一起来应用的问题"②,通过以上两方面的努力可以让方言诗里的方言词汇更加符合人民群众的喜好。"民间"并非是一个冷冰冰的虚拟名词,而是由活生生的人构成的生存空间。就方言诗运动而言,如果说"从民间去发掘"还较为抽象的话,那么"与人民结合"就显得比较具体了。"如果要与人民结合,最好是服务桑梓,学习易学的本地方言,方言才能表现人民的生活的气息"③,只有做到"与人民结合",才有可能掌握"土生土长"的方言词汇,了解方言词汇的最新变化,也才有可能自然地运用方言,让方言诗运动更有效地进行参军动员。在闽南方言区推行方言诗运动和学习如何使用方言,如果想要做到"与人民结合",就必须借助于闽南民

---

① 林林:《闽南歌谣的艺术性》,中华全国文艺协会香港分会方言文学研究会编:《方言文学》(第一辑),新民主出版社,1949年,第62页。

② 卓华:《答张岱先生》,《华商报》,1949年7月9日。

③ 林林:《闽南歌谣的艺术性》,中华全国文艺协会香港分会方言文学研究会编:《方言文学》(第一辑),新民主出版社,1949年,第62页。

歌，这是由闽南民歌之于当地人的重要性所决定的，也是由闽南民歌与闽南方言的紧密关系所决定的："闽南民间歌谣因方言而美，闽南方言的朴实清新为歌谣的创作更增添了韵味；一旦进入歌谣，许多方言词和艺术音响相结合，便成了精粹，进入基本词汇的范围，因此闽南民间歌谣也对方言定型和扩展做了贡献。"① 民间歌谣的一大特色是运用方言土语，所以闽南民歌成为诗人学习闽南方言的重要材料，也成为他们考察民间精神的有效途径。卓华对此深有同感，"至于拿现在民歌（及一切方言文学）的抄本或印本来作为参考揣摩的资料，那当然是惟恐其少，不嫌其多的"。他还指出了口头传播与文字记录的优缺点，认为文字记录的闽南民歌不如口头传播的那般"纯真""自然""爽滑"，这是因为"文字上的贫乏，不够或不能适当方言的应用，而且抄本或印本的民歌（其他方言文学亦然）大都是通过了'读书人'的手笔，因此在文字上是否能够无缺地代表了民歌中的方言就很成问题了"②。这种状况令闽南民歌既要重视记录（使用方言），也要重视吟诵（使用方音），二者缺一不可。概言之，闽南民歌从多个角度构成了方言诗运动的参考资源，帮助后者在人民群众中间降低认同难度，进而更好地发挥参军动员作用。

整体而论，方言诗运动乃至整个方言文学运动的创作实践问题归根结底是语言运用问题，为了配合参军动员的展开，诗人必须妥善处理这方面的问题。林林、张岱、卓华、吴楚、楚骥等人关于如何使用闽南方言的论争既是在探究闽南方言文学运动自身的特质，也是在摸索整个方言文学运动的本质。其意义并不限于闽南方言诗运动，对其他语言类型的方言诗运动也有着启发意义，有助于更深入地认识如何在迎合参军动员的基本前提下推动方言诗运动的发展进程。

如前所述，闽南民歌在闽南方言区占有不可替代的地位，它们不只是方言文学的一部分，也是人们日常生活的一部分，这种情形使得闽南

---

① 陈立红：《从闽南方言看闽南民间歌谣的"韵"味》，《重庆文理学院学报》（社会科学版），2011 年第 6 期。

② 卓华：《闽南民歌探讨》，《华商报》，1949 年 5 月 2 日。

民歌能够在参军动员里发挥作用。"闽南民歌是与生成它们的相对繁复的劳动方式、交通方式、交往方式和生活方式以及风俗习惯等紧密联系在一起的,当所有这些发生剧烈变动时,它们的传承过程和方式也会随之变化,闽南地区民歌的功能性也就有了新的变化和发展。"① 当战争降临在这片曾经平静祥和的土地上时,人们用闽南民歌高歌家国情怀、痛斥野蛮侵略、抗争反动势力,从抗击日本侵略者到怒斥国民党军队,从反对地主豪绅到高呼"人民翻身",闽南民歌与方言诗运动自然地走到一起,共同为抒发时代的声音谱写新篇。闽南民歌成为方言诗运动在闽南方言区开展的利器,而方言诗运动也在某些方面上改变了闽南民歌,二者都为参军动员做出了贡献。闽南民歌与方言诗运动的结合既反映出诗人对战时宣传的积极投入,也体现出人民群众对参加战争的高昂热情,参军动员的实际成效由此可见一斑。

---

① 林媛媛:《试析闽南民歌社会功能性的流变》,《长春教育学院学报》,2010年第 4 期。

# 流言与妄言对个体生命的绞杀：论鲁迅小说《采薇》中的夷齐之死

□黄爱华①

有关伯夷、叔齐兄弟让国、叩马而谏、义不食周粟、首阳山采薇，并最终饿死的故事，中国读者可以说是耳熟能详。其中，夷齐之死既是故事的结局，也是高潮，由此伯夷、叔齐成为抱节守志的典范。而如此经典的故事经过鲁迅的点染却又焕然一新，并得以重新问题化。在《故事新编·采薇》的最后一部分，鲁迅给读者留下了一个谜案——伯夷和叔齐到底是怎么死的。关于这一问题，首阳村的村民们曾有以下猜测与议论："有人说是老死的，有人说是病死的，有人说是给抢羊皮袍子的强盗杀死的。后来又有人说其实恐怕是故意饿死的，因为他从小丙君府上的鸦头阿金姐那里听来：这之前的十多天，她曾经上山去奚落他们了几句，傻瓜总是脾气大，大约就生气了，绝了食撒赖，可是撒赖只落得一个自己死。"然而阿金却并不认为夷齐之死与自己有关，而是声称夷齐之死与他们"自己的贪心，贪嘴"有关。阿金承认伯夷、叔齐的确曾因她的所谓玩笑话而不吃薇菜了，但并没有因此而死，反而给他们招来了很大的运气：好心肠的老天爷看他们"快要饿死了，就吩咐母鹿，用它的奶去喂他们。""可是贱骨头不识抬举，那老三，他叫什么呀，得步进步，喝鹿奶还不够了。他喝着鹿奶，心里想，'这鹿有这么

---

① 黄爱华，北京鲁迅博物馆（北京新文化运动纪念馆）研究室馆员，研究方向为中国现当代文学。

胖，杀它来吃，味道一定是不坏的。'一面就慢慢地伸开臂膊，要去拿石片。可不知道鹿是通灵的东西，它已经知道了人的心思，立刻一溜烟逃走了。老天爷也讨厌他们的贪嘴，叫母鹿从此不要去。"① 以上就是首阳村有关夷齐之死的聚讼纷纭。那关于这一谜案，鲁迅是怎么看待的，他在《采薇》中留下了哪些线索，背后又有何深意？

## 一、"听说""传说"：受困于流言所布下的"八卦"阵

"听说""传说"是《采薇》中的两个重要词汇，贯穿了故事发展的始终，从伯夷、叔齐义不食周粟、离开养老堂，到华山、首阳山的遭遇等都离不开这两个词汇。"听说""传说"是促成伯夷、叔齐离开养老堂、隐于首阳山并最终走向死亡的关键因素之一，也是夷齐之死在首阳村引发轰动，激发村民议论，并最终促成村民想象与建构夷齐之死的基础与形式。

故事的一开始就从养老堂里老人们交头接耳、跑进跑出的情形暗示时局不平静。伯夷从叔齐那里听到的消息是"好像这边就要动兵了"。而叔齐的消息则是从两个由商王那里逃过来的盲人那里听来的。此外，关于纣王无道、变乱旧章的传说，也从两个盲人的说辞中得到证实。接下来养老堂里的不平静不断滋长，"养老堂的人们更加交头接耳，外面只听得车马行走声，叔齐更加喜欢出门"。伯夷也在叔齐带动下走出养老堂，在大街上看到姬发所率领的伐纣队伍，并被叔齐拖着扑到周王面前叩马而谏。经过一番折腾，伯夷、叔齐被抬回了养老堂，但再也不能超然物外：武王伐纣的战况通过官报或新闻时时搅扰他们，血流漂杵、纣兵倒戈等传说也不断传来。伐纣队伍凯旋后，叔齐从看门人与伤兵的聊天中听说了武王攻入商都城后的暴力情形，并由此断定武王"竟全改了文王的规矩""不但不孝，也不仁"。于是兄弟俩决心离开养

---

① 鲁迅：《故事新编·采薇》，《鲁迅全集》第 2 卷，人民文学出版社，2005年。下文所引用的《采薇》均为出于此，不再注明。

老堂，不再吃周家的大饼，计划到华山渡过残年。终于，伯夷、叔齐在传说、流言的不断刺激下离开了养老堂。然而刚离开，新的"传说"却给他们兜头泼了一盆冷水。前往华山的途中，他们听说了武王"归马于华山之阳"的行动。在普通百姓看来"这回可真是大家要吃太平饭了"，然而对于"义不食周粟"的伯夷、叔齐来说，则意味着梦境破碎：一是武王这一行为似乎符合仁爱之道，这样一来两位义士离开养老堂的行动就失去意义；二是大家都吃上太平饭之际，两位义士却失去了稳定的饭碗，如此落差对于年迈的他们也是不小的打击；三是武王归马于华山之阳，意味着华山也在武王势力的掌控之下。然而打击不止于此，紧接着的是来自华山大王小穷奇的拦路打劫，无疑又推翻了"太平饭"的传说。经历这两件事后，两人对华山产生恐惧，于是决定改道到首阳山。在小说的前四部分，两位义士被流言所蛊惑，在流言的纷纷扰扰中丧失明辨事物本质的能力，在真真假假中迷失方向，基于流言下判断、做决定，然而新的流言又一再推翻此前他们基于旧的流言所下的判断、所做的决定，结果屡屡遭遇打击。然而更大的打击还在后面，流言也才初显效验。

到达首阳山后，伯夷在与上山村民攀谈中泄露了兄弟二人的身世以及隐于此的因由。于是他们的"传说"在首阳村中广泛散播，并引来了群众的围观："有的当他们名人，有的当他们怪物，有的当他们古董。甚至于跟着看怎样采，围着看怎样吃，指手画脚，问长问短。"小姐太太"来看了，回家去都摇头，说是'不好看'，上了一个大当"。兄弟二人的事经过不断地渲染，被涂上了各种油彩。人们各取所需，自得其乐。此时村民的围观、众说纷纭、评头论足的确给兄弟二人带来不少困扰，但村民的评价相对分散、并未统一，杀伤力也并不大。真正统一舆论、给予夷齐致命打击并最终导致夷齐之死的是在首阳村掌握着话语权的知识分子——前朝祭酒、当朝学者兼文学家小丙君的评价。"'普天之下，莫非王土'，你们在吃的薇，难道不是我们圣上的吗！"这句震得两位义士发昏的话，虽然是阔人府上的奴婢阿金在首阳山说的，但事实证明这句话是出自小丙君之口。耳闻伯夷、叔齐"传说"的小丙君曾上山与兄弟二人谈论诗歌，回家后大发议论：不仅否定了他们的诗，并认为"尤其可议的是他们的品格，通体都是矛盾"。于是大义凛然地说道："'普天之下，莫非王土'，难道他们在吃的薇，不是我们圣上的吗！"阿金的话与这一模一样。一个阔人府上的奴婢都识破了两位义士品格上的矛盾，可以猜想有关他们品格的"传说"早就散布开了。

事实上，伯夷、叔齐并非没有意识到坚守主义与现实生存之间的矛盾。例如在首阳山的第一餐吃的是乞讨来的残饭——还是属于周粟，于是只能宽慰自己从明天开始坚守主义。自身模糊意识到矛盾是一回事，经他人戳破并广泛流传则是另外一回事。前者导致的可能是内心的挣扎与煎熬，后者则意味着来自社会层面的巨大压力。经过这一次的舆论发酵，有关两位义士的各种想象与传说最终被品格矛盾取代。而所谓的品格正是义士最看重的，坚守主义是他们隐于首阳山的目的和意义，然而这一句话却将一切意义消解。鲁迅一生备受流言的搅扰，深知流言、谣言的威力，在《论"人言可畏"》一文指出了舆论压力与"颇有名，却无力"的阮玲玉之死之间的关联[①]。首阳山上的两位义士也是有名却无力：让出孤竹国王位，他们空有虚名却并无实权操控舆论；作为武王伐纣的反对者，"天下归心"之后，所坚守的主义更使他们处于弱势地位。如此情形之下，外界的流言成为压倒他们的最后一根稻草，其中建构并散播流言的关键人物就是首阳村的知识分子小丙君。作为有知识者，小丙君深知名节、品行对于守"道"义士的重要性，却故意利用流言毁其名节，其心可诛。

然而流言并未因夷齐之死而结束，相反他们的死又成为人们生产新流言的材料、打发时间的谈资。于是就有了小说第六部分有关夷齐之死的猜测与议论。经过阿金的一番渲染，有关夷齐贪嘴、贪心想吃鹿肉，结果遭老天爷惩罚而断了鹿奶，最终饿死的传说被越描越真实，由

① 鲁迅：《且介亭杂文二集·论"人言可畏"》，《鲁迅全集》第 6 卷，人民文学出版社，2005 年，第 343—346 页。

此夷齐之死在首阳村的想象与建构暂时告一段落："听到故事的人们，临末都深深地叹一口气，不知怎的，连自己的肩膀也觉得轻松不少了。即使有时还会想起伯夷叔齐来，但恍恍惚惚，好像看见他们蹲在石壁下，正在张开白胡子的大口，拼命地吃鹿肉。"这一段描述意味着阿金所散布的有关夷齐之死的"传说"已经被村民接受：首先听完阿金的讲述，村民顿时觉得轻松不少，这意味着村民认为已经弄清楚所谓事实真相，心中疑惑得以解开；从最后一句话可以看出，阿金的讲述已经深深印在村民的脑子中。

然而阿金所散布的"传说"为何会被村民接受，她有何资格来完成这最终的建构，并由此塑造村民的想象？主要原因有两点，第一，她是造成伯夷、叔齐不食薇菜的当事人。第二，她是阔人府上的丫头，她的背后站着的是首阳村"德高望重"的知识分子小丙君。有关夷齐之死与吃鹿肉的故事，不仅仅是阿金的想象，也是小丙君的虚构，阿金只是新的流言的一个关键的传播者而已。之所以说是虚构，是因为有关叔齐想吃鹿肉的心理活动，以及试图杀鹿的行为被描述得栩栩如生，似乎是讲述者亲眼所见。之所以说是小丙君的虚构，阿金散播流言之际所用的词汇中略有端倪："可是贱骨头不识抬举，那老三，他叫什么呀，得步进步，喝鹿奶还不够了。"按照当时的等级秩序，无论伯夷、叔齐如何落魄，阿金作为一个丫头似乎不能直接称他们为贱骨头，并认为他们不识抬举，这应该是小丙君的语词。此外"得步进步"应该是"得寸进尺"，这里可能是阿金在转述小丙君原话时由于词汇储备不足所产生的错误。所以，小丙君才是夷齐之死的造谣者，他是躲在背后的"坏种"①。阿金只是流言的"中转站"而已，她负责将小丙君所虚构的流言传播给首阳山的村民。而阿金之所以能够成为刺激伯夷、叔齐不食薇菜的当事人，也是因为小丙君的议论，利用的是小丙君的原话与身份。

---

① "近几时我想看看古书，再来做点什么书，把那些坏种的祖坟刨一下。"鲁迅：《书信1934—1935》，《鲁迅全集》第13卷，人民文学出版社，2005年，第330页。

归根到底，村民认可的是掌握着首阳村话语权的小丙君，以及小丙君有关伯夷、叔齐之死的虚构。

概而言之，伯夷、叔齐之死与流言密不可分。听信流言的他们断定纣王无道、变乱旧章，以及武王的不仁不孝，并最终隐于首阳山。首阳村中有关他们的传说给"有名却无力"的他们造成巨大的舆论压力，其中有关他们品格充满矛盾以及"普天之下，莫非王土"的议论成为压倒他们的最后一根稻草。他们死后有关他们的流言依旧不断，经过渲染，夷齐之死被扭曲变形，成为供人们闲暇、无聊之际打发时间的谈资。最终事实的本相被流言所遮盖，是非与真伪被混淆，夷齐坚守主义的意义逐渐被消解。

## 二、"先王之道""王道"：脱不掉妄言所建构的枷锁

流言是导致夷齐之死的重要因素，但属于表层原因。流言之所以能够发挥作用，实则是因为它触动了深层的因素——"道"，流言是借"道"杀人。《采薇》中的大部分人物，尤其是武王、伯夷和叔齐、小穷奇、小丙君等人物，他们说话做事似乎都遵循了一定的"道"。"道"成为他们评判事物的标准、做人处事的原则。王瑶将众人所遵循的"道"称为"王道"①。"王道就是王之道，王之外的哲人固然对于王的'应然'可以进行论说和设计，但其论说的本体仍然是王。""其核心是王制：越是张扬王道，就越肯定王制；越是把王道作为一种理论追求，那么所谓的'道'就越依附于王。"②

在《采薇》中，武王伐纣虽然没有明确打出"王道"的旗号，而是打着"天命"的旗号——所谓"恭行天罚"，但尊奉和维系的其实就是

① 王瑶：《〈故事新编〉散论》，《王瑶全集》第 6 卷，河北教育出版社，2000年，第 397 页。

② 刘泽华：《论"王道"与"王制"——从传统"王道"思维中走出来》，《天津社会科学》，2014 年第 5 期。

"王道"。"天命"是传统"王道"建构中的一个重要命题,王被建构成上承天命者,"王道是上承天,下理民的通则"①。此外,鲁迅在《关于中国的两三件事》一文中曾不无讽刺地认定周朝乃是"王道"的祖师与专家,并揭露其中的破绽②。按照"王道"在社会生活层面所形成的等级制度,以及"天下有道,礼乐征伐自天子出"的原则,武王伐纣的确就是伯夷、叔齐所认为的以下犯上。于是为了出师有名,武王祭出"天""天命"的旗号,并载着文王灵位表明是奉文王之命进行征伐。然而,看似名正言顺的征伐还是遭遇了反抗,武王以暴制暴,结果血流漂杵。所以,鲁迅认为:"在中国的王道,看去虽然好像是和霸道对立的东西,其实却是兄弟,这之前和之后,一定要有霸道跑出来的。"王道"在中国终于没有。据长久的历史上的事实所证明,则说先前曾有真的王道者,是妄言"③。在鲁迅看来,"王道""天命"只不过是武王用来证明其征伐正当性与合理性的旗号。

拦路打劫的小穷奇所打着的"恭行天搜"的旗号,与武王的"恭行天罚"有异曲同工之妙,前者是对后者的挪用与借鉴,属于上行下效。小穷奇以满嘴文雅辞令将拦路打劫包装得名正言顺,称呼伯夷叔齐为"天下之大老",声称"遵先王遗教,非常敬老",所以要请伯夷、叔齐留下一点纪念品。恼羞成怒后,边恐吓边扔出"恭行天搜""瞻仰贵体"的辞令。仔细搜罗后没有任何收获,于是装模作样地拍拍叔齐的肩膀以示安抚,并号称自己是文明人不会"剥猪猡"。整个过程似乎也是有礼有节,充满了仪式感:在伯夷叔齐仓皇而走之时,小穷奇等五人不仅让出路,还"恭敬"地问道:"您走了?您不喝茶了么?"弱小无助地伯夷、叔齐可怜兮兮地回应道:"不喝了,不喝了……"然而无论旗号怎

---

① 刘泽华:《论"王道"与"王制"——从传统"王道"思维中走出来》,《天津社会科学》,2014年第5期。

② 鲁迅:《且介亭杂文·关于中国的两三件事》,《鲁迅全集》第6卷,人民文学出版社,2005年,第10—11页。

③ 鲁迅:《且介亭杂文·关于中国的两三件事》,《鲁迅全集》第6卷,人民文学出版社,2005年,第10、11页。

样名正言顺，文辞多么文雅精致，仪式多么有模有样，都改变不了强取豪夺的本质。

改朝换代之际，前朝祭酒小丙君眼看纣王大势已去，便带着五十车行李和八百个奴婢投向武王，非但没有性命之忧，反而依旧春风得意：四十车货物和七百五十个奴婢得以保留，另外得到两顷首阳山下的肥田。无谋生的压力，不用遭受饥馁劳顿的苦楚，小丙君在首阳村惬意地搞起易学、文学概论研究与诗歌创作。原本是见风使舵、谋求私利的行为，却被包装成了顺应"天命"、弃暗投明。在小丙君眼里所谓的"先王之道""文王之道"与武王的"天命""王道"并无差别，纣王的有道与无道也与他无关，忠诚地服从王权与王制，不批评、不反抗、安分守己地"为艺术而艺术"，实现个人利益最大化才是他生存的"王道"。他骂伯夷、叔齐是"昏蛋"，"通体都是矛盾"，以文学家、道德家的身份来评判夷齐的诗和品行，彻底暴露了其帮闲文人①的面目："跑到养老堂里来，倒也罢了，可又不肯超然；跑到首阳山里来，倒也罢了，可是还要做诗；做诗倒了罢了，可是还要发感慨，不肯安分守己，'为艺术而艺术'。""温柔敦厚的才是诗。他们的东西，却不但'怨'，简直是'骂'了。没有花，只有刺，尚且不可，何况只有骂。即使放开文学不谈，他们撇下祖业，也不是什么孝子，到这里又讥讪朝政，更不像一个良民……"最坏的是，作为有知识者，他知晓如何借"道"杀人、排除异己。作为有关夷齐流言的建构者，他熟练地利用"王道"妄言中的仁孝忠义刺痛夷齐，躲在暗处却成功地利用名望制造流言，操控舆论诋毁义士名声，摧毁夷齐意志。

"王道"的破绽从武王、小穷奇、小丙君的言行中可以看到。但小丙君利用"王道"制造的流言为何会对夷齐产生致命的打击，这是否意味着夷齐所信奉的"先王之道"也充满破绽？虽然有研究者认为"不宜

---

① "对社会不敢批评，也不能反抗，若反抗，便说对不起艺术""对俗事是不问的，但对于俗事如主张为人生而艺术的人是反对的。"鲁迅：《集外集拾遗·帮忙文学与帮闲文学》，《鲁迅全集》第 7 卷，人民文学出版社，2005 年，第 405 页。

将'王道'和伯夷、叔齐心目中的'先王之道'不加区分"①。事实上"先王之道"同样遵循的是王之道:"道来自先王""以先王为旗帜,事事以先王为法,把先王变成一种绝对的权威""人们固然可以举起先王的旗帜对现实的君王进行某种程度的制约和批判,但终究又树立了王的权威"②。伯夷、叔齐言行之中巨大而致命的矛盾就在于此。两位义士以"先王之道"(尤其是仁孝)评判武王伐纣,但在小丙君眼里他们礼让逊国、离国养老属于背弃祖业,是对"天命""父命"的违背,也是不仁不孝。关于这一问题,伯夷内心也曾起过波澜:"自弃其先祖肆祀不答,昏弃其家国……"这是武王声讨纣王的罪状之一,但"这几句,断章取义,却好像很伤了自己的心"。此外,在小丙君看来伯夷、叔齐隐于首阳山之际以"强盗来代强盗"批判武王的行为属于不忠不义。小丙君以"王道"之矛攻"先王之道"之盾,却实实在在戳中了夷齐言行之悖谬。伯夷、叔齐以"先王之道"来批判武王伐纣的行为,叩马而谏,试图对武王的行为有所制约,街上大嚷:"老子死了不葬,倒来动兵,说得上'孝'吗? 臣子想要杀主子,说得上'仁'吗? ……"但是所谓的臣子弑君乃属以下犯上,已经暴露了伯夷、叔齐行为背后对王权至上的维护。武王胜利、"天下归心"之后,他们隐于首阳山采薇度日之际,之所以能被"普天之下,莫非王土"打倒,实际上也是因为他们骨子里对王权的认同。他们的死是对武王统治的不认可,反过来又是对王权至上的认可,因为不认可武王所以义不食周粟,但武王胜利建立新政权后,伯夷、叔齐认识到武王已经完成了对"天下"的统治,首阳山也不例外,所以最终不食薇菜、饥饿而死。所以,夷齐之死的深层原因是未能打破传统的"王道"思维,其言行无形中契合的是以王为主导、王权至上的理念。

---

① 祝宇红:《"王道""天命"的历史批判和现实讽喻——重读鲁迅〈采薇〉》,《文艺争鸣》,2016 年第 5 期。

② 刘泽华:《论"王道"与"王制"——从传统"王道"思维中走出来》,《天津社会科学》,2014 年第 5 期。

"先王之道""王道"在中国古代社会拥有至高无上的权威性和神圣性，民众只能服从、崇拜，结果"'道'被虚化了，而'王'则实实在在地占据着独断地位和社会资源"①。悟到了传统"王道"的实质并借此投机取巧的人，安分守己坐稳奴隶的人，生活过得十分滋润，帮忙与帮闲事业搞得风生水起，可谓名利双收。深谙"王道"文化的本质，《采薇》中的武王、强盗、投机者都打出"天命"的幌子为谋求私利的行为正名。这就是阔人的把戏，"假借大意，窃取美名"②。当然伯夷、叔齐也不能独善其身，他们虽然没有以"王道"谋求私利，但却看不透"王道"文化的本质而遭其禁锢，"通体都是矛盾"，深受强盗与投机者打击。

## 三、个体生命遭受压制

"王道"虽然在武王、小穷奇、小丙君等人那里变成了空洞的符号，但在王权社会中它却渗透到社会各个层面，是一种"具体的关乎社会秩序的道"，核心是"王制"："社会的制度、法律、道德、文化、基本的生活方式等，都由帝王规定和规范。通过一系列名与器、礼与法的规定，维护皇帝的至尊地位。这一套典章制度是王道的核心，并为历代皇帝所沿用。"③其中，与道德、文化、基本生活方式等密切关联的礼仪与伦理纲常，既是约束个人的言行规范，也是关乎社会秩序的重要准则。"王道"借由伦理纲常、礼仪，在"普天之下"形成一个稳定的差序格局和等级秩序——贵贱有等、亲疏有分、长幼有序，并借助宗法制度，把个人牢牢固定在其中，在"普天之下"形成以王为主导的伦理结

---

① 刘泽华：《论"王道""王制"——从传统"王道"思维中走出来》，《天津社会科学》，2014年第5期。

② 鲁迅：《华盖集·十四年的"读经"》，《鲁迅全集》第3卷，人民文学出版社，2005年，第138页。

③ 刘泽华：《论"王道""王制"——从传统"王道"思维中走出来》，《天津社会科学》，2014年第5期。

构、生活方式和行为规范。

《采薇》中的主要人物无论是装腔作势者还是真心诚意者无不以一定的礼仪和伦理纲常为言行举止的准则与规范。武王伐纣充满了仪式感，其中引人不解的是进城后他对纣王及其妃子的尸体所采取的行动：先是射三箭，又拔出轻剑来一砍，然后拿出黄斧头砍下纣王的脑袋，并将其挂在大白旗上；对于纣王已经寻短见的妃子，同样是先射三箭，拔出轻剑来一砍，然后拿出黑斧头砍下她们的脑袋，并将其挂在小白旗上。对于武王的这一行为，讲述者与听众并不理解："为什么呀？怕他没有死吗？""谁知道呢。"纣王及其妃子已死，武王的这一暴力行为并不具有"杀死"纣王的实在意义，而是指向仪式的象征意义。这套仪式是"恭行天罚"的最后环节，代表着武王"天命"的完成。"三"与出征之前张贴告示中纣王的"自绝于天，毁坏其三正"相呼应，对纣王、妃子分别用黄斧头、黑斧头，将其脑袋分别挂在大、小白旗体现的则是尊卑有别。此外，就连拦路打劫的小穷奇也装腔作势要做一个"文明"的强盗，搜身行动做到"尊敬天下之大老""进退有节"。但在这两者的言行中，所谓的礼仪、伦理纲常事实上只剩精致的空壳，充满虚伪与荒诞：统治者与强盗只不过借礼仪和伦理之名，行以暴易暴、强取豪夺之实。家国同构的格局下，礼仪、伦理纲常的荒谬和虚伪是上下一体的。

伯夷、叔齐兄弟的日常生活也不例外。虽然二人经历了改朝换代，但是差序格局和等级秩序没有变动，维持社会结构的伦理纲常依旧稳定。日常生活中兄弟二人所认真遵循的仁义礼让、互敬友爱，事实上已经对个体的真实想法与正常欲求产生压抑。最初局势不太平之际，伯夷让叔齐少出门、少说话，叔齐尽管心里不服气，暂时也只能"很悌的，应了半声"。兄长伯夷的礼让、友爱也无处不在："一听声音自然就知道是叔齐。伯夷是向来最讲礼让的，便在抬头之前，先站起身，把手一摆，意思是请兄弟在阶沿上坐下。""伯夷怕冷，很不愿意这么早就起身，但他是非常友爱的，看见兄弟着急，只好把牙齿一咬，坐了起来，披上皮袍，在被窝里慢吞吞的穿裤子。"所谓的礼仪不但没有实际的意义和价值，反而变成了负担。二人叩马而谏后，有太太烧姜汤给他们，对于怕辣的兄弟来说，这实属负担，但是为了所谓的礼节，只能勉强喝掉，被辣得眼圈通红，结果还得恭敬地夸赞姜汤的效力。二人华山遇到小穷奇拦路打劫，末了面对强盗请留下喝茶这一装腔作势的礼仪，还得礼貌地回应。从谦让王位到日常生活，叔齐对兄长伯夷努力做到礼让、恭顺，但当伯夷将他们的故事透露给首阳村的村民之际，叔齐内心有了其他的想法："等到叔齐知道，怪他多嘴的时候，已经传播开去，没法挽救了。但也不敢怎么埋怨他；只在心里想：父亲不肯把位传给他，可也不能不说很有些眼力。"但是基于所谓的敬爱兄长，叔齐只能压抑内心的真实想法。在流言广泛散播后，尽管首阳村村民的围观、指手画脚、评头论足给他们带来极大的困扰，但他们必须小心、谦虚地应付，"皱一皱眉，就难免有人说是'发脾气'"。在伯夷、叔齐身上，礼仪、伦理纲常对个体的压抑显而易见，为了所谓的谦恭有礼，面对强盗、强迫者、骚扰者他们不敢说、不敢怒、不敢骂，更不敢打。兄弟之间也是如此，为了兄友弟恭，他们不敢表达个人的真实想法。表面兄弟怡怡，遇事其实各有想法，统一的结论是以牺牲或忽视另一方的想法为代价的：他们无形中被兄友弟恭的伦理道德所绑架，丧失个体独立性。

除了礼仪、伦理纲常对自由表达、个体独立性的压抑，因固守"先王之道"，事关个体生存的正常需求——吃饭在伯夷、叔齐那里也充满矛盾。"人是生物，生命便是第一义"①，要保存生命吃饭必不可少。伯夷、叔齐是孤竹国世子，是义士，但去掉这些社会等级或伦理道德所赋

---

① 鲁迅：《译文集序跋·译了〈工人绥惠略夫〉》，《鲁迅全集》第 10 卷，人民文学出版社，2005 年，第 183 页。

予的身份和名号，他们首先是两位身纤体弱的白须老者①。对于白须老者来说，吃饭本身就是一件大事②。若再加上他们的身份与名号，吃饭就不仅与维持生命有关，更事关信仰、名节、伦理纲常。吃饭问题集中体现了"主义"与生存之间的张力，也暴露了兄弟二人立场的分歧。

自从听说有关武王伐纣的消息后，伯夷、叔齐在是否继续吃养老堂这碗稳当的饭的问题上就产生了分歧。关心时局、萌生并最终决定离开养老堂的是叔齐。伯夷始终是游移不定的那位，他还是想吃这碗稳稳当当的饭。在故事的开始，养老堂不平静之际，叔齐就出去打探消息了。最不留心闲事的伯夷则只管整天晒太阳。当叔齐激动地传达时局不好、要动兵的消息之时，伯夷却慢吞吞地说："为了乐器动兵，是不合先王之道的。"当叔齐列举纣王的无道之时，伯夷关心的则是近来烙饼变小，并由此判断是要出事情了，却又要求叔齐少掺和时事，认为无论是烙饼变小，还是闹起事情来，他们都不应该说什么。养老堂的不平静不断滋长之际，叔齐出门更加频繁，而伯夷担心的则是"这碗平稳饭快要吃不稳"。接下来到街上叩马而谏这一行动中，叔齐也是主动者，"拖着伯夷直扑上去"，并以"仁孝"质疑武王，整个过程都没有伯夷的声音。经此一事，兄弟二人礼让逊国的事迹广为流传，原本为"养老而养老"的伯夷被添上了"义士"的称号。听到看门人与伤兵的聊天，叔齐断定武王不仁不孝，向伯夷表示"这里的饭是吃不得了"。伯夷则揣着明白装糊涂："那么，怎么好呢?"整个过程中，叔齐一直是出走的积极策划者，伯夷则是被动执行者。兄弟二人在"先王之道"与现实生存之间做

① 《采薇》中多处提及伯夷、叔齐之老，例如"他又老的很怕冷""最好是少说话。我也没有力气来听这些事。""伯夷咳了起来，叔齐也不再开口。咳嗽一止，万籁寂然，秋末的夕阳，照着两部白胡子，都在闪闪的发亮。""民众回头一看，见识两位白须老者。""怕他们眼睛花，每个字都写得有核桃一般大。""叔齐怕伯夷年纪太大了，一不小心会中风。"等等。
② 《采薇》中多处以烙一张饼的时长作为时间的计量单位，可见吃饭在文本世界中的重要性。例如"约摸有烙十张饼的时候""约有烙三百五十二张大饼的功夫""大约过了烙好一百零三四张大饼的功夫"等。

选择之时，叔齐毫不犹豫地选择前者，伯夷则游移不定。

最终伯夷还是跟随叔齐离开养老堂，放弃稳当的饭碗，准备前往华山。这应该是"先王之道"、"义士"名号、友爱兄弟的情谊综合作用的结果，其中"义士"名号、友爱兄弟有一定道德绑架的意味。此外，还有一个不可忽略的因素，就是两人对华山食物的幻想：离开的前一晚他们想象着吃野果、树叶渡残年。甚至想象着说不定会有苍术和茯苓，因为他们笃信"天道无亲，常与善人"，而他们自认为是顺应天道者。想象着吃饭不是问题，于是他们轻松起来。但做出选择是一回事，两位白须老者在此后的漫漫长日中如何坚守主义则是另外一回事。首先他们的美梦被武王归马于华山之阳和华山大王小穷奇打破，于是转道首阳山，结果坚守主义"不食周粟"的行动一直被延宕：前往首阳山的路途中，他们不得不沿路乞讨。到了首阳山后的第一顿晚饭吃的还是讨来的残饭，他们只能约定坚守"不食周粟"的主义从第二天执行。最终到了首阳山，吃饭却成了大问题：不但没有野果子，茯苓也不好找，又不认识苍术，试吃松针又失败。在近乎绝望之际，叔齐终于想起了薇菜，此后便换着花样做薇菜："薇烫，薇羹，薇酱，清炖薇，原汤焖薇芽，生晒嫩薇叶……"然而不幸的是，最后因为阿金的那句"普天之下，莫非王土"，他们连薇菜也吃不成了，最终饿死。

从伯夷对养老堂吃食的关注，兄弟对华山食物的想象，以及首阳山努力寻找食物、多种方法做薇菜可以看出，伯夷、叔齐两位老者还是想努力活着。吃饭以保存生命，这本是常识，也是人的本能，但在所谓的"先王之道"、"义士"名号、纲常伦理、礼仪、名节制约与绑架之下，他们只能不断向外界妥协、相互妥协：正常的需求，从人作为生物必需的吃饭，到人作为社会性动物所需的独立自由无不受到压抑，得不到基本的保障与满足。

## 结语

夷齐之死暴露了"王道"的虚伪与荒诞，揭露了"王道"的本质。在王权社会由于缺少对王权切实起到有效监督与制约作用的制度性设计，所谓的"王道"只是王之道，"道"被"王"垄断，它保存的是以王为核心的特权阶层的利益，而臣民只能服从统治。深谙"王道"的武王祭出"天命"的旗号以暴易暴，小穷奇仿效武王祭出上天的幌子强取豪夺，见风使舵的小丙君借用"天命"为自己正名，并借"王道"之手戕害伯夷、叔齐。他们或利用手中的威权、强力，或匍匐于威权之下为威权帮闲，侵害他人的生命权益，以集团的势力扼杀他人的思想自由。伯夷、叔齐恭行"先王之道"，实际上受困于王权与"王道"思维而不自知，丧失个性，缺乏独立判断能力，于是在现实面前屡屡碰壁，甚至连生命也不能保存。鲁迅创作《采薇》揭示"王道"的破绽，具有深刻的文化批判与现实批判的意识，既与事关个体生存发展的"立人"理念一脉相承，也饱含着深沉的民族忧患意识。自走上新文学之路，鲁迅就抱着启蒙主义的理想，提倡"立人"，希望将国人从封建伦理的束缚中解放出来，保存个体生命，张扬个性，自由地发展，这也是五四一代现代知识分子的文化选择。然而到了 20 世纪 30 年代，国民党却大力鼓吹"王道"来维护政权的稳定。日本帝国主义则假借"王道"对东北人民进行奴化统治，美化侵略事实。如此历史情境之中，《采薇》的创作是对传统"王道"妄言的反思，也旨在戳破现实"王道"新药的荒诞与虚伪，警示国人在虚实难辨的流言、奴役思想的妄言与新药面前保持独立思考。

# 性道德的启蒙

## ——《沉沦》中的耻感书写

□ 林昕悦①

　　1921 年 10 月第一本新文学短篇小说集《沉沦》由上海泰东书局出版，给当时的文坛带来巨大冲击，奠定了郁达夫在现代文坛的重要地位。其中的同名小说《沉沦》也被认为是郁达夫道德代表作，出版之初因其"惊人的取材与大胆的描写"② 引发封建卫道士们的责难，被批评为"不道德的文学"，一些新文学阵营中人，对其也有非议。郁达夫作为初出茅庐的文坛新人，面对"不道德"的责难，只能写信向新文学的理论权威周作人求助。周作人以"仲密"的笔名率先在 1922 年 3 月 26日《晨报副镌》的"文艺批评"栏目发表《沉沦》一文，为郁达夫辩护，指出《沉沦》作为"一件艺术的作品"，是"受戒者的文学"，"并无不道德的性质"，由此对《沉沦》的非难才偃旗息鼓。从《沉沦》出版时的反映可以看出，对其批评的焦点在于"道德"，进一步说，是"性道德"。耻感就是道德伦理规范的结果，《沉沦》中的耻感书写与"性道德"的启蒙之间的关系还需进一步辨析。

---

① 林昕悦，四川师范大学文学院在读博士，研究方向为中国现当代文学。
② 成仿吾：《〈沉沦〉的评论》，《创造》季刊，1923 年 2 月第 1 卷第 4 期。

## 一、直面耻感——抒情主人公的耻感性格

郁达夫的小说《沉沦》作为现代浪漫抒情小说的代表，用抒情的方式塑造了一个"真实感人的抒情主人公形象"。郁达夫在《沉沦》自序中说这一篇小说是青年忧郁病的"解剖"，小说对主人公忧郁症的"解剖"暴露了他的忧郁症的情感来源于道德耻感的压抑，所以有必要仔细分析抒情主人公的情感性格。"在文学作品中，许多经典人物形象往往会被贴上显著的个性化情感标签，在情感科学中被称为'情感性格'（affect dispositions）。"[①] 小说主人公"他"经过经典化阐释，已经成了"五四"时期"零余者"的典型形象，"他"是一个有着强烈耻感的人，可以说耻感构成了"他"的主要情感性格。耻感是人类特有的一种复杂情感，是个体的思想与行为违背社会道德规范或内化的道德规范时产生的一种负性情感。耻感是愧感和辱感的综合。自己的消极评价，属于愧感；他人的消极评价，属于辱感；自己和他人都消极评价，就是耻感。[②] 因此愧感和辱感是构成耻感的基本要素。羞耻作为一个词，让人混淆了羞感和耻感的区别：羞感是对被叙述为耻的恐惧感。[③] 但是两者的关联也很明显，陈少明通过表格的方式"从道德耻感的分析入手展开对羞、辱、愧诸类型的谱系式描述，表明耻辱或羞耻是一种家族类似现象。"[④] 从伦理道德上讲，耻是伦理道德规范的结果，羞是对耻的恐惧，没有作为伦理道德的耻感，也就不会有羞感，在这一意义上，羞感作为耻感的结果也是耻感的一个基本要素。

愧感和羞感都是强烈自我意识的表现，没有自我意识的人无法产生

---

① 于雷：《情感何以成为"科学"？——评霍根的〈文学与情感〉》，《外国文学》，2022 年第 3 期。

② 参见谭光辉：《情感的符号现象学》，人民出版社，2021 年，第 255—256 页。

③ 参见谭光辉：《情感的符号现象学》，人民出版社，2021 年，第 278 页。

④ 陈少明：《关于羞耻的现象学分析》，《哲学研究》，2006 年第 12 期。

耻感；辱感是对他人消极评价的认识，没有辱感，也不会产生耻感。因此，我们可以用耻感内涵的基本要素来为耻感分类，这样可以探究清楚小说主人公的主要情感性格——耻感的具体构成，以及辨明不同耻感类别之间的要素差异，对主人公的耻感进行全面认识。本文对耻感的分类依据羞、愧、辱在主人公不同情境形成的耻感中的主导地位将其分为羞耻、愧耻、辱耻三类。需要说明的是，此处的羞耻是"由耻而羞"的耻感，而不是纯粹的羞感。另外，由于"情感根源于叙述"，因此对耻感的分类需要结合小说的具体叙述情境，根据主人公在不同时候与不同人的交往的语境来判断其耻感的主导成分。

第一类，羞耻，耻感中羞占主导成分的情感。文中有两处主人公和农夫相遇，一处是"他"出场时，在一个清和的早秋，草地上温暖的太阳，微醺的风儿让他如在梦境，读着华兹华斯优美的诗句，他感到无限陶醉幸福，流连忘返。这时走来一个农夫，他就把"他脸上的笑容改装成一副忧郁的面色，好像他的笑容是怕被人看见的样子"。在农夫面前，他把自己看作孤高傲世的贤人，当作尼采的查拉图斯特拉。在他的意识里很怕自己的行为被农夫理解为一个疯子，怕被农夫"叙述为耻"，产生了一种羞耻的感觉。还有一处是在偷窥了旅馆的女儿洗澡后跑出来路遇一个农夫与他打招呼，他心跳脸红，疑心"难道这农夫也知道了么"，这是因为他假设农夫知道了，那么农夫必将对他的行为嗤之以鼻，他在自我意识中完全知道偷窥的行为与社会道德规范不符，产生羞耻感。

第二类，愧耻，耻感中愧占主导成分的情感。愧耻是一种带有强烈自我意识的内省式的情感，建立在对自我价值的认识之上。愧耻是自己认识行为不当，否定自己的行为，进而否定自己的存在，并产生一定的悔改意愿。谭光辉认为："罪感可以视为耻感的一种，它是一种愧感特别强烈的耻感。"[①] 小说的主人公"他"是一个满身忧郁气质的青年男

---

① 谭光辉：《情感的符号现象学》，人民出版社，2021年，第266页。

子，整天将湖畔派诗人华兹华斯的诗集拿在手上，看的是爱默生的《论自然》、沙罗的《逍遥游》。在学校旅店旁过的是逍遥快乐的日子，春天的来临，也唤醒了他沉睡的身体欲望，他每天不由自主地开始自淫。从小接受的四书五经的训诫混合着现代医书的知识，让他产生了对手淫行为的否定性评价，洗澡、吃牛乳鸡子也弥补不了这种愧耻感，因为"这都是他犯罪的证据"。由此可见，在自我评价方面，主人公的这种愧耻感还混杂着悔感与罪感。他一天天的衰弱下去，想要悔改，却控制不住身体的原始欲望，沉沦在这种性的苦闷中。

第三类，辱耻，耻感中辱占主导成分的情感。辱耻是一种带有强烈社会意识的交往式的情感，建立在对自我社会价值的认识之上。辱耻是对他人否定评价的感知，不仅指向自我意识，还指向他人。小说主人公是一个内心情感丰富的人，这种内心情感是在和不同的人交往的过程中产生的。小说中由日本同学、路途偶遇的女学生、中国同学、兄长、野地男女、酒馆侍女组成了主人公的人际关系网络。在与不同的人接触交往的过程中，不同情境的触发因素导致了主人公感受到不同程度的辱耻。在日本的学校中，他觉得自己时时处处都在别人凝视的目光中，他想避开同学，然而无论到了什么地方，"他的同学的眼光，总好像怀了恶意，射在他脊背上的样子"。因此，无论他的同学的眼光是好是坏，在他看来，都是不怀好意的，甚至他们说笑谈天都是对他的侮辱。他将自然看作避难所，将自我隔绝于社会之外，同时又渴望别人的理解与同情。当他在与他人的交往中感受到忽视，就将忽视看作是对自己的轻视与侮辱。女学生不和他说话，中国同学不能理解他的苦闷，妓馆的侍女为别的客人引路种种本无关联的行为都能引发他的辱耻，就是因为他是一个自我意识极度强烈的人，一边自我封闭，一边又渴望自己的存在被别人认同。被人忽视为"无"会给人带来辱耻感，辱耻会产生反击冲动，但他又是一个怯懦的人，只能在心中燃起熊熊的复仇烈火。

他对自己的耻感性格有着清醒的认识，他知道很多时候没有必要感到耻，但又总是为其主宰。他与别人的隔阂就是建立在耻的情感基础之上的。在避开女学生回到旅馆之后，自嘲自骂："你这懦夫，你太怯懦！你既然怕羞，何以又要后悔？"在偷听一对男女野合之后，又骂自己："你去死罢，你去死罢，你怎么会下流到这样的地步。"在偷看侍女裙角时，切齿地痛骂自己：畜生！狗贼！卑怯的人！可以看出，在"灵肉冲突"中主人公看似为自己意志薄弱自我责备，不堪羞耻，实则是在这种耻感的负面情绪中放纵自己的欲望。仔细考察主人公忧郁症的来源就可看穿其实质，他的忧郁症是因色而起。他的日记中怀念故乡，是因为故乡有如花的美女；他所要求的爱情是美人的爱情，是心灵与肉体全归己有的爱情；他去 N 市读书是因为他听说 N 市是产美人的地方；他在路上遇见女子，注意的是女子的裙角秋色。他其实是有意用耻感贬斥自己，缓解性的欲望，以求得内心的平衡，然而传统性道德规范的耻感也给他带来折磨，所以他一走出妓馆，便后悔至极，产生自杀的念头。在文学创作中，郁达夫偏爱性欲与死亡两大题材，他认为"性欲和死，是人生的两大根本问题，所以以这两者为材料的作品，其偏爱价值一般比其他作品更大"①。《沉沦》中死亡是耻感压抑的极限，透过对主人公的耻感性格的解剖，可以看到，耻感既给他性欲放纵带来惩罚的"甘味"，另一方面也造成无法排遣的苦闷。《沉沦》的实质是直面这种难以言说的耻感，被压抑的主体表现得越纤弱，越能感受到其中抗争与破坏的情感力度。

耻感是一种自我意识情感，羞耻、愧耻、辱耻共同构成了主人公的耻感性格。"他"具有强烈的自我意识，对个体与社会的一切情感体验都是以自我情绪为中心的，沉浸在自然的避难所中被农人发现感觉到羞耻；沉沦在自淫的癖好中又被内化的伦理道德规约感觉到愧耻；投入到与社会交往中，又时时感到自己的存在被他人忽视的强烈辱耻，这也是他绝望的真正根源。在经历了种种耻感后，他的情感压抑到了极限，为了摆脱耻感的折磨，他只能走向死亡。郁达夫夸张地表现了主人公的耻感性格，反映了一种畸形的病态性格，让时人震惊而反思。

---

① 郁达夫：《文论》，《郁达夫文集》第五卷，花城出版社，1982 年，第 162 页。

## 二、"暴风雨式的闪击"——耻感书写的冲击力

耻感的本质是一种社会情感，它可以起到规范行为的作用，如果不能起到约束作用，很可能是因为社会、权威机构与个人对耻感行为的评价认识不一致。① 耻作为传统道德的重要内容，以共同价值观、道德观规范着人的观念与行为。在新的历史时期，现代人的"现代情感"已经超出了传统耻文化的规范边界了，尤其是在对"性"的大胆言说方面更是颠覆了传统耻文化关于性的话语禁忌。"五四"时期，时代的"共名"是启蒙的文学，郁达夫以个性化的思考将时代的个性解放启蒙主题用性苦闷的耻感来表现，给时代补上了一堂"性道德启蒙"课程。小说的主人公满怀对异性的爱情的渴求，可是在现实社会中没有"肉体与心灵"归属于他的伊甸园的"伊扶"。当"灵"的追求实现不了的时候，他便用病态的心理去看待日本异性，堕落到"肉"的放纵，无法自拔。他偷窥少女沐浴，偷听男女野合，手淫嫖妓等行为与社会道德伦理的规范不符，不管自我评价以及他人评价都是这种行为与规范不符产生的否定的消极性评价，主人公因此陷入深深的耻感中。小说所写的就是主人公的耻感对性行为的遏制以及性行为突破这种耻感之间的反复拉扯。小说以大段的内心独白和日记的形式展示"他"作为"人"的自然的情欲要求，"个人"在这里毫无保留地呈现在读者的面前，他的自闭、自怜、自傲、怯懦、愤怒、悔恨，"变态"的性心理都是"人"的觉醒的充分展现。所以郁达夫说"五四运动的最大成功，第一要算'个人'的发见"②。

小说本身没有严格的情节，有的只是不同的细节拼贴，串联起这些细节的是主人公的耻感在文明世界的起伏。他处于中日两种文明之

---

① 参见谭光辉：《情感的符号现象学》，人民出版社，2021 年，第 263 页。

② 郁达夫：《文论》，《郁达夫文集》第六卷，花城出版社，1982 年，第 261页。

间，中国文化对性是压抑的，耻于言说的，而受到西方文化影响的日本文化对性是温和的，开放的。他因情欲无处宣泄导致种种难以自抑的行为，而这些行为为文明世界的道德伦理所不耻，便只能以耻感压抑在自己心中，所以我们感到主人公永远处于一种压抑到极致却又无法倾泻的状态。郁达夫正是通过如此大胆的对性的要求的暴露，刺激了传统耻感文化的神经，照亮了五四青年们追求灵肉合一的情感的道路，举起个性解放的大旗。因此"过后两三年，《沉沦》竟受了一般青年读者的热爱，销行到了贰万余册"①。从这一销量也可以看出小说在青年中间的受欢迎程度。正如郭沫若所说，《沉沦》"在中国的枯槁的社会里面好像吹来了一股春风，立刻吹醒了当时的无数青年的心。他那大胆的自我暴露，对于深藏在千年万年的背甲里面的士大夫的虚伪，完全是一种暴风雨式的闪击，把一些假道学、假才子们震惊得至于狂怒了。为什么？就因为有这样露骨的真率，使他们感受着假的困难"②。青年读者对小说主人公的情感体验产生共情，惊叹于自己"怎样跑进这本书里坐骑主人翁来了"，"我和他并不相识，我底秘密，他何以调查得这样清楚，并且这样详细呢？"③ 这些反应可以看出《沉沦》中对耻感边界的突破欲望引发了青年一代的共鸣，成功宣泄了青年们伦理道德规范造成的耻感压抑的精神苦闷。

耻感并非与生俱来，而是随着社会的进化发展起来的，原始社会人们对裸露身体并无耻感，在逐渐形成社会道德规范之后，耻感才因违背社群共同道德规范而产生。刘致丞认为作为德目的之耻有社会性、他律性与自律性的特点，耻感的形成是内外因素共同作用的结果。④《沉沦》发表后收到了很多责难，郁达夫在《〈鸡肋集〉题辞》中回忆《沉沦》

① 郁达夫：《〈鸡肋集〉题辞》，王自立编：《郁达夫研究资料》，知识产权出版社，2010 年，第 162 页。
② 郭沫若：《论郁达夫》，王自立编：《郁达夫研究资料》，知识产权出版社，2010 年，第 76 页。
③ 元吉：《读了〈沉沦〉后》，《民国日报·觉悟》，1921 年第 12 卷第 11 期。
④ 刘致丞：《耻的道德意蕴》，复旦大学，2012 年。

小说集刚出版时的景象："社会上因看不惯这一种畸形的书，所受的讥评嘲骂，也不知有几百次。"① 对于这一小说，时人群情激愤，原因就是郁达夫小说中的性欲描写和颓废色彩侵犯了时人共同的道德规范，突破了他们可以承受的耻感边界。"群起而攻之的是郁达夫小说中性欲和性苦闷的描写，罪名是'煽动青年学生，使他们堕入禽兽的世界里去'。"② 当时的批评家们还给郁达夫贴上"颓废者""肉欲作家"的标签，胡适、徐志摩等新文学阵营的作家也对其毫不客气地批判，责难之多、之重让郁达夫不得不向周作人寻求帮助。他在给周作人的明信片里说："所有上海文人都反对我，我快要到坟墓里去了。"③ 由此可以看出，尽管当时很多人都接受了自由民主的启蒙思想，"提倡新道德，反对旧道德"，但是在涉及性欲的书写，性心理的表现，现代伦理道德仍然为其竖起了一道难以逾越的耻感壁垒。所以，郁达夫对性欲的大胆描写在当时不仅触犯了封建礼教的性禁忌，更重要的是触犯了现代社会普遍的公众伦理道德，是对时人耻感的挑战与突破，这正是《沉沦》作为"五四"个性解放的经典文本之意义所在。周作人也是从社会道德层面为郁达夫做辩护，认为小说的色情描写出于"人性的本然"，是现代文明压抑下人的本能的不自觉的喷发，"虽然有猥亵的分子而并无不道德的性质"④。周作人没有把《沉沦》看作反封建礼教的作品，反而指出其中的耻感对性的压抑并非来自封建礼教的压抑，而是来自现代文明的压抑。周作人从启蒙现代性的角度肯定郁达夫小说中的性欲描写，指出《沉沦》的价值在于"非意识的展览自己，艺术地写出升华的色情，也

---

① 郁达夫：《〈鸡肋集〉题辞》，王自立编：《郁达夫研究资料》，知识产权出版社，2010 年，第 161 页。

② 钱理群：《世纪心路——现代作家篇》，生活·读书·新知三联书店，2014 年，第 77 页。

③ 转引自陈子善：《沉醉春风——追寻郁达夫及其他》，中华书局，2013 年，第 17 页。

④ 周作人：《沉沦》，李航春、陈建新、陈力君编《中外郁达夫研究文选》，浙江大学出版社，2006 年，第 3 页。

就是真挚与普遍的所在"①，将《沉沦》纳入新的伦理道德秩序中。可以说《沉沦》就是通过对"时代文明"耻感的克服来达成性道德的启蒙。

郁达夫用灵肉冲突和现代人的苦闷来说明《沉沦》的创作意图。"第一篇《沉沦》是描写著一个病的青年的心理，也可以说是青年忧郁病 hypochondria 的解剖，里边也带叙著现代人的苦闷，——便是性的要求与灵肉的冲突——但是我的描写是失败了。"② 郁达夫写作的目的在于刻画出现代人因为灵肉冲突而造成的苦闷，色情描写服务于这样的目的，属于他的"自我暴露"。通过展示主人公被性欲与耻感反复拉扯的痛苦，一个丰富的、矛盾的、挣扎的个人被"发见"了。"从前的人，是为君而存在，为道而存在，为父母而存在，现在的人才晓得为自我而存在了。"③ "他表现得当然是身边事，感伤气味重，也很颓废，可是却有把五四运动含蓄的个人自由推到极处的勇气。"④《沉沦》中的耻感书写是一种自觉的行为，耻感时时被放纵的性欲丢在一边，主人公一再陷入自责、忏悔的心理也阻止不了他的自淫、偷窥、嫖妓的行为，耻感对他的束缚已经松动。《沉沦》对人们性道德的挑战就如郭沫若说的一般，是"暴风雨式的闪击"，人们震惊于《沉沦》的主人公何以这样"无耻"，写作《沉沦》的郁达夫何以这样"无耻"，完全颠覆了旧有的性道德。

---

① 周作人：《沉沦》，李航春、陈建新、陈力君编《中外郁达夫研究文选》，浙江大学出版社，2006 年，第 3 页。

② 郁达夫：《〈沉沦〉自序》，王自立编：《郁达夫研究资料》，知识产权出版社，2010 年，第 151 页。

③ 郁达夫：《文论》，《郁达夫文集》第六卷，花城出版社，1982 年，第 261 页。

④ 夏志清：《中国现代小说史》，浙江人民出版社，2016 年，第 115 页。

### 三、"受戒者的文学"——耻感书写的目的与意义

郁达夫的小说《沉沦》被批评为"不道德的文学"，周作人恰是在道德层面为其辩护。周作人在《沉沦》一文中根据美国莫台耳在《文学的色情》里所论述的三种"不道德的文学"，认为郁达夫的《沉沦》"显然属于第二种的非意识的不端方的文学，虽然有猥亵的分子而并无不道德的性质"，并且在文末郑重声明《沉沦》是一件艺术的作品，是"受戒者的文学"：

> 我临末要郑重的声明，《沉沦》是一件艺术的作品，但他是"受戒者的文学"（Literature for the initiated）而非一般人的读物。有人批评波特来耳的诗说，"他的幻景是黑而可怖的。他的著作的大部分颇不适合于少年与蒙昧者的诵读，但是明智的读者却能从这诗里得到真正希有的力"。这几句话正可以移用在这里。在已经受过人生的密戒，有他的光与影的性的生活的人，自能从这些书里得到希有的力，但是对于正需要性的教育的"儿童"们却是极不适合的。还有那些不知道人生的严肃的人们也没有诵读的资格；他们会把阿片去当饭吃的。关于这一层的区别，我愿读者特别注意。①

周作人这里所说的"受戒者"并非佛教意义上受戒持律之人，而是"受过人生的密戒，有他的光与影的性的生活的人"，与"受戒者"相对的是"一般人""少年与蒙昧者""正需要性的教育的'儿童'们"与"不知道人生的严肃的人们"。周作人在这里是借用"受戒者的文学"对《沉沦》读者范围的划定，对小说的艺术性质的评定，也是对"不道德文学"之说的根本否定。周作人借用莫台耳的《文学上的色情》依据的

---

① 周作人：《沉沦》，李航春、陈建新、陈力君编《中外郁达夫研究文选》，浙江大学出版社，2006年，第3—4页。

弗洛伊德的精神分析理论来论述《沉沦》中性欲对耻感的突破是十分合适的。在这篇辩护文章之后，周作人又发表了《对于戏剧的两条意见》《情诗》《什么是不道德的文学》等文章继续讨论文学"道德"的问题，可见，周作人为《沉沦》辩护也是在践行他的"人的文学"观，由此，《沉沦》作为"受戒者的文学"被纳入新文学道德秩序的建设中来，是"人的文学"观念在性爱与文学道德关系问题上的表现。

周作人在《人的文学》里强调："人的文学，当以人的道德为本"，这就把五四新文化运动"反对旧文学，提倡新文学；反对旧道德，提倡新道德"两大旗帜联结起来。进行道德启蒙的道路是艰难的，尤其是性道德的启蒙，如何突破道德耻感的边界，如何与《留东外史》这种"嫖界指南"中的色情描写区别开来，这都需要新文学进行不断地开拓。《沉沦》恰恰是在这一背景中脱颖而出，为中国现代小说的性爱叙事开疆拓土，带来新气象。在小说中，主人公的性欲、情欲被羞耻、愧耻、辱耻压抑，但我们可以时时感觉到一种放纵的欲望，破坏的欲望要打破这些耻感的规范。主人公自杀前的呼喊就是个人耻感、民族耻感的爆发，要求建立新的道德规范。

钱杏邨论及郁达夫时，把他看作"一个很健全的时代病的表现者"①，以厨川白村的《苦闷的象征》与诺尔度对近代人病态生活的概括来说明时代的病态在郁达夫小说中"健全地表现了"。钱杏邨对"时代病"的概括一针见血，具体到郁达夫的《沉沦》中，"时代病"就表现为一种不正常的耻感，主人公的性欲本是一种人类自然情欲中最基本的，却被旧的性道德所压抑，在嫖妓之后，为了逃避耻感最终蹈海自杀。"他"在压抑中所表现出的淫猥、沉沦，让青年们仿佛第一次在镜子中看见自己的面貌，唤起了他们的耻感。耻感是令人不快的，会驱使人去克服耻感以获得心理平衡的需要。所以，《沉沦》只有以此大胆的暴露唤起人们的耻感，才会产生克服突破它的需要。郁达夫为表现耻感

① 钱杏邨：《〈达夫代表作〉后序》，李航春、陈建新、陈力君编《中外郁达夫研究文选》，浙江大学出版社，2006年，第7页。

压抑的病态，对《沉沦》的主人公的堕落行为与情感都做了夸张的描写，主人公的放纵行为与道德耻感之间显得极不和谐，仿佛不是一般青年所有的，惟其如此，才体现出了旧的性道德施加于主人公内心的耻感极不正常，需要破坏与新的建设。

《沉沦》开耻感书写的先河，切中了"人的文学"的要义，是新文学道德秩序建设的重要环节，为文学的发展拓宽了耻感表现的边界。"人的文学，当以人的道德为本"，而道德方面的问题很广泛，郁达夫恰恰朝着最难突破也最容易引发争议的性道德的启蒙方向前进。郁达夫曾在送给周作人的《沉沦》小说集里说："不曾在日本住过的人，未必能知这书的真价，对于文艺无真挚的态度的人，没有批评这书的价值。"[①]尽管面临种种责难，郁达夫还是坚信自己作品的价值，他眼中的"理想读者"是对文艺抱有真挚态度并且有过相同生存体验的人，也就是周作人所说的"受戒者"。郁达夫说自己在"灵肉的冲突"的描写上"失败"了，这是他自己认为作品艺术上的失败，在道德评价上他是不认同那种认为他的作品是可耻的论调，认为"现代的青年，大约是富有判断能力者居多"，断不至于就上了作品的当，"去耽溺于酒色"[②]。对于性欲的耻感书写，郁达夫有着清醒的认识，"我在创作的时候，'这篇东西发表之后，对于人生社会的影响如何？''这篇东西发表之后，一般人的批评若何？'那些事情，全不顾著，只晓得我有这样的材料，我不得不如此写出而已。至于反对新文艺的人，要把我的小说来作材料，做些谩骂的文章，那更无一顾的价值了。要反对的人，就是你再把《礼记》《大学》来抄一遍，也要反对的，我若因为有人要反对，改变我的态度，那我还不如默默地不做小说的好，又何苦来做些媚人的文字，来讨

---

① 周作人：《〈沉沦〉》，李航春、陈建新、陈力君编《中外郁达夫研究文选》，浙江大学出版社，2006年，第4页。

② 郁达夫：《我承认是"失败了"》，王自立编：《郁达夫研究资料》，知识产权出版社，2010年，第199页。

人好呢?"① 经过周作人、成仿吾等人的辩护,郁达夫确实在文坛上立住了脚,《沉沦》的"真价"也为更多的人所认识,国人不健全的性道德有所矫正。从此之后,郁达夫的耻感书写便有了理论合理性与理想的接受群体。在郁达夫的耻感书写的拓展后,一大批新文学家的作品中的艺术的性爱叙事为更多人所接受。但新的性道德也并不意味着性爱叙事没有耻感边界或有意地去展览色情,而是要抱着真挚的态度,将性描写作为一种文学因素,将之升华为艺术的东西,无损于文学的价值。郁达夫认为:"艺术的理想,是赤裸裸的天真……将天真赤裸裸的提示到我们的五官前头来的,便是最好的艺术品。"② 将耻感不加掩饰地放入新文学创作中,摆在读者的面前,而"知耻近乎勇",《沉沦》的耻感书写唤醒了时代的耻感,从而催促耻感的更新,也促进了新文学道德秩序的构建。

## 结语

《沉沦》中主人公的耻感并不是一种单纯的情感,而是一种以羞感、愧感、辱感为基本情感要素综合而成的复合情感。在众多新文学家致力于思想启蒙、社会启蒙的时候,郁达夫特立独行,从性道德的启蒙入手突破传统耻文化和时代耻文化的壁垒,拓展了时代的耻感边界,由此个性解放才算是深入了个人的内在欲求。郁达夫是怀着真挚的文艺态度来创作《沉沦》的,其中的性爱描写为久被耻感压抑的文坛带来新气象,将在新旧道德转换中对性言说无所适从的新文学从尴尬的境地中拉出,破旧立新,为新文学树立起新的耻德标准。

---

① 郁达夫:《〈茫茫夜〉发表之后》,王自立编:《郁达夫研究资料》,知识产权出版社,2010 年,第 197—198 页。

② 郁达夫:《文论》《郁达夫文集》第五卷,花城出版社,1982 年,第 150 页。

# 重读蘩漪：欲望情感主导的现代行动者

□韩冰莹[①]

## 引言

《雷雨》中的蘩漪作为曹禺最早想出来的人物，以往已经被广泛而深入地解读。蘩漪这一人物的重要已是不争的事实，大多数研究者将蘩漪看作最具"雷雨"性格的人物。但蘩漪是如何在人群中脱颖而出，吸引众多读者目光的呢？她本身矛盾、复杂的性格背后，凝聚着的是她的丰富情感，恰恰是这些情感，推动着整个人物形象的塑造。毕竟，"情感在人的意义活动过程中是不可或缺的。作为动物性的人，情感或许不是必需的；作为符号性和社会性的人，情感必然是必须的"[②]。曹禺提到《雷雨》中的一众人物时，曾评价："他们怎样盲目地争执着，泥鳅似的在情感的火坑里打着昏迷的滚，用尽心力来拯救自己而不知千万仞的深渊在眼前张着巨大的口。"[③] 更进一步明确了情感对于剧作人物的重要。而蘩漪的内心情感是如何导致她一步步的行为？她的情感怎么呈现并产生变化？曹禺对蘩漪的书写意图何在？这些无疑是值得注意的问题。以往研究者也有从情感角度切入蘩漪的心灵世界，刘芭在《阁楼上的"疯"女人：蘩漪——曹禺剧作人物论》中，将蘩漪解读为爱情至上

---

① 韩冰莹，四川师范大学文学院在读博士，研究方向为中国现当代文学。
② 谭光辉：《情感的符号现象学》，人民出版社，2021 年，第 394 页。
③ 池周平：《〈雷雨〉研究资料》，长江出版社，2020 年，第 34 页。

者，将原始的、本真的情爱看作理解蘩漪的关键；张爱芬《蘩漪新析》则重点从弗洛伊德的精神分析学说出发，揭示蘩漪由妒忌、哀怨的表层进入恐惧的更深心理层面的情感，以及在这种痛苦无望中最终走向破坏的悲剧命运；杨春风的《原欲力量的雷雨——〈雷雨〉中蘩漪形象再评价》一文，点明性压抑所导致蘩漪情绪的迷狂，均在一定程度上涉及蘩漪的内心情感。

可见，以往研究者大多是从精神分析学说剖析蘩漪的爱情与性欲，遗憾的是，这些研究未呈现蘩漪情感世界的关键要素以及作者曹禺的良苦用心，而这才是解读蘩漪的钥匙。如果采用情感符号学的理论对蘩漪的情感作一解析，能提供一些我们都忽略了的内容，我们可以观察到蘩漪所发出的一切行为的合理性与必然性，同时更进一步体悟包含在人物中的现代情感因素。就此意义来说，正是蘩漪的情感叙述，打开了解读《雷雨》的新天地。

## 一、欲望——蘩漪情感之核心

人的情感是极为丰富的，无论是中国古代的"七情六欲"说，还是西方笛卡尔、卢卡奇等学者对情感的不同分类与解读（如笛卡尔将人的原始情感总结为惊奇、爱悦、憎恶、欲望、欢乐、悲哀六种，在此基础上继而形成各种复合情感），这些情感分类并无绝对的对错，只是基于不同的方法、目的得出相异的结论，但无一例外都在证明情感的重要以及它难以把握的复杂性。可见，具有强烈主体性的人，不仅有基础情感，不同情感间的相互组合也会构成更复杂的情感状态。与此同时，情感也不是始终处在固定不变的状态，作为不断发展变化的人来说，面对不同的阶段，完全有可能由于倾向性的改变而产生不一样的情感。

由此看来，情感作为人的意义追求过程中的重要阶段，必定会对人的行为产生一定影响，甚至是决定人的命运。蘩漪作为《雷雨》中性格复杂、个性鲜明的女性人物，她身上所包孕的丰富情感毋庸置疑。曹禺曾明确提到："拿蘩漪来说，这个人物从第一幕到第四幕，一直是发展的、流动的，从未停止在一点上。"① 人物的发展、流动，背后反映出的正是蘩漪个人的情感流动。本文借助谭光辉的情感的符号现象学理论，尝试对蘩漪的内心情感进行梳理，进而挖掘出其中始终不变的核心情感——欲望，正是该情感，铸就了蘩漪独具一格的个人魅力。

（一）爱之爱欲

爱是人类乃至其他高等生命所拥有的一种最基本的情感。作为中国旧式女性的蘩漪，爱是她自然而然的一种本能。《雷雨》中蘩漪的情感核心始终围绕着与周萍的关系展开。蘩漪的爱是如何产生的？我们要明确的是，"要拥有爱这种情感，首先必须有自我意识，然后要有他者意识。将自我和他者区分开来，才具备了爱的基本条件"②。显然，蘩漪是在失去自我的局面下，面对他者周萍的到来，所产生的对他者的情爱。蘩漪失去自我这一结论又如何得出？从蘩漪居住的生活环境便一目了然。闷气的老房子、发霉的家具、强迫自己喝苦药的周朴园，这一切无疑都在消磨蘩漪的青春，曾经的她一定也憧憬家的美满与爱的甜蜜，殊不知，自己是生活在黑暗、专制的大家庭，被渐渐磨成石头样的死人。她感受不到周朴园的爱，她与生俱来的情感同样也无法顺利发出，本应自然发泄出的情感被抑制，蘩漪只能将自我情感掩藏，日复一日经受痛苦的折磨。蘩漪个人情感的单调与压抑，在遇到周萍的那一刻找到了宣泄口，"这长时间积下来的大量的情感将如山洪般的直泄下来，而且是不可制止，不能够转移的，这时候的全部都是情感充塞满了的世界，一切都是在燃烧，在兴奋中如梦幻般地过去"③。两人爱情的产生，除了蘩漪自我情感宣泄，从中获得自我存在的需要外，作为他者的周萍，所给予蘩漪的回应与反馈，同样是不可忽视的因素。同样处在专制的封建大家庭中，两人有着同处压抑环境的情感体验，"你说你恨你的父亲，你

① 王育生：《曹禺谈〈雷雨〉》，《人民戏剧》，1979 年第 3 期。
② 谭光辉：《情感的符号现象学》，人民出版社，2021 年，第 185 页。
③ 池周平：《〈雷雨〉研究资料》，长江出版社，2020 年，第 108 页。

说过，你愿他死，就是犯了灭伦的罪也干"①。繁漪的话是最有力的证明。两人为着同样的感受而痛苦、而叹息，自我与他者之间达成了心灵上的沟通与理解，形成了共同的情感指向。双重因素的叠加下，两人方能不顾一切地相爱。

而繁漪对周萍的爱，不是简单的情爱，更多是一种带有行动欲望的爱欲，既包含身体性的欲望——性欲，也囊括了精神性的欲望。在充满专制的周家，道德压抑繁漪的性爱本能，她受着这种本能的驱动寻求满足。同时，繁漪的爱欲更全面也更丰富，是获得主体存在的一种总体性冲动。"爱欲超越了吃、睡、性等单纯的肉体需要，扩展到广泛的物质领域和精神领域，反映在人的文化创造、审美过程、改造生存环境、征服疾患和建立安逸生活等各个方面。"② 与周萍相爱的过程中，繁漪在某种意义上获得自我的确认，在压抑性的生活环境下，强化了她与周萍间的爱欲联系。

(二) 恶之破坏欲

确定了爱的情感，也就在某种程度上确定了恶的情感，两种情感总是相对而言。厌恶作为人所具有的一种基本情感能力，主要表现为对他者的否定态度。繁漪在确定对周萍的爱的基础上，产生对不同人的厌恶，集中体现在周朴园、四凤身上，这种厌恶情感又夹杂着欲望，形成一种摧毁一切的报复欲、破坏欲。

繁漪对周朴园的厌恶情感颇为复杂，更多可以称之为怨的情感，它有一个逐步发展的过程，在此过程中凝聚了多种不同的情绪。首先，繁漪是出于对吃药的一种物质性厌恶，无论是在四凤面前，还是在强迫她喝药的周朴园跟前，她明确提出这药苦得很，常年喝这种难以下咽的苦药，大概早已经喝够了。日复一日的苦药只会让她日益抵触和逃避，而拒绝吃药的行为导致的是周朴园更加严厉地、不由分说地强迫与控制。

---

① 曹禺：《雷雨》，人民文学出版社，2003 年，第 65 页。
② 张康之：《总体性与乌托邦——人本主义马克思主义的总体范畴》，中国人民大学出版社，2016 年，第 184 页。

他的蛮横、专制让蘩漪由对吃药的厌恶转向对周朴园行为的厌恶与否定，进而凝聚成一种怨恨的情感，在心中不知不觉地堆积。这种怨恨一开始程度较轻，还夹杂着对周朴园的一种惧怕心理，虽然能够在周朴园严厉呵斥以及让儿子周冲劝说时进行反抗，但面对周朴园利用周萍下跪劝她喝药的手段，她终究还是泪痕满面地选择隐忍、屈服。"虽然对他人行为不满，却因害怕而不敢行动，又恨又怕，就是'卑贱'。"① 蘩漪最终咽下这份愤恨，卑贱地选择隐忍。但忍耐总有限度，这种屈辱到达一定程度后，必然会转向一种行动的欲望，怨恨与欲望的相互交织，最终化为一种彻底的愤怒，产生反抗的行为。这也正是为何蘩漪最终能无视周朴园让她喝药、看病的要求，并轻蔑地进行回击。也正是对周朴园从厌恶到愤怒的情感变化，推动着蘩漪对这个黑暗的封建专制大家庭进行无形抗争。

蘩漪对四凤的厌恶也颇为明显，蘩漪与周萍相爱，怯弱的周萍却将两人的爱情看作自己曾经犯下的错，转而爱上四凤，执意摆脱家庭、摆脱蘩漪。男女之爱情，通常会伴随一定程度的自私及占有欲，更何况，周萍对于生活暗无天日的蘩漪来说是唯一的救命稻草。"破坏欲是一种常见的对焦虑的反应，它源于一种社会孤立感与无力感——太多的情况超出了我们的控制。"② 她无法控制周萍爱的转移，那她也必然将厌恶的情感转移到四凤身上，这种厌恶感促使她产生相应的行动，在欲望的催生下，形成一种无形的破坏欲。蘩漪对周萍的爱情越是受到挫败，她的破坏力就越强。她看到四凤会心中不痛快，计划与四凤母亲见面，让四凤就此离开周公馆。在她看来，四凤离开，或许她能重新得到周萍的爱。此外，这种厌恶情感又随着周冲的情感表露更进一步，自己的儿子喜欢四凤，并遭到四凤的拒绝，在蘩漪看来，四凤不过是个没有受过教育的下等人，自己的儿子绝无可能娶这种女人。在双重影响

---

① 谭光辉：《情感的符号现象学》，人民出版社，2021 年，第 243 页。

② 〔美〕劳伦斯·弗里德曼：《爱的先知：弗洛姆传》，郑世彦等译，中国友谊出版公司，2019 年，第 123 页。

下，蘩漪才会与鲁侍萍见面，让她带走四凤，永远不要见周家的人。但我们需明确的是，这种厌恶的情感只是因为一种爱的自私，所以才将厌恶投射、转移到四凤身上，当危机解除，四凤不再是竞争对手时，这种破坏欲便会随之消失。故事走向尾声，当残酷的真相——四凤与周萍的乱伦之爱赤裸裸呈现在众人面前之时，是蘩漪率先发现四凤的情绪异常。此时，蘩漪对四凤夹杂破坏欲的情感已经转变为同情与怜悯，对这个不谙世事的姑娘的悲惨命运深深震惊与同情。

从蘩漪的丰富情感之中，我们试图窥探蘩漪的独特之处。爱、恶等基本情感，是任何一个人与生俱来的本能，鲁侍萍、四凤同样是处在旧时代的旧式女性，尽管身份地位低下，她们仍然有爱与恶的能力。而蘩漪之所以能吸引读者的关键，恰恰在于她的行动力，一种始终混杂在爱恶之中保持不变的情感——欲。鲁侍萍虽然能与周朴园相爱，但面临被狠心抛弃的悲惨命运时，她只是将自己受的苦归结为命运。而蘩漪不同，无论是爱还是恶，她的身上都带着一股强烈的欲望——占有与破坏的欲望。"也许蘩漪吸住人的地方是她的尖锐。她是一柄犀利的刀，她愈爱的，她愈要划着深深的创痕。"[1] 她的欲望带来义无反顾的行动力，为了挽留周萍，她既可以低声下气哀求，提出把四凤接过来一起住，也可以毫不犹豫地在亲生儿子面前撕开她与周萍间的"乱伦"，拼尽全力破坏这一切。因此，欲望才是蘩漪身上最核心的情感因素，是她成为万千旧式女性中独一个的关键所在。

## 二、蘩漪欲望情感叙述之作用

在蘩漪的情感体系中，无论是爱还是恶等基本情感，都混杂着欲望的存在，从而进一步促成更为复杂的复合情感体验，使蘩漪得以区别于其他人物。在欲望的驱使下，蘩漪进行情感的宣泄，产生行动的力量：

① 曹禺：《雷雨》，人民文学出版社，2003 年，第 183 页。

一方面凝聚故事情节、推动剧作发展，另一方面也让繁漪的形象更加鲜活有力，以独特人格魅力屹立于文坛。

### （一）繁漪的行动力——凝聚情节

繁漪作为《雷雨》中的关键人物，"她的生命交织着最残酷的爱和最不忍的恨，她拥有行为上许多的矛盾，但没有一个矛盾不是极端的，'极端'和'矛盾'是《雷雨》蒸热的氛围里两种自然的基调，剧情的调整多半以它们为转移"①。而这种矛盾与极端，正源于繁漪欲望情感中的行动力。繁漪作为情节发展的推动力，主要在于她几个关键的行为：第二幕中与侍萍见面，企图赶走四凤；第三幕中偷听周萍与四凤的谈话，锁上窗户；第四幕中锁上大门，叫来周朴园。我们先来看这几个行为何以关键，若没有繁漪要求与侍萍见面，多年前周朴园与侍萍的那场故事永远不会揭开，尽管繁漪并不知晓四凤的母亲就是当年周朴园抛弃的女人，但却无意中导致了侍萍与周朴园的重逢。四凤一家被辞退后，周萍与四凤约定夜晚见面，若不是繁漪的介入，故事本可以随着两人的见面结束，而繁漪的跟踪破坏了正常发展的故事进程，她锁上窗户让周萍失去逃跑的渠道，周萍只能被鲁侍萍撞见，四凤也羞愧地跑出家门，导致整个隐情暴发。而当事件重新趋于平稳，周萍对侍萍诚恳地剖明心意，打破一切阻碍准备带四凤离开时，繁漪再次上场，她锁上大门叫来周朴园阻止这一切，这时，一切朝着繁漪未预料到的走向发展，真相得以被彻底揭露。可见，事件的每次转折都是由繁漪来打破，她的行为总在有意无意打破事件发展的原有轨道，进入新的局面。

对繁漪这些关键行为的原因进行思考，不难发现，她的种种行为均出于个人的欲望，出于对周萍的爱欲。若是繁漪与周萍之间始终维持着爱的关系，繁漪不会主动要求四凤的母亲带走四凤，周萍作为她在周家唯一的依靠，她只能紧紧抓住他。当周萍转变态度后，繁漪行动的欲望开始滋生，她试图通过自己的行动挽回周萍的心。她乞求周萍留下，但

---

① 曹禺：《雷雨》，人民文学出版社，2003年，第182页。

她的行为又无形中加速了周萍离开的进程，令周萍只想尽快逃离。反过来，周萍的态度让繁漪行动的欲望更加强烈，当周萍屈服于专制的父权后，繁漪内心的怨恨便开始滋长，她恨自己未能早些看出周萍的胆小怕事，她明确说出自己不能受两代人的欺侮。周萍的冷言冷语让她彻底崩溃，最终转化为充满破坏欲与报复的愤怒情绪，这种愤怒又最终变成一种具体的行动，"但她也有更原始的一点野性：在她的心里，她的胆量里，她的狂热的思想里，在她莫名其妙的决断时忽然来的力量里"①。原始的野性恰恰代表着繁漪的欲望，她凭着自己的力量试图破坏这一切。归根结底，是繁漪的欲望推动着整个故事情节的发展变化。

（二）繁漪的情感宣泄——凸显人物魅力

繁漪的欲望情感除了转化为行动力之外，更外在的表现是自我情感的宣泄。欲望情感的表达与宣泄成为繁漪这一人物塑造的润滑剂，彰显其行动的必然性与普遍性，引起读者的理解与共鸣，繁漪的形象必然成为颇具特色的典型。

首先，繁漪的情感具有普遍性。曹禺曾提到繁漪这一人物的设置："现在的观众很难理解这个人物，因为他们不懂得旧社会。我年纪很轻的时候，就听到、见到过许多这类事情。旧社会女的没有机会同男人接触，有钱人家后娘和前妻之子发生暧昧关系的事，实在太多太多了。"②而这恰恰说明，在当时的旧社会，压抑的环境中，爱欲的滋生是普遍发生的现象。如果仅仅用严苛的道德标准来衡量繁漪的"乱伦"行为，那她就是一个又坏又狠的资产阶级太太，为了自己的情欲发生不贞洁的爱情。只有回到当时的历史情境，我们才能深切领悟到繁漪的悲剧性，她也不过是封建专制家庭中的受害者而已。

其次，繁漪的情感宣泄有内在必然性。为何这个带有原始野性的中国旧式女人，产生"乱伦"行为的女人，能够让历来的读者同情、怜悯，而不是产生厌恶的情绪呢？在我看来，繁漪由爱生发出的恶、怨以

---

① 曹禺：《雷雨》，人民文学出版社，2003 年，第 33 页。
② 王育生：《曹禺谈〈雷雨〉》，《人民戏剧》，1979 年第 3 期。

及与欲望相结合所产生的各种更复杂的情感，是符合自然人的情感变化的。由爱所带来的占有欲，因为得不到爱继而生发出的破坏欲等，都是人的自然而然、合乎常情的情感变化。生活在黑暗、专制又极度压抑的环境中，拥有了爱的对象后，而所爱的他者又义无反顾地抛弃过往，在这样的情景设置下，任谁也不愿让自己再次陷入黑暗之中，会尝试挽留，会在毫无希望的情况下破坏这一切。正因为这样的情感是作为主体的人应该具有的正常情感，所以繁漪的任何行为都有理有据，有迹可循。只有真正理解了繁漪的内在情感，作为接受主体的读者才能对繁漪的行为产生理解、同情与认同。"情感就是在情感意向性的压力下，主体对通过'代入'参与叙述，因倾向性和目的性而产生的判断和由此判断导致的身心反应。"① 作为读者，在真正代入繁漪的世界后，必然产生相应的情感，"读者在她的'不正常'的行为中看到了带有必然性的正常的一面，看到了她值得怜悯和同情，乃至应当支持和引导的东西"②。繁漪的情感宣泄是符合常理的情感，读者不再单纯评判她为恶毒的女人，代入感越强，就越倾向于对她做肯定性判断。在读者的理解与同情下，繁漪成为文学史上血肉丰满的典型人物。

## 三、曹禺的现代性情感表达

纵观繁漪的情感体系，欲望是她情感背后所包孕的核心因素。在封建专制牢笼的束缚下，繁漪作为欲望情感主导的现代行动者，彰显与历史长河中众多女性的不同之处。繁漪身上的欲望情感，也在一定程度上凸显出曹禺对情感现代性的独特体悟与表达。

中国文学、文化的现代性过程，不是固定于某一特定时间，更不是一蹴而就的，相反，它是不断发展、不断变化的过程。只有历经一定的时间长度，并伴随动态的发展，才能最终得以沉淀。从晚清的文学启

① 谭光辉：《情感的符号现象学》，人民出版社，2021 年，第 19 页。
② 王富仁：《王富仁自选集》，广西师范大学出版社，1999 年，第 223 页。

蒙，到五四时期新文化运动，开启了中国文化现代性的先河，文学也开始成为具有现代性质意义的新文学。新文化运动率先将目光集中到"人"身上，聚焦个人的发现与自我的发现，指向人的自我意识的觉醒和自然人性的复归。作家们纷纷用现代性的文学语言和形式，表达现代中国人的思想、心理和情感。但这一切多是出于救亡图存的需要，批判封建礼教，倡导西方人道主义思想以启蒙人的思想、改造国民性。《雷雨》创作于20世纪30年代，此时的文坛进一步书写着中国的现代化进程，但依旧是对于政治、社会现实的集中关注，左翼作家们书写中国社会波澜壮阔的生活，彰显文学的社会剖析功能。与此同时，也有海派作家对现代色彩浓厚的大都市的书写，捕捉新奇的感觉，注重人物心理，凸显快节奏都市生活中人的精神病态；京派作家们则有意远离政治，表现乡土人情人性，呈现出诗意的抒情性。

而曹禺的创作有其自身的独特性，他抛开社会、政治等众人都在关注的部分，转而剖析人的内心情感，以情感的方式观照现代社会。曹禺提起《雷雨》的创作时直言："我并没有显明地意识着我是要匡正、讽刺或攻击些什么。也许写到末了隐隐仿佛有一种情感的汹涌的流来推动我，我在发泄着被压抑的愤懑，毁谤着中国的家庭和社会。然而在起首，我初次有了《雷雨》一个模糊的影像的时候，逗起我的兴趣的，只是一两段情节，几个人物，一种复杂而又原始的情绪。"① 所以，曹禺创作时并未刻意批判中国封建家庭与社会，反而是出于一种情感表达的需要，力求将人的灵魂、心理等内心世界的情感表现出来，将这种复杂又原始的情绪熔铸在人物身上，尤以蘩漪最为突出。

首先，我们对曹禺的创作意图进行追问：为何曹禺更关注人的内心情感呢？主要包括两个方面的原因：一方面，曹禺接受的外在思想等无形中影响着他的关注点。蘩漪身上所呈现的现代性情感彰显着曹禺本人所具有的现代思想意识。毕竟，只有先具备了这样的意识，才能创作出

---

① 池周平：《〈雷雨〉研究资料》，长江出版社，2020年，第33页。

与此相匹配的文学作品。回顾曹禺的成长历程，不难发现他本人对剧作的关注，他加入南开新剧团，参演各种戏剧。他极为关注西方剧作家的创作，出演易卜生的《国民公敌》《娜拉》，人物的个性主义以及迸发的情感不对他产生影响。也有后来美国剧作家奥尼尔的剧作，人物复杂精神状态的展现，不可捉摸却又无比诱人的灵魂呼唤，都不断影响着曹禺的戏剧观念，促使他不断关注人的现代性精神体验。另一方面，曹禺个人的内在情感也影响着他的创作。创作《雷雨》时曹禺正处在青年时代，年轻又蓬勃的生命，满怀热烈的情感与活力，尚没有中年人对生活苦难的沉重体验，更多的是情感的激情与沸腾。"由混沌的少年进入富于自主意识的青年时代，在他的意识里逐渐增长着的是对社会的不平感，是对种种人事灼热胸膛的正义感，是对人生意义的朦胧追求，是对现实中贫富对立的强烈感受。"① 在外在影响与个人内在情感双重因素影响下，曹禺更多地看到了人的情感，对现代人的悲惨遭遇表示同情。他更多关注人的问题而不是社会问题，通过具有强烈自我意识的人物探讨生命的价值，而不仅仅是将道德作为评价人物的唯一准则。

其次，对曹禺创作的独特价值进行探讨。繁漪作为载体，她身上承载着一种行动元素、以欲望为主导的行动力量，这种力量，彰显着曹禺的现代性情感表达。欲望何以成为一种现代性的情感？它作为与古典文学迥然不同的现代新质素，有着极大意义的发展。中国传统社会中，欲望作为个体层面的基本情感极为普遍，不乏对时局混乱、官贪民艰的控诉宣泄，但就其内在情感特质来看，往往呈现出"怨而不怒，哀而不伤"的基本特征。"先秦儒家和后代接受儒学的人，都充分认同人的情感存在的合理性，但同时更重视对情感的节制。"② 在崇仰君主、恪守仁礼为本的儒家文化传统下，情感的宣泄往往受到礼义的制约，主张的是一种情感的压迫与抑制，以保持人心与社会的和谐，所提倡的"温柔敦

---

① 田本相：《曹禺传》，东方出版社，2009 年，第 59 页。

② 李凯：《"怨而不怒"的诗学精神及其内涵——兼及该命题的再评价》，《西南民族学院学报（哲学社会科学版）》，2002 年第 3 期。

厚""止乎礼义"便是极好的证明。为了维持有秩序的生存，逐步建立了文明社会，而想要维持文明社会的不断发展，必然对人的本能加以必要的规定和限制。现代性社会尚未建立时，个人牢牢秉持传统社会的规约，人被塑造为具有浓厚民族特征的人，逐渐丧失自身个性，人的生命活力、捍卫自身本能权利的意志只能被压抑在文明束缚之下。然而，现代性社会的建设需要具有现代性精神的个人，欲望这种情感逐渐从个人扩展到社会层面中，成为现代性社会建构过程中不可或缺的因素。社会的发展需要欲望的推动，社会走向现代性的过程完全可以理解为欲望的释放过程，欲望的释放为现代社会注入活力。"现代社会之所以发展迅速，正是因为人类整体世界观以欲望为导向，激励人行动，从而鼓励了人改造世界的动力。"[1] 在此基础上也就不难理解在五四新文化运动中，正是人的欲望的解放，让中国步入现代社会。

现代性情感经验主张释放人性的本能欲望，使其不受道德伦理、宗教政治的遮蔽。曹禺看到了现代人灵魂深处的挣扎与不安，看到了个人情感的表达与释放，个人鲜活的生命会不断觉醒，冲破文化规约的束缚，以一种极端性的力量对抗萎靡的民族精神。"曹禺的高明之处在于，当人们还在形而下的层面关注物质的贫乏和国家的羸弱的时候，他却悄悄地肩负起了双重使命：在承担启蒙重任的同时，还以深邃的目光谛视着芸芸众生，关注着他们那骚动不宁的内心世界。"[2] 繁漪的欲望横冲直撞，蕴含着深刻的张力，她丝毫不抑制自己的情感，而任由情感的发展，带着行动的力量打破一切禁忌。在情感的驱动下，她无意中成为封建专制礼制的抗争者，以决绝的姿态反抗黑暗与专制的家庭及社会。虽然繁漪的行动最终走向失败，但曹禺把握到了这种现代性力量，并将这种潜在的动力因素，通过繁漪这个人物呈现出来。这种深刻的洞察力，决定了《雷雨》所体现的现代性，决定了它能成为现代文坛上的经典剧作。

---

① 谭光辉：《论欲望：社会发展的情感动力》，《西南民族大学学报（人文社科版）》，2020 年第 41 期。

② 李扬：《现代性视野中的曹禺》，人民文学出版社，2004 年，第 38 页。

## 结语

　　《雷雨》是一部说不尽的作品，人物的复杂情感、人性的丰富呈现，使它成为一部独具魅力的艺术文本。繁漪作为《雷雨》中的关键人物，从情感叙述的角度进行重读，得以窥见繁漪情感的核心要素——欲望。无论是追寻自我爱情，还是勇敢反抗专制家庭，都以一种强大的、主动性的行动力量，铸就繁漪的独特之处。而这种欲望情感的呈现折射出曹禺的独特贡献"绝不仅仅在于中国话剧的贡献方面，曹禺在传统与现代之间、在中国与世界之间所具有的经典意义，是深刻而广阔的"①。在中国文化、文学现代化进程中，曹禺将目光由对社会的关注转移到对个人内心的剖析，既让我们看到现代人活的灵魂，又融合当时独特的时代特征，以情感的现代性表达，为中国文学的现代化进程增添色彩！

---

　　①　刘勇：《中国现代文学的历史性、当代性与经典性》，《当代文坛》，2019 年第 2 期。

# 共和国文艺中的"人情"书写

## ——重审《红豆》的文学史意义

□王江泽　郭鹏程①

在讨论 20 世纪中国文学的时候，50 至 70 年代常常会被作为一个相对独立的文学时期看待。对此，一种颇有代表性的看法是，这三十年的大陆中国文学使"五四"开启的新文学进程发生"逆转"，"五四"文学传统发生了"断裂"，只是到了"新时期文学"，这一传统才得以接续②。这种说法有一定的道理，但从另一方面来看，这样的"逆转"和"断裂"并不存在，而是与"五四"新文学的精神，有着一种"深层的延续性"③，在新的历史条件下，其中的一些作品在此前文学成果基础上又有新的拓展。宗璞的《红豆》可谓其中的佼佼者，通过女大学生江玫与银行家少爷齐虹之间的恋爱抉择故事，对知识分子的"革命—爱情"问题的进行了大胆的探讨，展现出了一种当时革命"大叙事"下难能可贵的独立思考和人性追求，其中的"人情"书写就在这种背景下收获了突出的文学意义和文学史意义。

"大叙事"（grand narrative）与"小叙事"（little narrative）是法国

---

① 王江泽，南开大学文学院硕士研究生。郭鹏程，四川大学海外教育学院专职博士后，研究方向为中国现当代文学。

② 参见黄子平、陈平原、钱理群：《论"二十世纪中国文学"》，郭冰茹编《中国当代文学研究读本》，中山大学出版社，2017 年，第 135—146 页。

③ 洪子诚：《关于五十至七十年代的中国文学》，周宪主编《中国现当代文学研究导引》，南京大学出版社，2006 年，第 56 页。

哲学家利奥塔（Lyotard）探讨后现代状况时提出的一对概念①。"大叙事"指一时代中处于支配地位、具有强大解释能力的话语体系、价值导向，"小叙事"则是在"大叙事"之外琐碎、离散、不确定但蕴含丰富创造力的声音。在十七年文学中，"人情"可以理解为在集体主义宏大叙事中的日常生活小叙事，是革命文艺建构中不可或缺的组成部分，它让革命更具有感召的力量。在孙犁的"荷花淀小说"、赵树理的"山药蛋小说"、柳青的《创业史》等作品中都有"人情"书写的传统。在革命文艺中，虽然类似《红豆》这样的作品曾经受到过批判，但诸如《我们夫妇之间》《百合花》《铁木前传》等作品，构成了十七年文学另一种脉络和传统。当我们从诗与史的视野再来观察《红豆》，这篇写于1950年代的"革命—爱情"小说，在表达知识分子内心冲突之外还包含着宗璞探索共和国文学更多可能性的深层追求。

## 一、《红豆》中的"人情"小叙事

十七年文学中，"三红一创，青山保林"勾勒出革命大叙事的基本范型。革命战争、农村革命和社会主义建设是这一时期文学创作的主旋律，其中政治逻辑是第一位的，小说人物先觉地服膺于革命权威，生活逻辑的不足成为后来十七年文学受到质疑的一大弱点。与十七年文学经典不同，《红豆》特别注意表现了"人情"因素对革命者人生道路的影响力。

小说有江玫走向革命和爱情破裂两条线索，革命大叙事在这里是模糊的，真正对情节起到推动作用的是情感线索。小说开始部分，当泪眼婆娑的江玫拿起两粒红豆，往事的欢乐与悲哀如潮水般涌来，情感成为开启回忆的钥匙。在其后的回忆中，从一见钟情到相知热恋再到发生冲

---

① Jean‐Francois Lyotard, *Postmodern Condition*, University of Minnesota Press, Minneapolis, 1984, p60.

突，江、齐二人的爱情继续推动着故事进展。爱情与友情间的冲突也并非完全源于主义之争，而是夹杂着情感中常有的占有和忌妒，齐虹在文中坦白自己对萧素的憎恨是因为觉得"她在分开咱们俩"，也正是齐虹对江玫与萧素友情的漠视与践踏令她意识到二人的分歧。最终，在爱情、友情、亲情三者间，江玫做出了选择。二人分手的场景无关革命，完全是情感的真实流露，江玫"温柔地代他系好围巾"①，齐虹的表现也传达出不舍、痛苦、躁郁的复杂情感。值得一提的是，故事推进对于"人情"的依赖在小说发表不久就已经被注意到了，张天翼指出江玫"同引导她走向革命的肖素感情很好，肖素卖了血帮助江玫的母亲治病，可是我们看不到肖素在政治上是怎样帮助江玫的"②，此语暗指江玫是因为与萧素的个人友情而倾向革命。将革命与爱情两条线索进行对读可以发现，江玫对于中国共产党进步性的确认是与个体经验紧密捆绑在一起的，而这在十七年文学的大背景下，其实是大胆而少见的。

《红豆》中革命的神圣性被浓郁的"人情"所冲淡，女大学生江玫对共产主义、社会主义、革命斗争等复杂观念并没有清晰的认知。在萧素向江玫介绍《方生未死之间》和革命宣传小册子，江玫出革命黑板报等情节中，江玫对于共产党的认可更多地源于对国民党当局情感上的敌视，尤其是在江玫成长道路上最为重要的两个人：父亲与萧素，都被国民党捕杀、抓走了。一方面，父亲的"屈死"使得江玫参加革命的行为附加了一层"为父报仇"的意义，糟糕的经济政策导致母亲无钱治病，陷入困境之中。另一方面，萧素是她的知己，是江玫十分依赖的伙伴，而她也被国民党政权逮捕，这让江玫备受打击，以至于"一下子扑在床上，半天喘不过气来"③。情感上受到极大创伤的江玫继承了好友的意志，义无反顾地加入了革命斗争。亲情、友情与爱情的拉锯是推动江

---

① 宗璞：《红豆》，《重放的鲜花》，上海文艺出版社，1979 年，第 395 页。

② 《"红豆"的问题在哪里？——一个座谈会记录摘要》，《人民文学》，1958 年第 9 期，第 108 页。

③ 宗璞：《红豆》，《重放的鲜花》，上海文艺出版社，1979 年，第 388 页。

玫投身于革命的重要因素，是故事得以展开的原动力，而这也使得她的革命行为有着浓厚的人情色彩。

江玫最终还是告别个人情感走上革命道路。《红豆》与《青春之歌》等革命成长小说最大的区别在于：在主人公对于革命认识的转变过程中，人情成了极为重要的一环。这一点与同时期革命成长小说主人公的转变契机都不尽相同——他们更多的是在实践中接触、学习、投身共产主义事业，采取的往往是主动转变或者"引路人"的机制，如《红旗谱》《青春之歌》《创业史》等作品都采取了这样的结构。《红豆》中的阶级斗争观念并不显著，反复铺叙渲染的是亲情、友情、爱情等情感与感伤情调。宗璞在对女主人公的设计上缺少了对共产主义的主观、主动的认识，江玫是不知道共产主义是什么的①，是江玫的情感逻辑促成了"革命—复仇"行动的展开，这是极个人化的。

"人情"与"革命"实际成了小说叙事文本下的缺一不可的两个要素，这两个要素调动了江玫的行动和思想，支撑着小说文本中江玫成长为革命者的叙事逻辑。十七年中被忽视的"人情"，在宗璞的笔下却焕发新生，这是具有现实意味的，因为《红豆》展现的是更贴近青年知识分子的内心世界，展现了一种对历史群体的兼具个性化与典型化的描述。宗璞在此强调的是一种青年人对亲情、爱情的感性体悟，而非是对于共产主义、阶级斗争的概念图解。其突出意义在于，《红豆》体现出人情在革命叙事中不可或缺的位置。对人情的关注使《红豆》超越了一般的革命书写，展现出别样的文学感染力。

## 二、叙事延宕与话语让步

《红豆》能从革命大叙事落脚到人情小叙事，使革命文学获得含蓄隽永的审美价值，这与其在小说叙事上的匠心独运是分不开的。小说避

---

① 宗璞：《红豆》，《重放的鲜花》，上海文艺出版社，1979年，第383页。

免了"大叙事"直截了当的叙事模式，而采取了多种技巧迫使叙事发生延宕。叙事延宕主要包含叙事节奏和读者感受两个层面的含义，从叙事节奏上来说，倒叙、扩述、静述等手法都能起到减缓叙事节奏、推迟情节发展的作用；从读者接受来说，延宕不仅可以强化审美效果，还能让读者注意到文本更为丰富的意义空间。

延宕首先体现在小说的多层叙事结构上。宗璞在叙述者视角之下分化了三重故事结构：一是中华人民共和国成立后的老师江玫；二是1949年前夕的女大学生江玫；三是五岁时遭遇家庭变故的江玫，形成了层层嵌套的叙事结构。由于"讲述者"是现时江玫，读者得以与"八年前"江玫拉开时空距离，而回忆中对江玫幼时经历的交代则又将故事向过去拉伸了十五年。在不长的篇幅中讲述横跨二十多年的故事，应该属于叙述时间短于故事时间的概述，但这并不意味着《红豆》是一篇快节奏的作品。多层叙事结构相较于平铺直叙的写法更增加了读者理解的困难和时间，每个叙事层各自形成起于情感终于情感的叙事闭环，想把三个故事按照时间线串联起来并不容易，而叙事层的叠加也使得读者对主人公江玫的把握如雾里看花。

从革命者成长的结果和过程中也不难把握到叙事延宕的存在。《红豆》并不像一般的革命成长小说那样沿着时间顺序正向书写人物成长经历，而是由老师江玫追忆爱情的思绪倒叙回她的大学时期，故事的开端时间趋于静止。文中当江玫看到背后藏着红豆的耶稣像时，"好像是有一个看不见的拳头，重重地打了江玫一下。江玫觉得一阵头昏"[1]，红豆显然引起了江玫内心剧烈的触动。如果说倒叙开端时的江玫就已经是一个追忆爱情的女性而非精神强韧的革命者，那么从这里开始，革命者的成长线就被无限延宕了。另外，小说中江玫的革命成长过程也常遭遇延宕，齐虹在这一过程中扮演了"阻碍者"的角色，当舍友萧素让她为民主运动服务时，齐虹的讥讽与不耐烦阻止了她的进步。江玫参加抗日游

---

① 宗璞：《红豆》，《重放的鲜花》，上海文艺出版社，1979年，第367页。

行的兴奋和激情也因为齐虹的愤怒而转为痛苦。当她因为萧素和父亲的遭遇决定成为一个革命工作者，齐虹的离开给她留下了永远的遗憾。由于齐虹的存在，革命者江玫的成长并不顺畅，革命成长道路的延宕使读者的注意力不可避免地被转移到小说中的人情小叙事上来。

回忆中作者着墨最多的是江齐二人的恋爱絮语，江玫回忆中的第一次相遇时是细致唯美的，"他身材修长，穿着灰绸长袍，罩着蓝布长衫，半低着头，眼睛看着自己前面三尺的地方，世界对于他，仿佛并不存在"①。热恋时他们看迎春花染黄柔枝、亭亭荷叶铺满池塘，迷失在荷花清远的微香、桂花浓酽的甜香与雪花飞舞的冬天里。散步至桥洞下时，二人互诉衷肠，展开了一番绵绵情话：

> 齐：你哭了？
>
> 江：是的。我不知为什么，为什么这样感动——
>
> 齐：我第一次看见你，就是那个下雪天，你记得么？我看见了你，当时就下了决心，一定要永远和你在一起，就像你头上的那两粒红豆，永远在一起，就像你那长长的双眉和你那双会笑的眼睛，永远在一起。
>
> 江：我还以为你没有看见我——
>
> 齐：谁能不看见你！你像太阳一样发着光，谁能不看见你！
>
> 江：齐虹，咱们最好去住在一个没有人的岛上，四面是茫茫的大海，只有你是唯一的人
>
> 齐：那我真愿意！我恨人类！只除了你！②

诸如此类对话在文中占据了不小的篇幅，在罗兰·巴特（Roland Barthes）看来，恋人絮语能因其无序性和不确定性对处于中心地位的意义发生解构，而小说中江齐二人的絮语也确实构成了对革命大叙事的延

---

① 宗璞：《红豆》，《重放的鲜花》，上海文艺出版社，1979年，第369页。

② 摘引自宗璞：《红豆》，《重放的鲜花》，上海文艺出版社，1979年，第375页。

宕。除此之外，作者还运用了很多琐语，如"江玫上了小学上中学，上了中学上大学"[1]，"她多么欢喜那'你来我来他来她来大家一齐来唱歌'"[2] 等，本可以简略处理的内容被一再赘述，大量絮语和琐语的运用使得作品显得迟缓而游移，这也解释了为什么《红豆》通常被认作是一个写人性人情的恋爱故事而非革命故事。

与絮语相对的是相对简省的"革命"大叙事，革命青年萧素被捕的遭遇被作者浓缩在了一句话里，"她去参加毕业考试的最后一项科目，就没有回来"[3]。描写反美扶日大游行的情节也仅用了寥寥数语，江玫参加游行时注意力并不集中，满心惦记的都是男友齐虹。解放战争、抗议"七五"游行、资本家外逃等历史事件在小说中都一笔带过。由此可以看出小说在叙事节奏上的变化，当涉及爱情、友情、亲情的内容时，叙事便呈现出延宕的倾向，而关于革命的情节则非常紧凑。

小说中的叙事延宕减缓了故事节奏，除了达到回环往复、余音绕梁的审美效果外，也成功实现了革命大叙事向人情小叙事的话语让步。话语让步使得作者表现革命与情感冲突的写作目标得以实现，从当时的社会环境来看，"人情"小叙事是受到革命大叙事压抑的，要使"革命"向"人情"进行相当的话语让步才能使二者冲突得以成立。宗璞1958年在座谈会上的说法证实了这一点："有意要着重描写江玫的感情的深厚，觉得愈是这样从难于自拔的境地中拔出来，也就愈能说明拯救她的党的力量之伟大。"[4] 小说中的革命大叙事是断裂和不圆满的，人物走向革命道路的进程总是被各式人情所打断，而人物成长的终点仍然没有成为一个坚定的革命战士。江玫对爱情的留恋彰显出革命大叙事对于个人情感"收编"的失败，人情的因素仍然被保留了下来。在"双百"方针

---

① 宗璞：《红豆》，《重放的鲜花》，上海文艺出版社，1979 年，第 368 页。
② 宗璞：《红豆》，《重放的鲜花》，上海文艺出版社，1979 年，第 371 页。
③ 宗璞：《红豆》，《重放的鲜花》，上海文艺出版社，1979 年，第 387 页。
④ 《"红豆"的问题在哪里？》，《人民文学》，1958 年第 9 期，第 107 页。

背景下，作者怀着中华人民共和国建立的喜悦与加入革命工作的热望①，想要实现的既不是对革命大叙事的附庸也不是批判。宗璞强调写作尊重生活逻辑，"如果它不是从生活里来，不反映生活中的晴雨，而只是图解政策，就没有任何力量"，而革命中掺杂人情因素恰恰是贴合现实的。

## 三、"人情式"革命接受道路

50 年代描写知识分子的文学作品，形成了一种知识分子在实践中得到改造最终成长为革命者的范式，即经历林道静那种"共产党员的指引——马列思想武装——与工农结合"的成长三部曲，最终成为一名融入集体话语之中的革命英雄，可以将其称为"改造式"革命接受道路。这种文学背景下就彰显出宗璞《红豆》主人公江玫革命接受道路的独特性。

在日常生活中，大多数人都是像大学时的江玫一样对革命观念和理论不甚了解的，革命大叙事在普通人心中落地生根，人情是一个重要的通道。打动人心的革命文学作品往往能够达到"共情"的效果，人情因素增加了革命题旨的可信性和可感性。解放区新歌剧《白毛女》在根据地上演时总能引起观众强烈的情感波动："每次演出观众大多落泪，每演到最后一场斗争黄世仁时，台下喊打声不绝。目前边区各地正当开展复仇清算斗争，《白毛女》的演出起了极大影响，很多农民说：'这个戏为我们说出了穷人的心里话！'"②与《红豆》同一时期的《百合花》中"我"、新媳妇、通讯员间的质朴情感使得战争中对敌人的痛恨变得

---

① 宗璞在与贺桂梅的谈话中提出："那一代人，我觉得像我这样的人，还有我的同学，那个时候对社会主义的信仰是挺真诚的。"参见白烨选编：《2003 中国年度文坛纪事》，漓江出版社，2004 年，第 290 页。另外，宗璞在《〈红豆〉忆谈》一文中也提到了对革命的信仰，参见宗璞：《风庐缀墨》，上海远东出版社，1998 年，第 75 页。

② 《〈白毛女〉在农村里》，《解放日报》，1946 年 9 月 7 日。

真实可感。无论是文学还是现实中的革命事业，"人情"都发挥着重要的作用，美国学者裴宜理（Elizabeth J. Perry）认为共产党相较于国民党在群众动员工作上的成功很大程度上要归因于"情感动员"策略①，如此，讨论《红豆》就不能局限于人性书写的文学意义，其在文学史意义乃至革命史意义方面都还有可以开掘的空间。

《红豆》中非典型的革命者成长模式主要表现为江玫走的是一条"人情式"的革命接受道路，与《青春之歌》里那个受到异母虐待，为抗婚而离家出走的林道静不同，江玫过着的是如"粉红色的夹竹桃"一般"与世隔绝"的生活，② 她在母亲的庇护下逐渐长大，前者将家庭视为负面因素，而后者的亲情成了她革命的动力来源——江玫正是受到父亲被国民党杀害的事实刺激以及母亲患病后家庭生活的危机的警醒，这才由"小家"看到了社会（大家）的不公与腐败，才成了举着火把的"唐尼"③，走向了革命道路。父亲的牺牲与好友萧素的被捕促成了江玫的转换，江玫意识到跟随齐虹出国意味着对亲情和友情的背叛，意味着"扔开我的父亲"，而"活得不像个人"的评价流露出江玫对齐虹缺乏情感的失望。

"人情式"的革命接受道路带有宗璞个人的创作印记，她曾这样解释《红豆》的创作动机：

> 不是自己给自己规定一个什么原则，只是很自然的，我要写我自己想写的东西，不写授命或勉强图解的作品。在 20 世纪 50 年代，本来已经不太可能写这样的作品，正好碰到"百花齐放"，有那样一种气氛，希望写一些各种各样的作品。我写小说有一种"虚构"的爱好，自己常常虚构一些东西。在我

---

① 〔美〕裴宜理：《重访中国革命：以情感的模式》，《中国学术》，2001 年第 4 期。

② 宗璞：《红豆》，《重放的鲜花》，上海文艺出版社，1979 年，第 369 页。

③ 宗璞：《红豆》，《重放的鲜花》，上海文艺出版社，1979 年，第 376 页。唐尼是艾青诗歌《火把》中的女主角的名字。

和施叔青的对话中，我说："从小有一个王国在我心上。"那个时期年轻人经过抗日战争、解放战争，进入社会主义社会，所经历的事情印象最深的就是"抉择"，选择走什么样的道路，因为十字路口不断出现。用这样一个题材来表现，我觉得是很合适的。照我所想的，我就那样写了。也就是在那个时候凑巧可以发表，如果不是"百花齐放"，就可能不能发表这样写爱情的作品。①

宗璞的说法透露出两方面的信息：一是《红豆》的创作源于作者对生活的理解，而不是某种外在观念的图解。二是《红豆》写爱情最终是为了表现年轻人进入社会主义的过程，即"人情"也是在革命轨道之内的。江玫的"抉择"包含着大量的"人情"因素，对爱情和革命之间的抉择结果是投向革命，但这抉择是建立在"人情"逻辑之上的。在《红豆》里，江玫的抉择付出了大量的时间和精力，甚至直至小说完结，她的抉择都是未完成的，因为她没有像谢冕批评的那样"将红豆枝扔出窗外"②，始终纠缠于情感之中，也在情感的漩涡中保留了革命年代下的个人思想。宗璞本人未必意识到，她对"人情"的关注在趋于僵化的革命文学领域开辟出了文学与人结合的新方向。

文中反复出现对于"抉择"的内心描写并非是文本的赘余。"抉择"过程既是一种个人精神自立的显扬，也是一种符合生活逻辑的革命道路的展现，是作者对革命与爱情理解的体现，也设计了革命成长小说中情感影响抉择的一种场景。这不仅丰富了革命文学的内容，也以文学的路径还原了革命史的实感。在革命历史叙事中，"人情"往往成为一种禁忌，特别是以爱情为动因走向革命被认为是对革命不忠诚的小资产阶级

---

① 白烨选编：《2003 中国年度文坛纪事》，漓江出版社，2004 年，第 287 页。
② 参见《"红豆"的问题在哪里？》，《人民文学》，1958 年第 9 期。

情感①，1920 年代的"革命加恋爱"小说就受到了脱离现实的批评。在历史研究中，情感也因为其主观性、无序性而被很多研究者否认。回到现实语境，"人情"与革命常常是紧密纠缠在一起的。仅以爱情为例，有研究者注意到 1926 到 1927 年间发生过"恋爱与革命问题"的大讨论②，足以证明"人情"影响革命的现象并非个例。在当时的社会思想中，革命与恋爱是处于同一层面的，二者不应发生干扰而要互相促进③，甚至因为恋爱而革命也是普遍的现象④。

若在此认知上再来探讨《红豆》的文学史定位和意义，可以发现新时期以来文学史上从"人性论"出发对《红豆》的重新评价并没有脱离以政治为准绳的思路，这也是"重写文学史"以来的局限。这种看法把宗璞和《红豆》都简单化了，二者并不是共和国文艺中的异质性存在，而是革命文学的另一支脉络。正如 1979 年出版的作品集《重放的鲜花》序言中所说："作者是通过写这些所谓'家务事，儿女情''悲欢离合'的生活故事，借以拨动人们心中的'情弦'，歌颂高尚的革命情操，歌颂新社会。"⑤

---

① 《红豆》座谈会上就有参加者认为"作品是宣扬了爱情至上、爱情永恒、爱情力量高于革命的资产阶级思想观点"，参见《"红豆"的问题在哪里?》，《人民文学》，1958 年第 9 期。

② 参见熊权：《论时代思潮中的"恋爱与革命问题"》，《中国现代文学研究丛刊》，2015 年第 3 期。

③ 参见张从周：《谈话：革命与恋爱》，《民国日报·觉悟》，1926 年第 15 期，册：《革命，恋爱，找工作》，载《策进》，1928 年第 43 期，当时持此观点的报刊文章不在少数。

④ 参见冰生：《杂感："恋爱"与"革命"》，载《民国日报·觉悟》，1925 年第 27 期。文章写道"现在有许多的狂热青年，发生了'为恋爱而革命'的错误观念的倾向"

⑤ 上海文艺出版社编：《重放的鲜花·序言》，上海文艺出版社，1979 年，第 ii 页。

## 结语

宗璞曾在不同场合表示，她的创作是虚构，小说只是小说，不是历史也不是个人档案①。《红豆》就是这样一篇有意味的虚构②。宗璞在《红豆》中描写革命与爱情的抉择是为了展现知识分子在"十字路口的搏斗"③，她还指出在这个主题下可以另写作一篇"男主人公下决心离开了一个动摇不定的女学生，奔向革命"。由此可见，故事情节只是她的工具，是完全具有可替换性的，纵然小说中的爱情再动人，她还是将献身革命、人类进步事业的人称为"英勇的胜利者"④。在这一动机下，《〈红豆〉忆谈》中所谈到的"人的性格上的冲突""揭示人复杂的精神世界"，"使它影响人的灵魂，使之趋向更善、更美的境界"⑤ 只是相对次一级的、"还想写"的内容。在进入具体的小说人物之前，作者已经预先设定好了搏斗——爱情的叙事走向，这与宗璞一贯秉持的社会主义"信仰"观是一致的。

沿着宗璞对创作动机的交代继续思考，文学史在"人性论"层面赋予《红豆》的意义就需要被重新审视了，研究者津津乐道的反概念化、找寻人性、内心开掘等意义或许只是另一种理念推演的副产品。尽管《红豆》给十七年文学吹来了一阵清新之气，但它的独特之处并不囿于一般意义上谈论的对主流意识形态的迎合或背离，其更为重要的文学史意义在于提供了理解和想象"人情"因素在革命中扮演何等角色的契机。

① 宗璞：《小说和我》，《风庐缀墨》，上海远东出版社，1998 年，第 85 页。文中有这样一段文字，"'小说只不过是小说。'这话对小说本身并无贬意，只是希望读者把我的小说只当作小说，而不是当作历史，或个人档案来读。"

② 如前文所引《历史沧桑和作家本色——宗璞访谈》《〈红豆〉忆谈》，宗璞谈及《红豆》写作时特别指明创作初衷是满足自己虚构的爱好，此外还要表现人的内心冲突。

③ 宗璞：《〈红豆〉忆谈》，《风庐缀墨》，上海远东出版社，1998 年，第 76 页。

④ 宗璞：《〈红豆〉忆谈》，《风庐缀墨》，上海远东出版社，1998 年，第 76 页。

⑤ 宗璞：《〈红豆〉忆谈》，《风庐缀墨》，上海远东出版社，1998 年，第 76 页。

狮山文艺群落·
何大草研究

# 何大草论："反典型化"与可能人性探索

□ 谭光辉①

## 一、作家的寂寞与批评界的失职

大约 1995 年，当时我还是一个学习文学的青年，突然被一篇让我摸不着头脑的小说震动，我清楚地记得这篇小说的名字叫《衣冠似雪》，写的是荆轲刺秦的故事。我只记得当时震惊得一塌糊涂，完全不知道作者到底要讲一个什么故事：这个故事和我所知道的荆轲刺秦的故事是多么的不同啊！这让我记住了一个名字：何大草。这个名字给我神秘感、挫折感、屈辱感、向往感。为了读懂这部让我不知所云的小说，我立志学习文学。机缘总是巧合，后来我到了大学任教，发现这个让我感到神秘无比的作家，竟然成了我的同事！从此之后，我们成了无话不谈的朋友。虽是朋友，但是直至今日，我在心理上仍然只能以仰视的姿态面对这个特殊的朋友，而且为我所在的所谓的文学批评家群体的失职感到内疚和不安。我可以想象，至今仍然有很多像当年的我那样的读者在面对何大草的小说的时候不知所措，却没有一个明晰的阅读指引或提示帮助他们解决疑团，最终不得不掩卷叹息。这不但使作家不得不面对寂寞，也让中国读者的欣赏水平始终停留在文学的大众化喧嚣之中无法长进。

① 谭光辉，四川师范大学文学院教授，研究方向为中国现当代文学、符号叙事学。

何大草的寂寞，做一个简单的搜索就可以得到证明：在中国知网上，以"何大草"为关键词进行篇名搜索，到 2023 年 2 月，只有 20 多篇文章，其中专门的研究性论文只有 10 多篇，且这些文章大多是熟悉何大草的四川学者所为。与当下热门作家作一个比较，差异之大简直无法让人相信。例如，以同样的方式搜索，莫言有 5000 多篇，余华、贾平凹有近 3000 篇，苏童有 1000 多篇，阿来近 1000 篇，就连仅以《上海宝贝》留名的卫慧，都有 100 多篇。批评的总体趋势，似乎越是热门的作家，可说的话就越多。说得越多，也就越有话可说，哪怕简单重复。而对那些长期坚守在文学理想中的作家，批评界表现出了集体的失语与沉默。这可怕的沉默，不仅损害了作家的创作激情，而且让中国文学批评呈现出更可怕的低水平重复的危险。

批评界沉默的原因很多，但是最重要的一个原因，可能是何大草选择了"纯粹"。何大草始终认为，作家就是作家，他只对自己创作的文学作品负责，应该像一个尽心尽责的工匠那样，尽量把自己的产品雕琢得美丽，表达自己对世界、历史、人生的独特看法，不应去应和时代的主题，不应为政治经济服务。文学创作也不应成为谋生的手段，不能为了生存而创作数量众多的作品，使自己成为所谓的"热门"。文学是一种生活方式，也是一种理解方式，是众多可能的一种，所以文学就是为世界提供可能，为历史的解释提供可能。因此，何大草选择了"小众"，也就选择了寂寞。为了达成这个目标，在题材方面他先选择了"历史"，尽量不与当下生活发生太大的关系。在他的笔下，历史也不再是正史中的历史，也不是热门的"新历史"，更不是戏说的历史，而是文学化的历史，是绚丽多姿的心灵史。

第二个原因，是何大草的内敛与谦逊。何大草始终保持了一个温文尔雅的文人风范，不爱参加研讨会和各种会议，不主动宣传推销自己。他认为，作品就是作家存在的全部，一切评说应该交给读者，所以有关作家本人的一切推销和宣传都是靠不住的，也是无意义的。这就让他失去了被全国读者知晓的诸多机会。何大草本人，深居简出，开捷达车，步行上班，只爱买书、读书、整理书、讨论书，只爱与热爱文学的青年聊天。清茶一杯，纵论世界文学，广闻博览，犀利而睿智，谦和而幽默。他拒绝热闹，拒绝头衔，同时也就拒绝了让批评界更深入地了解自己的渠道。王立新发现，在大众媒体占领主流话语阵地的当代社会文化语境中，"文本产生后，作者并未退隐，反而伴随大众传媒的普及，借助传媒的力量，使往日隐身于文本之后的作者现在常常以现场秀的方式来展现自身角色"①。何大草反其道而行之，似乎注定他与当下的文化生产方式有了一定的疏离。

第三个原因，责任应在批评界。何大草周围的朋友都知道他是一位睿智、谦逊、饱学的作家，都知道他的作品意蕴精深，难于把握。正是由于难以准确把握，所以常感批评力不从心而放弃。加之学界常有急功近利之心，文章以发表为上，发表以热门话题为首选，所以常常只能无奈地放弃。最终，关于何大草的评述，取决于学术杂志编辑对他是否熟悉或者是否合其口味，也取决于批评家是否有敢挑重担的勇气和胆识。

何大草已在自己的文学领地上辛苦耕耘二十余年，出版了十来部长篇，四十来部中短篇，还有上百篇散文。与高产作家相比，这确实不算太多。正因为不是高产，所以每个作品都凝聚了他全部的心血与精力，更显得难能可贵。为了有一个可以安心写作的环境，他选择了在大学任教。选择一个职业，目的是要有一个比较固定的收入，不至于让写作受到生计问题的干扰，保证纯粹的文学追求。从这一点说，何大草是可敬的。文学可以是一种纯粹的事业。只有这种有着纯粹追求的作家存在，文学本身才可以在不受时代主题影响的情况下有所发展。

## 二、何大草"纯粹"追求的意义

何大草是一个难得始终保持了艺术追求的独立性和纯粹性的作家。

---

① 王立新：《"作者归来"——〈百家讲坛〉与作者媒介化生存现象分析》，《符号与传媒》，2012 年第 4 辑。

所谓纯粹，是一个大致的描述，并不能准确概括何大草的艺术追求，所以"纯粹"一词就需要一定的解释。

作一个简单的比较就会有一个有趣的发现：凡是热点作家，总是能够与一些宏大的词汇发生某种程度的关联，比如大地、民族、国家、故乡、文化、宗教、地域、政治、某代人，等等。再做一个粗略的考察又会发现，评论者谈论最多的，倒不是该作家如何推进了文学艺术的进步，而是在谈这些宏大的词语本身。这是因为作家与这些宏大的词语发生了关联，勾起了批评家谈话的兴致，作家往往起到了一个挑起话题的作用。单从作品所表现的地域问题来看，就很能说明问题。热点作家的作品中表现的地域，或者是一线城市，或者是大众极不熟悉的偏远地方，二线城市很难成为大家感兴趣话题。这个现象在现代文学作品中就已经成为比较普遍的现象。例如张爱玲主要写上海，鲁迅主要写鲁镇未庄，茅盾或者写上海或者写乡下农村，沈从文写湘西。此等例子，不一而足。如果写二线城市，若非笔力极强，被关注可能性很小。比如李劼人，主要写成都，虽有巨作压阵，但至今仍不被全国重视。当然也有反例，比如池莉专写武汉，贾平凹多写西安，然而池莉作品被谈论较多的不是武汉而是小市民，贾平凹的成名作依赖的并非西安而是商州。再放眼一看，现当代文学作品中，有哪几部名作是因为写诸如兰州、贵阳、郑州、济南、石家庄、合肥、南宁、南昌、银川等省会城市而著名的？原因其实并不复杂：文学作品总是要走极端，二线城市的定位就是中间，它们似乎注定与热门文学作品无缘。何大草的作品，从地域上说，一是用历史题材冲淡了地域特征，二是某些作品选择了二线城市成都作为故事发生地，也就意味着他主动放弃了地域热点。

如果放弃热点地域，还有一个办法是让自己的故事发生地永远处于一个地方，用话语建构一个固定的地域，以便读者或批评者有一个精神上的地域皈依。但是通读何大草的小说却不能找到这样一个地方，他的故事散乱地发生在各个不同的地方和不同的年代，读者无法从他的故事中找到一个能够简要概括其文化精神特征的地域要素。我们可以粗略地认为，何大草没有试图建构一个所谓的精神故乡，因而就没有一个可以简单归纳的文化关键词，所以他的作品就不能够被轻易地概括，也就不便于信息大爆炸时代的人们记忆。如果他像李劼人那样始终坚持以成都为中心，说不定反而可以使批评家更加有话可说。

那么，放弃地域要素，是否说明何大草写作策略的失误？笔者的看法是，这正是何大草"纯粹"的表现。他不希望他的作品因写某个地域而被重视，而是希望人们更多地注意他小说的叙述技巧和要表达的其他内涵。

何大草的小说写了很多的"历史"。但是他又不像蔡东潘、二月河那样专写历史，他还写了很多既像历史又像"现实"的题材。当年，何大草因酷爱历史而选择了四川大学历史学专业，成为"文革"之后第三批历史系大学生。但是进入历史系之后才发现历史已经被解释得完全不是想象中的那个样子，转而爱上文学，他要用文学的方式重新讲述历史。被重新讲述的历史，当然不再是历史学教科书上的那个历史，而是一个充满人文精神的鲜活的历史。文学化的历史与前面那个历史无关。所以，历史在何大草的小说中只是一个道具和一个由头，他要表现的，是一个可能的历史、应该的历史、人化的历史。如果用历史主义的或者新历史主义的批评范式解释何大草的小说，也只会失败，这就让他的小说又多了一个纯粹性。他的历史小说拒绝历史化的和反历史化的解释，却又比历史教科书更像历史，最典型的作品是《午门的暧昧》和以此为基础改写而成的《盲春秋》。另外一些作品，看似与历史无关，实际上都与历史有着某种关系，比如《所有的乡愁》可看作一部百年民族史和家族精神史，《刀子和刀子》《我的左脸》《忧伤的乳房》是人的青春史和成长史，《我寂寞的时候菩萨也寂寞》是情感史。何大草用看历史的眼光看现实，也用理解历史的思维理解虚构。在他看来，虚构世界的真实，才是小说家的工作领域，不论这个虚构世界被冠以"历史"或"现实"的名称。"历史系给我最大的馈赠，是我写作'历史小说'时，对历史的想象和虚构更无所顾忌、更放纵。"小说就是纯粹的虚构，但是这个虚构的世界应该有着比实在世界更真实的内涵，它要让人能够在其中领会到人生的精彩、人性的优美，要有比实在世界更合逻辑的情节和意外。"只要人物的活动，符合他自身的逻辑，那么他就是真实的，比真实更锐利。"① 何大草深刻地理解了叙述学中虚构的内涵："在同一区隔的世界中，再现并不表现为再现，虚构也并不表现为虚构，而是显现为事实""虚构只是对虚构外的世界是虚构"②。

所以，何大草笔下的历史，是"纯粹"的历史。此处"纯粹"的意思，是未被人为解释的历史本来应有的状态，而不是被解释的历史或反对这种解释方式的历史。他的一切努力，都是试图还历史一个本来面目，虽然这个"本来面目"本身是虚构的。这一点与米兰·昆德拉的小说观极其相似："小说审视的不是现实，而是存在。而存在并非已发生的，存在属于人类可能性的领域，所有人类可能成为的，所有人类做得出来的。"③ 何大草对历史的态度是：历史只能用叙述去还原，而不能用评述去还原。历史充满了动作和事件，其中本来没有判断，但是人们表述历史的方式却有太多的判断，干扰了我们对历史的理解。所以，以客观呈现的方式虚构某段已经被正史固定的历史，并非要为历史人物翻案，也非对历史重新理解，而是要告诉人们一种正确地理解历史的方式。正确地理解历史的方式，也就是正确地理解现实的方式。何大草非常准确地理解了可能世界、虚构世界与实在世界的关系。他其实有一个非常宏大的野心，他真正试图颠覆的，是凡人看待世界与历史的定势与眼光。

何大草"纯粹"的第三个表现，是他对作品反复的修改与打磨。在一个文化快餐时代，能够像他那样认真对待作品的作家可能已经为数不多。他的每一篇小说，都要反复阅读，反复修改。一个长篇，少则用时

---

① 何大草、姜广平：《我不是一个学院作家》，《西湖》，2013 年第 1 期。

② 赵毅衡：《广义叙述学》，四川大学出版社，2013 年，第 81、83 页。

③ 〔法〕米兰·昆德拉著，董强译：《小说的艺术》，上海译文出版社，2012年，第 47 页。

两年，多则耗费近十年。《午门的暧昧》写作用时两年，出版于 2000
年，后来他又用了 8 年时间思考与修改，2009 年以《盲春秋》之名出
版。《我的左脸》出版于 2005 年，2011 年又修改成《阁楼上的青春》。
其中倾注的心血，唯有自己与亲近的好友知道。但是细心的读者一定能
够从那掷地有声的叙述中感觉到字里行间浸透的智慧和汗水。每写完一
个长篇，他都会感到身心疲惫，或许就会奖励自己一次旅行，在旅行途
中再寻灵感。

何大草业余爱好不多，跑步和画画是主要的休息方式。八年之
前，画画还是他的理想，因为他将所有时间都用于写作。他完成了几个
自己计划中要写的长篇之后，终于可以去实现这个多年的梦想，于是与
孩子们一起学画画。他的画极有特色，不以画技见长，而以内涵丰富取
胜。一年多时间的学习，他的画就被各多个文学刊物争相用作封面或插
图。作家的睿智与才情，在画作中尽情展露，同时展露的，还有他对艺
术的痴迷和对现实的虚无感。虚无感来自寂寞，这个变化极快的现实让
作家对纯粹的追求产生了怀疑。

这种纯粹的艺术追求到底有何意义？这关系到何大草存在的价
值，也关系到中国文学的命运。百年中国，涌现出无数作家，但能长存
于未来世界的，恐怕屈指可数。文学史上，千古留名的，更多的是开形
式之先，或者在人性穿透力上更胜一筹的作品。地域性问题，短期内人
们觉得好奇，放在历史长河中，早已微不足道。人性永存，特定时代特
定的理解方式总会有其价值，所以能保存某些年代的人的智慧和艺术创
造力进展的作品，才可永存于世。跟随潮流、无艺术创新的作品必定被
历史车轮碾碎。所以，任何时代都需要有一批甘于守住寂寞、在艺术上
永远保持独立的殉道者。他们的努力也许仍然会被历史遗忘，但是没有
这样一批人，整个时代都会被后人遗忘。对艺术的坚守，是艺术家责任
所在。

## 三、何大草小说的探索

何大草的寂寞，可能与他小说的深度有关。从他涉足小说创作以来，他就始终坚持让叙述者只讲叙述者该讲的部分，绝不越界叙述。这让他的小说看起来充满着神秘与未知，也让批评家常觉无处下手。由于常规的批评方式难于对他的作品进行解释，所以就不易激起批评的兴致，不易找到共同的话题。

何大草的探索，并非没有被注意到，当代批评名家们早已认可。21世纪以来，多部中短篇小说选本收录了何大草的小说，比如中国小说学会编的《2002 中国中篇小说年选》收录了《一日长于百年》；《2003 中国中短篇小说年选》和吴义勤主编的《2003 年中国短篇小说经典》收录了《白胭脂》；吴义勤主编的《2005 中国短篇小说经典》收录了《献给鲁迅先生一首安魂曲》；阎晶明主编的《2006 年短篇小说新选》和吴义勤主编的《2006 年中国短篇小说经典》收录了《裸云两朵》；林建法选编的《2008 中国最佳中篇小说》收录了《晚明》，等等。遗憾的是，评论没有跟上节奏，何大草至今没有成为"热门"。

唐小林认为，"何大草的小说写作体现了我们这个时代卡里斯玛型社会解体、文明分崩离析、价值处处挫败、华洋错杂、多元文化并存，一个主动汲取人类优秀文化传统，自觉追求'经典化写作'作家的全部努力"①。该评价十分准确，因为何大草从头至尾所做的努力，都不是试图反映或解释当下社会的问题，而是试图探索人类灵魂的深度与温度。只有在"灵魂"这个大的题目之下，才能统摄何大草变幻莫测、游移不定的题材。但是，"灵魂"是一个太大的题目，甚至可以这样武断地下一个结论：任何文学作品都是对灵魂的探索。如果这样，这个概括就基本无效。

---

① 唐小林：《历史·记忆·经典化写作：何大草小说论》，《当代文坛》，2009年第 2 期。

熟悉何大草的朋友，都知道他的温和、睿智、幽默与儒雅；熟悉何大草作品的读者，可以轻易地体会到他作品中透露出的狠劲、憨愚、厚重与犀利。但是，他小说中的人物，虽然性格鲜明，但是又总是让人觉得飘忽不定，神秘莫测。这是因为他的小说不太注重与实在世界的映射，所以不能用现实经验进行把握。也正是由于这个原因，他打开了一扇虚构经验的大门。支撑虚构经验的基点，是作家对可能人性的想象，而不是任何现实性格的原型。这种阅读体验，非常不同于阅读通俗小说或者传统现实主义小说时的体验，读者无法依据其中的人物性格在现实生活中找到例证。只有明白了这一点，我们才可能有一个理解何大草小说的基础。

何大草非常推崇沈从文，可能正是因为沈从文一直在努力建构一种理想的人性，一种虚构然而真实的人性。与沈从文不同的是，沈从文试图建构的是一种接近"神性"的理想人性，而何大草试图建构的是多种可能存在的富有原始生命蛮力的人性。何大草赞赏的另两个中国现代作家是萧红和张爱玲。萧红的作品，也充满了这种原始生命蛮力，而张爱玲作品，解释了人性的丰富与真实。

有了这样一个起点，就可以理解何大草小说的用意。从《衣冠似雪》开始，他就已经开始了对人性的思考过程。作为刺客的荆轲，身处国家政治漩涡，受托刺杀秦始皇。但是他并没有刺杀秦王，而是被秦王刺杀。死之前，他虚弱而坚定地告诉嬴政："我来就是为了向陛下证明这件事的。"为了证明什么呢？证明自己是一名勇敢的刺客？证明可以随时杀死嬴政而没有杀死他？还是证明为了成就一段历史而做的自我牺牲？或者是几者皆有？何大草解释说："这个先秦的最后一位刺客以他的绝望之死，为那个动荡、战乱的大时代打上了唯美主义与浪漫主义的永久印记。"①《衣冠似雪》想要说明的是，历史可能本就不是史书中所写的那个样子，每个身处其中的人都有更为复杂的个性、心理和普通人

① 何大草：《看剑》，载中国作协创研部编《中国散文精选1995》，长江文艺出版社，1997年，第391页。

的行事逻辑，历史的发展与转折来自某个人物特殊的理解方式和行事方式，没有所谓的"必然"。在接下来的几部（篇）与历史有关的小说中，这一精神核心贯彻始终。《李将军》中的李广不再是历史上那个神勇无比的将军，而是一个有点怕死的老人，三十年不近女人，却在大漠与胭脂夫人有了邂逅，夫人为他的敌人生下一个儿子。何大草想表达的似乎是，我们看英雄人物，常常只看到了他的单面，真正的英雄一定也有着不为人知的情感经历。史上的征战杀戮，也只不过是充满反讽的无意义事件。甚至一些重大的历史转折点，也很可能因为一个极为偶然的事件而改变。《所有的乡愁》里有一个细节：武昌起义之所以成功，乃是因为一个惊慌逃跑躲在屋梁上避难的木匠尿急淋熄了清军的大炮焰子，历史被一泡尿改变。这个荒诞而幽默的情节，传神地解释了何大草对历史的理解：历史由无数与人的活动有关的偶然性推动，却被历史教科书解释成具有太多必然因果关系。所以历史应该允许有与之平行的可能世界的存在。探索历史的多种可能，正是文学的存在价值，因为只有可能世界的展开，才有助于人类想象力的开发，才会有助于我们以更多的方式打开未来。《春梦·女词人》所写的李清照，早已不是读者依她的美妙辞赋构建起来的隐含作者淑女贞妇，而是一个充满七情六欲的女人。何大草用他文学家的敏感，重建了女词人丰富、绚丽的内心世界与情欲世界。在《带刀的素王》中，历史只剩下一个模糊的背影，两个杀人不要理由的武士，只为保持某种平衡，成为与朝廷分庭抗礼的素王和冥王。

对杀人者的内心世界的描写，构成了何大草小说的又一个重要主题。他或许相信，只有当人在面对与剥夺生命有关的极端事件中，人的灵魂的复杂性才可以得到最大程度地开掘。杀人事件，在何大草的笔下总是被冷静地描写，杀人似乎与暴力无关，而只与存在的意义有关。似乎只有杀人者的故事才能表现出人性中的狠劲与蛮劲，也才能表现极端的理智与极端的无情。上文所述的《衣冠似雪》《李将军》《带刀的素王》都是杀人者的故事。《白胭脂》写了一个被生活逼疯的高考落榜生像玩游戏那样杀了与母亲偷情的男人。《刀子和刀子》虽然没有写杀人，但是通过一个酷爱刀子的女中学生的经历，写尽了青春的残酷和竞争，构成一个人人都想做杀手的隐喻。《黑头》写一个刑满释放的人为曾经的哥们儿出刀要债，但是他已经不再血气方刚，似乎是想说明杀戮的无用。《一日长于百年》与艾特玛托夫的一篇小说同名，但是写法却大异其趣。特务卞先生曾经杀人无数，退役后带着无数的秘密隐姓埋名。追踪他的秘密警察找到了他而没有杀他，要在击垮他的自信之后让他继续活着，让他永远活在一种不能决定自己生死的恐惧之中。《盲春秋》《所有的乡愁》之中也不乏战争与杀戮的情节。何大草如此冷静地写了如此多的杀人者的故事，其中充溢着美国西部大片中人物的粗犷，又流淌着海明威笔下硬汉的刚毅，还可以让人领略到李劫人笔下人物的泼辣、三岛由纪夫的暴烈。在塑造唯美的杀人者小说时，至少综合了福克纳的诙谐怪诞与博尔赫斯的新异缜密、张爱玲的苍凉唯美和萧红的精练细腻。

对青春世界的探索，构成何大草小说第三个主题。《刀子和刀子》《我的左脸》（《阁楼上的青春》），被称为青春小说姐妹篇，二者的风格非常相似。前者写差生的故事，后者写优生的故事；前者主人公是喜欢带刀的女生，后者主人公是被女生保护的男生；前者描述了青春的残酷，后者描述了残酷中的温暖。不论哪种学生，成长的道路和经历是一样的，他们不得不面对成人世界的局部或缩影，接受成长中的锻炼。何大草想要探讨的是，成人世界中的丰富人性是如何从青春期中走过来的。他的青春小说并不是写给青少年看的，而是一个关于成人世界的隐喻或童话。何大草说："把泡桐树中学写透了，它就不是一所中学了，它成了丛林，成了压缩的世界。"① 成熟的作家写青春题材的小说，与21世纪那些流行的青春小说完全是两个概念，前者是一种对青春的理解，后者是一种对青春的迎合。

————————

① 何大草、姜广平：《我不是一个学院作家》，《西湖》，2013年第1期。

何大草极其善于综合。他阅读量极大，人类历史上优秀的文学作品几乎被他尽收眼底，熟知多数优秀作家的创作手法与风格。但是，他并没有简单地向某一位或几位作家学习，而是将优秀的小说技法化用于自己的创作之中，形成了自己独特的风格。在世纪之交的文学史上，何大草小说的风格极其鲜明，几乎一眼就可以辨认。深邃而忧郁，粗犷而细腻，带着古人的智慧与现代人的锐利，老老实实地编织迷宫般的唯美情节，发掘原始的人性之美，探寻历史的无限可能。

何大草又充满着变化性。他始终认为，一个作家面临的最大挑战是对自我的超越。所以，他的每一篇小说都在试图超越自己。从几部长篇来看，几乎每一篇的风格都在试图变化。《刀子和刀子》在干净利落的叙述中透出狠劲，《盲春秋》在缠绵婉转的叙述中充满了厚重的历史感，《我的左脸》（《阁楼上的青春》）在平淡如话的叙述中透出憨味，《所有的乡愁》在荡气回肠的叙述中包含着史诗的力度，《我寂寞的时候，菩萨也寂寞》（《忆君》）在哀怨澄明的叙述中洋溢着温柔的特质，《忧伤的乳房》在清新淡雅的叙述中透出幽默感。这只是一个粗略的印象，在细读何大草这些作品的时候，还可以领略到他作品中丰富多彩、变化多端的风格和味道，恰如品味一桌满汉全席般丰盛的菜肴。

现代文学史盛赞鲁迅小说"格式的特别"，是因为鲁迅每篇小说的叙述技法都有变化。何大草的小说，在叙述表现力度方面不断探索，但在叙述方式方面变化不大，因为他知道在技巧过度成熟的当下，没有技巧可能才是最好的技巧。他欣赏白描的手法，认为用白描的方法写出深厚的味道，才是真正的妙手。叙述技巧只是一个技术活，作家最难超越自己的，其实是风格。作家需要建立保持自己的风格，因为这标志着作家的成熟。但是作家又要能够超越自己的风格，这个充满悖论性的追求，才是最困难的。何大草一直在尝试、努力，而且我们看到了他的成功。从《衣冠似雪》到《忧伤的乳房》，何大草的风格已经判若两型。

## 四、何大草在当下小说界的地位

自小说界革命以来，任何时代的小说界都充斥着良莠不齐的作品，被记住的是少数，被遗忘的是多数。但是，文学批评家完全没有必要否定那些被遗忘作品的价值，因为每一个尝试、每一个努力，首先完成了对某段时间、某些人的精神历程的记录，其次培育了优秀作家产生的土壤，再次提供了教训和话语基础。但是，努力的方向也大致可以分为两种，一种是揣摩已经成型的阅读社群的趣味而投其所好，另一种是揣摩优秀文学作品的经验技巧而不断开拓，创造新的精神空间和培养新的阅读趣味。前者取巧，后者冒险。历史经验告诉我们，最优秀的作家都是冒险家，何大草显然属于后者。精神探险本身，是一个了不起的举动，但是被认识被承认却需要一个过程。

任何优秀作家都不喜欢自己被贴标签，都不喜欢自己被归入某一个作家群体。但是批评家特别喜欢给作家贴标签，因为不贴个标签就很难对这么多的作家进行归类整理。要想不被批评家贴标签，只有两个方法，一是将自己变得足够强大，逼迫批评家对自己进行单独归类，二是将自己变得足够不起眼，根本就不进入批评家的视野。何大草显然希望做前者。但是在这个众声喧哗的时代，孤立的声音总是显得那么微弱，人们似乎更愿意聆听发生在周围的声音，或者不得不听扩音器的声音。掌握了话筒与扩音器的一部分人，占领了被听见的先机，怎么说都有道理。在这样一个大环境与小环境都在喧闹的交错混杂的时代，何大草的探险，面临更多的是无奈。

对批评家而言，困难也很大。而对如此众多的声音，批评家要敏锐地选择那些悦耳的、有创造性的声音，必然要付出艰辛的努力，还需要有强大的鉴别能力。更重要的是，批评家还需要有预见能力，要能预见作家的这种探索能够在多大程度上影响未来的文学形态。在此强烈推荐何大草，同样是一种冒险，毕竟，未来具有太多的不确定性。但是有一点我始终坚信：那些在吸收并发展人类优秀文化成果基础上的任何探索，都有不可忽视的价值，并且最终能够成为文化发展链条上的一个重要元素，深远地影响未来人类的精神。

何大草小说的价值，在于他以一种反典型化的手段，探讨了人的灵魂的可能形态。这种探索在我们所处的这个追求多元文化的时代有着特殊的意义。未来人类发展的总趋势，是"多"而不是"一"，是个性而不是共性。如何在多元共生的语境中找到那个让世界达成平衡的因素，是我们这代人义不容辞的责任。何大草为此做出了努力，而我们，应该在这个努力的基础上，不断地用叙述和论述，为未来的社会找到一个可持续的解释规律。

# 《春山》：当代小说创作的一种新经验

□钟思远①

何大草的中篇小说《春山》2020 年出版单行本后引起广泛关注。小说对作为历史人物的王维进行了逼真传神的性格重塑，对人物情感进行了深度的个体探索，对古典文体传统进行了自然巧妙的化用，并对汉语的诗性境界展开了富有见地的思考。从中，既能发现《春山》作为当代小说创作领域一个新经验的存在价值，也能分析出其富有原创性的文本特征。

## 一、题材：历史人物的性格重塑

中国史传小说传统悠久，但以高度个性化的方式对历史题材进行主观重构的"新历史主义"小说创作晚至 20 世纪 80 年代中期才崭露头角②。该种创作方式在 20 世纪 90 年代催生了一系列小说佳作，并成为当时部分先锋作家的创作特色③。较遗憾的是，进入 21 世纪后，"新历

---

① 钟思远，商洛学院人文学院讲师，研究方向为中国现当代文学。

② 金汉：《中国当代文学发展史》，上海文艺出版社，2002 年，第 495 页。发表于 1986 年的《红高粱》（莫言）和《灵旗》（乔梁）两部作品均获得 1988 年第四届全国优秀中篇小说奖，可以作为一个标志。

③ 叶兆言从 1987 年至 1990 年先后发表了总题为"夜泊秦淮"的四部民国史题材的中篇小说，并在 1993 年发表了他的长篇历史小说代表作《花煞》。苏童在 1992 年发表了架空式的长篇古代历史题材小说《我的帝王生涯》，格非在 1994 年发表了长篇以唐代武周时期为背景的长篇小说《推背图》。

史主义"小说在尚存诸多探索空间的情况下乏人深耕，变为了一种"过去时"的文坛风潮。在此背景下，何大草的相关小说尤其可贵。他以当代意识"重塑"古人、"重写"历史的创作持续且深入，是当代作家中在"新历史主义"小说创作领域内自成规模与系统的突出代表①。

《春山》是中国当代作家首次以唐朝诗人王维的生平事迹为题材的小说，既是历史小说创作领域内的一个新收获，又为中国当代小说人物谱系中增添了一个鲜明的古代诗人形象。凭此两点，已属难得。考诸当代文学史，鲜见以中国古代诗人为题材的小说，不仅留下影响者少，且所塑造的诗人形象大多鲜为人知②。而在中国古典文学研究领域，对古代诗歌、诗人的研究历来为显学，其中高论迭出、著述宏富的盛况与小说家相关题材创作的精品寥落相比，更加反映出此类小说创作的难度。毕竟，对古诗文作校释、汇评，或是钩沉古代诗人生平事迹，全凭证据说话、有章法可依，只要苦下功夫、必有所收获；而小说创作重在虚构，若无新意，则易沦为平庸。

一般而言，以古代诗人为小说创作题材，大约面临以下三种情况。

---

① 以 1995 年小说处女作《衣冠似雪》发表于《人民文学》为起点，何大草以真实历史人物及事件为蓝本，体现"新历史主义"风格的小说至今共有长篇 4 部（《午门的暧昧》《天下洋马》《所有的乡愁》《盲春秋》），中篇小说 6 篇（《衣冠似雪》《如梦令》《一日长于百年》《春梦·女词人》《天启皇帝和奶妈》《春山》），短篇小说 3 篇（《李将军》《俺的春秋》《献给鲁迅先生的一首安魂曲》）。上述几乎所有小说（不含《午门的暧昧》《所有的乡愁》）均刊发于《人民文学》《十月》《小说月报》等国内著名文学期刊。此外，《所有的乡愁》先后由人民文学出版社、安徽文艺出版社两度出版。《盲春秋》先后由北京十月文艺出版社，联经出版事业股份有限公司（台湾）、安徽文艺出版社三度出版。

② 20 世纪 60 年代，黄秋耘写过《杜子美还家》，陈翔鹤写过《陶渊明写〈挽歌〉》和以嵇康事迹为蓝本的《广陵散》，都是短篇，偶被一些当代文学史提及。香港作家梁锡华所著长篇《李商隐哀传》，境遇与民国时期武侠小说家还珠楼主所著长篇小说《杜甫》类似，乏人问津。2013 年夏，台湾著名作家张大春推出长篇系列小说《大唐李白》，引人注目，目前已出版三卷，近百万言之巨。该作品力图将历史考据、传故事奇、诗歌鉴赏、古风民俗熔于一炉，用"百科全书式"的小说再现大唐盛世的兴衰，气魄惊人、才华横溢。但其写作方式独辟蹊径的同时，妨碍了其塑造出一个独属于小说的李白形象。

（一）以著述宏富、事迹众多的古代诗人为小说题材，"演义"之法易行，作家却难免囿于史料，往往陷入形似传记、事似谱牒的尴尬，如还珠楼主所著《杜甫》、梁锡华所著《李商隐哀传》之类。（二）以传世作品、生平史料零星的古代诗人为小说题材，作家虽容易放开想象、凌空蹈虚，也容易在恣意纵横的笔法中使人物"失真"①。（三）以传世作品较多、生平事迹较少的古代诗人如王维、陶渊明、嵇康等为书写对象，作家可以通过作品以意逆志、以诗证史，但能否做到与古人心有灵犀、神思相通又成了一种极具挑战性的考验。

无论作家选择上述哪一种题材类型，作品成功的关键仍在于如何通过深入诗人作品及其生平史料的内部，"复活"那些无法证实却又主导其命运的行藏与心迹。个中核心问题便是如何对历史形象进行典型化的性格重塑——使历史人物形象具备成为与众不同而又广受认可的"那一个"。平心而论，在中国当代文学史上以古代诗人为主人公的小说中，陈翔鹤的《陶渊明写〈挽歌〉》《广陵散》和黄秋耘的《杜子美还家》虽然都写出了不俗的意味，但对历史人物的心灵深度开掘依然不够，与他们所写的那些诗人的传世作品中所呈现出的个性化境界尚有不小的距离。

相比之下，何大草《春山》的卓越之处，正在于作家从诗文与史册的交织呈现中发现了王维的精神特质。在诗文中，王维是执意禅修的隐者，"中岁颇好道，晚家南山陲"② 是其疏淡的心性的宣言，"一生几许伤心事，不向空门何处销"③ 是其晚年心境的自况。《旧唐书》《新唐书》等史籍虽记载了王维少年随母信佛、中年皈依做居士并终老辋川别业的事迹，但同样潜伏着他始终不离仕途、奉职朝堂的身影。正是基于

---

① 此类题材的创作往往呈现出后现代风格，对作家的写作技巧要求极高，在笔者的阅读范围内，除格非涉及唐朝诗人王之涣诗歌及事迹的短篇小说《凉州词》外，中国当代小说创作中少见成功之例。

② 王维撰，陈铁民校注：《王维集校注》，中华书局，2018 年，第 208 页。

③ 王维撰，陈铁民校注：《王维集校注》，中华书局，2018 年，第 570 页。

这样的发现，何大草从王维的诗歌中看见了"人生的纠结"①，如其在《辋川书》中所言："淡之于他，是一种不彻底。一生奉佛，却没有出家为僧；一生在官场打转，却没有学会弄权、高升；一生都在避世，却屡隐而屡出。平和，伴随优柔寡断；优雅，化为忧伤缠绵。偶尔猛志如刀子般一闪，终又归复于淡漠与旁观。"② 在这种"人生的纠结"的映照下，何大草更看见"古往今来的一类人"③，促发了他重塑王维形象的动机，也奠定了王维在《春山》中的性格底色：并非通常修佛悟道者所主张的"断舍离"，而是被诗与禅层层包裹着的"不彻底"。

## 二、情感：个体命运的深度探索

历史上的王维诗画双绝，却无自画像流传。后世所绘的王维肖像，多为俊逸的轩昂少年或清贵的中年名士。对于这个背负着望族身世的著名人物，若作寻常想象，其晚年似乎也应风度不凡。而何大草有意将王维刻画得分外朴素——一个清瘦、虚弱、言行缓慢的花甲老人，吃米糕会被粘掉牙，偶尔忍不住还会将鼻涕滴在信纸上。这一形象不仅能增强某种"陌生化"艺术的效果，也更宜与小说叙述视角的沧桑感相匹配。

《春山》所写乃是王维生命中最后一年的故事。小说叙述视角既是作为叙述者的王维垂暮之际的回首，又是作家超越时空的鸟瞰。这样的视角选择，体现出作家志在对历史人物进行一种深度的"复活"。这种"深度"由记忆的"广度"中凝练而来，借助小说人物饱经沧桑的回忆，发掘作为历史个体的情感隐衷，从而揭示出那些触及灵魂又如雪泥鸿爪般的命运之谜。

王维生命中不少"留白"被文史研究者瞩目已久，却难以在其诗文

---

① 何大草：《春山》，北京联合出版公司，2020 年，第 276 页。
② 何大草：《春山》，北京联合出版公司，2020 年，第 276—277 页。
③ 何大草：《春山》，北京联合出版公司，2020 年，第 277 页。

和相关史料中找到答案。比如：王维十七岁写出"每逢佳节倍思亲"①，记下了兄弟情深，但对早逝的父亲和挚爱的母亲，在他传世诗文中却未见提及。又如，王维有妻无子，三十岁丧妻后未续弦，也无恋情发生。再者，王维有意隐居避世，但又时时心系长安，与家中兄弟、部分好友往来密切，不仅在诗文中留下了深情厚谊，弥留之际还不忘书信相托，却没为父母和妻子写过任何悼亡感伤的文字。如此种种，除凸显出王维性格上的"不彻底"外，最耐人寻味的便是其情感上的隐衷与心结。《春山》最具探索性的文字便是以小说的方式创造出王维个体情感的表达。作家敏锐地抓住了王维一生中无法回避的一个人和一个时代，定下了深度探索的坚实坐标。

那个人，是裴迪。"当待春中，草木蔓发，春山可望，轻鲦出水，白鸥矫翼，露湿青皋，麦陇朝雊，斯之不远，倘能从我游乎?"② 这是《山中与裴秀才迪书》里的句子，也很可能是小说《春山》题目的缘起之一。裴迪的生平在史书中记载很少，主要事迹便是与王维在辋川中的居游。今传王维诗文集中，与裴迪相关的作品有三十余首，远超他人。王维被安史叛军幽禁时，裴迪也曾毅然前去探望，并带出王维宣示被俘心迹的口占诗（成为其日后洗脱罪名的重要证据）。裴、王二人交情匪浅是事实，小说想象力更将之推向纵深。

《春山》中的裴迪小王维近二十岁，视王维如兄如师。他敬佩王维，将"系马高楼垂柳边"③ 的潇洒生活放置一旁，专心为王维编诗集，伴随王维度过了人生的最后时光。对于王维，裴迪是他中、晚年生命中至关重要的慰藉。王维可以把自己不满的诗画旧作、来往信函通通付之一炬，却很看重裴迪的相关评价。他已茹素戒酒，却随时备着好酒好肉招待裴迪，甚至拄了拐杖去山里为裴迪采炖汤的蘑菇。他牢记着自己十九年前在长安酒馆里见到裴迪的情形："身子是瘦长的，四肢也像

① 王维撰，陈铁民校注：《王维集校注》，中华书局，2018年，第3页。
② 王维撰，陈铁民校注：《王维集校注》，中华书局，2018年，第1029页。
③ 王维撰，陈铁民校注：《王维集校注》，中华书局，2018年，第34页。

长臂猿一样，又长，又软；蜷在胡床上，明明醉了，嘴角也还在微笑；酡红的脸，比女人还要柔腻。然而，他手里还握着一根马鞭。"① 王维这般目光，带些爱怜，如父之于子；更似潜藏着某种爱抚，如其对青年时的好友祖六——"祖六与王维同年，身子细瘦，但不弱，脸小，眼瞳大，像一只洞中钻出来的狐，懒洋洋的，却让人一眼难忘，招人艳羡"②。

王维年少时与祖六夜登乐游原，在二月的月光中远望"长安七十二坊的屋顶、宫阙、城墙，全都在脚下，一色睡着的蓝"③。祖六爬到树上摘花，"花蜜很甜，祖六嘬一下，递给王维。王维也嘬了一下。祖六拿回去，再嘬一下……两个人嘬来嘬去，花就在他俩手上萎谢了"④。亲密的友谊中，似乎别藏情愫，但一切停驻于幽静和美好，小说中此节的题目正是《青春》。祖六早逝，十八岁的王维写下《哭祖六自虚》，叹道："琴声纵不没，终亦继悲弦。"⑤ 裴迪让王维想到祖六，也就想到自己回不去的青春。于是，当王维在夜里看着熟睡的裴迪不再年轻的面容，不禁"哆嗦了一下"⑥，"滴了两颗蓝莹莹的眼泪"⑦。

唯有这样的对象，才能直询王维的情感深幽之处⑧。《春山》中，裴迪对王维说道："你丧父、丧母、丧妻，也从没在诗中滴过一滴

---

① 何大草：《春山》，北京联合出版公司，2020年，第10页。

② 何大草：《春山》，北京联合出版公司，2020年，第66页。

③ 何大草：《春山》，北京联合出版公司，2020年，第67页。

④ 何大草：《春山》，北京联合出版公司，2020年，第67—68页。

⑤ 王维撰，陈铁民校注：《王维集校注》，中华书局，2018年，第241页。

⑥ 何大草：《春山》，北京联合出版公司，2020年，第62页。

⑦ 何大草：《春山》，北京联合出版公司，2020年，第62页。

⑧ 《春山》在《小说月报》发表后不久，即有评论者对其中所展现的王维与裴迪的情感内容予以关注（如：杨秋红2018年10月发表于《文艺报》上的文章《从空里挖掘深情——谈何大草〈春山〉对王维的创造》）。在《春山》单行本出版后，关于小说中裴、王二人的情感问题更加成为读者热议的焦点之一（相关文章以及讨论主要发于网络，如：《从屈原楚怀王到王维裴迪，古人CP能否满足今天的耽美想象和平权诉求？》《揭秘盛唐第一CP：王维生命的最后一年，是和他在一起》等）。

泪。"① 王维答："有些事，可堪一哭。有些事，哭不出来。"② 他又向王维谈及，丧妻后可以再娶，"你是应该有一个儿子的"③。王维说："我怕我随时会死，儿子又成了我。"④ 这些问答自然是作家的杜撰，却命中了令人动容的共情。所谓："明月松间照，清泉石上流。"⑤ 诗句虽然可以声色俱静，但人非草木，人心又怎会是石头？

《春山》中的王维还告诉裴迪，他曾凭记忆画过父亲，母亲却说画得不像。母亲去世前两个月，由他陪着去了兴唐寺。在一处释迦牟尼讲经的壁画前，母亲指着一个画中男子的背影，认定那就是他父亲的样子。后来，他几次到寺里，想看清那人的脸，有一次甚至转到了墙背面，最终看到的，却是自己的"执念"。

这样的文字亦属作家的虚构，却又何尝不是作家对王维生命履历中醒目"留白"赋予的哲思回应：关于王维人生中的种种疑惑，又岂非我们心中"执念"？

那个时代，是盛唐。《春山》副题为《王维的盛唐与寂灭》，点出了太平年景的繁华丰裕，也暗示着变乱陡起后的无奈悲凉。关于盛唐往事，小说中的王维首先想到了哥舒翰大将军的夜宴。大将军唱了王维的《榆林郡歌》，并邀他趁便去趟河西。但未及二人再会，将军就在"安史之乱"中兵败潼关，走完了英雄末路。小说又写玄宗皇帝夜召王维进宫，询问"月出惊山鸟"⑥ 的真假。王维战战兢兢顺应君意，被笑赏了一段鲜血淋漓的金鲤鱼尾。而当他见证了"明月出山"的真相后，与皇帝争论诗中情境的贵妃已香魂飘散，进贡帝国的白象也只剩弃之荒野的巨齿。这期间，王维因出任伪职而获罪，虽幸得新帝赦免，但究竟失了晚节，引发了后世的诸多争议。为此，《春山》中苦心设计了一处情

① 何大草：《春山》，北京联合出版公司，2020 年，第 71 页。
② 何大草：《春山》，北京联合出版公司，2020 年，第 71 页。
③ 何大草：《春山》，北京联合出版公司，2020 年，第 5 页。
④ 何大草：《春山》，北京联合出版公司，2020 年，第 5 页。
⑤ 王维撰，陈铁民校注：《王维集校注》，中华书局，2018 年，第 494 页。
⑥ 王维撰，陈铁民校注：《王维集校注》，中华书局，2018 年，第 683 页。

节，让王维毅然挨了潼关之役幸存兵士一记重脚，痛解了其诗作中"安禅制毒龙"① 的句意，像是替他平却心头的惊悸与懊悔，也打断了其周遭无数自以为是的嚣嚷。

作为一个彪炳史册的文化标志，王维对盛唐的情感也被认为是那个伟大时代的片影。于是，作家对历史个体的情感探索，必然透露出对他对历史和命运的态度。《春山》中，后辈诗人钱起始终疑惑于王维"避盛世"的因由。而挨了"制毒龙"那一脚之后，王维对前来探望的钱起说，"陶渊明就没有说过，桃源里的人不打架。他们杀鸡、喝酒，喝多了，打架是难免的。他们只是不知魏晋罢了，他们依然是魏晋"②。话中言语通透，意思却近乎虚无：长安也好，桃源也好，辋川也罢，都不过自我安慰；世间治乱无常，岂有自在，惟余寂灭。若历史上的王维心止于此，实难与他享誉千年的诗句相副。那么，盛唐之于王维究竟如何？《春山》中，作家借由王维之手就着墙上的屋漏痕为后山寺作壁画，最终画出："一群大象的背影，正朝着幽深莫测之地走进去。在象群的缝隙中，又画了一只转过身来的白狙儿。白狙儿又白又小，大象把它衬得更小了。它看着画外，眼里有忧伤和留恋，伸手就可以接住它。"③ 这一幕，或许才称得上是"诗佛"王维之内心不言而喻的象征，也圆满地形成了作家何大草对于大时代中人性与命运的深度表意。

## 三、文体：古典化用与诗性思考

在何大草的求学和创作生涯中，对中国古典文化传统始终抱有高度

---

① 王维撰，陈铁民校注：《王维集校注》，中华书局，2018 年，第 642 页。

② 何大草：《春山》，北京联合出版公司，2020 年，第 143 页。

③ 何大草：《春山》，北京联合出版公司，2020 年，第 197—198 页。

敬意且浸润极深。这在其已发表的散文随笔作品①和所接受的创作访谈②中可以找到诸多例证。其对中国古典文学资源的化用，在以古代人物为题材的历史小说中显得格外突出，并以对汉语诗性的卓越追求最为引人注目。从《衣冠似雪》的脱颖而出到《如梦令》的迷离惝恍，再到《盲春秋》的惊艳绝伦，何大草将《红楼梦》所代表的古典小说"华丽繁复"的语言风格发挥得淋漓尽致。而《春山》之于中国古典文体传统，除语言层面的新变外，还有着小说结构上的匠心独运的借鉴与创造。

《春山》小说全文四万余字，共计十二章五十一节，每节篇幅长不过千余字、短的不足五百字，且皆有题目。小说内容几乎全由场景白描和人物对话构成，叙事朴素、抒情克制，精纯、洗练的短句表现出极具辨识度的语言风格——这也延续着何大草近年来自觉的小说语言转向③。如此的文体形式、语言呈现及其相关思考，在当代汉语小说史上都是值得讨论的。

就结构而言，《春山》大体以时间顺序，汇聚了王维人生末年（直至王维去世）日常片段。但小说并未以贯穿首尾的"戏剧化"冲突去制造叙事上的"一线串珠"，而是在贴近历史语境的前提下，以小说人物当下时间的叙事为主线，辅以回忆、联想的时空穿插，展现出符合人物性格逻辑和生活"应然"逻辑的广阔生活面貌与情态。若将之置于中国

---

① 何大草已出版的两部散文随笔集分别为：《失眠书》（华中师范大学出版社2012年7月）、《记忆的尽头》（四川人民出版社2017年7月）。

② 如：何大草 姜广平《我不是一个'学院作家'》（《西湖》2013年第1期）、何大草 彭莉《写作是我的庇护所》（《成都晚报》2019年2月11日）以及何大草在《春山》出版后所接受的数次媒体访谈（发表于网络）。

③ 何大草的小说语言有意从"华丽繁复"转向"朴素清省"的实践，以中篇小说《贡米巷27号的回忆》（发表于《十月》，2015年第3期）为起始，并在随后以"贡米巷"为地理背景的系列小说（《鹤》《岁杪》《印红》《桐花》）中一以贯之。与之互证的，是何大草在其随笔《〈儒林外史〉及其他》（《文学报》，2018年2月1日）中的一个表态发言，"就小说语言的精纯而言，《儒林外史》可能比《红楼梦》还高出一点点。"

古典文学抒情传统和"散文化"叙事传统背景下，其文体结构形似"语录体"（部分章节在内容上以暗含"机锋"的对话为主，又似禅宗公案），可以视作对古典文体的化用，却又在当代小说文体中难以归类、新意凸显。

就内容而言，《春山》中共提及、引用王维诗歌和其他相关古诗逾五十处，形成别具一格的伏线，勾连起王维的回忆与生活（如：裴迪、钱起与王维借诗谈人生，王维与吕逸人借诗说人情，后山寺方丈与王维借诗论命运等）。这种将"诗话"如此集中地融入小说叙事的设计，在当代小说创作中别开生面。而《春山》使二者融合得云水无痕，除王维文学身份所提供的合理性外，也再次彰显了作家化用古典、解读古典的出众才能。

《春山》中的"诗话"不仅以"互文"的方式扩大了小说的艺术空间，提升了小说的文化含量，也具体反映出作家对王维诗作、诗心的独特体悟与品鉴。例如：小说里的王维与裴迪谈及贺知章的《咏柳》，说道："诗中有画，不算啥。诗中有诗，才是好诗。"① 又说，"妙喻不如笨喻。笨喻不如不喻。我的《辋川集》二十首，就没有一个比喻"②。这是王维对自己诗作质而实绮的自负，亦可看作何大草对小说语言诗性追求的透露③。

又如：小说中的王维、裴迪二人谈起陶渊明时，王维避谈陶渊明的佳作，偏说自己宁可"为五斗米折腰"也不去乞食。裴迪问他最喜欢哪首陶诗，王维竟说是《责子》，原因是他无子可责。这种调侃的背后，掩着王维的心酸与自嘲——如其对陶渊明不乏微词的嗟叹："生事

---

① 何大草：《春山》，北京联合出版公司，2020年，第30页。
② 何大草：《春山》，北京联合出版公司，2020年，第30页。
③ 何大草在《〈儒林外史〉及其他》一文中将自己的小说语言观的核心内容简洁而明确地表述为两点：一是"我出版了两部小说后，有记者问我，小说最重要的是什么？我说，语言"；二是"中短篇，尤其是短篇，对语言的讲究、挑剔，已接近于诗歌了"。

不曾问，肯愧家中妇"①，何尝不是何大草对古人诗心的洞察？

　　再如：李白、杜甫与王维在盛唐诗坛鼎足而立，对三人生平及创作的比较研究已成后世焦点。《春山》也将有关三者的谈论写成了"诗话"中最引人注目之处。小说中，裴迪对王维说："李白的诗，气宇比你大。杜甫的诗，镌刻比你深。"② 吕逸人则说，王维可能"暗暗嫉妒过"③ 李白，"私心应是忌惮着"④ 杜甫。而王维对裴迪说李白"老了也还长不大"⑤，说杜甫"潦倒、吃不饱饭，倒很喜欢凑热闹；孤傲、自负，到了人群中，却总是大声跟人打招呼"⑥。王维还告诉钱起和裴迪："有的人，就是要被违碍心愿的力推着，才有一颗活下去的心，譬如我。其实呢，李白、杜甫也是这样的。"⑦ 这种力，叫"过不去"⑧。"李白、杜甫是自找'过不去'。我呢，是'过不去'找上我。"⑨ 这些谈论分外坦率又意味深长，堪称当代作家对古代诗人"以意逆志"的深读——不仅读出了诗人们的高与深，也读出了他们的短与弱。也正是基于这样深读，作家方可触及诗作诗情之中的诗人性格，看见他们藏而未宣的"诗中有诗"。

　　何大草在《诗与暗号——〈春山〉创作谈》一文中生动回溯了自己从阅读王维到书写王维的缘起与经过。他先是 2014 年秋专程探访辋川遗迹，写下了游记《终南山中寻王维》。文章完成后，他认为这次寻访虽有收获，但"似乎总是隔着雨雾看见一个背影——背对时代、读者、

---

① 王维撰，陈铁民校注：《王维集校注》，中华书局，2018 年，第 77 页。
② 何大草：《春山》，北京联合出版公司，2020 年，第 55 页。
③ 何大草：《春山》，北京联合出版公司，2020 年，第 125 页。
④ 何大草：《春山》，北京联合出版公司，2020 年，第 125 页。
⑤ 何大草：《春山》，北京联合出版公司，2020 年，第 227 页。
⑥ 何大草：《春山》，北京联合出版公司，2020 年，第 232 页。
⑦ 何大草：《春山》，北京联合出版公司，2020 年，第 242 页。
⑧ 何大草：《春山》，北京联合出版公司，2020 年，第 242 页。
⑨ 何大草：《春山》，北京联合出版公司，2020 年，第 242 页。

也背对故乡"①。所以，何大草决心要"用许多的耐心，看到他转过身来"②。间隔近一年，作家重拾旧题，写出长篇散文《辋川书》，其中特意汇入的小说笔法，让王维的形象呼之欲出。又过一年多，何大草终于等来那个雨雾中背影的转身，并随之走入了《春山》。《春山》中，王维人生末年的生活场景栩栩如生，仿佛失传已久的《辋川图》被文字绘出；其心灵图景深切感人，仿佛当代作家与盛唐诗人完成了一次关于历史与命运、情感与诗性的真诚"对话"。

《春山》的出版人涂涂曾感慨道："《春山》写王维，书稿我是一个晚上读完的，之后一遍一遍，回味不已。"③ 如果我们相信"一部经典作品是一本每次重读都像初读那样带来发现的书"④，那么，我们也会相信，《春山》辉映了王维那些最好的诗篇，并凭此告慰了这个在时空中光芒永恒的伟大诗人。

① 何大草：《春山》，北京联合出版公司，2020 年，第 278 页。

② 何大草：《春山》，北京联合出版公司，2020 年，第 279 页。

③ 涂涂：《一本高贵的书》[EB/OL]. (2020-05-17) https：//book. douban. com/review/12599023/

④ 〔意〕卡尔维诺：《为什么读经典》，黄灿然、李桂蜜译，译林出版社，2012 年，第 3 页。

# 《拳》与文化寻根书写的新拓展

□袁昊①

新时期以来，如何寻找一条既不同于西方普遍现代化又具有中国国情及历史文化特色的发展路径，成了社会各界关注的重要问题。有从政治层面思考，也有从经济层面实践，更有从文化层面探寻。从政治经济层面展开，需要有掌控整体的权力与地位，非一般人所能作为，而文化层面相对就没有这样的限制与要求，参与者要广泛得多。从 80 年代中期以来，一直持续到今天，从文化层面探讨国家自强振兴的路径众多，所提出的方案也最为多样，出现了后来被称之为"文化热"的思潮现象。检视"文化热"思潮，可以发现有四种主要探索路径，一是全盘接受西方现代文化，遵循西方现代发展模式推进中国发展，如《文化：中国与世界》编委会；二是主张接续并光大中国传统文化，以中国传统文化为体推进中国发展，如"中国文化书院"编委会；三是主张以自然科学规律导引社会及国家发展，如"走向未来"丛书；四是文化寻根，主张重建中国文化进而为中国发展指明方向，如寻根文学以及电影等②。这四种路径各有其利弊，其实践成绩及影响也各不相同。总体上

---

① 本文系 2022 年度四川师范大学校级项目"中国当代城市文学书写流变研究"（22XW101）阶段性成果。袁昊，四川师范大学文学院讲师，研究方向为中国现当代文学。

② 关于 80 年代"文化热"及"寻根文学"思潮，可参看贺桂梅：《"新启蒙"知识档案：80 年代中国文化研究》，北京大学出版社，2021 年，第 204—334 页；查建英：《八十年代访谈录》，香港牛津大学出版社，2006 年，第 182—187 页。

看，文化寻根尤其是寻根文学的社会影响相对要广泛一些。这种影响不仅局限在被文学史所集中讨论的 1984—1986 年，90 年代甚至到 21 世纪的今天，其影响都在延续。只要国家发展未达到普遍期望的高度，这种文化路径探讨就不会停歇，文化寻根及其文学书写也就不会消失，21 世纪贾平凹《秦腔》《怀念狼》延续了寻根文学书写模式，徐则臣《北上》、阿来《云中记》、余华《文城》等也算是广义的寻根文学，以多样书写来寻找民族国家的文化之根与精神之根。

90 年代及 21 世纪以来寻根文学的书写观念、视野、方法，较之 80 年代，少了那种强烈的意识形态冲动，变得沉稳、厚重且更加理性，类型也较为多样。在文化寻根书写的发展脉络上，何大草的小说是不可忽视的一环，从 90 年代的《衣冠似雪》到 21 世纪第一个十年的《盲春秋》，直到最近几年出版的《春山》《拳》《隐武者》，都显示出一种文化寻根的特征。而其中《拳》更是扩大了文化寻根的书写对象与书写意旨，是对文化寻根书写的新拓展，显示了文化寻根的另一种可能向度及书写路径。

一

《拳》这部小说的故事情节并不复杂，主要写 80 年代初期大学生的精神世界和生活境况，具体围绕大学生"我"寻找武功高手"问海"这条线索来展开。"我"是 80 年代初期成都望江公园旁边一大学的历史专业学生，"我"偶然发现室友老王身手不凡，先后在食堂一拳打倒插队买饭的男生和挑衅的学校武术队副队长。对老王如此身手，"我"及其他室友艳羡不已，鼓励老王参加大学生运动会拳击赛。老王本不愿参加，但经不住"我"及室友们的鼓动，最终同意参加拳击赛。老王于是从箱底里拿出红色拳击手套，每天清晨在校园里开始苦练。在运动会即将开始之前，老王突然且毅然决然地放弃了参赛，这让我们不知就里，后来老王才道出他曾去找隐藏在人民公园鹤鸣茶社的拳术高手测试，被这位高手一拳给打趴下了。虽然老王停止了练拳并退出参赛，但并没有使"我"停下对拳术的好奇与痴迷，"我"决定去鹤鸣茶社寻找隐藏的拳术高手。鹤鸣茶社确实有一位拳术厉害的幺师，他本是民国时期四川军阀杨森的程姓保镖，时代变化，保镖隐身在茶社，成为端茶掺水的幺师。谁也不知道他拳术高超，室友老王找幺师一试拳脚，让隐藏多年的幺师被暴露，幺师不得已只能离开。当"我"寻找到鹤鸣茶社时，幺师已不知所踪。

"我"的寻拳之路似乎就此结束，然而大三"我"在陕西茂陵实习时，认识了馆员谭公，谭公旧时在成都读大学，与"我"是校友，对成都很熟悉，言谈中谭公透露除了鹤鸣茶社幺师之外，成都还有两个拳术高手，其中之一就是大慈寺的问海和尚。从谭公处得到的信息刺激了"我"本已停歇的向拳之心。茂陵实习结束回到成都，"我"马不停蹄地寻找问海。经大慈寺、大慈寺旁的菜市场、茶馆、市井小院，一路找寻而不得。偶然在街头碰到一位身手不凡的胖姑娘，由胖姑娘而认识气象飘然的胖姑娘二祖爷爷。在与胖姑娘赵宝珠的交往中，"我"发现她武功了得，上树如飞、单手抓起薛涛井千钧重的石井盖等，让"我"震惊。赵宝珠的武功既已如此厉害，"我"臆测二祖爷爷就是武功更强的问海，但也没有明问。后来"我"发现问海不是二祖爷爷，而是二祖爷爷的师叔，可这位师叔却是手无缚鸡之力的书呆子。

"我"苦苦找寻的武功高手问海乃是一个全无武功的书生，为什么实际情况与江湖传言如此大相径庭呢？二祖爷爷确实有很强的武功，例如二祖爷爷曾给胖姑娘赵宝珠说"俺杀人如麻，俺师叔活人无数"①，说明二祖爷爷的确武功高超，不然不能做到杀人如麻。而且后来同学中神通广大的柱哥帮"我"找到问海的地址，这个地址正是二祖爷爷所居之地。可胖姑娘赵宝珠又说二祖爷爷的师叔法名是问海，且这位二祖爷爷师叔一点武功都没有。这岂不矛盾吗？仔细琢磨，可能是二祖

---

① 何大草：《拳》，北京联合出版公司，2021年，第203页。

爷爷借用了问海这一名字，以这一名字在江湖显声立名、除恶扬善，目的是追慕他的师叔，甚至为他师叔再积善行。因为二祖爷爷虽武功高强，但在生死危难之时是手无缚鸡之力的师叔救了他的性命；而且他师叔一介书生，云游十八省，在山西从几十个土匪中救出一个村子的妇女，靠的不是武力，而是心力和普度众生的仁爱之心。

"我"本来是想寻找武功高强之人问海，最后发现问海其人并无武功，乃是一手无缚鸡之力却又心慈行善的书生，寻找的缘由与结果形成反差。这种反差可以看成是一种叙事技巧，铺设悬念，预期与结果形成反差，增强叙事张力和阅读效果。但这种反差其实包含着一种新的书写观念，即对以"拳"为代表的中国文化的一种新的理解，进而开启一种文化寻根新写法。

"拳""武术"甚至"武功"，是中国文化的一种体现，在史料典籍尤其是文学与影视作品中更是作为中国文化的载体予以呈现，被神秘化，也被实体化与客观化。《拳》中故事发生的背景是 80 年代，而武术热、武侠热是 80 年代重要的文化现象。1979 年的全国体育工作会议，国家体委颁布《关于发掘、整理武术遗产的通知》，经过抢救性整理，到 1983 年整理出 129 种自成体系的拳种，以及各种拳术器械、历史文物等，并予以展示普及。随着《少林寺》《武松》《武林志》等武打影片的影响，武术声名大振。加之《武林》《武术健身》《中华武术》等刊物创办，更是推动了民众对武术的热爱浪潮。各级武术队培训、比赛等也加剧了"武术热"。国家有意识地让武术国际化，组织各种国际性武术比赛和表演赛，形成了世界性的"武术热"①。与"武术热"同时出现的还有"气功热"，"神乎其神的气功师被人们顶礼膜拜，奉为'活神仙'；一次带功报告，听者如云，群情感奋，家庭、学校、办公室、公园、树林中，处处可见垂目冥想的气功修炼者；气功典籍、气功

---

① 关于 80 年代"武术热"史料梳理，参看于春岭：《20 世纪 80 年代形成"武术热"的原因》，《体育学刊》，2001 年 9 月第 8 卷第 5 期相关论述。

入门、气功辞典等书籍则行情看涨，久售不衰……"① 这种武术热、气功热，也波及 80 年代的大学校园中，"中文系男生拿麻袋装了沙子、泥巴或者豆子、糠皮，吊在门框上，半夜还在练击拳、飞腿，并发出猛禽般的长啸！"②

《拳》中所写的寻找武功高手故事情节，实际上再现了 80 年代这一社会文化现象与氛围。只不过小说并没有写成武侠小说，也没有常见的主人公"我"寻找到武功高手而学到武功的叙事模式，相反超出了武侠小说常见的叙事模式及其背后的武侠观念，对"拳""武术""武功"等既不客体化，也不神秘化。《拳》是对 80 年代以来文化寻根书写的一次有意义的反拨与超越。反拨与超越的体现之一就是把文化寻根书写对象神秘化、边缘化的这一观念扭转过来，文化没有一个可以反向寻找的"根"，不可能想象性地以为找到这个"根"就能找到中国文化乃至整个国家发展的依凭与方向。正如《拳》中寻找武功高手一样，比二祖爷爷更厉害的高手肯定存在，但小说没有顺此思路继续找寻，而是以问海不会武功结束。这个情节安排，背后隐藏的是作者对这种文化寻根思路与观念的反思与否定，江湖并没有那么深不可测，中国文化也并不是像看不见的江湖一样神秘，甚而要到荒山深林、原始部族中去找寻。正如王蒙批评寻根文学，"愈来愈多的作品，而且是优秀的作品，把笔触伸到穷乡僻壤、深山老林里的'太古之民'里去，致力于描写那种生产力即使在我国境内也是最落后、商品经济最不发达、文化教育程度最低的地方的人们的或质朴落后、或粗犷彪悍的美"③。王蒙所说的这些作品包括李杭育的"葛川江系列"、贾平凹"商州系列"、郑万隆"异乡异闻系列"、张承志"草原系列"小说等。

---

① 李向平：《哪里去寻找精神的家园？——"气功热"的文化内涵》，《社会》，1992 年第 1 期。

② 何大草：《拳》，北京联合出版公司，2021 年，第 17 页。

③ 王蒙：《读一九八三年一些短篇小说随想》，《创作是一种燃烧》，人民文学出版社，1985 年，第 172—173 页。

边缘化、神秘化、物质化的文化寻根书写，实际上是想在"正统文化"之外寻找"非规范文化"，进而重构现有文化版图。但那些被照亮与书写的"非规范文化"，实质上是一种想象。以想象的"非规范文化"来重构及改变中国文化，这本身就是一种无法实现的理想。何大草在其90 年代以来的历史题材小说中就非常警惕这一点，历史、文化、传统都是现实回望的形塑，面相模糊，难以坐实。"所有的历史（与文化），都是作者视角中的历史（与文化），即便他不想把自己扯进去，他也已经在其中了。"①《拳》中"我"对拳术及武功高手的向往与找寻，必然会落空，正如"问海"这个充满禅意的名字一样，问海只能问出一片茫然而已，文化寻根，也只能寻出一串空无。

## 二

既然《拳》消解了"文化寻根"的合理性与必然性，那"我"为什么还要去寻找鹤鸣茶社的幺师和大慈寺的问海和尚呢？表面上看好像是"我"对武术、武功高手的好奇与痴迷，实际上与"我"的性格特点和精神处境相关。"我"性格孤僻、生活单调，"日常的生活，多么灰扑扑"，为了摆脱这种单调无趣的生活，"我"对神秘事物充满好奇，"旧世界的漆棺、女尸、帛画、汉简、神秘纹饰、古怪书法，都让我着迷"②。同时喜欢一些个人化的运动和事情，比如喜欢跑步、打乒乓球、到野外做社会调查，"除了跑步，也打乒乓球。篮球、足球，浅尝辄止。我很难再一个群体中参与协调行动。跑步是最简单的，而打乒乓只需捉对厮杀，也不复杂"③。跑步、打乒乓球不需要同伴，不需要与人交往，简单直接。做田野调查更是少与人接触，能够缓解与人交往的紧张，变得轻

① 何大草、姜广平：《"我不是一个'学院作家'"》，《西湖》，2013 年第 1 期。

② 何大草：《拳》，北京联合出版公司，2021 年，第 4 页。

③ 何大草：《拳》，北京联合出版公司，2021 年，第 7 页。

松自在，"每年暑假，我都会搭载了木材、青稞、黑山羊的解放牌去做田野调查，阿坝州、凉山州、大渡河……屁股颠得生疼，还高兴得很"①。

在孤僻、自我之外，"我"却非常执拗，认定的事情一定会坚持到底，比如"我"苦苦寻找问海。想找到问海，并不是要跟问海学习武功，是因为好奇，想看看武功高手到底怎样，后来发现真正的问海手无缚鸡之力后，"我"并没有放弃，而是极力促成胖姑娘赵宝珠与学校武术队副队长夏晓冬的对决，想一看高低。夏晓冬经过苦练，已经打败室友老王，而且开始在成都逐一打败各路高手，大有独孤求败的势头。赵、夏对决的结果是赵一拳撂倒了夏，名不见经传的胖姑娘赵宝珠打败了大名鼎鼎的武术队副队长夏晓冬，震撼性不言而喻。以赵宝珠打败夏晓冬这件事，侧面暗示了赵宝珠的二祖爷爷武功可能会更强，像夏晓冬那样一个一个想对决下去，以赢得拳王的想法是简单的，也是虚妄的。"我"的执拗，特别是对武功的痴迷，在赵、夏对决之后得以缓解，"千山归一山"，"问海"归于"海"，而山的高与海的深没有尽头。

与"我"形成对比的是大学室友老王、老鲁，这两位看上去目标明确、自信笃定，但实际上与"我"一样，孤独迷茫，精神焦灼。老王长得帅气、气质也好，而且有一副好身手。但是老王最大的兴趣是坐茶馆，沉迷在市井日常生活中，"有空就去望江楼下泡茶铺，很结交了些吃茶的、掺茶的、卖香烟瓜子的、掏耳朵的，还有讨口的、行骗的，记了好几本笔记"②。看上去老王是在做社会调查，为以后的市民社会研究做准备，但这种学术目的是在沉迷中逐渐形成，结果与初衷并不一致。后来被留学的女朋友分手后，老王很是颓丧了一段时间，除了继续泡茶馆之外，开始学打太极拳。此举不全是因为热爱，而是老王替代性的精神排遣。老鲁是室友中年龄最大的，社会经验丰富，"从前做过石匠，在湘西、川东浪荡过七年，已结婚，等毕业就要孩子"③。老鲁学习

① 何大草：《拳》，北京联合出版公司，2021 年，第 5 页。
② 何大草：《拳》，北京联合出版公司，2021 年，第 19 页。
③ 何大草：《拳》，北京联合出版公司，2021 年，第 17 页。

认真，只争朝夕地苦读，热心学校社团活动，"加入十驾史学社、锦江文学社、锦江话剧社"，根据自己的石匠经历，老鲁写了回忆石匠生涯的小说《伤口》，因此在校园里小有名气。老鲁报名参加学校网球队、举重队，都被一一婉拒，说他空有肌肉和力量，却不够灵活，缺乏可塑性，这其实对老鲁自尊心是一种伤害。

80 年代初对大学生精神境况的书写还潜藏在"我"与叶雨天之间的感情线之间。这条感情线是在"我"与叶雨天五次见面互动中隐隐呈现的。第一次见面是"我"晚上在教室看书，看累了到教室外面的灯光球场休息，被这位穿着白衬衣、抽烟的女生叶雨天搭讪。从与她的闲聊中可以看出其性格外向、知识面广、有主见、有个性，同时也透露出她的家庭背景与成长经历。第二次见面是"我"去学校南门内侧砖窑浴室洗澡，在砖窑外面小树林碰到叶雨天，她陪夏晓冬练拳。这次她咄咄逼人地攻击"我"，不过态度有些变化，她问"我"是不是在学校刊物《锦江》上发表过小说《伤口》，"我"否定了，她说不必难为情，同时"她深深地看了我一眼，脸上浮现起奇怪的笑"①。第三次见面，叶雨天作为夏晓冬的经纪人到我们宿舍来当说客，让老王放弃与夏晓冬的比赛，以保全老王的面子，在她看来，老王与夏晓冬的比赛，老王必败无疑。第四次是在食堂，叶雨天掌掴占她便宜的大块头男生，然后"我"被叶雨天邀请去她宿舍，她建议"我"毕业后与她一起去敦煌，当"我"表达不愿意后，叶很生气，但很快又调整情绪，还让"我"看她将要做喇叭裤的布料，同时让"我"再考虑她的建议。此次叶对"我"态度发生很大变化。第五次，"我"和叶雨天协商赵宝珠和夏晓冬比赛的事，有几个回合的往来，叶继续向"我"试探，让"我"跟她一起去敦煌，"我"没有回应。"她想表现得更冷淡些，却笑了，还把手伸出来，让我握了握。她的手是凉的、细的，也是有力的。"② 叶雨天想与"我"在一起，又不好直接表达，而委婉地建议"我"同她一起去敦煌。

---

① 何大草：《拳》，北京联合出版公司，2021 年，第 116 页。
② 何大草：《拳》，北京联合出版公司，2021 年，第 211 页。

当被"我"一次次拒绝后，叶仍以友好的方式对待，足以说明"我"对她的重要意义，不忍拗断彼此的关系。

但"我"与叶雨天之间的关系，如果仅仅看作是隐伏的感情线，就把问题简单化了。"我"与叶二者关系的书写，实际上还写出叶的精神孤独与迷茫，她之所以要给夏晓冬当经纪人，到处张罗让夏与成都武功高手对决，不是她喜欢夏，而是因为她需要派遣无法摆脱的孤独与寂寞。正如她第一次在教室外与"我"搭讪一样，她需要与人交流，需要与人分担她的精神重负。在看似充满活力的大学校园里，叶雨天实际上与"我"一样，都是非常孤独迷茫的人，只不过她是努力向外找寻，而"我"是向内收缩，本质上没有区别。

"我"苦苦寻找武功高手问海，并想为他写一部列传。其原因与"我"对神秘事物如武术的好奇与痴迷有关，更与"我"的孤独迷茫的精神处境有关。而"我"的这种精神境况并不是个别现象，而是80年代初大学校园的普遍情况，室友老王、老鲁以及校友叶雨天都处于一种迷茫的精神状态中。在此情况下，每一个人都在寻找一种可资替代的事物或事情，试图抓住某种精神稻草。正如"我"抓住了中华文化体现之一的武术。武术本身的真实性与客观性不是最为重要的，摆脱掉现实的精神危机才最为关键。寻找问海，不在于问海之有无，而在于"我"在寻找过程中平复了精神迷茫与无助。进而可论，文化寻根的结果不重要，重要的是寻根的过程，意义都在过程之中。

三

《拳》中寻找武功高手的过程写得最具特色，一是寻找鹤鸣茶社的幺师，另一个是寻找大慈寺的问海和尚。鹤鸣茶社与大慈寺都是成都重要历史文化景点，而且又是"我"小时候成长环境重要组成部分，因此"我"去这两个地方找寻武功高手，同时也是对自己过往历史的回眸。"我"去鹤鸣茶社和大慈寺时，先是回忆自己对这两个地方的旧时印象。

比如写鹤鸣茶社，回忆"我"10岁时由住在红照壁的爷爷经常带着去鹤鸣茶社喝茶，既详细书写了路线图，从红照壁出发，经南灯巷、忠孝巷、陕西街，跨过半边桥，就到鹤鸣茶社所在的公园后门；又详细叙述公园的由来，由清末成都将军玉昆的私家花园改造而成；再移步换景地写鹤鸣茶社的空间布局和茶社里各种茶的特色等。多年之后，"我"寻找武功高手再到鹤鸣茶社，茶社没变，依旧熟悉，只是小时候那个耍小把戏的人从三十多岁变成鬓角微白、动作迟缓的老人了，"不该耍把戏的年龄了，却又还在耍把戏"，时移世易，物是人也是，当年的那个人却已不再熟悉。"我"与所要找寻的人及其地方有一种紧密的联系，是有"我"的找寻，而不是幻想性的抽象建构。去大慈寺找问海和尚前，从同学柱哥那里得知，1949年以后大慈寺被接管，和尚们都被赶跑了。这也与"我"初中一年级时偶然跑到大慈寺的感受接续上了。那一年全民大炼钢铁，学生合法逃课，"我"和几个男生在正午无意间进入已经荒废的大慈寺，"山门紧闭的，墙上有鲜红的标语，空坝晒得发烫，偏偏释放着寒意"①，大慈寺留给"我"的印象是"就像想起荒凉的海滩"。

鹤鸣茶社与大慈寺都是"我"的成长环境，在"我"的记忆里，形象不同、感受各异，但它们是"我"生命的有机构成部分，无法分割。"我"因寻找武功高手再次进入其中，有着重返的意义，那些武功高手竟然与"我"成长的日常空间相连，"我"只需再一次回到过去，回到"我"熟悉的日常空间与生活中，对曾经的熟悉重新发现，以泅渡现时今日"我"的精神苦闷与危机。

问海离开了大慈寺，但却并没有远离城市，反而是住在大慈寺旁的小巷子里。武功高手不是藏在偏远的深山古洞之中，而是就在寻常市井间。"我"到大慈寺旁的北糠市街、西糠市街、东糠市街找问海，这些小巷子市井烟火气十足。漫无目的地穿行在这些小巷中，"我"却遇到

---

① 何大草：《拳》，北京联合出版公司，2021年，第81页。

左手握十几个鸡蛋、右手抓满蔬菜、上树如飞的胖姑娘，认识了胖姑娘器宇不凡的二祖爷爷，他"很老了，脸上寿斑点点，皱纹密如木刻。头发倒不稀疏，但已雪白。眉毛也是白的，唯有双眼还乌黑、亮灼灼，让人骇异"①。可是就是这些寻常市井里的人物，却有深藏不露的武功。"我"们在电影里、小说里所羡慕的武功高手，并不一定就深藏偏远深山古洞，在这些市井之中也有像胖姑娘和她二祖爷爷那样的隐藏高手。胖姑娘后来与打遍成都无敌手的武术队副队长夏晓冬对决，一拳打倒了夏，让所有人震惊。因为胖姑娘太寻常了，与大户人家的小保姆相仿佛，怎么也不会把她与武功高手联系在一起。这种看似突兀与不睦，实则显示了小说的特异之处，是对既有武侠书写尤其是 80 年代以来文化寻根书写的有意反拨与拓展。

在中国武侠书写中，大侠或者武功高手的长成往往有固定的叙述模式，通常是在世俗社会之外的偏远地方，如山洞、深林等神秘地方，得到绝世高人的指点，或者是得到武功秘籍、拳谱、剑谱等，苦练而成。武功、武侠等注定不是寻常所能及所能见。同样，80 年代寻根文学书写中，也采取的是此类模式，李杭育的"葛川江系列"、贾平凹"商州系列"、郑万隆"异乡异闻系列"、张承志"草原系列"小说等皆是向穷乡僻壤、深山老林、原始初民中去寻找中国文化的根。寻根文学书写者及提倡者，"并不在正统文化内部展开，而是将民族文化内部的边缘性'他者'即非规范文化，视为民族活力和希望之所在"②。武侠书写和寻根文学分享了同样的叙事逻辑，武功、武侠不在日常生活中，文化也不在日常生活中。因为在这些书写者观念里，武功、武侠与文化是无法客体化与物质化的，只能是一种"想象的共同体"。所不同的是武侠书写背后有一种中国人的"侠客梦"，"侠"与"侠客""不是一个历史上客观存在的、可用三言两语描述的实体，而是一种历史记载与文学想象的

---

① 何大草：《拳》，北京联合出版公司，2021 年，第 95 页。
② 贺桂梅：《"新启蒙"知识档案：80 年代中国文化研究》（第 2 版），北京大学出版社，2021 年，第 237—238 页。

融合、社会规定与心理需求的融合，以及当代视界与文类特征的融合"①。而寻根文学有很强的意识形态冲动和时代精神焦虑特点，"'寻根'是在对西方现代派文学乃至中国现代化进程的某种疑虑与批判意识下发生的。它尝试通过对民族文化传统的重构，来重新确立中国文学的主体位置，并形成了某种或可被称为文化民族主义的新表述形态"②。这些所要寻找的"根"只能是"正统文化"之外的少数民族文化、地域文化或者民间文化，文本上的呈现就是偏远、神秘、原初。可这种理念与写作模式及其文本特色，存在太多的问题，比如过度浪漫化、文化民族主义倾向明显、文本杂糅、价值混乱等。作为经历过 80 年代社会文化剧变冲击的何大草，更是清楚作为当时社会热潮的寻根文学的诸多问题。当在《拳》中回顾那一段岁月时，他有意识地摒弃武侠书写与寻根文学书写的观念与写法，而是回到现实与日常之中。小说中"我"所要寻找的武功高手就在市井里巷之中，而且最厉害的高手问海却是手无缚鸡之力的一介书生，阅读期待在此受到极大的挑战。

当然《拳》这种回归现实与日常的书写方法，在 80 年代寻根文学倡导者们所追认或嘉许的作家如汪曾祺、陆文夫、冯骥才、邓友梅、陈建功等书写地域文化、风俗民情的小说中也有体现。这些作家并不认为中国文化的"根"像散失的珍宝一样留存于神秘的山乡野外，他们更多聚焦于有类风俗画的民风民情之中。可这种风俗画式的书写，有很强的乡愁色彩，且旧式文人气息较浓，现实感不足。

《拳》既不是寻根文学的神秘化、客体化书写，也不是汪曾祺等风俗画书写，而是回到现实与日常。现实就是"我"所经历的成长记忆和现实处境，日常就是幺师、问海等所生活的市井里巷日常世俗生活。武功高手胖姑娘之所以有如此高的武功，是因为她及她所生长的河南安阳

---

① 陈平原：《千古文人侠客梦（插图珍藏本）》，新世界出版社，2002 年，第 2—3 页。

② 贺桂梅：《"新启蒙"知识档案：80 年代中国文化研究》（第 2 版），北京大学出版社，第 204 页。

赵家沟"人人都练拳","俺赵家沟的娃，吃了饭就在晒场上比画，流个血，断个胳膊是常事，跟消饱胀差不多"①，但他们从不知道什么叫武功，自会武功却不知道武功，已成高手却不知是高手，这才是真正的高手。武功成了胖姑娘赵宝珠等赵家沟人日常生活的一部分，不神秘，也不自我高标，更不会被各种拳术、拳法等所限制，正如赵宝珠打败夏晓冬时回答叶雨天责问她拳路不正宗所说的那样，"俺不懂这啥拳、那啥拳，但凡经过了俺的手，就是俺的拳"②。

文化不也是如此吗？区分这种文化、那种文化，并为文化分正朔、等级，其实并无多少意义，现实中的主体人具有怎样的文化质素会在日常生活中自然呈现出来。"从人类精神现象释文化，寻根者所寻之根，应该是最富有现代感，最有益于现代生活内核，而不是老庄、孔孟，或者《易经》与诸神。"③ 不是寻根文学所推崇的神秘山乡的"非规范文化"，也不是汪曾祺等充满浓郁乡愁的民俗风情。文化寻根，正如《拳》中寻找武功高手问海一样，那只是一种预设的虚妄，无处找寻。武功高手就在市井里弄之中，就在寻常人群里。小说结束时胖姑娘赵宝珠要离开成都去深圳打工，她会是众多打工者中的一员，谁又知道她身怀高强武功呢。何大草在《拳·后记》中说："出门远行，经过大山脚下，望见白雪覆盖的山顶，我会想，顶级的武术家，就像陶渊明和王维，不会隐居于此修炼啥秘技。他们住在市井，就在我们身边的人群里。"④ 这正是何大草《拳》在新世纪文化寻根书写的独特之处，是对文化寻根的新拓展。

---

① 何大草：《拳》，北京联合出版公司，2021 年，第 168—169 页。
② 何大草：《拳》，北京联合出版公司，2021 年，第 219 页。
③ 陈思和：《当代文学中的文化寻根意识》，《文学评论》，1986 年第 6 期。
④ 何大草：《拳》，北京联合出版公司，2021 年，第 242 页。

# 何大草访谈

□何大草　王琳　袁昊①

何大草简介：祖籍四川阆中，1962 年出生于成都少城，1979—1983 年就读于四川大学历史系。曾就职于《成都日报》（老版成都晚报）、四川师范大学文学院。现担任樱园何大草写作工坊指导老师。出版有长篇小说《隐武者》《春山》《刀子和刀子》《拳》、小说集《贡米巷 27 号的回忆》、散文集《记忆的尽头》等。2016 年在轻安举办个人画展《红色与逍遥》。

袁昊：何老师您好，非常高兴您能在百忙之中抽出时间接受访谈，谢谢何老师！何老师您 80 年代初就读于四川大学历史系，专业是古代史，从事文学创作应该是大学毕业之后。是什么原因促使何老师转向文学创作并以此为志业，而且一直坚持到今天，出版了十几部颇有影响的作品？何老师能谈谈您的文学经历吗？

何：谢谢你们，很高兴有机会与两位年轻老师作一次跨代交流。我 1962 年出生于成都，小学、初中都在"文革"中度过，正该读书却又恰逢书荒之年，好书太少，到手的都反复读了好多遍。家里有 120 回本带插图的《水浒全传》，前七十回我大概读过上百遍。还有一套范文澜的《中国通史简编》，也对我影响很大，说是简编，其实颇多史实甚至细节。但四大本，只写完唐朝就没有了。后来去我母亲的单位借了《史

① 王琳，四川师范大学文学院副教授，研究方向为中国现当代文学。袁昊，四川师范大学文学院讲师，研究方向为中国现当代文学。

记》，是有三家注的中华书局版，看得半懂不懂，不懂的就跳过去，懂的就读得很入迷，觉得做一个史学家也是很过瘾的事。还看过一部关于马王堆汉墓出土的纪录片，华丽的服饰、漆器、绢帛上画的扶桑十日图等等，都让我觉得旧世界要比今天的日常更值得流连。1979—1983年，我在川大历史系念了四年书，却把这个梦给打碎了。当时做历史研究的方式过于单一化，严肃到了枯燥和刻板，和司马迁、范文澜相距太远了，我想我还是逃了吧。就这么，做了个逃兵。

（前几年，川大历史系主任还在对学生说，《万历十五年》不算学术著作。我听了，真有点时光停滞之感。）

大学毕业之后，我去了《成都晚报》（即今天的《成都日报》）从事编采。这份工作很让我开阔眼界，甚至有机会去炮火纷飞的老山前线做战地记者。但它也有严格的天花板：真实。我觉得自己还有过剩的精力，尤其是由《水浒》《红楼梦》养育出来的想象力，弄得我心痒痒的。所以，在 1994 年 1 月，我开始了写小说。第一篇写了荆轲刺秦，即《衣冠似雪》，第二篇写了李清照南渡，即《如梦令》。都是把历史人物作为素材，进行了虚构、重构甚至是颠覆。两篇小说之和，约有十万字，次年先后发表在《人民文学》和《江南》杂志上。自此，走上了小说创作这条看不到尽头的路。穷其一生，也可能只抵达了某个驿站或码头。前边是什么？白茫茫的，不晓得。这条路，我已经走了将近三十年，还从没想过要回头。

袁：综观何老师的作品，从题材上看大概有两类，一类是历史题材，另一类是有关"当代"的现实题材。历史题材多对已有的历史予以重新书写，如《衣冠似雪》《春梦·女词人》《天启皇帝和奶奶》《午门的暧昧》《盲春秋》《春山》等；现实题材多对自我成长经历回忆与重构，如《刀子和刀子》《我的左脸：一个人的青春史》《所有的乡愁》《1979 年的爱情》《拳》等。题材选择可能具有偶然性，但这也涉及写作者的历史观和现实感。何老师您能谈谈您为何专注于这两类题材的书写，以及谈谈您的历史观和现实感。

何：古代是人类的青春期，而当代，我关注的往往是人的青春。青春意味着旺盛的生命，和对生命无常的忧思、冥想。我体会到的青春，阳光充沛，阴影也很强烈，人性就在这之间摇摆。我开始写小说时，童年、少年已在十年"文革"中度过，之后经历了激荡的 80 年代，我已经过完了青春期，可以用比较冷静的目光看从前、看古代。我选择题材的时候，也感觉是题材在选择我：荆轲、李清照、李广、崇祯皇帝……似乎不假思索，这些名字就跳了出来。曾听到有人说，《刀子和刀子》像一部武侠小说。说得也有道理。书中的人物，大概就是穿了今天衣服的古人，从古代活到了今天。

历史从未中断过，今天对明天来说，也即历史的一部分。几千年来，人性也没有变化，所以西方的《圣经》、中国的《论语》，仍是人类代代诵读的经典。但历史事实，又时常呈现不同的面貌，它不取决于冷却的史实，而关乎活着的书写者。深入一点说，关乎书写者话语权的大小。再落到实处，这话语权的大小，首先在于书写者笔力的强弱。举个例子，荆轲刺秦的事件，距司马迁写《史记》已有百年。任何事件，在一年、一月、甚至几天的传播中，都会出现多个不同的版本，何况是一个行刺君王的谋杀案，更何况是百年。但司马迁采信了其中一个版本，从此就成了信史。其他的，自然都成了伪史，在时间中被遗忘了。《史记》不是官史，是他以一人之力创造的历史。我崇拜司马迁，但也因为他，对历史的撰写、包括对现实的记录，都多了些虚无和怀疑之感。

这几年，"非虚构写作"蔚为大观。我读了几本非虚构作品，也读了作者的创作谈，深感其中的虚构成分相当不少。

相比而言，我以为小说对历史、对现实的书写，更有一种主观的真实。小说不掺假，因为它本身就是"假的"。譬如《阿 Q 正传》《百年孤独》，现实素材被经过提炼、夸张之后，呈现出一种更为震撼和痛彻的真实，所谓的人性、国民性，就藏在这些虚实相间的人物和情节中。

王琳：何老师您近几年创作了多部力作，每一部都热卖，深受读者欢迎。《春山》（2020 年）已加印七次，《拳》（2021 年）被豆瓣评为2021 年度中国文学（小说）榜单前十，《隐武者》（2022 年）一经出版便入围了各大推荐榜单。从《春山》到《拳》再到《隐武者》，似乎有某种联系，写了《春山》再写《拳》，一文一武，构成联系，《隐武者》是对《拳》所写的"武的世界"的继续与升华吗？何老师您是怎样来设计与构思这互有关联的三部小说呢？

何：写完《春山》后再写《拳》，的确有配对的意思，就像进了古庙，看见左边有一座塔，右边有一棵松，既对称、均衡而又相异，异中有复杂的意味。

《春山》是文小说，在近似笔记、书信、闲聊的行文中，写出我对盛世不再、生命如花而逝的追怀，也刻画某一种在任何时代都很奢侈的深情。

《拳》是武小说，但写到深处，也是想写出武学根子里文的精髓。还有，我自小熟读《水浒》，也喜欢金庸的武侠小说，写《拳》是一个回应，也是一个新的尝试。

尝试之后，我感觉有一扇门被拳头砸开了，我可以走得更远些。《拳》写了武的一段里程，而还可以用武来描绘一个复杂的世界。但这个武，又是藏在日常中的，是人的筋骨。人们不会为武而武、为武功秘籍流血拼命，这个世界和金庸小说要截然不同。就这样想着，慢慢就写出了《隐武者》。隐武，对应的是隐士。隐士饱读诗书，也写文章，著书立说，写得好且运气好的，能够传之后世。而隐武之辈，则是失语的高人。也可以说，是他们选择了失语，少说话，重在过日子，隐武者即生活者，说得高一点，就是生活家。但又不止于此，武者的仁、义，在他们人生的每一个拐点上，都支配着生、死、爱、欲。《隐武者》所要安放的，是我的生命观。

王：何老师您在谈新近三部小说创作时，提到了"衰年变法"。您说"齐白石在'衰年变法'之后，一改之前的冷逸画风，越老越是新鲜、生辣……一天比一天兴盛起来。我也想变一变"。请问您的"衰年变法"指的什么呢？在您这三部小说中有怎样的体现？

何：艺术家、作家，想有大的作为，一是要执着，一是要善变。执着于理想，而善变则是尝试、吸收、求新，求新才能新生。中国的石涛、欧洲的毕加索，都称得上千变万化。齐白石生于湖南小山村，中年五出五归，拓展了视野、阅历；再经八年的衰年变法，终于从小众的高冷，变成了雅俗共赏的大师。

就我个人的变法而言，时间点上，也是到了衰年了。而风格上的问题，则还要复杂些。回望新文学运动以来的百年，中国小说的每次浪潮，几乎都受到西洋或东洋文学的影响，浪漫洪流，自然主义，现实主义，批判现实主义，先锋、寻根、后现代等等。浪潮之后，留下的里程碑很多，纪念碑很少；值得研究的作品很多，经得起反复阅读的作品很少。这是值得思考的。我自己的写作，比较偏向中西兼容。但近些年，我不这看了。就像我从前喜欢林风眠的"调和中西"，但我今天更认同潘天寿的"强其骨，拉大中西距离"。在这三部小说中，也包括在小说集《贡米巷27号的回忆》中，我践行、深耕了这一理念，即：民族化、本土化、大白话。小说最鲜明的风格，体现在语言上。我最推崇的语言，出现于《儒林外史》中。多年来，它被误解为讽刺小说，这简直是最大的讽刺。而其实，它语言的克制、简劲，以白描带出人物、细节，以及貌似轻描淡写的幽默，使它的高级感可以略胜《红楼梦》。我的这几部近作中，都留下了向中国古典致敬的痕迹。

袁：《春山》这部小说写王维生命的最后一年，为我们构建了一个全新又看似真实的王维形象，年老孤独、静寂自修而又渴望与人交往。小说中让人印象深刻的是王维对裴迪的喜欢与依赖，王维晚上被冷醒又不愿打扰睡熟的裴迪；为了采蘑菇给裴迪熬汤差点冻死在山里；裴迪去长安久久不归，王维写信到处找裴迪让其回辋川，全都是对裴迪的爱与想念。小说中的细节还很多。关于王维与裴迪的关系，何老师您是从历史文献中整理出来予以展开书写的吗？为什么要写这样一段关系呢？

何：《春山》中王维和裴迪的形象、他们之间的关系，一半来自我对他们作品的理解，一半是以想象给予的补充。历史文献我读过一些，但对我写《春山》影响不算很大。王维写给裴迪的诗文中，都有一种含蓄、克制但又饱满的温情，个别的甚至饱满到溢出了克制。譬如这首《赠裴迪》："不相见，不相见来久。日日泉水头，常忆同携手。携手本同心，复叹忽分襟。相忆今如此，相思深不深？"几乎不像出自清贵、高冷的王维笔下，但的确就是他写的。我不晓得这是友情还是"基情"，但一定是深情。

曾有学者朋友说："我只喜欢看有思想的小说。"而我恰好相反，我只喜欢看有深情的小说。《红楼梦》的好，就在于它是一部言情小说，言之深情。

《春山》是一本小书，但我希望它能承载王维的深情，并让读者分享到他的这一面。不过，我也因此挨了不少骂，因为"冒犯""亵渎"了部分读者心中的诗佛。

袁：《拳》这部小说有很强的川大印迹，熟悉川大尤其是 70、80 年代川大的读者一看就能心领神会。这部小说可以看作何老师对您大学生活的一种回忆吗？小说里的一些人物好像可以找到一些原型，比如室友老王，很容易就让人联想到今天写成都茶馆的那位著名历史学者。包括小说中的一些空间、场景等都能一一对上号。但看小说，感觉又不仅仅是对大学生活的回忆，还有对那个时代及其精神处境的反思等。何老师您可以谈谈这部小说吗？

何：嗯，这是对大学生活的回忆，也是对岁月的一种缅怀。那是新时代呼之欲出的 80 年代初期，有万马奔腾前的宁静，成都还保留着大面积的清朝、民国的建筑，居民的饮食习俗、说话语调，都是老派的、厚实的，不慌不忙。今天，这些都几乎荡然无存了。但我并不认为今不如昔，可以说，我更喜欢今天容纳了五湖四海的大成都。但往昔是值得眷念、追忆的，《拳》即是一份纪念。

不过，我更为着力要刻画的，是书中的几个人物，以及他们身上承载的力量。这种力量，并没有把他们推向主流，成为励志者。相反，这种力量，让他们站在了主流之外，留在岸上、坡上，从容、踏实、自足地生活着。

袁：《隐武者》中的几个人物写得非常出彩，何小一、刘元雨、万良玉、刘元菁、何道根、牛姑娘、春红等，个个都极有特点，让人过目不忘。从故事情节设置以及书写篇幅上来看，何小一是最主要的人物，以打锅盔开始以打锅盔结束，小说首尾呼应，紧紧扣住何小一这个人物来写。刘元雨和牛姑娘这两个人物前面写得很充分，内外视角交替聚焦，到小说后面的时候感觉这两人写得稍微薄弱了一些，比如刘元雨在他绑架被救出后写得就比较少了，他的内面精神及思想几乎没再写了，他咬牙流泪打春红，他父亲刘大老爷说"雨儿到底是长大了"。刘元雨自己是如何想的，怎样度过他人生至暗时期，怎么就长大了呢？小说作了省略法。牛姑娘后面为什么选择做刘大老爷的第七房姨太太，相比前面对她详细的书写，此处对她内面世界呈现得也有点少。另外，写死刘元菁让人扼腕叹息，何道根砍死他的妻子也让人无法理解。小说中的这几个人物何老师您是怎样考虑及寓意设置的呢？

何：这些问题都问得很好。但让作者自己回答，会让作者比较为难啊。作者最怕的，就是自我阐释。不过，我还是试着回答其中一个吧，关于牛姑娘。她是一个生活在晚清的、贫家的女孩子，很深情、刚烈，但又毫不讳言自己很现实。她怀着何小一的孩子，而何小一生死不明，她能做出的选择，要么殉情自杀（她不是这种人），要么被父兄打死（她绝不甘心），要么逃亡（几乎死路一条），要么另寻活路，成为大老爷的七姨太。后者可确保她和儿子（何小一的骨血）平安、优裕地活下去，也可以让娘家彻底大翻身。她肯定受到了委屈，也受到了嘲笑（乡人的、命运的嘲笑），但这就是代价。书中的每个人，都为自己选择的人生付出了代价，是无奈，也是宿命。所以我听到不少朋友说，结局写得太狠，太残酷了。然而，某种极致的人生，本就如此。顺便说说大老爷，书中写他是"刘善人"，但从没写他是"伪善人"。他活到了八十岁，活成了人精，未必不知道牛姑娘肚里的孩子是谁的，但他以自己的方式，"以德报德"了。书中写到过：这孩子是进了刘府七个多月出生的，六斤九两重。细心的读者都读出了暗示，大老爷自然也该是明白的。

我不赞成很多小说中这样的反转：善人其实是伪善人，君子必然是伪君子。这是对人性的另一种简单化。

王：《隐武者》，这个书名有何象征意义吗？故事发生在清末成都附近的刘安镇，成都元素在这部作品中俯拾即是。综观何老师所有作品，何老师您的小说实际上有很强的成都色彩，地域特色较为鲜明。有人把何老师您的小说作为当代成都城市形象文学建构的最佳范例，何老师您认同这个说法吗？您如何处理您的小说与成都这座城市之间的关系，或者说成都如何影响了您的小说创作，您的小说反过来又建构了怎样的成都城市形象？

何：我小时候，天天听到一个口号，叫做："力争上游！"《隐武者》的"隐"，则是这个口号的反面，安于现状，活在主流之外，自足自洽。隐士自古有两种，多数是不得志而隐，或通过隐而仕，所谓终南捷径。姜子牙垂钓，钓到了周文王。诸葛亮卧于山冈之下，等来了刘皇叔。只有少数隐士，是隐就隐了。陶渊明归隐之后，饿得发昏也不再求仕途，乃真隐。王维丢不下长安，至死也是"王右丞"，最多算半隐。还有一些隐士，没有留下诗文、姓名，在时间中永远地隐去了。但，还能见到他们的一些模糊的影子，譬如，古代大幅的江山图、行旅图中，往往有几个渺小的樵夫、渔父，人皆以为是点缀的符号，我则觉得，这就是真实的隐者。《隐武者》是要让符号还原为活生生的人：写出他们的力量、骄傲和无奈。

"最佳范例"？这个太惭愧了，不敢认同。我小说中的故事，的确很多发生在成都，成都是故事的舞台。而故事和舞台的关系，我理解，就是鱼和水的关系。一片水域养一片鱼，一方水土养一方人。落实到小说里，就是要让读者相信，人物的言行举止、命运起伏，正符合这方水土的特质。我喜欢新成都，但跟老成都的纠缠更复杂。我现在住在郊区，安静下来想想成都时，眼前浮现的，总是青砖、黑瓦、木头房子，鼻音很重的吆喝声、吵闹声，很浓的旧日子的气息。我写这些人物时，像是从记忆中把他们捞出来。把他们写活了，可能也就把小说与城市的关系处理好了吧。高尔基说，文学是人学。沈从文说："贴着人物写"。在一部小说中，人物能凿刻得出来，他所处的城市、世界，应该是消失的、残存的，才会具有可看到、可听到、可摸到、可嗅到的感染力。

王：何老师您 2022 年退休了，离开了川师讲台，但曾经您开设的《中国现代小说研究》每次选课都是爆满，学生特别喜欢听您讲解小说《呼兰河传》和《死水微澜》。您能谈一下这两部小说您最看重的特色及其价值是什么？您认为怎样的小说才是好的小说或者经典的小说？

何："爆满"不敢当，有点夸张哈。

我先说个瑕疵较多的例子，郁达夫先生《故都的秋》。这篇大作常出现在中学、大学教材中，人皆以为很经典，很多人仿效。我觉得，这是很成问题的。它写得很全面，也很抒情，间杂着滔滔议论。但缺乏细节，即便有几句，也看不出北平的唯一性。倘若把"故都"换成西安、太原、济南、开封、洛阳……但凡是北方古城，都差不多。一个熟练的写作者，即便不去北平，多数也能写成这样子，甚至于更好。

《呼兰河传》《死水微澜》的好，正是与《故都的秋》相反。

世上没有相同的两棵树，人没有两只相同的手掌。写一个地方、一个人，应该写出差异性。萧红的《呼兰河传》，在香港写故乡，爱恨交织，但行文平静，写景多用白描，细腻地写出了小城的街巷，街上的药店、卖馒头的老头，严冬让大地和手背都裂开了口子。小狗被冻得哽哽叫了一夜，像爪子被火烧着了。驮马在雪原上驰奔，汗水淋漓，进了栈房，汗停了，马毛却立刻上了霜。每个细节都带着清晰的可辨识度，每个细节都让我把它看作是异乡：浓得呛人的东北小城气息，一颗经纬交织，复杂、精细的星球。

李劼人是在故乡写故乡。他曾在法国留学，精通法语，翻译过《包法利夫人》，但他在自己的写作策略上，选择了方言。方言是扎入乡土最深的文化之根，包裹着层层叠叠的声音和意蕴。当然，这也是一种冒险，过度使用，则可能造成对他乡之人的隔膜。但《死水微澜》成功了，因为他的分寸感较好，更因为创造出了一组亦黑亦白、正邪难分的人物，颠覆了通常的善恶、爱恨，能给人强烈的冲击。这个冲击，至今还能带给人不安之感：一个活得不甘心的女人，该怎么解开她人生的死疙瘩？

中国现代小说史上，出现过数量可观的名篇，今天大多数都只剩下了研究的价值。值得被读者世代阅读的经典，仅是极少数。它们必须具备这样的特点：风格化的文字，独特的风土，充沛的细节。人物不是代表性的、典型性的，而是异质性、唯一性的。故事带着难题而来，亦带着新的难题而去，或者深情，或者深刻，去道德化，去滔滔议论，去浪漫抒情。除了《死水微澜》《呼兰河传》，还包括鲁迅的《祝福》、沈从文的《边城》、张爱玲的《金锁记》、钱钟书的《纪念》……差不多就是这些了。

王：何老师非常受学生欢迎，除了课上讲授文学写作知识与技法之外，课余您也带领学生一起创作并帮助学生作品出版。对于广大热爱写作的学生包括读者，怎样才能更好地写作，您有什么建议呢？

何：对于热爱写作的朋友，我有两点建议供参考。首先，要相信写作就是一门手艺。但凡是手艺，人人都可以通过学习而掌握。写作可以学，也可以教。艺术的所有门类中，音乐是最高级也最神秘的，然而，音乐也是有技巧的。所有作曲家、演奏家、指挥家，都是通过严格的训练，掌握了技巧之后开始音乐事业的。音乐如此，绘画、写作等等，更不例外。艺术，首先是术，术就是技术、技巧。没有术，艺只是个玄龙门阵。

古往今来，很多作家都是自学成才的。

但二战后，从创意写作专业毕业的名作家，也可以列出一份长名单：弗兰纳里·奥康纳、雷蒙德·卡佛、伊恩·麦克尤恩，以及获得诺贝尔文学奖的石黑一雄。

福楼拜和莫泊桑、沈从文和汪曾祺，这样的师徒关系，也已成为文坛的佳话。

即便如加西亚·马尔克斯，他讲故事的天才可谓百年一出，但也度过了自己艰苦的学艺生涯。他大学念的法律专业，且念了一两年就自动辍学了。他的学艺，是自学。他学习之认真，到了什么程度呢？可以背诵胡安·鲁尔福的中篇小说《佩德罗·巴拉莫》，一字不错，且可以倒背，还动手把这部小说改编成了电影剧本。在这个过程中，他学到了关于写作的很多东西。

第二，我们可以从一篇经典作品中学到很多东西。很多，太多，听上去有点复杂。作为新手，首要学什么？我的答案是：起承转合。

可能有朋友会不以为然。起承转合，说得太烂了嘛，听得耳朵都起茧巴了，也太初段了吧。然而，我还是要说，起承转合是写作的最初段，也可以是最高段，没有它，一个故事不成立，一部电影会成超级的闷片。桥本忍是黑泽明的御用编剧，当他把做了无数功课、呕心沥血完成的武士剧本交给黑泽明审阅时，却被一口否定了。理由是：缺乏起承转合。后来，他吸取了教训，另起炉灶，写出了《七武士》。电影《七武士》，今天已被公认为一部伟大的电影，不仅深刻，而且非常之好看。之所以好看，是情节的转用得好，每一个转（情节的拐点）都出人意料地漂亮。

写作的技巧，和音乐、武术、魔术等等的技巧一样，复杂多变。需要从起承转合这个入门技起步，精微阅读、动笔多练。倘若能坚持三年，会有一个较大的成效。反过来说，没有三年，基本无效。外国人有个说法，叫作一万小时定律，差不多也是这个意思。

如果有人告诉你，别管技巧，具备情怀和勤奋就可以写出好小说。这一定是外行话，千万别相信。

袁：感谢何老师的耐心答问，让我们对何老师的创作有了更进一步的理解与认识。谢谢何老师！

王：谢谢何老师，欢迎何老师多回学校，继续指导、继续交流。

何：谢谢两位，有时间我们再聊。

大西南学术流派

# "巴蜀学派" 的产生与建构

□ 吴玲娟　冯仰操①

　　学派，即学术流派。针对中国现代文学研究界有无学派这一问题，学者们多有争论，冯光廉曾认为作为学术趋于成熟标志的学派在中国现代文学研究领域尚未出现②，但学界普遍承认学派在学科建设中的重要性，近年来越来越多的高校与学者纷纷投身于建设"XX学派"的行列，提出"北大学派""山师学派""南大学派""山东学派""广东学派"等学派概念。面对纷繁复杂的学派建设大潮，我们有必要考察其中代表性"学派"的构建过程及成果，审慎思考其特色与优劣，认清中国现代文学学派建设的现状。在众多学派中，以李怡为中心的"巴蜀学派"以高校为依托，以地域为外沿，包含师承性学派及地域性学派的双重特征，成为众多"正在进行时"的学派中活跃度较高、成果较为丰硕的代表。因此，本文将以"巴蜀学派"为考察对象，整理说明以李怡为代表的巴蜀学人构建"巴蜀学派"的历程、学派的运作方式及成果，并作出评价。

---

　　① 吴玲娟，中国矿业大学人文与艺术学院硕士研究生，主要研究中国现当代文学。冯仰操，中国矿业大学人文与艺术学院中文系副教授，主要研究中国近现代文学。

　　② 冯光廉：《中国现代文学研究至今无学派》，《中国社会科学报》，2014年8月1日。

## 一、李怡与"巴蜀学派"的产生

不同于历史上自然形成的学派，"巴蜀学派"的成长基本遵循着"理念先行，实践相证"的模式，中心人物鲜明的学派意识是这个学派建设的起点。作为呼吁建设中国现代文学研究"巴蜀学派"的首倡者，李怡在学派建设过程中发挥了极大的作用。李怡成长于重庆，在北京师范大学完成学业之后返回家乡，于西南师范大学（即西南大学）、四川大学任教至今，其人生本就与巴蜀联系紧密。李怡对"巴蜀学派"的构想一方面源自自身的巴蜀体验，以及身为巴蜀之人对家乡历史及文化资源的肯定与亲近，另一方面则承自恩师王富仁先生对建设地域性学派的重视。此外，1990 年代初，李怡在兼顾原本诗歌研究的同时将部分精力投入对现代文学史上川籍作家、在川文学活动的研究，其研究成果集结为《现代四川文学的巴蜀文化阐释》一书，针对蜀地文化、巴蜀意象、文学追求与巴蜀区域精神的关联与转化等问题进行了讨论。在该书结语《巴蜀派、农民派与中国现代文学》一文中，李怡将郭沫若、沙汀、李劼人、罗淑、周文、王余杞等川籍作家归为现代文学史上的"巴蜀派"，可以看作是他凸显四川在文学史上重要地位的首次尝试，也是他第一次认真审视巴蜀地域文化与个人之间"扯不断，理还乱"① 的关系。在正式提出"巴蜀学派"之前，李怡一直试图探寻现代文学与巴蜀文化之间的关联，对地域文化的关注成为其日后文学研究中难以抹去的印记，长期从事有关巴蜀文学的研究也促使李怡始终关注着中国现代文学研究事业中巴蜀学人的贡献与位置。在地域体验、师承传统、学术资源等多重因素的共同推动下，李怡发出了建设现代文学研究"巴蜀学派"的呼声，并着手于对"巴蜀学派"概念内核及外沿的建构。

2004 年，李怡在《"巴蜀学派"可以期许否》一文中首次使用了

---

① 李怡：《我的学术道路》，《涪陵师专学报》，2001 年第 3 期。

"巴蜀学派"一词。他充分肯定了巴蜀地区从青铜时代即表现出的独特的学术资源,并认为文化及学术研究中长期存在的"单一中心"状态不利于中国现代文明与学术的发展,更多地域性学派的崛起将对文化建设整体格局起到巨大的变动作用。但在这篇简短的文章中,他尚未来得及对"巴蜀学派"作出更深入的论证与思考。2005 年李怡以"中国现代文学研究的巴蜀学派问题研究"为题,申请四川省社会科学重点项目成功,若说 2004 年他对于"巴蜀学派可以期许否"的态度还略显犹疑,那么 2005 年科研项目的设立则可视为李怡正式探寻并建设"巴蜀学派"的开端。通过科研项目的号召,他选择借助与其他学者对话的方式对"巴蜀学派"的概念进行说明与辨析,在理论层面上对其进行完善。2006 年,在李怡与毛迅的对谈《巴蜀学派与当代批评》中,李怡正式提出"巴蜀学派"这一概念,并对构建这一学派的历史文化资源、必要性、价值架构等问题进行了说明。2007 年,李怡带领他在西南师范大学和四川大学任教期间指导的学生周维东、张武军、颜同林等三人,于《红岩》第五期中以学派建设为主题展开讨论,李怡在《关于"巴蜀学派"的调研报告》一文中再次论证了该学派得以建立的历史现实基础及其重要性,并指明建设中国现代文学研究"巴蜀学派"的实践路径,周张颜三人则分别著文说明自己对于建设这一学派的看法及建议,至此,"巴蜀学派"经过三年的设想与论证已成为一个相对完整的概念,李怡个人的学派意识也在这一过程中由模糊走向清晰。

在李怡及其同人学者的论述中,建设中国现代文学研究"巴蜀学派"有着坚实的历史基础和重大的现实意义。首先,历史上中原常视蜀地为落后的"西僻之国",但实际上蜀地文化事业一直十分发达,两汉时期甚至出现过足以与齐鲁学派相提并论的巴蜀学派,是我国历史上最早以地域命名的学派之一,传统蜀学至今仍哺育着巴蜀地区的古代文学及文献学研究事业。就中国现代文学史及学术史而言,一方面巴蜀作家在现代文学史中举足轻重,郭沫若、巴金等更是影响深远,抗战时期巴蜀成为众多新文学家及文化机构安身立命之地,作家入川丰富了当地的文学事业，而巴蜀也为他们提供了新的创作视野，这种双向互动促使重庆成为战时中国的文学中心之一。另一方面，现代文学研究在蜀地扎根已久，四川大学是中国改革开放后最早招收现代文学硕士的高校之一，其现代文学学科奠基人华忱之、林如稷属于现代文学学科第一代学人，在巴金研究、李劼人研究上成果丰硕，西南大学则是国内新诗研究的重要阵地，巴蜀地区其他高校例如重庆师范大学、四川师范大学等在现代文学研究上各有侧重，是现代文学学科建设中的突出力量。巴蜀文化既与其他地域文化共生共荣，又表现出较为明显的异质性，独特的文化积淀已经进入人们日常生活的方方面面，进而影响着四川知识分子感受人生、思考问题的方式，"巴蜀学派"是在蜀地特有的文化土壤上生长出来的。其次，建设中国现代文学巴蜀学派是对时代需求的积极回应，愈发凸显的全球化进程反而促使知识分子思考如何保持文化自主性。就国内而言，无论是文化上还是学术上都存在很明显的"北京/上海情结"，国内其他地域的文化发展及学术研究都在有意无意间受其裹挟，跟随着北京、上海等文化高地的脚步去思考问题，"以相似的立场、相似的视角、相似的姿态、相似的文化性格来建构'多元'，以单一的声音来呼唤'多元'，这样的理路自然导向深度的逻辑紊乱"①。失去个性趋于相似的文化最终必然走向枯竭，只有不断发掘各地文化独有的地方特色，将独特的生存体验与文化个性注入区域文化及学术建设事业中，才能促使文化及学术事业达到长久繁荣的状态。发展"巴蜀学派"既是消解以政治为中心的单一文化模式、唤醒本土意识的尝试，也是巴蜀学人重新开掘巴蜀文化独特价值、谋求学术事业发展的努力。巴蜀学人在学术研究中对想象力、创造力的追求，述学文体上的不拘一格以及对自由畅达思考的向往都源自巴蜀文化，"注重发掘地域人文资源，关注'此在'、热爱生命的务实立场，智慧，独立人格，非功利性，超越性，包容性和开放性，等等，构成了巴蜀学派的价值构架主体"②。

---

① 李怡、毛迅：《巴蜀学派与当代批评》，《当代文坛》，2006 年第 2 期。
② 李怡、毛迅：《巴蜀学派与当代批评》，《当代文坛》，2006 年第 2 期。

此类以李怡为中心的对谈在"巴蜀学派"建构过程中发挥了极为重要的作用。对谈一方面促使李怡、毛迅等先行者完成了对学派概念的搭建和整理，另一方面也在事实上以学派之名组织起一群学者。借助西南大学、四川大学以及北京师范大学的平台，李怡结识并吸纳了大批学术同好及弟子，既有陈福康、张福贵、张中良、丁帆等原本就关注"民国文学"的学者，也有在他带领下走上学术研究道路的张武军、颜同林、周维东、钱晓宇等青年学子，而这群学者大多数都成为日后"巴蜀学派"系列学术活动的中坚力量。"巴蜀学派"至此已经稍具雏形。在厘清学派的主体概念之后，李怡又提出了许多外沿概念，例如"中国现代文学西部学派"和"川大群落"，这两个概念同"巴蜀学派"一道构成了中国现代文学研究中一个立足西部的地域性学派的有机整体。川大群落、巴蜀学派、中国现代文学西部学派三个概念之间存在层层深入的推进关系，前者是后者建设中不可或缺的一环，而后者正是建设前者的最终目的。提出三个规模不同的学派概念的背后，是李怡长久以来对西部地区文化和文学生态的关注，以及在全球化语境下，以发掘区域地方文化特色为路径，繁荣现代中国文化事业的深远思索。就所见材料而言，2017 年提出"川大群落"之后，李怡等人针对地域性学派的概念建构工作已经基本结束，经过近十二年的理论架构，"巴蜀学派"成为一个较为完整坚实的学派概念，而与概念梳理同时进行的各种实践则为"巴蜀学派"注入了长期发展的活力。

## 二、"巴蜀学派"的学术版图

坐而论道不如起而行之，抽象的理论建构理清了建设学派的现有资源与迫切需要，而过程中确立的概念体系和参与建构的中心人物则成为学派得以确立的基础，但学派的持续发展尚有赖于概念之外更加具体的切身实践，并借助各种方式发出学术群体的声音，因此李怡十分注重将各种设想付诸行动，尝试在现实中组建一个活跃的中国现代文学"巴蜀学派"。在 2007 年《红岩》第五期《关于"巴蜀学派"的调研报告》一文中，除了再次论证学派得以成立的理论基础外，李怡进一步指明了建设"巴蜀学派"实践路径。他认为首先应整合现有学术资源，通过成立四川作家的研究中心、出版全集、设立课题等工作，成为中国现代巴蜀作家研究的主力军；其次，加强对 20 世纪以来进入巴蜀地区的外省作家的文学演变的清理与研究；再次，着力于汲取提炼巴蜀文化及蜀学传统，形成独特的学术个性；最后，增强巴蜀地区内部的学术交流和人才培养力度。在实践"巴蜀学派"的过程中李怡基本依照上述路径，借助四川大学这一平台逐步组织巴蜀学人进行各种群体性的学术活动。除成立四川大学中国文化与文学研究中心①、组织川籍作家相关研究工作之外，李怡及其同人学者建设"巴蜀学派"的一系列实践中，创办《现代中国文化与文学》集刊、出版丛书、组织"西川会馆"系列会谈等实践规模最大、参与人数最多，既是组建"巴蜀学派"、沟通在川以及川籍巴蜀学人最核心的几项活动，也是李怡提出的巴蜀学派建设方法中实践得最为持久、成效最佳的三类。需要说明的是，李怡在组织相关活动时未必有意将其归于实践"巴蜀学派"的序列之中，但从客观效果来说，这些活动的确有力地组织起了巴蜀地区现代文学学人，也成为其内部交流与对外拓展的平台。

《现代中国文化与文学》创刊于 2005 年，与"巴蜀学派"建设之起点几乎同期，因此李怡对学派建设的期待有意无意间成为该刊物的重要内涵之一。在集刊第一辑卷首语《我们的理想，我们的境界，我们的方式》一文中，李怡、毛迅二人指明出版这一刊物的目的除了提供一个在大文化语境下进行的、开阔的文学研究阵地之外，另一个重要目标即强调巴蜀地区文化及文学研究的地域特色、突出学派意识、探索建设中国现代文学西部学派的可能性："……以巴蜀地区为基点，通过对巴蜀区域文学和文化精神的发掘，乃至对整个西部地区地域特色的自觉地把握

---

① 该机构为《现代中国文化与文学》主办单位，属于四川大学下属科研机构，但暂未找到相关资料以确定其人员构成、日常活动等信息，故存疑。

和探索，从总体上推进中国文化和文学的研究，从而，也为巩固和发展中国现代文学的西部阵营作出我们的贡献。"① 本着这样的立场，《现代中国文化与文学》设置了"巴蜀文学重读"专栏，主要收录以现代文学史上的川籍作家为研究主题的论文。截至2022年10月，该栏目下27篇文章中24篇的作者均为川籍或在川学人，是《现代中国文化与文学》中"在川言川"的主要阵地，而李怡、毛迅、陈思广、干天全、周维东等川大学者以及段从学、颜同林、白浩等巴蜀高校现代文学学人也频繁出现在该刊物的其他专栏中。该集刊既是巴蜀学人聚集地，同时也是他们与其他地域学者交流的平台，在李怡的设想及相关论述中，川大群落、巴蜀学派乃至中国现代文学西部学派等概念虽有浓厚的地域色彩，但这些学术群体绝不止步于限定地域，故步自封，而是以集体化的形式发掘独特区域的文化属性、学术特色，在此基础上积极参与国内外的学术交流活动，开放包容原本就是"巴蜀学派"的价值架构之一。以《现代中国文化与文学》2021年四辑为例，在全年111篇文章中，作者单位为非巴蜀区域的文章共77篇，占比69.3%。巴蜀学人通过集刊的形式，与各地学者共同关注地方路径、民国文学、"大文学"等问题，实际上既是对自我学术特色的展示，也在对话中融入现代文学研究的大群体。

集刊之外，出版丛书以容纳更多篇幅更长的学术成果也是"巴蜀学派"重要的实践方式之一。自2012年开始，李怡与台湾花木兰出版社、广州花城出版社、山东文艺出版社等出版单位以及张中良、刘福春等学者合作，陆续推出《民国文化与文学研究文丛》《民国文学史论》《民国历史文化与中国现代文学》《民国文学珍稀文献集成》等丛书，这些多至上百本、少至五六本的丛书一起构成了一个庞大而丰富的书籍系列。以《民国文学史论》丛书为例，具体信息见下表：

① 李怡、毛迅：《我们的理想、我们的境界、我们的方式》，《现代中国文化与文学·第1辑》，巴蜀书社，2005年，第6页。

表 1 《民国文学史论》丛书信息表

| 书籍名称/辑数 | 出版时间/作者信息 |
|---|---|
| **第一辑** | 2014 年 10 月 |
| 《中国共产党的文化战略与延安时期的文学生产》 | 周维东：西南师范大学文学硕士，北京师范大学文学博士；现为四川大学文学教授。 |
| 《民国文学史料考论》 | 陈福康：北京师范大学文学博士，现为上海外国语大学文学研究院研究员。 |
| 《民国政治经济形态与文学》 | 李怡等著 |
| 《民族国家概念与民国文学》 | 张中良：现为上海交通大学人文学院特聘教授。 |
| 《民国文学：概念解读与个案分析》 | 张福贵：东北师范大学文学博士，现为吉林大学文学院教授。 |
| 《国民党文学思想研究》 | 姜飞：文学博士，现为四川大学文学教授。 |
| **第二辑** | 2018 年 12 月 |
| 《文史对话与大文学史观》 | 李怡：北京师范大学文学博士，现为四川大学文学教授。 |
| 《民国语境中的鲁迅研究》 | 王家平：北京师范大学文学硕士，北京大学文学博士，现为首都师范大学教授。 |
| 《民国作家的抒情意识与审美追求》 | 张堂锜：东吴大学文学博士，现为台湾政治大学中文系教授。 |
| 《民国时期新诗论稿》 | 张洁宇：北京大学文学本硕博；现为中国人民大学教授。 |
| 《方言入诗的现代轨辙》 | 颜同林：西南大学文学硕士，四川大学文学博士，现为贵州师范大学文学院教授。 |
| 《民国时期中学生的新文学接受研究》 | 罗执廷：华中师范大学文学硕士，暨南大学文学博士，现为暨南大学中文系副教授。 |
| 《诗歌教育与中国现代新诗的发展》 | 李俊杰：四川师范大学文学硕士，北京师范大学文学博士，现为四川师范大学国际教育学院教师。 |
| 《绅士阶层与中国现代文学》 | 罗维斯：四川大学文学硕士，北京师范大学文学博士，现为南开大学文学院副教授。 |
| 《"下江人"和抗战时期重庆文学》 | 黄菊：西南师范大学文学硕士，四川大学文学博士，现为西南大学图书馆副研究员。 |
| 《〈中央日报〉副刊与民国文学的历史进程》 | 张武军：西南师范大学文学硕士，四川大学文学博士，现为西南大学文学院教授。 |
| 《〈文艺月刊〉（1930—1941）中的民族话语》 | 赵伟：中国社会科学院博士。 |

从主题上看，《民国文学史论》十七册中有十册是在"民国文学"这一概念框架下对文学史的再考察，其余几册也与李怡一贯关注的诗歌研究、巴蜀现代文学研究相关；从作者来看，第一辑中的陈福康、张中良、张福贵是国内率先提出"民国文学"的学者，李怡正是在他们的启发下开始从事"民国文学"相关研究；两辑共十五位学者中，除李怡外尚有七位学者曾在川渝地区高校就读或工作，其中不乏李怡本人的弟子。学术前辈与青年学者聚合在"民国文学"大旗下从事研究工作，而他们与李怡、与巴蜀都有着较为密切的联系。丛书的出版一方面使巴蜀学人更多地以"一个集体"的姿态展示在现代文学研究上的成果，另一方面李怡也有意以这样的形式为巴蜀学派中的青年学者提供在学界"亮相"的机会，他指导的博士论文基本上都收录在其主持的几套丛书中，以这种"送上马再扶一程"①的培养路径激励后进学子找到合适的研究方向并保持对学术事业的热情。最后，新时期以来，四川大学现代文学学科在文献整理上成果颇丰，川大几代学人都曾致力于对现代文学文献的整理、考辨与研究，陆续出版了《曹禺研究专集》《李劼人著译目录》《郭沫若佚文集（1906—1949）》等文献学著作。近年来，李怡同刘福春致力于现代新诗文献整理方面的工作，在四川大学设立"刘福春中国新诗文献馆"以及"中国现代文献学"博士点，并共同推出《民国文学珍稀文献集成》丛书，可以看作是对蜀学传统以及四川大学文献整理工作的接续，也将文献学的理念注入了巴蜀学派。

丛书以及《现代中国文化与文学》都可以看作是聚合巴蜀学人的"纸质媒介"，而"西川会馆"设想下的一系列线下活动则是李怡增强巴蜀内部学人交流、培养后进的现实场所之一。"西川"之名取自李怡在成渝任教的"西师"和"川大"②，2007年，面对当前学术环境下青年

---

① 李怡、左存文：《在"西川"展开我们的论述：我的学术理想—李怡教授访谈录》，《当代文坛》，2020年第2期。

② 参见《西川记忆：回首·年轮》，微信公众号《大文学研究》，2022年10月13日。

学者难以参与学术交流的情况，李怡构想出一个可以开门盈利、吸纳四方学者交流的学术"西川会馆"，虽然实体的"西川会馆"并没有真正建立起来，但"作为一种精神的民间的读书沙龙，培养人的一个沙龙，一代一代相互鼓励的、彼此之间砥砺前行的学术沙龙，逐渐地就形成了"①。在"西川会馆"之下，李怡组织了一系列读书会及论坛活动，具体参见下表：

表2 "西川会馆"系列活动说明表

| 名称内容 | 起始时间 | 参与人员 | 活动频次 | 活动内容 |
|---|---|---|---|---|
| 望江读书会（川大）励耘读书会（北师大） | 2005 年② | 川大及北师大的在校硕博士生，以及与论题相关的教师 | 一两个月一次 | 同读一本书或者讨论同一个主题 |
| 西川读书会 | 2006 年 | 川大在读或毕业学生、成渝地区其他高校师生 | 每年一次，一般在硕博士毕业前夕举行 | 由川大在读的博士或博士后点评在读硕士的论文 |
| 西川论坛 | 2011 年 | 各地学者 | 每年一次 | 围绕指定主题发言、交流 |

以"西川"为名的系列活动可以按活动规模分为三个层级，望江读书会及励耘读书会参与人员基本都是李怡本人在四川大学以及北京师范大学的学生，交流范围限于校内；西川读书会规模稍大，除四川大学之外还有西南大学、西南民族大学师生参与；西川论坛则是"西川会馆"系列活动中规模最大、参与人数最多、影响范围最广的一类，与国内外高校合办并邀请知名学者参与，是李怡等巴蜀学人走出限定区域、对外交流的努力。实际上，"西川会馆"下设的一系列活动可以看作是李怡等学人建设巴蜀学派、保持学术群体活力的核心机制。首先，从人员构成上，西川会馆下设三种不同层级的活动基本涵盖了成渝地区从事中国

---

① 李怡、左存文：《在"西川"展开我们的论述：我的学术理想—李怡教授访谈录》，《当代文坛》，2020 年第 2 期。

② 该时间节点由笔者依据读书会参与人员钱晓宇的论述推测而来，参见《西川记忆：回首·年轮》，微信公众号《大文学研究》，2022 年 10 月 13 日。

现代文学研究的新老学者，有以李怡为中心的学术先行人例如刘福春、毛迅等，李怡已经进入川渝高校任教的学生如张武军、周维东、汤巧巧等，以及川渝高校现代文学在读硕博士，既有核心人物、前辈学人，又有源源不断的新生力量，学术群体借此保持活力和生产力。其次，参与这些活动的学人之间有着非常紧密的师承关系，共同的学术理念及学术理想在交流活动中得以在师生之间传承，以"民国文学"为核心概念，试图由此出发重新认识和解释文学史成为西川学人的共同理想，重视史料与文献以及保持"大文学"观念等成为西川学人的共同方法，青年学子在读书会中得到与前辈学人交流的机会，获取学术资源和指导，而初出茅庐的青年学者可以借助"西川论坛"以及相关丛书的出版发出自己的声音，在自己成长之后再帮助更年轻的学子提升自我。这样的模式能为"巴蜀学派"培养合格的接续力量。在学术之外，交流活动也有益于维系和增强群体成员的情感联系。除此之外，西川论坛、《现代中国文化与文学》的共同作用是为巴蜀学派提供对外展示自我的平台。西川论坛以巴蜀学人主办、国内外高校承办的方式进行，鼓励各地高校及学者参与，仅第一届西川论坛就吸引了四川大学、北京师范大学、西华大学、西南大学、大连理工大学、绵阳师范学院、贵林师范大学等高校学人。之后巴蜀学人不断走出巴蜀，先后在蒙自、北京、阿克苏、运城、肇庆等地组织交流活动，在双向交流中表达自己的观点并吸取外界有益的方法。总之，"西川会馆"下聚集着一批以李怡为核心的在川现代文学学人，各种学术活动是新老学人间交流、教学、成长的平台，"西川会馆"事实上使"巴蜀学派"不再仅仅是存在于精神上的概念化、理想化的构想，而成为活跃在现实生活中的、存在共同理念方法及带头人的真正意义上的学术共同体，是"巴蜀学派"得以生发和期待的支柱。

## 三、从"巴蜀学派"看现代文学学派建构的可能性

尽管 2005 年李怡已经着手于巴蜀学派的建设，但直至 2014 年，冯光廉在讨论中国现代文学有无学派时依旧认为山东学派、巴蜀学派、广东学派等以地域划分的学术群体并不是真正意义上的学派，但这一论断在当下似乎需要重新斟酌。冯光廉判定"中国现代文学研究至今无学派"的依据是 2009 年彭定安答青岛大学《东方论坛》编者问时提出的相关标准，彭认为一个学派得以成立需要满足以下几个条件：1. 有一、二位具有学术成就、学术威望、为"众星所拱"的学术带头人；2. 有一个学术方向与理论见解大体一致而又各有所长的学术团队与梯队；3. 他们具有原创性理论贡献，已经形成一种为学术界大体认可的理论体系和学说；4. 有一批在文化学术界具有广泛影响的著述，其中有几本或几篇代表作①。因其明晰具体且方便操作，如今依旧可以作为考察某一学术群体是否为"学派"的重要理论参照，本文也将采用这一标准对"巴蜀学派"进行考察。

首先，关于学术带头人，经过对"巴蜀学派"建构过程及实践活动的梳理，足以看出李怡在学派建设过程中的重要性，他既是建设中国现代文学研究"巴蜀学派"设想的提议人，也是各种群体活动的核心人物，更是维系学术群体内部联系、沟通群体内外的中心。在"巴蜀学派"的建设过程中，处处可见李怡对于这一群体的深刻影响，李怡作为出身巴蜀的现代文学学者，有着鲜活深刻的地域生活体验并长期跟随王富仁等现代文学第二代学人治学，使其既能关注并发掘巴蜀地区独特的历史文化积淀以及在现代文学史、学术史上的重要作用，又能借助开阔的学术视野将先进的研究理念带入巴蜀，是蜀地现代文学学人中学术成就较高的一位。同时，李怡长期在川渝地区现代文学学科实力领先的西

① 彭定安：《回顾·反思·探究——答〈东方论坛〉编者问》，《东方论坛》，2009 年第 4 期。

南大学及四川大学任教，他得以最大限度地接触到两地学者，并培养出更多的青年学子，西川会馆作为"巴蜀学派"最具活力的机制，其命名已带有李怡的个人色彩，而聚集其中的学者也以其弟子及再传弟子为主。李怡同时也是西川会馆各类活动以及学术合作的发起人和中心人物，以《中国现代文学的巴蜀视野》为例，他将其视为"对于正在成长中的现代中国文学巴蜀学派的一点记录"①，主要负责设计大纲、撰写引言余论并润色各章文字，主体部分则由李怡先后在西南大学及四川大学指导过的硕博士撰写。作为西川群体第一部正式出版的学术成果，从其构成即可窥见西川群体的运行是以李怡中心的。

其次，以李怡为中心而形成的巴蜀学人有着共同的理论体系，"巴蜀学派"最主要的研究内容是民国文学，而核心的理念则是由李怡提出的"民国文学机制"以及"地方路径"。对民国文学研究的号召最早可以追溯到 1997 年陈福康提出的"民国文学"设想，张福贵于 21 世纪初期最先提出了相关的理论倡导，但这些提议在很长时间内并未引起学界关注，学界真正开始认真着手于民国文学研究实践是在 2007 年左右，张中良、丁帆、汤溢泽、李怡形成了对民国文学"有声有势的多方位研究"②的局面。杨洁认为，"真正推动'民国文学'研究范式形成的是秦弓、李怡以及'西川论坛'研究队伍的群体努力，为'民国文学'研究提供了新的理论依据，也为现代文学研究开拓了崭新的学术空间"③。李怡于 2009 年提出的"民国文学机制"作为一种新的民国文学阐释框架，是他为重审文学史贡献的原创性理论，也是以他为中心的西川学人进行民国文学研究时的共同方法。"民国文学机制"即"从清王朝覆灭开始，在新的社会体制下逐步形成的推动社会文化与文学与发展

---

① 李怡、肖伟胜主编：《中国现代文学的巴蜀视野》，巴蜀书社，2006 年，第 284 页。

② 李怡：《作为方法的"民国"》，山东文艺出版社，2015 年，第 121 页。

③ 杨洁：《现代小说研究的新收获—读颜同林〈多元视角下的中国现代小说〉》，《现代中国文化与文学·25》，巴蜀书社，2018 年，第 255 页。

得诸种社会力量的综合"①，这一机制既包括政治、法律、经济等基础因素，也涵盖社会思潮、作家思想及经历等精神因素。多年以来，挖掘这些元素在现代文学发展过程中起到的作用成为西川学人的共识，实际上，巴蜀学派大部分学术活动都围绕着这一话题展开。2011 年至 2013 年，西川论坛连续三年分别以"民国经济与现代中国文学""民国历史文化与中国现代文学""民国与中国现代经典作家"为题，对"经济状况与现代文学""法律形态与现代文学"以及"民国视野中的现代经典作家"等问题进行讨论. 这些讨论的成果被集中收录在李怡主持的相关丛书中，《现代中国文化与文学》集刊也从 2011 年开始设立"文学的'民国机制'研究"专栏，2014 年拓展为"民国文学研究"专栏，西川学术群体针对民国文学的讨论成果丰硕。李怡也认为："从我们目前探索的框架出发，是可以勾勒出一个非常重要的现代文学的与众不同的研究领域，而且这个东西呢，目前基本上也做到了。"②

与"民国文学"相比，虽然"地方路径"被正式提出的时间较晚，但李怡等西川学人对区域文学及文化的关注由来已久。从李怡个人层面来说，他对区域文学的关注始于撰写"二十世纪中国文学与区域文化"丛书（《现代四川文学的巴蜀文化阐释》），可以说正是出于对区域文学及研究的关注，才促使其提出中国现代文学"巴蜀学派"这一概念，而建设巴蜀学派的种种实践也一定程度上成为"地方路径"的支撑，实践与理念之间相互支持。就巴蜀学派群体活动来说，西川论坛通过与外地高校共办的方式讨论不同区域文化与文学创作的关系，先后讨论过"民国南京与中国现代文学""民国时期的红色文学与山西文学""民国广东与中国现代文学"等主题，《现代中国文化与文学》集刊则从 2021 年第 4 辑起开设"'地方路径'专题研究"栏目。虽然学界对"民国文学机制""地方路径"时有疑问与质疑，但大部分学者都承认这两

---

① 李怡：《作为方法的"民国"》，山东文艺出版社，2015 年，第 60 页。

② 李怡、左存文：《在"西川"展开我们的论述：我的学术理想——李怡教授访谈录》，《当代文坛》，2020 年第 2 期。

个新概念的出现对重写文学史有积极意义，是新的学术生长点。例如姚丹认为：" '民国文学机制'作为新研究模式，对现代文学史研究格局之重塑，研究领域之拓展，研究深度之推进，将起到积极的推动作用，这是可以预期的。"① 张全之则指出"地方路径"可以重新厘定中心与地方（边缘）的关系，改变文学史研究的整体观、因果律和进化思维，有助于开辟新的学术领地，引发了对一些作家和作品的重评，对重写文学史会产生一定影响②。李怡《现代四川文学的巴蜀文化阐释》《作为方法的"民国"》《中国现代新诗与古典诗歌传统》等著作受到广泛好评，而《现代中国文化与文学》集刊被评为核心期刊也是学界对巴蜀学人成绩的肯定。李怡之外，巴蜀学派中颜同林对方言入新诗的研究、张武军对革命文学的研究、周维东对延安文学的研究、布小继对云南文学的研究等等都凭借各自不同的研究成果实践着巴蜀学派的"民国文学""地方路径"等理念，对"地方路径"的思考与探索、强调学术研究的在地性成为巴蜀学派成员学术研究时的共同内涵。

最后，笔者认为，在彭定安开列的四条标准之外，有无完善的后进力量培养机制也可作为考核一个现代学派是否成立的重要标准之一。作为地域性学派的"巴蜀学派"既依赖四川大学、西南大学这一平台，又有不同于现代高校课程教育的人才培养模式。一方面，巴蜀学派的重要成员几乎都是四川大学与西南大学的教师或者学生，"在川大、在西南"是这些来自不同地区的人得以聚集起来的最初动力，而四川大学现代文学学科传统中对川籍作家以及文献整理的重视，以及西南大学的新诗研究也成为"巴蜀学派"无法抹去的基因；另一方面，西川会馆下各级读书会、论坛、期刊以及丛书出版构成了一个不同于传统高校课程教育的培养体系，青年学者在学校接受基础教育之外，通过规模不一的对谈、

---

① 姚丹：《以"民国经验"激活"民国机制"——中国现代文学史研究新的可能性》，《文艺争鸣》，2012 年第 11 期。

② 张全之：《"地方路径"与中国现代文学研究的新视野》，《当代文坛》，2021 年第 6 期。

讨论开阔眼界、获得灵感，博硕士学子之间"老带新"的交流指点则提供更多可复制的经验。"通过做一个好的毕业论文，实现自己学术的第一次贡献，然后通过把你组织进一套丛书里边来对你的贡献做出肯定……这样通过'西川论坛'这个序列训练出来的学生，别的不能说，至少有一点，对自己的学术充满更大的兴趣，他们会愿意沿着这条学术之路不断地走下去，我觉得这就是'西川论坛'构成的机制对一个人的学术影响。"① 此外，西川学子进入高校任教之后，带领自己的学生回到"西川会馆"既实现了沟通重庆、成都等巴蜀各地现代文学研究的目标，也是将民国文学、地方路径、文献意识等"巴蜀学派"基因留存在青年学子的学术研究中，成为维系学派学术传统的重要方式。总之，"巴蜀学派"有着以李怡等先行者为主、先行者弟子为辅，由校内扩展至校外和区域外的交流机制，青年学子在这种交流机制中不断成长，为"巴蜀学派"提供了源源不断的后续力量。

经过十八年的发展，"巴蜀学派"已经由单纯的设想发展为一个活跃的学术群体。这一群体以李怡为中心，其学术同好刘福春、毛迅，学生颜同林、张武军、周维东等为主力，成员包括但不限于钱晓宇、胡安定、王学东、布小继、汤巧巧、谢君兰、高博涵、妥佳宁、左存文、王永祥、康鑫、李哲、黄菊、罗维斯等人，借助"西川会馆"系列活动组成学术共同体，以民国文学机制、地方路径等理念为指导对民国文学进行研究，探究民国时代背景下各种社会机制、作家个性、区域文化等对文学创作产生的影响，事实上已经形成了一个既有学术领头人及共同的理论框架，又有对话及培育后续力量的平台，在学术研究上表现出同一群体的向心力、系统性以及独特性，可以被称作是中国现代文学研究界的"巴蜀学派"。

---

① 李怡、左存文：《在"西川"展开我们的讨论：我的学术理想—李怡教授访谈录》，《当代文坛》，2020 年第 2 期。

# 《大西南文学论坛》征稿启事

《大西南文学论坛》是 2016 年创办的学术集刊，由四川师范大学大西南文学研究中心和四川民间文化艺术保护与传承协同创新中心联合主办。由巴蜀书社出版，每年两辑。诚邀海内外专家学者不吝赐稿。

《大西南文学论坛》的办刊宗旨是：学术性、现实感与综合性。学术性是学术刊物的生命与灵魂，对存在物及其规律的学科化论证是学术研究最核心的理念，本刊秉持这一理念，并希望尽自己所能创造一个自由、原创、争鸣的学术空间。我们倡导现实感，就是要让学术研究具有现实基础，学术研究紧贴大地与人间，不临空蹈虚，亦不自我空转。我们秉承学术研究的多元性与包容性，不仅关注大西南区域文化与文学诸多学术命题，也关注与此相关的衍生话题，史实与理论，中土与西方，地方性与国际视野，彼此交融，深度互动，追求有价值与意义的学术研究。本刊常设大西南区域文化与文学、文学个案研究、大西南学人、符号学与文学、文学前沿、当代大西南作家作品研究等栏目。

来稿请发送至电子邮箱：dxnwxlt@ 126. com. 请在邮件主题中注明"《大西南文学论坛》投稿+作者单位+姓名+文章名"。为保证投稿文章内容无误，投稿时请提供 Word 和 PDF 两种格式的电子文档。来稿刊用与否，三个月之内予以回复。来稿文责自负，请勿一稿多投。编辑有权删改稿件，若不同意请在来稿中说明。大作一经刊用，即奉寄样书。

## 稿件要求：

一、文章形式与结构

1. 稿件形式为学术专论。

2. 文章必须未曾在其他正式刊物上发表，每篇字数为 8000—15000 字左右，重要选题可不受字数限制。

3. 标题控制在 25 字以内。

4. 论文中文摘要和关键词，摘要一般在 200—300 字之间。关键词一般 3—5 个，中间用";"隔开。

5. 作者简介：姓名、性别、出生年月、籍贯、所在单位（具体到院系或研究所）、职务或职称、研究方向、单位所在省市、邮编、联系电话、电子邮箱等。

6. 来稿若为科研立项成果，请提供具体信息。首页注释基金项目。

7. 正文字体为宋体五号，每段首行空 2 个字符。正文中出现的独立引文用仿宋五号。独立引文第 1 行首空 2 个字符。独立引文前后各空一行，首尾不加引号。

二、注释体例

1. 采用页下注。每页重新编号，使用带圆圈的阿拉伯数字序号，如①、②。正文中的注释序号一律置于标点符号之后。注释用宋体小五号。

2. 中文注释。中文参考文献，请按照《信息与文献参考文献著录规则》（GB/T 7714-2015）执行。

（1）期刊：作者，文题，刊名及年卷（期）。

例：杨联芬：《李劼人长篇小说艺术批评》，《文学评论》，1990 年第 3 期。

（2）报纸：作者，文章名，报纸名称，出版日期。

例：万光治：《彼〈诗〉三百 我 "歌" 三千》，《成都日报》，2021 年 7 月 19 日。

（3）专著：作者，书名及卷册，出版者，出版年，页码。

例：朱光潜：《诗论》，生活·读书·新知三联书店，1984 年，第 80 页。

陈世骧：《论中国抒情传统》，陈国球、王德威编：《抒情之现代性："抒情传统" 论述与中国文学研究》，生活·读书·新知三联书店，2014 年，第 48 页。

〔捷〕雅罗斯拉夫·普实克：《普实克中国现代文学论文集》，李燕乔等译，湖南文艺出版社，1987 年，第 20 页。

3. 外文注释。标注方法与中文文献相同，书名、刊名用斜体，论文名加引号。格式为：作者，书名或篇名，出版社，出版年，页码。

例：Christopher Dyer, *An Age of Transition? Economy and Society in England in the Later Middle Ages*, Oxford：Oxford University Press, 2005, p. 3–5.

T. H. Breen, "An Empire of Goods：The Anglicization of Colonial America, 1690 – 1776", *Journal of British Studies*, vol. 25. no. 4, 1986, pp. 467–499.

4. 其他说明

（1）非引用原文者，注释前加 "参见" 二字。

（2）引用资料非引自原始出处者，注释中注明 "转引自"。

（3）公历世纪、年代、年月日、时刻、图表序号均用阿拉伯数字。年份不能简写。

三、本刊不收取任何形式的版面费。

四、本刊已许可中国知网以数字化方式复制、汇编、发行、信息网络传播本刊全文。所有署名作者向本刊提交文章发表之行为视为同意中国知网拥有对该论文的著作使用权。如有异议，请在投稿时说明，本刊将按作者说明处理。

《大西南文学论坛》编辑部